2021
民生散文选

古耜 主编

中国言实出版社

图书在版编目（CIP）数据

2021 民生散文选 / 古耜主编 . -- 北京：中国言实
出版社 , 2021.12
ISBN 978-7-5171-3957-7

Ⅰ . ① 2… Ⅱ . ①古… Ⅲ . ①散文集－中国－当代
Ⅳ . ① I267

中国版本图书馆 CIP 数据核字（2021）第 249474 号

2021 民生散文选

出 版 人：王昕朋
责任编辑：王建玲
责任校对：宫媛媛

出版发行：中国言实出版社
地　　址：北京市朝阳区北苑路 180 号加利大厦 5 号楼 105 室
邮　　编：100101
编辑部：北京市海淀区花园路 6 号院 B 座 6 层
邮　　编：100088
电　　话：64924853（总编室）　64924716（发行部）
网　　址：www.zgyscbs.cn　E-mail：zgyscbs@263.net

经　　销：新华书店
印　　刷：北京中科印刷有限公司
版　　次：2022 年 1 月第 1 版　2022 年 1 月第 1 次印刷
规　　格：880 毫米 ×1230 毫米　1/32　13.875 印张
字　　数：345 千字

定　　价：68.00 元
书　　号：ISBN 978-7-5171-3957-7

目 录

凛凛高风访故园

——

王巨才

离开南泥湾机场，一路眺望延河两岸整洁的村庄、簇新的楼群和桃花飞红、群山绽绿的撩人景色，我又重回延安，回到睽违既久、时时念兹在兹的精神故园。

一

陕北高原，山河苍莽，地古天旷，中国共产党早期党员、西北红军和陕甘革命根据地创始人谢子长、刘志丹就诞生在这块血沃寒凝、正气沛然的土地上。

刘志丹将军出生入死，为劳苦大众翻身解放"一心要共产"，以及体恤民情、爱护战士、深受群众拥戴的故事，见诸党的文献和民间传说，已广为人知。而他在长期革命斗争和党内生活中襟怀坦白、光明磊落、顾全大局、屈己奉公的崇高风范和坚强党性，尤为令人敬佩。这次到志丹陵吊唁，顺路到毗邻的甘肃华池县参观了南梁革命纪念馆。纪念馆所在的荔园堡，正是当年陕甘边苏维埃政府建立的地方。1934 年秋，陕甘边工农兵代表大会在荔园堡召开，正式选举产生了苏维埃政府，二十岁的习仲勋当选政府主席，刘志丹任军委主席，新生政权建立后，制定了开展土地革命、铲除封建所有制，发行货币、开设集市、活跃经济、减轻农民负担，加强军事建设、开展扩红运动，重视文化教育、创办列宁小学和军事干部学校等"十大政策"，极大地调动了边区军民的积极性，为巩固和扩大根据地发挥了重要作用。在多年的共同奋斗中，两人建立了深厚的友谊，习仲勋视刘志丹为"老大哥"，对他的才干和人品十分敬重。在纪念馆陈列大厅，看到习仲勋写的一篇回忆文章，讲到刘志丹当年遭受诬陷，坦然以对的往事，读之感慨良深，令人动容。

1935 年 8 月，在根据地进行的错误"肃反"中，贯彻"左"倾路线的领导人以莫须有罪名决定逮捕刘志丹，他们采取欺骗手段，以开会为由，要正在前线作战的刘志丹速回根据地首府瓦窑堡。当志丹走到安塞县真武洞时，迎面碰见从瓦窑堡过来的通信员，说有一封急件要送给 15 军团，因志丹就是 15 军团的副军团长兼参谋长，便顺手交给了他。志丹打开一看，原来是逮捕自己和其他人员的密令，他十分震惊和愤慨，但考虑到大敌当前，为了不致党和红军公开分裂，不给敌人造成可乘之机，便不顾个人安危，神情自若地把信还给通信员，要他直送军团部，并让其告诉军团首长，自己已去瓦窑堡了。他原打算到中央驻西北代表处申诉，不想一到瓦窑堡便被投入监狱。所幸不久中央红军到达陕北，在毛泽东的直接干预下，"刀下留人"，冤狱平反，被捕人员全部释放。刘志丹出狱后，毛泽东、周恩来接见他，他除了衷心感谢党中央的英明处理外，没有丝毫怨言，并在多个场合向当地干部反复强调，革命利益高于一切，必须绝对服从中央领导，听从中央调遣，诚心诚意地到各自岗位上为党工作，为人民效力。1936年4月，刘志丹率部东征时不幸牺牲。"有志竟成千古业，丹心一片付工农。"（续范亭）噩耗传来，军民痛悼。1942年，毛泽东曾深为惋惜地写道："我到陕北只和刘志丹同志见过一面，就知道他是一个很好的共产党员。他的英勇牺牲，出于意外，但他的忠心耿耿为党为国的精神永远留在党与人民中间，不会磨灭的。"

党中央到达陕北驻跸瓦窑堡时，谢子长已因负伤牺牲八个多月。但毛泽东从地方党组织的文献和汇报中，从干部群众的深情言说和到处传唱的歌谣中，知道作为刘志丹生死不渝的战友，谢子长一生身先士卒，驰骋疆场，胜不矜功，败不丧志，以及全家十七人参加革命，九人牺牲的事迹，曾为之题词"民族英雄""虽死犹生"，并亲笔撰写碑文，详述他1925年在北平加入共产党，"即以共产主义为解放中国人民之道路，创办农民讲习所，组织农协会，领导人民参加反帝反军阀运动"的经历和他在大革命失败后发动清涧起义，参加渭南暴动，奔走西北、华北各地的顽强精神。1946年，边区政府修建的"子长陵"落成，瓦窑堡举行两万多人的移葬公祭，中央领导多人参加。西北局的挽联上写着"一生为人民创造红地，百姓到如今叫你青天"。

两位英烈去世八十多年，雄伟的"子长陵""志丹陵"芳草萋萋，松柏森森。肃立陵园，仰望纪念塔顶端耀眼的红星，一个庄严的叩问在脑海油然闪现：当人们的心底一旦播进信仰的种子，将会产生怎样的精神裂变，使灵魂变得如此高尚，纯洁，强大和伟岸！

二

2019年5月8日，周三，晴，农历己亥年四月初四。

中央电视台《朝闻天下》头条新闻：革命圣地延安所有贫困县宣布"摘帽"，二百多万老区人民整体告别绝对贫困。当天《人民日报》等各大报纸都用大号标题刊登这一喜讯，字里行间，兴奋之情难抑。

是啊，这是一个需要特别记载的日子。从改变贫困面貌、解决温饱问题到实现整体脱贫、全面小康，数十年来不只延安人民砥砺生聚自强不息，它同时也牵动全国上下多少人的神经，令他们时时记挂，寝食不安。

1949年10月26日，毛泽东主席给延安人民复电，希望他们和陕甘宁边区的人民继续团结一致迅速恢复战争创伤，发展经济建设和文化建设。

1973年6月9日，周恩来总理叮嘱延安地委、行署负责同志"要三年变面貌，五年粮食翻一番"，他还承诺："你们五年粮食翻了番，我一定再来延安。"

2015年2月13日，习近平总书记在延安主持陕甘宁革命老区脱贫致富座谈会，要求各级党委和政府聚精会神抓好扶贫攻坚工作，确保老区人民同全国人民一道进入全面小康社会……

记忆的屏幕上，与这些画面叠加闪过的，还有许多普通人的身影，一些平凡的共产党员，如安全同志。

安全，陕西绥德人，1940年入党，1945年到鲁艺学习，先后在绥德分区文工团、延安陕北行署文工团、陕西省歌舞剧院、陕西省京剧院工作，是在党一手培养下成长起来的文艺战士。1964年春，为汲取创作灵感和题材，他主动到延安县蟠龙公社纸坊沟大队深入生活，没想一进村就被社员生活的极度贫困所震撼，被他们改变现状的强烈愿望所感染，从此一起摸爬滚打，一干就是二十多年，直至去世。

20世纪80年代我在延安市工作，与老安有过几次不算深的接触。那时他五十左右年纪，身体壮实，待人热情，言谈举止带有文艺界人士惯常的爽直甚至单纯。有时来办公室聊天，谈到某些部门门难进脸难看事难办，他总觉得莫名其妙："政府机关，公仆嘛，咋能是这样呢？"考虑到他是省上下来的干部，有时进城办事没个落脚的地方，市委便在办公大院为他安排了一孔窑洞，但很少见他住。有次我去蟠龙下乡，想带他一起去队上看看，他一听连连摆手，说我可不能坐你的小车，否则老乡会把我当外人看的，再说现在也没甚看头，等真搞出个样样了，会请你们去检查。此后不久我便离开市上。及至这次专门去纸坊沟，听了原支部书记屈绳武等人的介绍，我才意识到过去对老安的了解何其浮泛，并对没能予他更多帮助而深为内疚。

我不知安全把生活基地选在蟠龙是否与毛主席辗转陕北时指挥青化砭、羊马河、蟠龙三大战役取得重大胜利有关。而他去扎根的纸坊沟，是一条离蟠龙镇尚有十多里路的拐沟岔儿，全村三十八户人家，破门烂窗，沿沟散居，每家三亩地，亩产不到百斤，粮食根本不够吃，是全公社最穷的村子。把社员心力凝聚起来激发出来的，是安全因屙不出来三次洗肠后仍与大家一同吃糠咽菜的行动和"不改变面貌绝不回去，改变面貌更不会离开"的誓言。为了解决当时的困难，他一方面动员社员搓麻绳、砍镢把卖给供销社，一方面到城里搞回豆渣、麻渣，使全村通过生产自救渡过严重春荒。此后，他和党支部一起，带领社员植树造林、打坝造地、修道路、架电线、发展畜牧、兴办工厂。到1985年，全村实现了人均二亩基本农田、千棵树、千斤粮、千元钱，村里有了汽车、拖拉机、推土机等大型农机具，还利用集体积累，统一规划，统一施工，修建了大队部、学校、党员活动室和一百八十七孔崭新的砖窑，社员全部搬进新居。一个昔日破败落后的"烂包村"变成了远近闻名的富裕村、省地县三级命名的文明村。

"为纸坊沟，老安可是把罪受扎了。"老支书屈绳武说，"他完全把老百姓的事当自家的事办，甚至顾不得身家性命。"1975年，安全把儿子安军也带到纸坊沟插队劳动。这一年，村上决定创办机械加工厂，老安带着安军和队里的另外六名年轻人去西安学习制造技术，为期半年多的时间里，他们就一直和老安的家人吃住在一起。老安的爱人白秉权是从西北文艺工作团里走出来的著名歌唱家，对此她不仅毫无怨言，还把自己的工作室让出来。建厂过程中，经费不足，他们又把女儿从部队复员时的安置费贴补了进去。

纸坊沟现任党支部书记李庆东就是那次去西安学习的六名年轻人中的一位。提起白秉权老师，他满脸敬重，说我们是亏欠着人家的。1980 年前后，安全拿自己的工资和部分集资款给队上买回四匹马，经几年繁殖发展到二十多匹，办起了饲养场。有一次，饲养场的一头骡子不见了，老安急得团团转，几天睡不着觉，村里村外到处想辙寻找。正在这时，他爱人病重住院，发电报要他火速回家。"队上出这么大的事，咋能说走就走"。老安给家里打电话，要孩子们精心服侍，并请单位暂时关照，等队上的事处理完马上回去。对此，他爱人和孩子们好长时间都埋怨他不近人情，老安再三道歉，并向他们解释：知道一头骡子多少钱吗？那可是队里一份贵重家当啊！

长期的艰苦操劳换来丰硕成果，但也损伤了安全的健康。1993 年 7 月，安全突发脑出血在延安病逝，终年六十八岁。延安各界举行了隆重的告别仪式。遵照他生前遗愿和群众请求，部分骨灰安葬在纸坊沟。乡亲们自愿捐款，为他修建了陵园，竖立了塑像。2020 年 10 月，延安民众剧团根据安全生平事迹创作了民歌剧《初心》，在城乡巡回演出，受到热烈欢迎。人们从这位可敬的文艺战士身上看到了什么是共产党的宗旨，以及什么叫"全心全意""完全""彻底"。

三

那天回到宾馆，朋友带来一本书，说是黄根品写的，没事时可以翻翻。黄根品我当然知道，做过延安市郊林场场长，地区林业局副局长，说来也算熟人。书名《树魂》，薄薄的一百八十多个页码，看去并不起眼。出乎意料的是，当我躺在床上打开这本已被翻得很旧的书本随意浏览时，那些娓娓道来的翔实文字和文采斐然充满激情的笔调立刻抓住眼球，一个意气风发的建设年代、一种理想绽放的精彩人生展现眼底，竟让我联翩怀想，彻夜难眠。

由于自然灾害和战争破坏，新中国成立初期我国生态环境严重恶化，成为发展经济和社会事业的一大瓶颈。为响应毛主席"绿化祖国"的号召，1956年3月1日至10日，共青团中央、国家林业部、黄河水利委员会在延安联合召开"西北五省（区）青年造林大会"，来自全国二十七个省（区）、十六个民族和部队、铁道、文教系统的一千二百零四名代表参加会议。来自浙江的代表黄根品怀着无比激动的心情，向主席团递交了要求留在延安，为绿化革命圣地贡献力量的申请。大会期间，延安南关广场举行了"绿化延安动员大会"，各地代表与延安青少年近万人在宝塔山、清凉山、凤凰山和杨家岭植树三万五千株。3月10日闭幕式，当大会主席宣读浙江省委同意黄根品留在延安的批复时，全场再次响起经久不息的掌声，一群延安青年将黄根品举起来，簇拥着上了主席台。面对代表们热切赞许的目光，他只说了两句话："从现在起，我就是一个延安人啦！我要为绿化延安奉献青春，决不辜负'青年'这个光辉的字眼。"

这次隆重热烈、影响深远的大会引发了延安乃至全国第一次大规模的造林运动，也开启了黄根品扎根延安二十三年，从一名热血青年成长为共产党员和领导干部的人生之途。

黄根品原在杭州市园林管理处工作。从西子湖畔到黄土高原，生活环境和工作条件产生巨大落差，气候、饮食、风俗习惯等一时都难以适应。但正如他日记里写到的："最能激发人经久不息的热情的，不是别的——那就是事业。"以往，延安山上的植被大多是灌木和荒草，每到冬季一片枯黄，见不到一点绿色。为"让革命圣地四季常青"，他经过调研，提出从外地"冻土移植松柏"的建议，因此前从未干过，担心气候和土壤无法适应，遭到一些人的反对。为用事实说服大家，他顶风冒雪，去到二百公里外的黄龙山，钻进深山老林，在工人师傅的帮助下挑选了三十三棵十年以上树龄的野生油松，经细心挖掘包扎，完好地保留了根部冻土，然后装上马车昼夜兼程运回延安，分别栽种在杨家岭和宝塔山用镐头挖开的一米多深的树坑里。经过一个严冬和春旱的考验，这三十三棵松树不仅异地扎根，而且长势喜人。此后，他们又从富县购进人工培育的油松幼苗，就地繁育，获得成功。延安的松树栽植从此年复一年，数量不断增加，面积不断扩大。

冻土移植的成功，鼓舞了黄根品开拓进取的勇气，也赢得了同事们的信任。从1959年起，他又开始了引种和培育名贵树木花卉的工作。延安市区的南门外原有一块二十亩的滩地，长期闲置，在地县领导的支持下被辟为林业实验基地。黄根品和同事们通过多年努力，先后从南方引进银杏、雪松、水杉、七叶树、合欢、皂角、红枫等名贵品种，其间的酸甜苦辣自不待言。更值得一提的是，那块地后来经简单规划设计，平整了地面，修建了温室和亭台廊道，成了延安第一个城市花园；再后来，又添置了游艺娱乐设施，成了延安第一个儿童公园。只是当人们（包括我自己）在园内消闲休憩或路过南门坡听到里面传来的欢声笑语时，往往不会想到这一切与那个从杭州来的身材瘦弱的技术干部有关。

1978 年底，黄根品调任林业部"三北"防护林建设局副局长。离开延安前，他办的最感满意的一件公务，是促成了延安林校的创建。这件事在西北五省（区）青年造林大会期间就定下了，但一直未能落实。他利用罗玉川部长来延安出差的机会，再次提出，延安林校终于在林业部和省委的重视下立项上马，于两年后建成开学，为延安的林业建设培养了大批人才。

与这个故事相关联的是，那次西北五省（区）青年造林大会还有一个附带收获，即我国当代文学史上脍炙人口的诗歌经典《回延安》。作为从延安走出来的诗人，贺敬之跟随胡耀邦一道去了延安，"白羊肚手巾红腰带，亲人们迎过延河来""十年来革命大发展，说不尽这三千六百天"都是他真实的见闻和感受。文学界同去的，还有青年作家萧也牧，他为大会写作的《少先队员献词》如一首优美的散文诗，激情澎湃，博得与会代表赞扬，也成了媒体宣传的一大亮点，至今常有人提起。

斗转星移，山河日新。六十多年前那次大会发出的"绿化黄土高原，控制水土流失""让祖国河山更加美丽"的倡议，在延安已变为现实。近二十年来，在国家政策扶持下，延安大力实施退耕还林和治沟造地工程，取得了显著的生态效益、经济效益、社会效益。全市森林覆盖率达到百分之五十三，林草覆盖率达到百分之八十，空气质量优良天数连续五年都在三百天以上。昔日黄土裸露、灰尘弥漫的贫瘠山区已变作国家园林城市、国家卫生城市、全国文明城市，真让人难以想象。这次回去走访了延安下辖的六个县（市），见到的同事和亲戚朋友都以延安现在"天蓝地绿，山清水秀"的环境而自豪，并真心实意动员我"回来养老"，让我既欣喜，又感动。

做过安塞县和宜川县副县长的延安市作协党组书记霍爱英写过一篇题为《有一种绿叫延安绿》的文章，里面写道："这'延安绿'，是一锨一锨挖掘的绿，一山一峁织就的绿，一沟一壑连接的绿，一点一滴汇成的绿，一笔一画大写的绿，一年一年积攒的绿。"语中肯綮，我自有同感，而且也像她一样深信：有了这种久久为功的毅力，在全面建设社会主义现代化国家的新征程中，延安一定会以更大的作为、更出色的成就为党争光，为时代添彩。

延安人民的生活一定会更幸福，更美好。

节选自《中国作家·文学版》2021年第7期

我在北京四十年

——

梁晓声

屈指算来，我从复旦大学毕业后分配到北京电影制片厂，已经四十四年了。

我在北京电影制片厂有半年左右的时间没宿舍可住，临时住北影招待所的一张床位。半年后分到了一间单人宿舍，十一平方米。那是筒子楼，家家户户在走廊做饭，每日三次，走廊里定时响起锅碗瓢盆交响曲，人们边做饭边聊天，十分热闹，关系也都非常好，很少发生争吵现象。

我在十一平方米的家里有了儿子，做了父亲。三四年后，厂里分房，我搬了一次家——从走廊这头搬到了走廊那头，家大了，十四平方米了。我顾不上粉刷，将老父亲从哈尔滨请来，帮我接送入托的儿子。老父亲当天郑重地对我说："儿子，你一参加工作就分到了住房，而且还是木板地，有福啊，你知足吧。"我确实很知足。

当年，许多刚参加工作的年轻人是分不到住房的，某些单位连集体宿舍也无法提供。而我们那筒子楼里，不但住着入职一二十年的老职工全家，还住着几位夫妻两地分居的科长、处长——他们已经与家眷分居多年了，家眷很难调入北京。

我的老父亲不可能与我们夫妻共同住在十四平方米的家里，老母亲也不可能与老父亲同时来京，那就更没法住了。我为老父亲买了一张折叠床，他每晚就睡在我的办公室里。

老父亲离京返哈，老母亲才接踵而来。

几天后，老母亲问我："儿子，你不是分到北京了吗？"

我说："是啊，咱家不就在北京电影制片厂院内吗？"

老母亲说："可北影大门外哪儿像城市啊？这地方不是叫什么太平庄吗？敢情你是名义上分到了北京，单位实际上是处在一个庄的地面啊！儿子，那你的城市户口还保留着吗？"老母亲一脸忧虑。我费了好多口舌才消除了她的忧虑。

当年北影大门外那条路叫什么我至今也不清楚——16路公交的一站正对着北影大门。那条路仅中间部分是用柏油铺成的，而且处处龟裂，有的地方还塌陷了。柏油路面的两旁是沙土路。不仅那条路如此，纵横于那一带的路全那样。

北影对面是中国教育出版社，它的院门和主楼在当年算是"气派"的，现在看自然寻常得不能再寻常了。它的右边是部队家属院，再右边是北太平庄商店，那一地带最大的商店，只一层，内外都很老旧，面积有五六百平方米。秋末也在店外卖大白菜，小丘般的菜堆常码在人行道上。往往，人们起早贪黑地排长队，唯恐买不到。

北太平庄商店是马路那一侧的终端。中国教育出版社的左边除了几处平房，就再没什么建筑物了。平房更左边，是一小片野草丛生之地，狗尾草居多。而北京电影制片厂这一侧，右边是一片菜地，属于所谓"城中村"。左边依次是部队干休所、新闻电影制片厂。新影左边似乎曾有一处小旅馆，便也到头了。

那时我年轻，单身时偶尔晨跑——从北影向右，跑过菜地转弯，一直往北京航空航天大学那边跑，再转弯经过北医三院，最后跑跑走走回到北影。所经虽然都是北京有名的单位，但周边未免荒凉，于是也会像我老母亲那样想——我真的算是北京人吗？也许说是某"庄"之人更恰当吧？

几年后，新影左边的小旅馆拆了，建成了十层高的远望楼，在当年使不少北太平庄地区的居民为之喜悦，都说从此北太平庄像是北京的一部分了。

十年后，北影门前修起了高架桥和过街天桥——那条路成了三环中的一段，而国家知识产权局也在曾经的菜地上开始修建了。

三环的出现似乎是一道界限的划分，那边算市区，这边叫"环外"。"环外"有接近市区的意思，也有终归不属于市区的意思。三环曾使北影、新影的职工及家属一度失落，因为分明被划到了市区以外。

四十年弹指一挥间。如今的北京，五环内外处处高楼林立，新区多见，繁华多了。居住在三环边上的人家，等于居住在北京寸土寸金的地段了。

1988年底，我从北京电影制片厂调到中国儿童电影制片厂——那时北京电影学院从郊区迁入市内了，国家知识产权局大楼也盖起来了。

国家知识产权局、北京电影学院、中国儿童电影制片厂三个单位，同处于横竖两条主要马路交叉的直角地带。国家知识产权局在三环边上，中国儿童电影制片厂在健安西路边上。

健安西路是一条极短的，一头"堵死"的小街。也不是完全堵死了，只不过机动车是通不过去的，但步行或骑自行车的人，可穿穿绕绕地到达前边的横街。这条小街的一侧是一家便民饭店、中国儿童电影制片厂宿舍楼、北京电影制片厂宿舍区后门、前进小学、部队干休所后门，另一侧是元大都土城墙遗址，土城墙，顾名思义是用土堆成的。

当年那条小街极幽静，遗址上有片老树林，此外野蒿遍布。其间有条臭水沟，名字却起得很好，叫"小月河"。天黑以后的遗址，即使是胆大的人，也宁可绕远而决不图近地从中穿过。连公安部门都提醒，那是很不安全的。

不知从哪天开始，小街上出现了摊车，不久又出现了地摊。居民觉得方便，东西也便宜，便以乐见的态度接受之。于是卖主们将那条小街当成了摆摊的固定地点。

一个月后，不得了啦，从早上 6 点到 9 点多，有时到 10 点，小街几乎水泄不通了。就是两手空空的，也得侧身才能通过。而那个钟点，正是家长们送孩子上学的时间，也是干休所老干部们乘车出行之际。小街上的居民本没那么多，因为周边的居民也来了，所以才形成了人挤人的局面。卖什么的都有，现场炸油条、煮馄饨、蒸包子、烤肉串、煎锅贴……更使整条小街烟气缭绕，杂味弥漫。那时，窗子临街的人家是不能开窗的。

小街终于安静下来以后，遍地垃圾。雨后，流淌着的水是黑的，浮着油花。

那条小街重铺过一次，但焕然一新的面貌仅保持了一两个月。

2000 年，我家在牡丹园北里买了房子，那条叫小关西街的小街，起初也很幽静。待小区多了，居民多了以后，同样地，逐渐变成了一条脏街。路面重铺过一次，也很快就恢复其脏了。街道干部出面协同各方着力治理过一次，还成为新闻上了电视，街道干部还在电视中引用了我呼吁整顿的话。

只不过治理行动一过，脏乱差的程度与之前相比，反而有过之而无不及了。

几年前，全市范围的大治理开始了。由于预先宣传得充分，道理讲得明白，而且不再是单独局部的行动，而是全市统一的行动，可以说所到之处，进展顺利。

健安西路那条小街终于又幽静了，干净了。土城公园更美了，成为北京很有特色的一处街区公园。小关西街也干净了，还出现了美化街道的公益景观。

并且，治理过程没发生矛盾，顺顺当当地就把该做的事做成了。事实证明，绝大多数居民是支持的，并且因为看到了好的结果而点赞。

如今，北京治理"脏乱差"现象的工作，成效喜人，有目共睹。正在进行的，是对老旧小区的深度改造，而这也是提高民生水平，深得人心之事。

我的外省朋友们，曾来过北京的，又来后都说："北京比以前干净了，比以前美了。"他们的表扬指的是北京的"肌理"，即像健安西路和小关西街那样的小街小胡同。

第一次来北京的朋友们则说："放眼望去，无违章搭建，整洁美观，不愧是首都。"

与之相关的一个问题是——若摆摊确系某家某户的生计，后续扶贫工作是否跟进了呢？

据我所知，各级政府扶贫工作也在扎实推进。

一日我走在小关西街，见一家小菜店将菜筐摆在门外两旁，那就占了人行道了。街道管理员当面批评店主，命其将菜筐搬入店中。店主连声道歉，表示接受批评。

城市管理者应当明白，民之可与不可，在于如何养成良好习惯，培养公德意识，绝非一朝一夕便可立竿见影，必待长久之功。

尽管，北京是全国人民的北京，但首先是北京人民的北京——故北京人民和各级政府为创建"美好首都"所做的种种努力，定会获得全国人民的点赞。

那么，让我也在此为日渐美好的北京由衷点赞！

原载《人民日报海外版》2021 年 5 月 31 日

历史的脚印

剑　钧

一

坐落在北京东城区五四大街 29 号的北大红楼，是一座百年建筑。它虽没有故宫的宏伟气魄，却积淀了新民主主义革命的历史精华和共产党先驱者的献身精神。漫步红楼，倾听脚下的声响，犹如踏入百年前的北大校园。眼前仿佛有位身着长袍马褂，戴着圆形眼镜的先生，在对我自信而深沉地微笑……

他就是李大钊。那会儿，他身为北大教授、图书馆主任，月薪为一百二十银圆，后增加到二百四十银圆，却始终过着俭朴甚至寒酸的生活：冬天一身棉袍，夏天一件布衫，一顿饭常常是一张大饼卷一根大葱。

几年前，在李大钊故居陈列柜中，我看到一张发黄的薪酬表，李大钊的薪水加上稿费，每月可达三百银圆。即便这般高薪，他夫人赵纫兰也时常为柴米油盐而发愁。李大钊将近三分之二的收入都用作党的活动经费，余下的还要抽一部分来接济贫困的进步学生。这就是一个真正共产党人的情怀。这种情怀是根植在心田的种子，由心灵的热土培育，从发芽的那天起就以"铁肩担道义"为己任。

北大红楼于 1918 年落成，适逢北大成立二十周年，那年李大钊二十九岁。那会儿，他在东城的红楼上班，家在西城的石驸马后宅 35 号，租住一套三合小院平房。每天清晨，从西城到东城，他要步行六七公里，一路脚印也就留在了那里。

我想北大红楼是幸运的，落成伊始，就成为中国先进思想和文化的策源地，也留下无数仁人志士的脚印。这里有李大钊的办公室，有毛泽东工作过的图书阅览室，有鲁迅授过课的大教室……当他们的脚步声从这里响起时，多像催生新世界的鼓点。

我怀着崇敬之情走进红楼 119 室，这是李大钊的办公室。李大钊是为真理而播撒火种的人，他的青春和北大的青春都在这里燃烧过。我似乎看到 1919 年春天，他在办公桌前奋笔疾书《我的马克思主义观》，率先在中国系统地宣传了马克思主义。我似乎看到 1920 年秋日，他在这间屋子发起成立北方第一个共产主义小组，让红楼成为北京早期马克思主义者活动的重要场所。

伫立红楼，我肃然想起在国家博物馆看到的一幕，展览大厅摆放的那件国家一级文物——李大钊慷慨就义时的绞刑架。1927 年 4 月 28 日，年仅三十八岁的李大钊和十九位共产党人被军阀张作霖秘密杀害。李大钊是第一个登上绞刑台的，他身着棉袍，从容淡定地在刽子手的镜头前留下最后一张照片。看着锈迹斑斑的绞刑架，我不禁想起 1918 年 11 月 15 日，北京大学举行的演讲大会上，李大钊登台作了题为《庶民的胜利》的演说，他信心满满地预言："试看将来的环球，必是赤旗的世界。"

二

循着李大钊先生的脚印，我又联想到共产党人于方舟。他虽没有李大钊那么大名气，但也是天津早期党团组织的重要负责人。他和李大钊的渊源在于他是经李大钊介绍入党的。1927 年 12 月 30 日，李大钊壮烈牺牲八个月后，他也英勇就义，年仅二十七岁。

2013 年春日，我在天津宁河七里海寻觅到于方舟留下的脚印。那次，我与几位作家受邀来到七里海，都不约而同地提及了于方舟。有人告诉我，于方舟在南开大学读书时，就是周恩来的同窗好友。

我们在七里海漫游，游艇划破湖面溅起的浪花与湖心岛的芦苇丛相映成趣。同行的柳萌先生聊起革命历史题材电视剧《寻路》，说剧中就有七里海的镜头。早年周恩来和于方舟曾在七里海和裱口村一带从事革命活动，两人的脚印也遍布了七里海各个角落。裱口村是于方舟老家，离七里海有十二公里。为避免暴露行踪，他们在七里海总要划船到芦苇荡深处，在碧水绿苇之间研读马列书籍、谋划革命策略。两人一出去就一整天，中午都是于方舟夫人和族中一位长者驾船过来送饭。

有一次，于方舟陪周恩来到裱口村头的潮白河大堤散步，举目望去，洪水泛滥，淹没田园，一片凄凉，不由黯然神伤。他对周恩来说："等将来全国解放了，建立了新中国，一定得在这里修座扬水站，变水害为水利，造福老百姓。"

那天，我们的游艇在芦苇环抱的七里海穿行，眼前仿佛重现了这一幕幕场景。虽然一个于方舟倒下了，但千百个于方舟站了起来。而今先辈的梦想一一实现了，那是无数英烈用鲜血和生命换来的。

一位史学家颇为感慨地说："长大后，听了一位当年的地下党员讲于方舟的故事，我眼界一下开阔了。抗战胜利那年，我十七岁，也参加了革命，有幸成为后来者。"

信仰是一片天边的云朵，停不下脚步，只为追求天边那一缕朝霞，那是生命的颜色，那是人生的火炬，那是明天的畅想。我在想，信仰的力量是无穷的，为了实现中华民族伟大复兴的中国梦，共产党人一直都在"寻路"。

三

2019年春日，几位作家朋友以延安为起点，沿着红军东征的路线，东渡黄河，来到山西永和采风。在参加了盛大的槐花节，游览过壮美的乾坤湾，参观过红军东征纪念馆之后，当地友人盛邀我们去参观红军东渡黄河时路过的赵家沟。听说赵家沟就坐落在永和梯田下的山坳里，毛主席还曾在那里住过。

车子沿盘山公路行进在白云缭绕间，眼前是一幅永和梯田的水墨画，层层叠叠，郁郁苍苍。一道道梯田犹如一层层涌起的波涛，成排山倒海状，大有让我倾倒的磅礴气势。那黄土的本色，让我想起一路所见的奔腾黄河。

追溯历史，唯有伟人毛泽东当年留下的诗句，"俱往矣，数风流人物，还看今朝"道出了中国共产党人的雄心和胆魄。这首写于1936年2月的《沁园春·雪》，适逢他统领红军东征的日子。红军将士从2月20日出师东征，到5月5日回师陕北，历时七十五天，转战山西五十余县，粉碎了蒋介石剿灭红军的图谋，推动了抗日民族统一战线的形成，在我党历史上留下光辉的脚印。

车从山路盘旋而下，如游龙走蛇缠绕山梁，那漫山遍野盛开的槐花，完全颠覆了我对黄土高坡的印象。来的路上，我也目睹过裸露的黄土沟壑，瘦骨嶙峋，给人几分幽远的苍凉之感。陡然间，我诧异地发现一枝无名花，开在寸草不生的孤崖上，格外惹眼。当地友人告诉我，这种花的生命力就源于坚韧而耐旱的基因，许多花草由于土地贫瘠和缺水无法生存时，它却能破崖而出，迎风绽放。我顿悟：这不正是红军东渡黄河、勇于绝地逢生的精神吗？

中央红军与陕北红军会师后，陕甘革命根据地面积狭小，人口稀少，红军给养困难，扩军也不容易。当时日本帝国主义对中华大地蚕食鲸吞，国民党又纠集陕甘宁晋绥五省军队对根据地"围剿"，堪为危急存亡之秋。八十五年后的今天，回望红军东征的壮举就可发现，红军东征确为挟百战余威、绝地反击的英明之举。

我们走进赵家沟，村口墙上绘着红军东征的一幅幅彩画，生动再现了红军与赵家沟老百姓的鱼水深情。我们走进毛主席住过的窑洞，感受着伟人谈笑间指点江山的豪迈气魄。友人告诉我，红军东征期间，毛主席率总部人员两次进驻永和县，十三个日日夜夜，有五天是在赵家沟度过的。在简陋窑洞里，毛主席召开了重要军事会议，将渡河东征"抗日反蒋"的方针，改变为回师西渡"逼蒋抗日"，半年后"西安事变"发生，中国革命迎来了峰回路转的新阶段。

我走出毛主席住过的窑洞，望着远方的永和梯田，但见郁郁葱葱，带着乾坤湾的神韵，铺展在黄土高坡，伸向飘着白云的山野。哦，多美的黄土地，我看到了红军的脚印仍在向前延伸，它代表了一种民族精神，像九曲黄河百折不挠，像孤崖的无名花自强不息，像红军东征的脚步一往无前……

四

新中国的历史是人民创造的。一个国家的脚印，就是一个国家的历史，在工矿、在田野、在科研院所、在边防海疆，亿万行脚印连缀起来就是一幅共和国的壮美画卷。不过，我想说说和平年代，留在青藏高原的军人脚印。

2019 年 10 月的一天，在采访军旅作家王宗仁时，我开门见山地问："您一入伍就去了青藏高原，可有什么撞击心灵的故事？"他不假思索地说："当然有啊，1958 年我在青藏高原当汽车兵，一去就听战友讲了'唐古拉山的二十五昼夜'。"

那是 1956 年 12 月 24 日，王宗仁所在团一营二百零四名官兵在副团长张功、营长张洪声的带领下，出动近百台车进藏，当车队行进至唐古拉山时，一场百年不遇的暴风雪袭来，十级狂风伴着零下四十多摄氏度的低温将车队困在山路上。当时进退都难，与外界联络也中断了。二十五个昼夜，断粮断水，生死存亡摆在每个人面前。危难关头，营党委在唐古拉山坡的军车旁，顶着凛冽风雪，站着召开了一次特殊的党委会，做出继续前进的决定，并传达到每一个班排。一场以共产党员为骨干的"风雪突围战"打响了。二十五个昼夜，其间恰逢 1957 年元旦，饥寒交迫的战友不改豪迈的革命热情，敲起锅碗瓢盆来欢度新年。二十五个昼夜，战友们用铁锹和双手生生挖出一条冲出死亡线的"雪胡同"，随着脚印一寸寸延伸，死神在英雄们面前退却了。二十五个昼夜，五十多名官兵被冻伤，却没冻坏一台车辆，没损失一件承运物资。当他们走出没膝的雪地时，前来救援的战友们落泪了，这些英雄们一个个衣衫褴褛，脸色黝黑，像荒野里走出的野人。

青藏高原，一个冰雪的世界，鲜有绿色，且缺少鲜花，但不缺战士的脚印。他们的脚印深深浅浅，是军旅生涯的印记；他们的脚印密密麻麻，是报效祖国的音符。在青海玉树有一个海拔四千四百多米的五道梁，被称为"生命禁区里的禁区"。坚守五道梁的军人都是千挑万选的佼佼者。为解决缺氧问题，部队在每个战士床头都安装了供氧装置，以保证他们晚上能够入睡。即便这样，我们的战士仍不时面临生死考验。当刺骨的寒风从五道梁吹过时，氧气似乎也被吹跑了，有的年轻战士因高原反应，永远留在了那里。两千多公里的高原线上布满军人的英魂，几乎每三公里就有一位战士长眠于此。

在青藏高原，军人的脚印就是生命之花，开在兵站，开在哨卡，开在千里运输线上……共和国军人在用双脚丈量祖国版图中那博大而美丽的青藏高原，他们以青春和生命为代价，将幸福的阳光洒在了共和国的城市、乡村、山野与江河……

百年风雨，百年巨变。历史的脚印见证了一个政党的成长，从嘉兴南湖的脚印到井冈山的脚印，从杨家岭的脚印到西柏坡的脚印，从天安门广场的脚印到深圳湾的脚印，历史的脚印记录了中国共产党的苦难辉煌。生命里的脚印也见证了一个国家的凤凰涅槃，从刀耕火种到"两弹一星"……日出东方是历史的必然，夸父逐日追赶的是明天的太阳！

原载《解放军报》2021 年 4 月 2 日

两棵树

————

刘汉俊

一个难言之隐，压在我的心底，多年了。

从千里迢迢的北京，回到故乡赤壁的莲花塘刘家，总在寻觅什么。

是家乡的亲人？三叔家，大姑家，一直排到七姑、幺姑家，这些年的联络没有断线儿，大抵知道各家的状况。会面少了，微信聊天却多了，还建了一个群叫"老刘家"，众多兄弟姐妹挤在一个页面，有时候叽叽喳喳热闹得不行，有时候沉寂一阵子没有动静儿，偶尔冒出来三两个，聊上个三两句，或者发三两个表情。逢年过节，亲情满满。疫情一重，群里热度陡升，惦念叮嘱关心提醒祝福，都是真真切切、暖暖和和的。寻不寻，觅不觅，亲人们都在手机里待着，好像不急。

是儿时的伙伴、同学，"村里的小芳""同桌的你"？从万古堂小学到赤壁一中，从本村到邻村，老屋任家、新屋任家、月亮湾任家、大塘坝任家、老屋邹家、鸭棚梁家、架桥郑家、好吃丁家、洞里涧刘家、茅山张家、古井陈家、高井畈刘家、畈里杜家、坡里童家、牌里间卢家、羊角湾卢家、塘屋湾宋家，程家湾、费家庄、黄家嘴，山旮旯里，水凼凼边，都有我儿时的伙伴。一块打过架、挨过骂、挨过打、偷过桃儿的，一道放过牛、砍过柴、抽过笋、游过水的，一同捉过兔、捞过鱼、打过蛇、逮过野物的，还有一起讲过鬼怪故事、交换过小人书、躺在夏夜的竹床上数过星星、一起收听过中央人民广播电台节目《今晚八点半》的。寻不寻、觅不觅，彼此记着、打听着，大概知道，不急于热乎。山路间田埂上马路边，或者某个小酒馆里碰着，一顿亲热之后，东一句西一句长一句短一句地寒暄，到后来便是尬聊了。偶遇心心念念的"小芳"或者"同桌的你"，却是三分羞涩情似在、时过境迁心已无了。

　　是满桌的酒菜馋人，还是灶堂屋的煨汤诱人？乡下人家好像不缺吃的。山上长的、树上结的、地里栽的，都能入锅上桌。秋有莲藕冬有笋，春有包菜夏有瓜。肩扛手提地给菜园子浇几桶水，第二天早起便是丝瓜苦瓜黄瓜茄子豆角满挂，菜花豆花黄花红的紫的白的满眼。地头的韭菜永远割不完，一刀子掠去，一篮子装满，一回头又是一地青。无论哪个山涧地沟里，准有一片片带着露珠儿的黄花葱蒜，在朝阳下灿灿灼灼地等你；随便哪个塘堰池坝里，总有一簇簇的荷叶莲花，在烈日下举着伞等你。冬瓜南瓜圆的长的瓜熟蒂落，土豆红薯萝卜芋头满地乱拱，红辣椒青辣椒线辣椒甜辣椒朝天椒灯笼椒在万绿丛中闪闪烁烁。百吃不厌的红菜薹白菜薹家家都有，各家口味不同，哪家味道都好，农家的锅灶才炒得出农家的味道。塘里的鲫鱼鲤鱼河里的刁子鱼，沟里的细虾螃蟹田里的小泥鳅，还有遛弯儿的黄鳝晒太阳的鳖，一不留神儿就美滋滋地成了农家的桌上宾盘中君。灶膛上挂烤的腊肉腊鱼腊香肠、蹄髈元宝熏野味，醇醇地散发着年味儿，火炉里一罐罐湖藕排骨汤、黄豆猪肚汤、胡萝卜牛肉汤、苕粉炖鸡汤，嘟嘟地冒着香气儿。家乡的味道，是乡愁的主角。但现在城里好像也不太稀缺，京城的湖北餐馆多起来了，发达的物流使北京的超市经常上架水灵灵的红菜薹，老家赤壁的龚嫂鱼糕、干豆角、咸鸭蛋等还可以网上订购送货到家，家乡同学发条短信"给你寄了两瓶我妈做的金椒粉子，注意收啊"，两三天后的晚餐就吃上了。吃的似乎也不十分惦记。

那一年，走在回莲花塘刘家的大田畈，我竟然迷路了。好不容易摸索到一片社区村落，一问是角塘湾李家。我猛然记起什么，问道："李家岭上的两棵柏树在哪里？"

村里人答曰："早就砍了！""砍了。要建一个企业。"

"啊！"我不是怅然若失，而是"真失"了。

从懂事起，岭上的两棵柏树就印在了我的心底。山岭的平地处，一对古朴的苍柏直挺挺地生长，一棵稍高，另一棵枝叶略密，每一棵树根都须几个孩子合抱。树势如双雄并峙立地冲天，如戟如柱，又像情侣比肩握手交臂，相勾相连，站定三千年，相依三千年，等你三千年。柏树叫什么名字，不知道；候鸟飞播的还是随风落地的种子长成，不知道；树龄多大，不知道，爷爷的爷爷就见过。莲花塘刘家祖上出过翰林学士，刘翰林过年回乡省亲，走过大田畈，打李家的树下走过就到了莲花塘，然后把马系在塘上的桅杆丘。大年初四，刘翰林就起身回朝，所以莲花塘刘家的年只有四天，"破五"就踏雪破冰干活儿了。从莲花塘去城里，这里是必经之地。

粗硕的根茎似钢筋铁骨，浓密的枝叶能傲霜斗雪，素朴庄严肃穆，威风凛凛如阵。与房前屋后池边田塍的桃树李树梨树桂花树棠棣树们相比，无色彩之绚丽，少花果之芬芳，无虬枝之峥嵘，少舞蹈之气象，唯有躯干笔直昂然向上，华盖厚实沉稳内敛。纵然风雨来洗脸、春色来美颜，星月上银光、夕阳镀金辉，却有一种日月每从肩上过、山河但在掌中看的低调淡定从容。树梢高耸入云端，枝干相拥在云中，留得住雾霭，歇得下飞鸟，树冠的窝是鸟雀们温暖的家。树上趴着蝉，蝉在蝉衣包里歌唱；树下拴着牛，牛在牛草堆中犯困。水牛黄牛们蜷着卧着，等待下午或者黎明的出耕，树干的一圈早已被牛绳磨得光溜圆滑。石碖石碾、风车磨盘，三三两两地趴着歇着，千转百转总有自己的半径，千圈百圈不离自己的轴心，动或者不动，它都在那儿，岁月静好。

两棵树迎风而立、随风而动，是村里人的风向标、风速仪。十里八乡出远门的、回娘家的，进县城的、下田垄的，弯弯绕绕曲曲折折来来回回，两棵树是方位参照物。大雪封山，银装素裹，在齐膝深的雪地里深一脚浅一脚地跋涉，两棵树是定向标。树下是家，树在家在，是远程的出发点、归程的落脚地，是人生的原点、生活的圆心，游子的精神皈依地。

两棵树居高望远、通天接地，枝干上架设过大喇叭。中央的声音、村里的通知，天气预报、农用知识、国内外大事，以及准点报时的军号声，每天从这里传遍山脚下的李家、任家、刘家和万古堂小学。树下的平地，是村里大人细伢们的活动中心。白日里柏树底下晒太阳，晒衣被、鱼罾、丝网，晒萝卜干、豆腐渣、腌豆豉，各晒各的；星夜里背靠大树好乘凉，藤椅一搁竹床一铺，驱蚊虫的烟包熏起来，抽烟的讲古的吵架的搓麻绳的，各玩各的。还放电影，幕布的一头被皱皱巴巴地拉扯在树干上，电影胶片机咔咔嗒嗒自顾自地转悠，柴油发电机哼哼嘟嘟地使着劲儿冒着气儿。一屋场人围着幕布正反两面看电影，总有人在大声地充当解说员，有一搭没一搭地剧透。

腊月里的赛鼓从冬月农闲时就开棒了，两棵树底下是最好的赛场。各家搬出自家的脚盆鼓，摆开擂鼓比赛的场面，你家我家比，这村那村赛，一棒两棒，三声五声，你响我更响，我快他更快，赛声响、比速度、拼耐力，此起彼伏你追我赶，乱鼓像热锅炒豆子噼里啪啦，排鼓似雷电战鼓阵势威风，由此拉开山村过年的序幕。一年的收成喜庆，来年的愿望期盼，全在这起劲儿的鼓点里了。

两棵树是山上的景，也是村里的主。常有长者在树下观天象、识风雨，祈求风调雨顺，拜请神佑苍生；正月初一到十五，花灯、鼓阵、舞龙队、狮子、蚌壳、采莲船在树下集结进村拜年。在这里，总有妇人在黑夜里叫着乳儿的名字，为恙中的孩子或者受惊吓的幼童"收吓"；在这里，偶尔有漆黑的棺材停放一夜，等到第二天一早，麻衣缟素的亲人们哭着念着唱着，簇拥着师傅们庄重地托起一个已歇息的生命，向着某个山垄里沉重地走去。

苍老的柏树是岁月的刻度、历史的留影，目睹过白云苍狗沧海桑田而依然保持一颗青翠圣心，经历了风霜雨雪雷电交加却仍然挺直一尊铮铮傲骨，是鄂南山乡一隅的文化标识、精神标杆和历史记忆。

我在读万古堂小学的时候，听过一位少年英雄的故事。1931年冬，在国民党驻军85师反动势力的怂恿下，当地反共组织"铲共团"疯狂捕杀共产党员和进步群众。有一位红色赤卫队儿童团团员，叫李海林，不到十六岁，家住柏树底下的角塘湾李家。那天凌晨，他在树下放哨，没想到一队"铲共团"武装趁着曙色和浓雾摸上了山包，李海林不幸被捕。小小年纪受尽酷刑，但他宁死不屈、决不投降，厉声正告敌人"革命不怕死，怕死不革命"！残暴的敌人砍下他的头颅，抛进了北门河。依稀记得，讲故事的是老屋任家的炳贤爹，他是李家的世亲。每年清明节，学校都要组织我们去李家对面的山坳为英雄扫墓。青山饰浮雕，苍柏为丰碑，烈士的英灵长存、英名不朽。

两棵树是迎宾树，也是送客处。迎来送往，迎娶送嫁，这里是必停之地。好事成双，如双柏相伴；情谊千古，像古树苍翠。送君送到大树下，心里几多知心话，拱一拱手揖别经年的老友同庚，挥一挥袖作别远山的云彩流霞，此去长风浩荡归雁无期，一路高山水长千万珍重。倚树放眼，大田畈里一马平川几无屏障，田方地平大路朝天，但放学时分，老师总会护送学生到树下，目送孩子们打打闹闹嬉嬉笑笑地下坡，过了流水港便四通八达，各回各村、各找各妈。孩子们回到自家村口了，一回头，老师还远远地站在树下。

这两棵树也深深地植进了我的心田。儿时的我无数次地站在树下，眺望满畈的金色稻浪、碧绿秧丛，以及无垠的油菜花、紫云英；无数次地站在树下，遥望远处的京广铁路、远处的赤壁县城，幻想未来的生活、未来的模样；无数次地带着妹妹弟弟和自家的大黑狗站在树下，眼巴巴地翘盼从县城里买肉买布买小人书回来的妈妈，等候一年几次从更遥远的武汉回家、大包小包驮弯了腰的爸爸，等候徒步穿越县城、穿越大田畈来看我们的舅舅。

大学毕业后久居京城，那年春节突然想回阔别多年的山村看看。从赤壁县城的西南角出来，影影绰绰地望见了那久违的树影，顿时就流泪了。那是故乡的位置、童年的时段、初心的摇篮、家的方向。我以一颗虔诚的心，向着树的方向一直走一直走，尽管峰回路转阡陌交错，却总能走通，一直走到两棵树跟前，走进我的莲花塘。那两行风干的清泪，是我献给故乡最隆重的见面礼。

千千心结家乡树，一枝一叶总关情。可是，怎么就没了呢？是树大招风抢了光，还是煞了风景挡了道？

二十多年过去了，不知道这两尊金枝铁干般的躯体，当初是怎么被放倒的，那一刀一斧、一锯一凿是怎么开膛破肚的，那永远不改其色的墨绿枝叶是怎么折断枯萎化为尘埃的。有没有人看过它们的年轮、知道它们的年龄？我不敢想象，它们轰然倒地的景象，那汩汩流淌的汁液，想必是它们告别人世的泪水。

山有神，水有灵，树有魂。天生万物，道法自然，人类对自然当心存感念和敬畏。当我们陶醉在山河改道、天地易容的巨变，畅想在沧海变桑田、旧貌换新颜的愿景时，不要忘却"天地与我并生，万物与我为一"的境界。竹山林木如海，葱茏茂密如被，的确不缺一两棵树，但尊重每一个哪怕是纤弱细小的生命，譬如一两棵树，是需要哲思、情怀和格局的，这是一种文化自觉。如何不刨千年根、不废万古流，辟其地而留其脉，开新颜而守住魂，是需要反思与拷问的，这是一种文化自警。新兴的城市为一棵百年榕树让道，这事发生在福建厦门；新建的高速为一棵红豆杉改道，这事发生在京珠高速广东段；为了留下一棵国槐树，车流如潮的主路一分为二，这事发生在北京西二环的天宁寺桥。国内外像这样的故事很多，这是人文关怀和人类情怀的经典定格，是一道自然景观，更是文明的风景。我们如何对待环境，是一道良知的作业题、道德的考试题。

不是选择题，是必答题。

倒下去的是两棵树，还有我深深的失望。这个埋藏在心底二十多年的痛，幻作一缕淡淡的忧伤，爬进了我的乡愁。

我只能在记忆深处寻觅它们了。

原载《湖北日报》2021 年 8 月 22 日

柳青与他的"三字经"

肖云儒

1962年夏天，我二十二岁，大学毕业分配到《陕西日报》文艺部工作还不到一年。我给陕西作协（那时叫中国作协西安分会）的专业作家柳青、杜鹏程、王汶石、魏钢焰，以及广州的秦牧，上海的吴强，福建的郭风等知名作家去信约稿。不久，杜鹏程、秦牧、郭风各寄来一稿，王汶石用毛笔回信说暂无短稿，有即奉上，而柳青杳无回音。

我不死心，便"打上门去"。那时通信不便，从西安市打电话到柳青所在的长安县算长途电话，且要乡村邮电所去几里路外的柳青家中叫人接听，预约困难。于是我干脆骑上自行车，骑了二十多里路，"找上门去"。上神禾塬，下蛤蟆滩，进皇甫村，一位老乡把我引到柳青住的中宫寺，喊门："老叔，有人找！"进得门去，只见穿对襟褂子、踏千层布鞋，平头、蓄髭、晒得黝黑的一位"半老汉"，正在院子里侍弄菜地。那正是柳青。

我自报家门，说明来意，他让座、倒水。沉吟片刻之后，便径直说："云儒呀，好稿子不是'约'出来的，不是命题作文写出来的。心里有话说，才有稿子可写。有了合适的稿子我会寄给你们。"尽管柳青的话说得很慢很缓和，斟酌着用词，怕伤了眼前这位刚工作的年轻人，目光却如解剖刀般锐利，正像他的中篇小说《狠透铁》中描写的那位老支书的目光，很有一股子"咬透铁锨"的自信和倔强劲儿。

三四个月之后，1962年的初冬，报社的文书登记稿件，在自由来稿中发现了柳青的《耕畜饲养管理三字经》的原稿和亲笔信。一位享誉全国的小说家会写"饲养管理三字经"这类东西吗？文书要我们确认这是不是那位写《创业史》的大作家柳青。联系远在村里的作者很不方便，因此我们比对了原稿和《创业史》扉页上印的作者笔迹，又联系柳青在作协的一些老友辨认，确定这就是"那个柳青"。于是，文艺部副主任叶浓将稿子交给我，要我认真处理，从速编发。

但在编辑过程中出了一点小插曲。刚参加工作的我，年轻气盛，有点不知天高地厚，总觉得"三字经"中有几句韵似可推敲，便斗胆在原稿上用红笔改了。叶浓不认同我的做法，一定要我送作者本人过目，同意后才能发稿。于是我和另一位年轻编辑张田又结伴跑了一趟皇甫村。

柳青见了我在他原稿上改动的韵，显然不高兴："你是外地人，说的是带南方口音的普通话，我这个韵是老陕话，本地农村好流传，农民好用。"眼镜片后，他的目光又像解剖刀那样亮起来，我又一次感受到关中老农"咬透铁锨"的劲儿。我坐在那里好一阵尴尬，只好默默将稿子认认真真重看了一遍，躲着他的目光、放低声音说："老柳呀，看来稿子改得确实欠妥。我想大约有三个问题，一是我的口音问题。二是我没有考虑到你在文中有几处转韵，按一韵到底念，当然念不顺。三是你主要是从'用'着眼，要在农村实际中有效有用，而我更多是从'读'着眼，过多拘泥于体裁、文字，太书生气了。"他的目光慢慢柔和起来。

《耕畜饲养管理三字经》的原稿，是秀气的钢笔字写在发灰的糙纸上。在与原稿一同寄来的给编辑的信里，柳青写道：

编辑同志：

　　这篇《耕畜饲养管理三字经》是今年4月间，长安县皇甫公社的王培海等同志和胜利大队的王家斌等同志集体讨论，由我执笔编写出来的。经过全公社的社员、饲养员和干部提意见，几经修改，成为现在这个样子。我们起初仅仅是讨论"耕畜饲养管理公约"，讨论到后来形成了写一本"三字经"的想法。我们这样做的目的是一方面想使它起一个群众公约的作用，另一方面想使人们易于接受，便于记忆。不知道能不能达到这两个目的？现在寄给你们，希望发表出来，请有兴趣的读者同志指正。我们还想编一篇生产队经营管理的"三字经"或"千字文"，因为我没有这种才能，所以一直没动手，希望有这种才能的同志在群众和干部的集体帮助下早日完成这个工作。现在发表的这个东西是抛砖引玉。

　　敬礼！

柳青

1962.11.28

当时正值"三年困难时期"，农村草料紧缺，牲畜瘦弱，柳青想用这种通俗的文体，归纳一下喂养牲口的经验，在农村推广，以复壮牲口，提升农村生产力。

今天，透过历史的镜头重读柳青的信和《耕畜饲养管理三字经》，对柳青作为作家的社会责任感的理解更深了。

在文章中，柳青用的是完全彻底的驻村干部和农业劳作者的身份、感情、思路和口气。柳青为了在作品中写好农村、农民，自觉地创造了、选择了这条作家驻村当农民的路子，自觉地坚持十四年不改初衷。

柳青关注和操心的是农业生产和农民生活中切切实实的问题，表现出了一位老共产党员的理论水准、思想觉悟和求真务实的勇气。联想到柳青后来在《人民日报》发表的《建议改变陕北的土地经营方针》（1979 年 2 月 1 日）一文，从当时实际出发，提出陕北应该尽早休耕、还林还草、多种苹果。他写道："我自信为了人民，绝无私念，更无其他意图，因为我没有完成写作计划以外的任何目的。这个建议的立场、观点和方法，如有错误，愿接受批评。"这就是一位党员作家的担当和勇气。作家不但是社会和心灵的书记员，也应该是社会和心灵的建设者。

整个"三字经"的产生过程，体现了柳青虚怀以待群众、真情体恤民瘼的情怀，他不是象牙塔里的作家，而是一位深知农村、农民、农业的文化人，是一个切实工作、注重实效的人。他一再强调"饲养管理三字经"是经过群众讨论修改，又在实践中传播、检验而最终形成的。而且表明以后若再搞此类东西，也要从群众中来，到群众中去，一定要对农村生活有实效实绩。这和他作为文艺家在文学和美学上的自信、坚定稍有不同，我们看到的是他在群众和实践面前的真诚和虚怀若谷。

柳青的来稿于 1962 年 12 月 22 日在《陕西日报》"秦岭"副刊头条发表，很快引发了社会各界的关注。评论家艾克恩读了文章很受触动，他说："可见作家为农民服务的方式和途径并不是狭窄的，而是广阔的；不是单一的，而是多种多样的。"时任中国作协西安分会主席胡采写道："作家柳青同志在农村，没有浮在生活之外和生活之上，而是深深置身于生活之中，置身于人民群众之中，他以自己的切身行动和人民一道，和革命干部一道，扛生活的担子，扛革命工作的担子。"

1963 年 8 月，中国青年出版社出版了这个"三字经"的单行本，首印三万八千册。殊为难得的是，单行本请到了著名书法家邓散木用毛笔书写文字内容，著名木刻家杨永青为之配图。

……

时间已经过去了近一个甲子，《耕畜饲养管理三字经》的编辑、发表和社会影响，至今历历在目，余音不断。有时候，一段普通的经历，一不小心便成了历史，恒久地温馨着也鼓舞着后人。

原载《人民日报》2021 年 6 月 2 日

杂言三则

———

李敬泽

一盏历史之茶

热带很热，太阳垂直地吊在顶上，人的脑袋就不免昏昏沉沉的，想睡觉。高更的画里，塔希提岛的人、植物和石头不是正睡着，就是刚醒来或将睡去。高更厌弃现代文明，不远万里地去寻一个尽情睡觉之地。反过来说，所谓"文明"，就是尽可能少的睡眠和尽可能清醒的头脑。

所以，一位新加坡政治家认为，空调的发明具有伟大历史意义，它使新加坡或者塔希提岛与巴黎或纽约有同样凉爽的室内环境，热带地区的人民由此可以振作精神，把更多的睡眠时间用于工作、思想和创造。

——这很好。但我要谈的是茶，饮茶是中国人的伟大发明，据说公元五百年左右饮茶的习俗开始广为传播，那是南北朝时代；到了唐代，陆羽著《茶经》，对饮茶进行了最初的文化阐释。

味至寒，为饮最宜。精行俭德之人，若热渴、凝闷、脑疼、目涩、四肢烦、百节不舒，聊四五啜。

看看这些症状吧！又热又渴，心里发闷脑袋疼，浑身倦怠睁不开眼，总之是无精打采昏昏欲睡，这时就应该喝茶。

我认为，茶不仅提升了我们的精神，还极大地改善了全民族的肠胃功能，因为茶可解酒，有助消化。而这一点对古代的北方游牧民族尤其紧要。那些马上的好汉，天天喝酒吃肉，千万年来备受消化不良之苦。终于，南方的农夫们发现了这种神奇的树叶，它消食化瘀，令人上下通畅，于是草原上马更快，刀更亮，成吉思汗的大军喝着开胃的奶茶席卷南宋，鲸吞大半个世界。

但农夫们有更精明的算计，他们用另一种方式征服世界。在历史的急风猛雨之下，茶一直稳定地、源源不断地将白银吸向中国。自唐代以后，茶叶就是我们文明的基本物质因素，它和陶瓷、丝绸一样，在漫长的时间里垄断世界市场。北方的游牧民族要喝茶，后来英国人也离不开茶，那么好吧，拿银子来！那时我们仅凭着茶叶就能维持绝对、长久的贸易顺差。

这种优势到了鸦片战争时期依然拖着长长的影子，直到1794年。当时，英国使臣马戛尔尼途经江浙一带时，"弄"了几株优质茶苗，但就在那一刻，茶的历史光辉悄然消散。茶不再是文明的荣耀，不再是神奇的财富，它只是茶，一种日常饮料。

我喜欢的岛屿

威尔基·柯林斯是我最早知道的英国人。20世纪70年代初，我读了他的《月亮宝石》，在《月亮宝石》中我只看到了英国，那遥远、神秘的岛屿。

后来，长大了，上中学，上大学，工作，经历 80 年代、90 年代。像同时代的中国读书人一样，我也在欧亚大陆上从东到西地漫游：阿赫玛托娃和帕斯捷尔纳克苍茫的莫斯科，托尔斯泰和陀思妥耶夫斯基宏伟的彼得堡；布拉格弯曲纵横的街巷，卡夫卡和昆德拉像鼹鼠一样溜过去；还有柏林、维也纳，那是尼采、海德格尔、维特根斯坦和弗洛伊德的城市；条条大路通巴黎，穿着睡衣的卢梭、矮小的萨特、秃头的福柯、精疲力竭的罗伯·格里耶和玛格丽特·杜拉斯……一大群法国人等待着我们。

通往西方的路有两条，一条陆上，一条海上。当代中国读书人的求知之旅通常是搭乘北京至莫斯科的国际列车，但还有另一种可能，就是从海上西去，搭一艘十九世纪的船，最终在海平面上看见岛屿浮起，海浪拍打荒凉的礁石。

——那是不列颠群岛。从地图上看，它像欧亚大陆挂在胸脯上的一枚坠饰，几百年来，它一直犹豫不定：是归入大陆的怀抱，还是转过身去，独自漂向茫茫的海洋？它骄傲、世故、顽强，它眺望大陆上的风起云涌、楼起楼塌，骨子里是不动心的，就像一张绅士的脸，心藏在灰色的眼睛后面。

我喜欢英国，喜欢福尔摩斯，他的瘦脸、他的黑披风，他冰冷、坚韧的理性；还有狄更斯，我认为他比巴尔扎克至少高明一点五倍，他笔下雾气沉沉的伦敦是人类想象的奇观；还有罗素，他镇定自若地解说这个世界；还有披头士，穿学生制服的天使般的摇滚，我觉得他们和王尔德一样疯狂却又优雅。我甚至喜欢黑方、红方，它们比较浓郁，还有 Burberry 的雨衣和格子围巾，那是自然、考究的趣味，相比之下，巴黎的时装像马戏团的行头。当然，我还喜欢费雯·丽、戴安娜……

对我来说，这个岛屿具有一种银灰色的精神现象，低调、华贵、坚硬牢靠。英国人培育和发展了经验主义的思想传统，他们相信，理性解决不了的事发疯更解决不了，这种传统下的哲学家保守、冷静、负责任，不直奔"终极"，不把哲学、历史想象成诗，你不能设想在英国会有海德格尔或卢梭，就像不能设想英国人会把一切砸烂从头再来。

英国的文学也有同样的气质。我读过格雷厄姆·格林的所有中译本，我认为他是现代最伟大的小说家之一，他的尺度感、他对人性的精细观察、他内在的深厚和艺术姿态的平衡都是中国小说家所缺乏的。

格林下盘太稳，太讲内功，他不像英吉利海峡对面的同行们那样凌空蹈虚、花拳绣腿，他大概从来就没想过怎么破坏小说，他只愿把小说写好。

很多人不喜欢英国文化，但我喜欢。如果让我讲道理，我希望我是罗素；假设我写小说，我希望我是格林。我愿意想象：很早以前我已经坐上船，向着那个岛屿出发，威尔基·柯林斯，这个19世纪的三流小说家、这个阴郁的老家伙就是我的船长。

反游记

我一向认为写游记在这个时代是一件无聊而可疑的事。如今，无数人飞来飞去，旅游已成大规模产业，驾着汽车的先生小姐们探遍穷乡僻壤，摄像机和数码相机把世界的每一个羞处打开。"游记"的生活前提和文化前提几乎不复成立。

所有的"游记"都在说一件事："我"在"现场"。游记作者秉持恺撒式的气概：我来、我看、我写。

而我想加上一条：我疑。我怀疑我的眼睛和头脑，我认为我们大惊小怪地宣称看到并写出的，通常都是我们头脑里已有的，所谓"现场"、所谓"风景"，不过是境由心生，是一场众所周知的戏。

尽力穿越幻觉，对"我"、对"现场"保持警觉，在"我"和"现场"之间留下"客气"的余地，这即是我所谓的"反游记"——如果一定要写的话。

人生如逆旅，此身原是客，既是客，就该客气、有礼，游记是不客气的文体，我不写游记，我写"反游记"，但是，我仍然喜"游"，独在异乡为异客，那是生命的本质所在。

原载《湖南文学》2021 年第 10 期

五彩羊明镜

——

艾　平

　　歌中唱到——蓝蓝的天上飘着白云——白云的下面是洁白的羊群——羊群好像斑斑白银……这时候，羊是远方，是诗，是跪乳，是吉祥、温顺，是你满心的疼爱。于是你俯下身子，轻轻地抱起一只小羊羔，就像抱起一个芬芳的婴儿，贴它绵软的小脸，把奶瓶送到它粉红色的嘴上。如果有一只母羊围着你咩咩，那你的心啊，顷刻就会软成一汪水。

　　转瞬之间，美酒飘香，全羊宴来了——你立马垂涎三尺，暗暗羡慕嫉妒那个持刀剪彩的高朋，恨不得冲上去尝第一刀肉。手把肉、鱼羊一锅鲜、酥羊尾、酸羊奶——你的舌尖根本无须诱惑，上面早已布满了刻骨铭心的记忆，于是你大快朵颐，乐此不疲，你的心里只有色味香形以及鲜嫩抑或软糯。你忘了白云下面的风景，听不到风中隐约的生命呢喃，你全身心地饕餮，但愿长醉不复醒，你就这样活得左东右西，拧悖而无感。

　　这次羊肉美食节大赛上，出现了一道叫作"五彩羊明镜"的佳肴，乒乓球状，蛋清包裹，上面有绿叶、花瓣装饰，但是难掩其实。我一看就知道是什么了。我不便说话，只是冷眼看着人们从球体中掏出了一黑一白两种东西，还举箸观赏探讨，这让我不由暗暗唏嘘。渴望夺冠的厨师在兴奋地介绍他的杰作，这赤裸裸的食材，原来是羊眼珠。

草原上有一段往事已经鲜为人知，但是并没有在岁月中消逝。我在阅读生于呼伦贝尔草原的长调歌唱家宝音·德力格尔的相关资料时，看到了她的讲述。那时候，她还是个七岁的小姑娘，每天牵着双目失明的阿爸，行走在草原上，这是一件既可以谋生又很快乐的事情，因为草原任何庄重的场合，都渴望他们的琴声和歌唱。月光如豆，霜天寂静，风的脚步没有方向，草原的初冬之夜凛冽而空旷。突然，饥饿的狼群从草窠里跳出来，将他们父女团团围住。阿爸凭着灵敏的耳朵判断出了眼前的情形，他如大树一般沉稳，摘下身上的马头琴，席地而坐，徐徐奏出古老的长调《辽阔的草原》。幼小的宝音·德力格尔，浑身发抖，声音窒息，依然坚韧地跟着音乐唱出声来，那忧伤的琴曲，和雪花一起缓慢飘扬，让她的歌声变得安然而明亮……沧桑的草原，流泪的母亲，孤独的老马，折戟的天鹅，还有那覆盖万物的大雪，都走进了她的歌声。歌声弥漫旷野，徐徐注满苍穹。狼竟然像春天的风暴一样开始绵软，慢慢趴下来聆听这音乐，人不知道狼的心绪，只看到狼群慢慢退去。

阿爸的眼前一团漆黑，他对狼弹琴，无形中破了天机——动物是有情感活动的，尽管表现得有点乖张离奇。如果说音乐是架在人类心灵之间的彩虹，是沟通不同文化的语言，那么诸如此类的故事提示了我们，音乐的穿透力，不止于人类之间，前提是万物有灵。

在狼群已经远遁的草原上，我曾经带着音乐去观察羊群。我从后面走向羊群，当我于所在位置看羊群还是一片灰白，无法分清一只只羊的轮廓之时，羊群就已出现片刻的轻度骚动，说明羊已经知道了我的到来。我把车停在离羊群大约十几米远的位置，和牧羊人静默对坐。我打开了的音响，音乐是具有传奇色彩的《劝奶歌》，我将声音调至最大。果然，就像新巴尔虎右旗的一位额吉告诉我的那样——听到悠扬的歌声，吃草的牛羊会叼着草尖停止咀嚼，游泳的骏马会悬浮在水中高扬起头颅。眼前的羊儿只只兀立不动，哪怕绿色的汁液顺嘴流出来，那神情就像一个个沉浸在故事中的孩子。我将音响关闭，羊儿如梦方醒，复入继续觅食，徜徉着前行。我再一次打开音响，它们重复了刚才的聆听，在这个过程中，我突然发现一个小秘密——所有的羊都用后背对着我，没有谁回过头来看我。后来，我倒车，应该并未惊动羊群，羊群里却有了另一次骚动，好像知道美好的音乐在离去。

牧羊人早已不是马鞍上的老阿爸了，而是远道来草原上的打工者。他只能告诉我，听牧民说羊有后眼，不用回头，就可以看到身后很远的地方。

我怎么没有发现羊的后眼呢？

当年亚洲最大的肉类联合加工厂在呼伦贝尔，我是这个工厂的羊肉养大的孩子。寒冷的草原，草好，羊醇香，但是食物比较匮乏，羊的头蹄下水是职工宿舍家家户户的主打食材。作为厂长的父亲，是个料理羊的高手。我们家饭桌上的羊美食，可谓花样翻新，层出不穷。羊杂汤、烀羊尾尖骨、熘腰花、手拉羊肚，现在想想都垂涎。当然，烤羊腿、手把肉、烤全羊之类的"扛鼎大肉"是很少吃的，那是厂子用来给国家换外汇的商品。但是我们获得的营养和美味，并不逊色，例如我们家常吃的水煮羊头，虽然便宜到五分钱一个，但对于正长身体的我们姐弟四人来说，绝对是不可替代的营养之源。

忘了哪位邻居小朋友曾告诉我们，说是羊的眼睛最好吃，尤其是眼窝里包裹着眼珠的白油，香而不腻，酥脆爽口。我们说，我家从来没吃过羊眼睛。对呀，我们只见过眼眶空空的羊头骨，没见过什么羊眼睛。当然，我们也绝对不会想到其他什么超然物外的问题，比如羊的眼睛是不是布满了哀伤之类，只是看着那些津津乐道的小伙伴们馋得直吧嗒嘴。有一天，家里来了表姐表弟，加上我们姐弟，叽叽喳喳，一共八个孩子。没有什么可招待的，父亲便在院子里支起铁炉子，一口气燎干净十个羊头的毛，刷洗掉上面的糊渍，上下劈开，置一口大锅内开煮，香气顿时荡漾四溢，我们就守在锅边，流着口水等待大餐。第二天早上父亲起身一看，十个羊头的眼睛全部被洗劫一空，一地的小淘气，满嘴油光。当然我也忝列其中，说实话，吃相很不美。

我从此便知道了父亲的一个秘而不宣的杰作。原来，他们每次满脸狡笑地端到桌上的"白玉条""羊镜子"，就是他从羊头骨上悄悄摘除的羊眼球。他将煮熟的原料剖开，剔除黑色内核，切割成半圆形的宽条，裹上淀粉，用羊油一煎，撒上蒜末和野韭菜花，不仅吱吱啦啦地香着，还让人完全没有茹毛饮血之类的联想，在那个年代里，简直堪称钟鼓馔玉。关于羊美食，从父亲的嘴里从来没有说出过什么张扬的字眼，可是他所做的细碎小事总是那么非同凡响。有一次，一个全国闻名的战斗英雄来厂子做客，时值困难时期，除了羊肉，厂里的职工食堂并没有什么好吃的，于是父亲就把我家过年吃的白蘑吊汤附以羊血羊杂碎和当地酸菜、野菜、炒卜留克丝配成一套涮羊肉，推上了宴客的餐桌，结果大受好评。还有一次，他和母亲比赛，让我们姐弟四人做裁判，结果三比一，父亲十字花切法的熘腰花因口感鲜嫩胜出，母亲的薄片熘腰花因口感略硬失败。父亲哈哈大笑，我们兴高采烈……依偎在父母身边的日子真好。

话说回来，羊的后眼在哪里呢？

百度上说，当羊瞳孔扩大时，状为矩形，羊的双眼位置偏向头的两侧，使其具有宽广的视野。绵羊视野270度至320度，山羊视野320度至340度。羊眼睛的这种位置与结构是它作为被捕食动物的进化结果。

如今，太多的物竞天择教育了我们，让我们明白，人类十万年的卓越进化，细细想，也就是避开了丛林的险境，不再束手充当老虎和北极熊的果腹之物，我们依然还是茫茫生物圈食物链上那个不可永生的小端粒，我们终将溶解在潮湿的腐殖层下，抑或沉入河海深处，唯一的不同就是有纷纷的花瓣和音乐相伴。我们的消失，不像水消失在水中那样构成另一种壮大，我们只是四散而去，无影无踪，世上繁芜的生物一茬茬兴衰，不呈现我们前世的任何标记。西尔万·泰松在泰加林的小木屋里观察了半年贝加尔湖，他说对于惧怕腐朽的人来说，贝加尔湖就是一座梦想的坟墓，贝加尔水虱这种小虾会在二十四小时内清理完尸体，只在湖底留下象牙般的白骨。我想，那透明的湖水，有足够的力量，使湖底再一次剔透无物，乃至找不到我们那些白色钙结构的骨殖。

万物平等，所有的生灵都是天造地设的千古之谜，一切生命都在生物圈里辗转轮回。一棵树，一株草，一只羊，一条鱼和我们并无二致——在宇宙里拥有一个瞬间，在这个瞬间里喜怒哀乐，追求幸福。让我们产生无知的原因，是亘古以来横在我们眼前的漠视。我们是否看见了羊的后眼？回想起来，父亲的工厂当年每天要加工六七千只白条羊，作为下脚料的羊头在初冬的厂区垛成了山，雪常常会覆盖住这座山，如果没有雪，工人就会用席子加以覆盖，只因为进厂的羊群每天从这座山的旁边经过。草原深处的老额吉说过，不能在有第二只羊的地方杀羊，牧民杀羊的要领，是让羊没有感到痛就已经闭上眼睛。当我们以食为天的时候，要让眼睛安详。我们看待生命，需要一个平等的视点。

我把父亲当年的故事，委婉地讲给了这位渴望冠军的厨师。

原载《文汇报》2021 年 6 月 8 日

大地上的家乡

刘亮程

一

二十七年前的一个秋天，我辞去沙湾县城郊乡农机管理员的工作，孤身一人到乌鲁木齐打工。在这之前，我是一个闲散的乡村诗人，我用诗歌呈现自己内心的想象和情感。除诗之外，不屑于其他任何文体。我觉得，诗歌那一句摞一句，可以垒到天上的诗句，是一种形式也是仪式，它太适合盛放一个乡村青年的孤傲内心。可是，我的诗歌写作在我到乌鲁木齐打工后便终结了，我放下一个诗人的架子改写散文。

现在回想起来，我的第一本散文集《一个人的村庄》的写作契机，或许就是我在乌鲁木齐打工期间的某一个黄昏，我奔波在这座陌生城市的街道上，一扭头，看见了落向天边的夕阳，那个硕大的跃过城市落到地平线上的夕阳，它正落向我的家乡。因为，我的家乡沙湾县在乌鲁木齐西边。那缓缓西沉的太阳，像一张走远的脸，蓦然回转，我被它看见，看得泪流满面。

那一刻，我知道每个黄昏的太阳，其实都落在我的家乡。我家乡的弯曲道路、土墙房屋，以及鸡鸣狗吠的声音、孩子哭喊的声音、牛哞马嘶的声音，都被落日照亮，一片辉煌。那个被我扔在远处的家乡，让我从小长到青年的遥远村庄，在一个午后的夕照中，被我完全看见。我开始写它。那样的写作如有天启，我几乎不用去想如何写，村庄事物熟透于心，无论我从哪一年哪一件事写起，我都会写尽村庄的一切。

那么，这本书究竟写了什么？这样一个扔到大地边沿，几乎没有颜色，甚至没有多少故事的村庄，能写出什么？

我没有去写这个村庄的四季劳作，没有去写乡村的风俗文化，也没有写数百年或者数十年来村庄的遭遇和变迁。当我着手写作时，我觉得这个村庄的农耕生活，跟中国任何一个村庄有着一样的乡土命运，以及经过村庄的一场一场的运动和变革，都变轻了、变小了，它甚至小到都没有刮过村庄的一场风大。

那么什么是最重要的？

是时间。

时间在一年年地经过村庄，用一场一场风的方式，用人们睡着醒来的方式，用四季花开和虫鸣鸟叫的方式，也用一个孩子孤独寂寞地长大，和一村庄人悄无声息地老去的方式。时间把它的愁苦和微笑留在人脸上，也留在路边一根朽木头上，时间的面目被一个乡村少年所看见，整个村庄大地是时间的容颜，一村庄人的生老病死是时间的模样。我写了时间经过一个村庄和一颗孤独心灵的永恒与消耗。

就这样一篇篇地去写，村庄的时间在我的笔下慢下来、安静下来，又快速地在某个瞬间里过去了百年千年。这本书我写了十年，也把我从青年写到了中年。

这是我在陌生城市，对家乡的一场回望。或许只有离开家乡，才能看见家乡，懂得家乡，最终认领家乡。《一个人的村庄》，是我在异乡对家乡的深情认领。当我在那个陌生城市的街道上，遥想落日余晖中的家乡时，就像想起了一场梦。我知道，那个尘土草木中的家乡，已远在时间外，又近在心灵中。我能触摸到她了。

二

五年前一个冬天的夜晚，我的后父不在了。得知消息后，我连夜驱车往沙湾县赶。那夜正刮着北风，漫天大雪，在昏暗的车灯中，从黑暗落向黑暗。那场雪仿佛是落给一个人的，因为有一个人已经离开了这个世界。

赶到沙湾县时，后父的遗体已被家人安置在殡仪馆，他老人家躺在新买来的红色老房（棺材）里，面容祥和，嘴角略带微笑，像是笑着离开的。

后来听母亲说，半下午的时候，我后父把自己的衣物全收拾起来，打了包。

母亲问他，你收拾衣服做什么？

后父说，马车都来了，在路上等着呢，他要回家。

母亲说，你活糊涂了，现在啥年代了，哪有马车？

后父说，他听到马车轱辘的声音了，马车在路上来回地走，那些人在喊他，他要回家。

又过了几个小时，后父安静地离开了人世。

我后父年轻时在村里赶过马车，马车轱辘在地上滚动的声音，也许一直留在他的心中。在他生命的最后几个小时，他听到了那辆他曾经赶过、在乡村大道上奔走多年的马车过来接他了，他被那辆马车接回了家。

后来，在给后父操办那个还算体面的葬礼时，我想我们所做的这一切，都跟他没有了关系。他已经坐着那辆马车回到了家乡。那个家乡，是他从小长到老，葬有他母亲和父亲的太平渠村，也是我在《一个人的村庄》中所写的那个地方。

在县城殡仪馆的喧嚣声中，我想远在县城近百公里之外的太平渠村，葬有我后父家人的墓地上，他早年去世的母亲，一定会听到自己儿子的脚步声从远处传来。一个儿子的魂，在最后那一刻回到了家乡。

后父是太平渠村的老户，几代人的祖坟都在那里。

我八岁时先父不在了，十二岁时母亲带着我们到了后父家。记忆中我没去过后父家的祖坟，只是远远地看见过，有几个坟头伫在村北边的碱蒿芦苇中，想起来都觉得荒凉。后父是家里的独子，每年清明，他一个人去上自家的坟。我们去上先父和奶奶的坟。平常我们像是一家人，到这一天突然成了两家人。

我们在这个村庄生活了十年，这也是我从少年长到青年，对我的人生影响最深的十年。我工作之后，把家从太平渠村搬迁到离县城较近的村庄，过几年又搬迁到城郊村，后来终于进了城。

后父跟我们在县城生活了三十年，一开始住平房，后来住楼房。我们居住的环境比以前的村庄要好许多。他跟我们生活的时候，也时常赶马车回太平渠村，去看他那已经卖给别人的老房子。我后父的马车，直到家搬进县城前才卖掉。他活着时没有抱怨过现在的家，也没说过要离开我们回他的村里去。但是，临死前他说出了要回那个家。

后父的话让我顿时心生悲凉。这么多年来我们在县城和他一起生活的那个家，那个有儿有女有妻子的家，就这样不作数了？在他离开人世的时候，这个家可以轻易被他扔掉。他要回另一个家，那个早已没有了亲人，只留有父母墓地的荒芜家园。

那个家是他一个人的，那条路也只有他自己知道，跟我们都没有关系。

他的死分开了我们，但我又分明感到他的死亡连接起我们。

前不久我去看望老丈人，他因脑梗生活不能自理而住进了养老院。

我陪老丈人在院子散步时，碰见一个老奶奶，她向我打听去一个团场的路怎么走。那个团场的名字我好像听说过，但不知道在哪里，便只好对她摇头。后来院里的负责人告诉我，这个老奶奶在养老院住了七八年了，见人就问去那个团场的路怎么走，院里的人都被她问遍了。那是她的家，自从进了养老院就再没回去过，她每天都想着要回去，可是，没人告诉她那个团场怎么走。那个她只记住名字却忘了道路的团场，被养老院的人隐瞒起来了。养老院成了她最后的家。

后来，我再去养老院时，那个老奶奶已经不在了。

我想在她生命的最后时刻，她会回到那个天天念叨的地方，被她忘却的道路会在那一刻全部回想起来，没有谁能阻挡她的灵魂回乡。

三

我是在七年前的冬天，来到木垒县英格堡乡菜籽沟村的。当时这个村庄给我的感觉，就像是到了时间尽头，那些人把所有房子住旧，房子也把人住老，屋梁的木头跟人老朽在一起。年轻人都走了，大院子里剩下两个老人。老人也在走。然后院子就空了，荒芜了。一个曾经烟火相传的百年庭院，从此变成老鼠、蚂蚁、麻雀和茂密荒草的家园。

可我，却是看上这个村庄的老和旧，才决定在这里安家。我这个年龄，喜欢老东西、旧事物，也能看懂老与旧。因为老旧事物中，有远去家乡的影子。

我们都注定是要失去家乡的人。当以前的村庄不能再回去，家乡只是破碎地残存于大地上那些像家乡的地方。菜籽沟便是这样一个我能在恍惚间认作家乡的村庄，她保留了太多的我小时候的村庄记忆。但是，那些承载早年记忆的事物，却都老旧到了头。

我自己也在这个老旧村庄面前，突然地老了，走不动了。我在村里收购了一所有七十年历史的老学校，做了一个书院，在这里耕读养老。

在这个有菜地和果园的大院子里，读书、写作、劳动时，我又看见自己年轻时的劳碌，看见我在写《一个人的村庄》时所拥有的，可以看见时间的眼光和心境，又看见大地上完整的黑夜和天亮。我在满村庄的旧事物中，闻到我曾经生活的那个村庄的味道，它让我虽然身处异乡，却有了一种回到家乡的感觉。

记得在书院的第一年秋天，我看到一片长得旺盛的灰条草，就像见到了亲人。在我小时候灰条是最平常的植物，在门前菜地、田间地头荒野中，到处都是。我们拔灰条喂猪，手上、身上都是灰条的绿色草汁。我在这个刚刚落脚的陌生村庄，不认识几个人，不熟悉它的路，却看见一片熟悉的灰条草长在这里，还有遍地的蒲公英和苍耳，还有牵牛花和扯扯秧，这个长着熟悉草木的地方，让我仿佛身处家乡。

我还看见过一只老乌鸦。

经常有一群乌鸦在院子上空"哇哇"地叫着飞过去。有一刻，我听到一只嗓子沙哑的乌鸦的叫声，我想这群乌鸦中一定有一只老乌鸦，它的叫声和我一样带着沙哑和苍老。等它们再飞过来时，我看到那只老乌鸦了，它飞在一群年轻乌鸦的后面，迟钝地扇着翅膀，歪歪斜斜，仿佛天空已经不能托住它，它要落下来了。

　　我这样看着它时，发现它也在看我，用它那黑亮的眼睛，看着地上一个行将老去的人，抱着膀子，弓着腰，形态跟它一模一样。那一刻，地上的人与天上的鸟，在相望中看到了自然世界中最后要发生的事情，那就是衰老。

　　老是可以缓缓期待的。那个生命中的老年，是一处需要我们一步步耐心走去的家乡。

　　我在这个村庄，一岁一岁地感受自己的年龄，也在悉心感受着天地间万物的兴盛与衰老。我在自己逐渐变得昏花的眼睛中，看到身边树叶在老，屋檐的雨滴在老，虫子在老，天上的云朵在老，刮过山谷的风声也显出苍老，这是与万物终老一处的大地上的家乡。

　　今年五月，我到甘肃平凉采风，当地人知道我的祖籍是甘肃后，就说你回到老家了。其实我的老家在甘肃酒泉金塔县，离平凉千里之遥，我怎敢把平凉当成家乡呢？但后来，我从平凉人说话的口音中，听出我老家酒泉的乡音，那是我去世的父亲曾经说过的方言，是我的母亲和叔叔们在说的方言，听着它我仿佛回到那个语言里的家乡。

　　我平常说着不太标准的普通话，语音中总能听出家乡话的味道，这是脱不干净的乡音胎记。尤其当我写作时，我的语言会不自觉地回到早年生活的村庄里，回到我母亲和家人的日常话语中。

　　写作是一场语言的回乡。

　　我写的每一个句子都在回乡之路上，每一部我喜欢的书，都回到语言的家乡。

四

　　大概二十年前的冬天，我陪母亲回甘肃老家。这是我母亲逃荒到新疆半个世纪后第一次回老家。我们一路到酒泉，再到金塔县，然后到父亲家所在的山下村，找到叔叔刘四德家。

进屋后，叔叔先带我们到家里的堂屋祭拜祖先。

叔叔家是四合院，进大门一方照壁，照壁后面是正堂，堂屋正中的供桌上，摆着刘氏先祖的灵位，一排一排，几百年前的先祖都在这里。老家的村子乡村文化保存完整，家家的先人都供奉在堂屋里。家里做好吃的，会端过来让祖先享用。有啥喜事灾事，会跟祖宗念叨。家里出了不好的事，主人最怕的是跟祖宗没法交代。这是我们的传统。祖先供在上房，家里人住在两厢，祖先没丢下我们，我们也没丢掉祖先。

我在叔叔的引导下，给祖先上香。

那是我第一次祭拜自己的祖宗，恭恭敬敬地上了香，然后磕头，双膝跪地，双手伏地，头碰到地上，听见响声，抬起来时，看见祖宗的名字立在上头，都望着我。头轰地一下，像又碰到地上。

敬过祖先，叔叔带我们到刘氏家族祖坟。叔叔说，原来的祖坟被村里开成了田地，祖坟占的都是好地，每家一片，新出生的人都没有地种，便从先人那里要地。我们家的祖坟便迁到叔叔家的田地里。

叔叔指着最头上的坟说，这是刘家太爷辈以上的祖先，都归到了一个坟里。

我们跪下磕头、烧香、祭酒。

叔叔又指着后面的坟说，这是你二爷的墓，二爷膝下无子，从亲戚家过继一个儿子来，顶了脚后跟。我这才知道顶脚后跟是怎么回事。如果一个家族的男人没有儿子，得从亲戚家过继一个儿子来，等这个儿子百年后，要头顶着继父的脚后跟葬在后面，这叫后继有人。

我叔叔又指着旁边的坟说，这是你爷爷的，后面是你父亲的，你爷爷就你父亲一个儿子，逃荒到新疆把命丢在了那里，但坟还是给他起了。

我看着紧挨着爷爷墓的这一堆空坟，想到我们年年清明，去烧纸祭奠的那个新疆沙湾县柳毛湾乡皇渠六队河湾里的坟，也许只是埋着父亲的一具躯体，他的魂早已回归到了这里。

然后，叔叔指着我父亲坟堆后面的空地说，这块地就是留给你的。

听到这句话，我的头发瞬间竖了起来。我原本认为，我的家乡是北疆沙漠边的那个村庄，我在那里出生长大，甘肃金塔县的那个村庄，只是我父亲的家乡，跟我没有多少关系。可是，当叔叔说出给我留的那块墓地时，我知道我和我父亲，都没有逃出甘肃的这个家乡。父亲为了活命逃荒到新疆，把我们生在那里，他也把命丢在了那里。可是，家乡用祖坟族谱、祖宗灵位又把他招了回来，包括他的儿子，都早已被圈定在老家的祖坟里。

老家用这种方式惦记着他的每一个儿子，谁都没有跑掉。那天我们坐在叔叔家棉花地中间的一小块家坟中，与先人同享着婶子带来的油饼和水果。坟地挨着村庄，坟头与屋檐和炊烟相望。我想能够安葬在这里，即使是死也仿佛是生，那样的死就像一场回家。在自己家的棉花玉米地下面安身，作物生长的声音、村里的鸡鸣狗吠声、人的走路声，时刻传到地下。离别的人并未走远，他们会时刻听到地上的声音，听到一代人来了，一代一代的人回到了家，那个家就在伸展着作物根须的温暖厚土中，千秋万代的祖先都在那里，辈分清晰，秩序井然。

后来，我在叔叔家看到我们刘家的家谱。先祖在四百年前，从山西某一棵大槐树下出发，走过漫长的河西走廊，一路朝西北，来到了甘肃酒泉金塔县山下村。家谱用小楷毛笔字写在一张大白布上。叔叔说这是我父亲写的，他是刘家唯一会文墨的人，全家族人供他上学，一度把他看作刘家未来的希望，他却跑到新疆不在了。

以前我只看过装订成书的家谱，那是一页一页同姓人的名字。当我看到写在大白布上的刘姓家谱时，我突然看懂了。在那块白布的最上面，是我们家族来到酒泉的第一个先祖的名字。这位先祖名字下面，生命开始分叉，一层一层，就像一棵大树的根系，扩散再扩散，等到快到这块白布的底部的时候，这些姓刘的人的名字，已经密密麻麻爬满整块白布。

我知道，所有写在这张家谱里的人，都已经在地下了，他们组成刘氏家族繁复庞大的根系。而这个庞大根系的上面，是活在世上、人数众多、住满了一个又一个村庄的刘姓后人，他们组成一棵家族大树的粗壮树干和茂盛枝杈。每过一段时间，这棵大树上就会有枝叶枯萎，落叶归根，成为家族根系的一部分。

我想，多年之后，当我的名字出现在家谱上时，我已安稳地回到地下，回到刘姓家族庞大的根系中，过着比生更漫长恒久的土里的日子。那时我眼睛闭住，耳朵朝上，像我无数的先祖一样，去听地上的声音，听那些姓刘的后人，在头顶走来走去。我在他们脚下踏实的厚土中，又在他们跪拜供奉的高堂上。我默不作声，听他们哭诉，听他们欢笑也听他们流泪，听他们高歌也听他们号哭，听他们悲伤也听他们快乐。

这是我们的乡村文化所构建的温暖家园。在这个家园中，每个人都知道要回去的那块厚土，要归入的那方祖灵，要位列的那册宗谱，是此生最后的故乡。在那里，千百年的祖先已经成为土，成为空气，成为天空大地。

五

每个人的家乡都是个人的厚土。在我之前，无数的先人埋在家乡。在时序更替的死死生生中，我的时间到了，我醒来，接着祖先断了的那一口气往下喘去。这一口气里，有祖先的体温、祖先的魂魄，有祖先代代传续到今天的精神。

每个人的出生都不仅仅是一个单个生命的出生。我出生的一瞬间，所有死去的先人活来，所有的死都往下延伸了生。我是这个世代传袭的生命链条的衔接者，因为有我，祖先的生命在这里又往下传了一世，我再往下传，便是代代相传。

这是我们中国人的家乡，在土上有一生，在土下有千万世。厚土之下，先逝的人，一代头顶着上一代的脚后跟，在后继有人地过一种永恒生活。

在那样的家乡土地上，人生是如此厚实，连天接地，连古接今。生命从来不是我个人短短的七八十年或者百年，而是我祖先的千年、我的百年和后世的千年。

家乡让我们把生死连为一体。因为有家乡，死亡变成了回家；因为有家乡，我可以坦然经过此世，去接受跟祖先归为一处的永世。

每个人的家乡都在累累尘埃中，需要我们去找寻、认领。我四处奔波时，家乡也在流浪。年轻时，或许父母就是家乡，当他们归入祖先的厚土，我便成了自己和子孙的家乡。每个人都会接受家乡给他的所有，最终活成他自己的家乡。

每个人都是他自己的家乡。

而在更为广阔的意义上，一粒尘土中有我们的家乡，一片树叶的沙沙响声中有我们的家乡，一只鸟飞翔的翅膀上、一朵飘过的白云之上有我们的家乡，一场一场的风声中有我们的家乡。一代又一代人来了去、去了又来的悠长时间中，我们早已构建起大地上共有的家乡。

多少年前，我用散文塑造了一个人的村庄家园。当我在陌生城市的黄昏，看见那个仍在远处的村庄并开始书写她时，那个草木和尘土中的家乡，那个白天黑夜中的家乡，被我从大地尘埃中拎起来，挂在了云朵上。

那是我用文字供奉在云端的家乡。

原载《中国作家·文学版》2021 年第 2 期

成千上万种春天

——

范晓波

　　四季轮回、春去春又还的概念如此深入人心，以至于像我这么热爱春天的人都被它误导了很多年。三十岁后，我才渐渐产生警觉，这个貌似真理的陈述其实笼统而粗糙。你以为今年的春天是去年的那个转身又回来了吗？你读了一些唐诗宋词，就以为你看见的春天就是唐朝人宋朝人写过的那样的春天吗？

　　即便古诗里的春天，其实也是彼此各不相同的。既有"拂堤杨柳醉春烟"的春天，有"夜静春山空"的春天，也有战乱之后"城春草木深……恨别鸟惊心"的春天，还有遇上旱灾，"自冬及春暮，不雨旱爞爞"的春天。

　　小时候我以为同一个颜色的鸭子五官都是一样的，几十上百只鸭子从水田上岸横穿马路时，除了个头和颜色不一样的那几只，其他的在我看来就像是一只鸭子路过了上百次。但熟练的放鸭人心中有数。水田里有鸭子落单了，他能从模样和叫声判断出是不是自己家的。

用心体察过四十多个春天之后，我变成了一个资深放鸭人，深知从眼前路过的春天没有两个会重样。

不同经纬度地区的春季区别很大，不仅生态环境、气候会改变春天的自然面貌，时代风尚也会影响它的气质。

三十来岁时，我逐渐意识到20世纪80年代初的春天有某种特殊性，并多次用文字阐释过。

那时农药、化肥在我老家还没过量使用，水田、水沟里不仅青蛙多，鱼虾也多。三月初，每个池塘的浅水区到处是果冻状的青蛙卵，黏液呈灰白色，卵呈黑色，每一粒比绿豆略小些，葡萄般成堆地聚集。气温不断升高，透明的果冻就融化了，无数小墨点脱颖而出，在水草丛里重新汇聚，摇着小尾巴觅食藻类和蚊子的幼虫。

我读小学时，语文课本里有句话：春雨贵如油。我死活理解不了，因为鄱阳湖边的春雨比空气还便宜，常淅淅沥沥四五天，下得人烦躁，像是农闲时的一群妇女边织毛衣边扯闲天，话题无聊而单调。出不了门的男人抽着烟望着瓦檐下的雨幕骂娘，性子急的，就披着蓑衣牵着牛出门。若哪天夜里小雨变暴雨，也会有人高兴，因为沟渠和池塘的水就漫灌到了岸上，第二天早起上班上学的人带个竹篓，就能去草地上的水洼里捡鱼，鲇鱼、鲫鱼、草鱼，什么鱼都有可能遇上，它们搁浅在草丛里张着嘴苟延残喘。

20世纪80年代初的那些春天，成年人也像少年一样善于幻想，脸上时常浮现热烈而幼稚的笑容，仿佛每一个明天都是一道金光闪闪的大门，大家迫不及待一扇门一扇门地推开。那时读书学习的氛围特别浓，年轻人一门心思想考大学，考不上大学的就读电大和夜校。

虽然我是个厌学的小学生，但也常模仿高中生的样子，晚饭后捧着语文课本去油菜花田里背书。农村种油菜不是为了观赏，油菜籽榨出的油色泽黝黑，不如精炼油好看，但很环保，炒菜特别香，尤其适合煎鱼。榨油之后的枯饼也是上好的饲料和肥料，贪吃的油榨坊的工人会把它当零食吃，他们工余打着赤膊坐在油榨坊前的树桩上啃掺杂着稻秆的枯饼，啃一小口喝一大口水。路过的学生见状就走不动路，运气好时可以分到一块，我也运气好过一两次，口感迄今记忆犹新，比月饼硬很多倍，也香很多倍。那时鄱阳湖区每个村都种油菜，2月底3月初，田野里明黄的色彩顺着地势蔓延流淌。我攥着语文书跟着蜜蜂在花海里乱窜，一篇课文也没背下来过，留在记忆深处的是春天万物勃发的激情和一代人对这种激情的响应。

受视野和年龄所限，当时我不知道邓丽君婉转动听的歌声正改变着许多人的心电图，摇滚乐和朦胧诗也在城市坚硬的水泥地下破土。这些也发生在80年代初的春天，我当时没看见它们，但远远地感受得到它们给周遭空气带来的震动和改变。

我迄今仍不时回看那个年代的老电影：《小字辈》《月亮湾的笑声》《甜蜜的事业》《巴山夜雨》《小街》《天云山传奇》《牧马人》……剧情早已烂熟于心，演员的表演和配音也有那个年代特有的夸张和稚嫩感，以至于我一打开屏幕，家人就要嘲笑我低幼。其实我复习的主要是那时的田野，不管电影拍摄时是哪个季节，我都能顺着那些沙石马路或田间泥路走回80年代的春天，一路上邂逅的，也都是那个时代的人。小伙子风风火火，不管是骑自行车还是走路，嘴里都哼着歌。姑娘脸上红扑扑的，不知是因为激动还是因为羞涩。

90年代，经商和打工潮稀释了小城和乡村的人口和激情，安心种田的人越少越需要借助机械和农药。农药和化肥的残留越来越严重，水田里的鱼蛙生存环境恶化，数量明显比以前少。我大学毕业后在乡村教过两年书，课余爱骑自行车在机耕道上游逛。春天一到，校园外的油菜花、桃花依旧热烈，但读书的风气远不如十年前。很多学生高一就辍学去沿海打工，进服装厂、鞋厂，或者去那边的餐馆当厨师，每个月挣的钱比我们这些当老师的还多。

还不时有这样的剧情发生，班上的一对男女学生下学期突然不来了，再来时，是分着喜糖向老师和同学宣布，他们结婚生娃去了。

我在油菜花地里一整天也遇不上几个人。那时我喜欢的状态，是和身边的人群保持距离，一个人站在花海里眺望远处的地平线，以免自己被那种慵懒务实的生活气息淹没。天气晴热时，望地平线望累了，就躺在花海边的草地上午睡，温软的风在耳边絮叨，老半天也撩不起我的情绪。蜜蜂的合奏很有力量感，微型春雷一样在低空滚动，我们虽兴趣相似但语言不通，彼此互不打扰相安无事。

有时我在白日梦里看见好看的姑娘俯身过来，且真实地闻到了香甜的鼻息，睁眼撞见的却是水牛水汪汪的大眼睛和湿润的鼻翼，它那散发着草汁香的舌头差点就卷到我的面颊下。我惊跳起来，未看到放牛人，却见一条长麻绳悠闲地拖在草丛里。放牛人要么在水塘里摸鱼，要么回家吃饭去了。

那时，以油菜花为主角的乡村旅游还没兴起，所有激动人心的传奇都发生在都市。乡间的春色在寂静里沉沦，郁结成春愁，即便在阳光明媚的日子，春天的天空也像是乡村瓦房的屋檐，低矮，冷清，压抑。

这样的春天让人有失重感，纵使再爱油菜花的人，也会不断从春天或春天的尾声里逃离。第二个春末，我把自行车和所有日用品送了人，背着包踏上了远行的路。

2000 年，手忙脚乱成为父亲后，我也心血来潮想多挣点钱。2002 年，我在广东某大型私企的总部所在地度过了一个和秋冬气温及面貌都差别不大的春天，那里不仅没有蝌蚪，连荒地都看不见。城镇外的地带都建满了铁皮和塑料盖的厂房，天空有时也是蓝的，但弥漫着塑料和金属被高温烘烤过后的臭味。很多小区和私人庭院里植被很好，海枣树和三角梅很多，但没有油菜花，没有映山红。当地人很习惯这样的春天，加班之余，他们在硬得扎屁股的人工草坪上铺上防潮垫，一家人坐在上面吃东西晒太阳，热了就钻进小帐篷去遮阳。

我看过那些被厂房覆盖的城镇工业化之前的影像资料。三四十年前，广州以南的春天和江西也是不一样的，春季时间很短，花卉和植被的品种也不同。这是纬度和气候不同导致的。一些从江西去那边工作的人也很习惯，他们想办法留在那里，因为年薪是在江西时的五倍、十倍以上，经济上的踏实感让他们的人生如沐春风，一点也不怀想油菜花地边的春天。真的，我问过很多人，一点也不想。

两个朋友，家在乡村，就在油菜花的陪伴下长大，一个在广东花厂做工，一个在福建开摩的，有时过年都不回江西。我问他们想不想家，都诧异地摇头，其中一个咧嘴露出龅牙笑我傻：这里这么好，吃得好住得好，路边的草都有人经管，定期理发，多好看啊，家里有什么好！

那个春天我时常眼含热泪，因为孤独，因为思念，最后选择回归。

我没在赤道附近度过春天，但在夏季去过那一带。那边只有椰树没有桃树，更不可能种油菜，我能想象出赤道附近的春季和江南之春的天壤之别，我难免会担心，生活在那里的人，怎么理解得了唐诗宋词里有关春季的细节和情绪。

2002年之后，所有的春天我都在江西度过，并认真品味每一个春天的大同小异。那时生态旅游已在婺源等县兴起，乡村的春天又渐渐热闹起来。几乎每年我都要去两三次婺源，几乎每年我都还要回到鄱阳湖区的老家去迎接春天。我在全省很多地方设置了春日瞭望哨，捕捉节气的脚印。

观察近二十年的结论是，每年春天的光照，降雨量，油菜花的种植面积、授粉情况都不尽相同，加上人对自然的干预等因素，春天的面孔也一直在模仿川剧变脸，一年一变。

有年元宵节后的一天，我开车去老家取春节未带回的豆葱。高速路边的旱地比年前亮多了，这里一块那里一片，从红壤里喷涌出的明黄像是未经调和的油画颜料，纯度和浓度都达到了失真的程度。下高速后去路旁一处每年观察油菜花的临水长堤，油菜花顺着斜坡开着，堤坝却被挖断了一大截，腾出土地建了几幢新楼，坝下的野塘变成了鱼塘，还安装了制氧机，喷溅的水花搅乱了油菜花的倒影。岸上的黄金长堤也消失了一半，倒映在水里的长堤踪影全无。

2009 年，我曾在婺源江岭半山腰的一个小村落背后拍到过开花的梨树，梨树有两株，每株十多米高，梨树边还有一株桃树，高四五米。梨花雪白，开得极其绚烂，像是在演出一场悲情大戏，那时粉红的桃花也开得正好，用镜头把二者纳入同一画框，色彩丰富而和谐。

第二年再去，梨树和桃树花期却错开，在同一个地点再也拍不到类似的照片。随后几年，桃树像个老妪，只稀稀落落地绽出几点小花，枝干色泽越来越黑，焦黄的树脂像脓疮一样缀满树干。

有一年 3 月去彭泽县的棉船岛，那岛方圆一百多平方公里，狭长如巨轮锚定在长江中。岛历经千年万载冲击而成，土质肥沃，盛产棉花，因而得名。我们开车搭轮渡上岛，翻过几个堤坝，突然陷入万亩油菜花的包围，油菜花在平原上尽情翻滚，一直铺展到江边，几乎覆盖了全部视野，只有一些高高的白杨树点缀其间。我们激动得四处找可以鸟瞰的高坡拍照，路过的本岛居民停下笑着打量我们，在他们看来，不就是多种了些油菜吗？有什么好激动的呢？

岛上村庄大多很小，每村七八十户人家，沿着环岛的堤坝分布在各个角落。一路上很难找到餐馆，只能吃自带的饼干和橘子之类。也挺好的，这样的地方就像桃花源，虽然食宿不便，但也没有躲不开的人影和喧闹。

第二年3月再去棉船，居然上不去岛了，排队等轮渡的车排成了蜈蚣阵，码头附近的集镇严重堵车。据说有媒体把油菜花海图片发到了网上，摄影家和春游的人从全国各地蜂拥而来。我懒得排队，掉头就走。这样的情形，即便能上岛，也到处是汽车和游客，当天能否顺利下岛还是问题。

我所在的城市，整个春季不出远城的人也不在少数，他们视野里没有油菜花，但依然有春光。有几年春天我每天中午去省体育馆的旧田径场跑步，从气温变化、皮肤感受、听觉等角度体察了城区的春天。

我常一边跑步一边观察田径场周边旧宿舍楼的变化。

在室内窝了一冬的棉被在水泥阳台上变干爽蓬松的过程，像是一个醉酒的人在一阵一阵地呕吐，吐出湿气、寒气和人的汗臭。捶背的手是雨水之后惊蛰之前的阳光，一阵雨之前阳光的热力还只有十二三度，雨过天晴，气温就飙升到二十五六度，给人要省略其他节气直奔立夏的错觉。楼顶之上的蓝色也变厚变暖了许多，也是要蓝到夏天去的架势，与秋天的瘦蓝，冬天的冷蓝完全不同，白云也变得胖乎乎毛茸茸，边缘有被蓝色同化的晕痕。

跑道边的树林里，除了爱吃香樟籽的乌鸫鸟在香樟下箭一样射来射去，麻雀和八哥也多了起来，在屋檐和草坪间翻飞，不仅数量比冬天时多，活动范围和活动量也远比冬天大，不只是在觅食的样子，还像是在从事建筑之类的重体力活和恋爱之类的高风险的事。

只跑了一圈就得脱外套了。胳膊和手臂即便快速摆动也不会被空气刮伤。这时节风的形状也由锐角变成弧形，出汗之后的脊背，不会突然凉得像青石板，汗可以在T恤的掩护下逗留很久，然后缓慢地融入阳光。

下蹲系跑松的鞋带时，见一只黑亮的小甲虫顺着跑道边残水泥弧线奔跑，不像是去约会，更像是同伴被猎杀之后慌张地逃命。水泥分隔线只有两三厘米高，于它却是遮挡身子的高墙。甲虫凭借着它趔趔趄趄的跑姿躲过了一群麻雀的俯冲轰炸，几分钟之后蹿进了草根附近一个黝黯的小洞，估计它和同类都会对气温的戏弄和欺骗痛恨不已吧。

跑完坐在地上休息时，脚边的草地上也有异常的动静，不是香樟籽被跑步鞋踩爆的扑哧声，是青草的嫩芽拱出湿土时的细微的噗噜声。当麻绳色的牛筋草一夜间绿了一小半，我似乎听到了这样的声响。

有时回家洗漱忘了开热水器，水管里流出的水居然也不咬手，浸湿毛巾敷在脸上，温润如猫舌，索性就不开热水器了。路过厨房时发现盐罐和大理石台面上都沁出了细密的水珠，瓷砖上也是如此。

夜间浅睡时，听到大水珠重重地砸玻璃，起初啪啦啪啦，继而啪啪啪啪，最后密集得像子弹齐射，还伴随着轰隆轰隆的炮声。这声响好几个月没听到了，熟悉的节奏和音色让脑子里浮现出漆黑的原野，一条小木船无声地滑来，把我接到睡眠的深处。

第二天去体育馆大院，玉兰花瓣落了一地，留在枝上的则开得更欢畅，每一瓣都闪着腻腻的羊脂白。与玉兰的大大咧咧相比，绿化带里迎春花零星的黄及河边垂柳枝条上隐约的绿简直有点小偷小摸的意思。一些老人家会盯着它们观赏很久。他们可能就是根据这些细小的绽放判断节气的。

左膝受损停止长跑后，我再也没有去过省体育馆田径场，有时到了门口，最终还是按捺住好奇绕道走开。奔跑中那种春风拂面的惬意远离了我，疲乏之后安心体会脚边小生灵的闲趣远离了我。或许，此后我都很难找回这样的春天。

我经常教育那些老说今年没空明年春天再去干啥的朋友：不要刻舟求剑，即便你明年能于同一时间来到同一地点，你看见的春天也已是鸭群中的另一只鸭子。

一个正在发生的现实：植物品种的变化正浓墨重彩地修改着春天的面貌。这些年，全国各地的桃树品种都在更新换代，那种从古诗中流传下来的野生桃树正在慢慢消失，我们今后看见的桃花，与三四十年前的都会不一样，更别说唐诗宋词里的样子。

近十年江西不少县都开发了千亩桃园，春季桃树开花时卖门票供游客拍照。我去过很多桃园，花一望无际，但面貌和80年代的完全不同。有的品种花瓣数量都和野山桃不一样，大多是水蜜桃、蟠桃、油桃、碧桃等树种，很多品种树形经过人工嫁接等干预，比山桃矮小很多，可能是为了方便管理和采摘吧。人与树合影，就像是大人和小孩站在一起。花瓣的色泽也不是淡淡的水红色，深红如胭脂，也好看，但不适合人面桃花相映红，我从不和这种桃树合影，不亲切，在春天见到它，就像家里来了继母，在概念上能接受，情感上却很别扭。

2020年春节，原计划去婺源选一个小村过正月，一直住到立春。然后，带一伙人去那边拍一个微电影。实际情况是，突然遇上了最特殊的一个春节和春天。从除夕前直到3月中旬，全国人都被困在自己的屋子里。很多人对着日历推算野外各种春花的花情，却没人看见它们。

从2月到3月，我们一家三口像冬虫一样蛰伏在二十九层高的半空，每天醒来看全国和本省疫情通报。一开始以为封城是短暂的，十几天就能自由，所以有点自我放纵，每天睡到十一点多起床，早饭和中饭合在一起吃。没有任何运动，晚上不停地看电影，白天无法自控地刷手机，情绪在谣言和真相、悲伤和感动之间波涛起伏。后来发现距离完全解禁遥遥无期，扣皮带时腰都有点紧了，就办了出入小区的通行证，不时戴着口罩开车出门锻炼。我住的小区在城市边上，靠近赣江，沿着赣江一直往城外开十几分钟，江边就没人了。我摘下口罩，大口呼吸，发现空气居然是甜的。在这城市住了近二十年，第一次觉得它的空气甜美。

这时节，在乡村自我隔离的朋友用手机拍村口的田地，油菜花已经开得很有样子了，但赣江边枯败的苔草间还几乎看不见春天的影子，偶尔有几朵紫花地丁，开得无比吝啬，花瓣比米粒大不了多少，却令我十分感动，举着手机左拍右拍，捕捉它在江风中急剧晃动的紫色光晕。但不敢太激动，不敢奔跑和呼喊，因为回小区要量体温，体温异常回不了家。

闭关四十天，人会从不习惯转向习惯，从习惯变得沉郁，尤其是家里人，长期脚不沾泥，我担心她们身体会因缺少地气滋养而出现问题。我邀她们出门，她们说，戴着口罩连呼吸都不自在，还不如在家待着自在。这心态让我更担心，挑了个晴好的日子，拉着她们上车直奔远郊。到了一个村庄外的蔬菜基地，发现远处有两小块鲜黄如蛋糕的油菜地，便雀跃奔去，一激动就喘不上气来，心脏和肺好久没有这么兴奋过，有点适应不过来。口罩的阻隔也是问题，纱布和防护芯片将可疑飞沫阻挡在外，也将氧气过滤了大半，她们的嘴巴在纱布后困难地翕动，像是鱼被抛到岸上。

我说把口罩取了吧，反正最近的人都在七八米之外。可是当我们走近油菜地时，发现边上有两个人，男的在边上锄地，女的拎着红塑料袋蹲在油菜垄里采野菜，居然都没戴口罩。我们三个只好将口罩重新戴起来，隔着纱布闻油菜花的味道。

回去取车的路上，偶尔摘掉口罩，像是当街偷人钱包，心慌而自责。不管是女儿还是她妈，与人擦肩而过时若忘了把口罩从下巴推到鼻子上，我都会厉声呵斥，情绪恶劣得像个神经病。

回到家里，她们说，没看见几朵花倒挨了几次骂，再也不出门了。

我也泄气了，也没脸说什么，老老实实猫在二十九楼，把微电影里需要在婺源油菜花海取景的戏删去了许多。

这样的春天，是我个人历史里没有的先例，也是我熟悉的历史里没有过的，但仅仅在一个月之前，没人能想到今年春天会是这样。

我平常喜欢从旧书和网上找各地的老照片，关在楼上的这些日子翻看得更勤。从清末到民国，从民国到 1949 年之后，我出生前的近百个春天，在那些老照片里能找到一些蛛丝马迹。虽然是黑白照片，也依然清晰地记录着消失的时间和光影。大运河沿线和江浙一带经济发达地区留下的老照片很多。杭州西湖边的一些餐厅里，也能看见西湖在一百年前的样子，雷峰塔、六和塔、断桥、灵隐寺，近百年来各个时代的老照片都有，不少是人们在春游时拍的。

我曾经坚定地认为，春天的繁荣程度与社会的现代化程度成反比，离当代越远的年代，春天就越纯正美好。但在杭州的老照片里，很多现在植被特别茂密的野地，在许多年代居然是荒芜的，一棵树都看不见，更遑论花草。在其他地方的老照片里也有许多类似的意外。

这些意外让我深刻地认识到，春天和春天不仅彼此互不相同，而且它们的演变也并没有特别清晰的规律。总体而言，虽然农耕时代的春天应当比工业时代和信息时代更诗意更接近春天的本意，但很多因素都会让某个大趋势出现复杂的走向。

1948 年上映的电影《小城之春》我看过无数遍，2020 年春天再次观看。隐忍含蓄向善的男女爱情是看点，但令我特别有感觉的，是旧城墙和寂静无人的后花园、街巷组成的极特殊的春日氛围。战乱之后的春天，市民生活和街衢是凋敝的，人心是荒凉的，但被战火熏黑的残墙边的花草是生机勃发的。虽然所有画面没有色彩，但我能看出城墙缝隙里蓬草的灰绿色，能闻到主妇菜篮里的芥菜和她的旗袍在阳光下混合成的气味，能听见麻雀在空阔的厅堂里清脆地鸣叫。阳光投射在砖石上，地面半阴半阳，麻雀跳跃的身子在光与影里闪烁。

2002 年田壮壮用彩色胶片重拍了《小城之春》，据说很多场景就是在原址拍摄的，这个电影质量不错，也拍出了小城的春愁，但我还是能鲜明地感觉到，彩色胶片还原的春天，分明不是 1948 年的那个，光影和气质都那么不一样。演员的融入感也差很多，这可能不仅是演技的问题，还有就是，道具做得再逼真，春天的气场也很难还原。

仔细研究我们这代人出生之前就问世的历代老照片，就会明白我们为什么写不出某些诗文。没有影像记录的更远的年代的诗文，有些美得惊心动魄，有些读着痛快淋漓。以前总是绝望地感佩前人遣词造句的才华，现在想想，这不仅是才华的问题，他们所经历的春天和我们的也完全不是一回事。很可能，只有春天的名称相同，嗅觉、听觉、味觉和更深的心理感觉都完全不一样。

微信朋友圈里有人感叹"今年这个春天就像是假的"，然后相约2021 年春天去哪里旅行，因为大家都认定 2021 年的春天不会这么任性。我也觉得明年春天一切都会很好，但无论它表现如何，已是另一种春天了。2020 年春天即便假得像塑料，也还是春天的一种。我们承受了它的伤痛和暗影，没有理由因恐慌而放弃它高光的部分。

……

原载《人民文学》2021 年第 6 期

油菜花咏叹调

刘上洋

一

又到油菜花开的时节了。忽然一夜春风起，昨天还是青绿绿的田野变得金灿灿一片了。

最壮观的是平原地区的油菜花，那无边无际的金黄，像一首气势磅礴的交响诗，随着风的轰轰烈烈的旋律，一直奏响到与蓝天相接的地方。与世间任何事物一样，单独的一株或几株油菜花也许并不醒目，但当无以数计的油菜花聚合在一起，就会汇成一片铺天盖地的金色，让人震撼，让人博大，让人亢奋，油然在心中升起一种高贵、阳刚和豪迈。

比起平原来，山区的油菜花又是另一番景象。你看，一层层梯田把一道道金黄从山洼托向山腰，好似在青山之间挂上了一幅金色的油彩。在这金黄之中，又涂抹着一片片粉墙黛瓦，舞动着一条条银练般的小溪，灵动中透着妩媚，斑斓中浸着诗意。突然一阵云雾涌来，天地披上了一层白色的轻纱，金黄的花儿和苍翠的山峰顷刻间不见了。过了不久，云雾消退了，满眼又是一片金黄和青翠。就这样，随着云雾的来来去去，色彩也不断变幻着，一会儿是茫茫的白、一会儿是耀眼的金，一会儿是悦目的绿，使人好似坠入一种如醉如痴的梦境。

不知什么时候，一辆辆大大小小的客车拖来了一群群城里人，于是一阵阵欢声笑语在油菜花海里荡漾开了。大概是第一次看到这么大片美丽的花儿，开始时大家拿着手机一个劲地拍照，巴不得把这金色的世界都收入镜头。没过多久，不少人觉得这样还不过瘾，于是又玩起了拍照的新花样，有些穿着红衣服的女青年站在油菜花中摆着各种姿势，活脱脱金黄丛中的一点红，简直亮极了。有些妇女摘下披在肩上的红纱巾，拼命地向上挥动并跳跃着，那样子犹如一朵朵红云在金黄的花海中飘动。一些中年男女摆开了一字长蛇阵，各自做着不同的动作，好像在表演着一场花海现场秀。有些老年人沿着花径缓缓倘徉，时而驻足远望，时而低头凝视，孩儿似的童真不时荡漾在他们脸上的皱褶里。有些年轻人干脆扮着各种怪相，随心所欲地玩起了自拍。一对对的初恋男女静静地躲在花地的一角亲昵细语，仿佛除了这金黄的伊甸园就没有别的世界。一群群小孩在花中奔闹嬉戏，尽情享受这天然花海带给他们的乐趣。这时，不远处，一位老农扛着一张犁头，赶着一头水牛，慢慢地走上了古老的石拱桥，桥头是参天遒劲的古樟，桥下是清澈奔流的溪水，两边是竞相盛开的油菜花，多么绝妙自然的构图呀！惹得许多摄影爱好者赶紧从四面八方围了过来，架起一排排"长枪短炮"，"咔嚓咔嚓"一阵狂拍，一个个新颖怡人的瞬间就此铺展开来。

油菜花，成了现代旅游的一道美丽风景，成了人们闲适生活的一种精神点缀。

二

在改革开放之前的很长一段时期里，油菜花可没有现在这么幸运。

那时候，没有谁会去注意油菜花，没有人会去专门观赏油菜花，也没有人认为油菜花也是一种"花"。同水稻一样，油菜只是农村一种普通的农作物，默默地生长在田野和山沟，只有农民才会对其重视和爱惜。

因为在庄稼人眼里，这油菜花关系到他们一年的食用油。如果年成好油菜花开得旺盛，油菜籽就收得多，那一年的食用油就不用愁了；倘若年成不好油菜花开得稀疏，油菜籽就收得少，那菜碗里恐怕就有好几个月见不到油花。

每年深秋，是种油菜的最好季节。晚稻收割以后，农民们在一部分田地里撒播红花草，这是来年水稻的主要肥料。不像现在，种水稻全靠化肥、农药和除草剂。过去是在春耕时把经过一冬长得茂盛的红花草用犁翻入土里沤烂，这样水稻的生长就有充足的有机肥了。另一部分稻田则用来种油菜，俗话叫"冬种"。这是一门技术性很强的农活，先要把稻田翻耕耙平，接着用锄头扒出一条条浅沟，再接着用草木灰和磷肥把油菜种子拌匀，然后装在撮箕里，沿着浅沟弯腰用手一撮撮抛种下去。幼苗长出后，还要进行施肥、排水等田间管理。等到第二年春天，满畈的油菜花便开出了一片金黄，不久就结出了牛角似的细长果壳，里面躺着一粒粒又黑又亮的小小油菜籽。这时，农民们一面收割油菜，一面在收割完了的田里种上水稻。

春耕结束后便开始榨油，那场面真有点像打仗似的，但也是最开心最痛快的时候。榨油坊建在村外，油榨用一整根粗大的树干做成，长约五米，直径一米多，中间镂空成一个长方形的"油槽"。男人们打着赤膊，穿着短裤，腰扎围布，先把一筐筐油菜籽倒进热烘烘的大锅里炒熟，然后倒进碾盘里用牛拉着碾碎，接着装到木甑里蒸熟，再接着取出来填入用稻草垫底的圆形铁箍里，做成一个个坯饼，最后将坯饼装入"油槽"里，用木楔夹紧。这些程序完成后就可以开榨了。于是，几个身强力壮的中青年站在一根从屋顶横吊下来的大木槌两边，喊着"一、二、三"，一起用劲把木槌狠狠地向木锲子撞击，随着一声声"咚咚咚"惊心动魄的炸响，菜油源源不断地从中间的油孔里往下流。一股浓浓的油香味也随之在榨油坊周围弥漫开来，直沁人的肺腑。大家知道，那流下来的不是油，而是生活，是生命，是希望。于是就拼尽全力反复不停地撞击，直到油流渐渐变成了油滴，最后连油滴也没有了，变成了一个个圆圆的渣饼，他们才停下来。晶亮的汗水伴着闪闪的油光，映在他们的脸上就像一朵朵盛开的油菜花。

这是一朵朵怒放在人们心里的油菜花。

也许是生活中越不可或缺的东西，人们反而会越不当一回事，往往越会轻视和忽视，甚至视而不见。对于油菜花，历代文人骚客很少有描写和歌咏它的。宋代诗人杨万里的诗句"篱落疏疏一径深，树头花落未成阴。儿童急走追黄蝶，飞入菜花无处寻"，也只不过是把油菜花当作景物的陪衬。元代诗人黄庚算是进了一步，把油菜花喻为烂漫的春色。他在《田家》中写道："流水小桥江路景，疏篱矮屋野人家。田园空阔无桃李，一段春光属菜花。"清代诗人张夏倒是专门写过一首名叫《沁园春·咏菜花》的词，其中上半阕说："一望金铺，接段分邱，长堤短塘。羡欺桃压李，连天烂漫，迎风著露，遍地飘飏。"这应该是在写油菜花的诗文中最为大气和形象的一首了。

描写油菜花最直观的一首诗当属清代乾隆皇帝所作。全诗是这样的："黄萼裳裳绿叶稠，千村欣卜榨新油。爱他生计资民用，不是闲花野草流。"初次读来，确实有点打油诗的味道，缺乏那么一点艺术与诗意，但写出了油菜花的品性，写出了油菜花对于民生的特殊作用。较之文人士大夫们写的那些唯美的油菜花诗，乾隆的诗可以说思想要开阔得多，意境要高远得多。这也许就是乾隆皇帝与一般文人士大夫的区别吧！

从乾隆的诗中，我们看到了油菜花的另一种美。

三

在我的印象中，油菜花旅游热的兴起是近些年的事。让人有些不解的是，世上的花有千万种，人们怎么独独对那一片片生长在庄稼地里的油菜花感兴趣，有的甚至钟情和喜爱到痴迷的程度。

是改革开放提升了人们的审美情趣？是人们想在现代化的五光十色中返璞归真？是油菜花那大片的金黄能给人带来一种满满的富贵感？抑或是油菜花本身就让人养眼养心又养身？

如今，在许多地方，春天的油菜花已成了一道必不可少的风景，不单单景区是这样，不少农村也把大片的田地种上了油菜花。真要佩服第一个发现油菜花观赏价值的人，是他让开在田间地头的油菜花成了与国色天香的牡丹一样瞩目的花卉，并发展成了一个雅俗共赏、欣欣向荣的旅游项目。可见，只要有了敏锐的市场眼光，就能发现商机，创造需求，让一些原本不起眼甚至很"下里巴人"东西在市场上畅销和流行起来。

其实，岂止是油菜花，过去很多无人问津的东西现在都反过来变得吃香了。过去对于红薯青菜野菜之类，人们根本不屑一顾，现在却成了餐桌上的美食佳肴；过去人们讨厌到山区和乡下去，现在却一窝蜂似的往那里涌，怪不得现在不少山区和农村都建起了"度假村""农家乐"，那挂在门前的一串串红灯笼就昭示着，这儿的生意非常红火。

　　我原以为，在景区和农村的田地里种上油菜花供人参观，是一件一举多得的大好事，既可以让游客享受花的美丽和芬芳，又可以增加景区和农民的收入，还可以为人们提供天然的有机食用油。但不知从什么时候开始，一些景区种的油菜花只是供人参观的，只开花不结籽，就是结了籽也不榨油。我不禁有些愕然，好端端的农田，种些好看但不中用的油菜花，这不是一种奢侈和浪费吗？不仅如此，有些地方为了吸引游客多赚钱，还专门培育出了不同颜色的油菜花，黄红蓝黑白橙紫，可谓绚丽多彩，美不胜收。可是，这些油菜花好看是好看，但闻起来没有一点儿香味。这也难怪，无论多棒的动植物，一旦为人工所繁殖，原来的那个天然味道就丧失了。尽管没有花香，但是许多游客还是在花海里流连忘返，久久不愿离去。

　　由此，我又想到了时下各地正在打造的"观光农业"。据说这是集农业生产、环境美化和旅游功能为一身的现代田园农业。这创意也许是好的，出发点也无可非议，特别是随着改革开放的深入和人民群众生活水平的提高，各地确实要通过大力发展文化旅游业来不断满足他们日益增长的精神需求。但我们也千万不能忘了，农业是我们的命根子，决不能为了赚钱而把农业弄歪了，在农田里光种一些仅供参观的油菜花之类，一味地去搞那些中看不中用的"花架子"。倘若都把农田变成种植花草的公园，都把农业变成观光业，那必定会严重地影响粮食生产。一个十四亿多人口的大国缺少了粮食，其所带来的严重后果是十分可怕的。花儿虽然很美，但毕竟不能当饭吃。没有花的日子可能有些单调乏味，但没有饭吃的日子是万万过不下去的。

　　油菜花要种，但绝不能单单为了好看。

原载《江西日报》2021 年 4 月 27 日

忆贤亮

———

高洪波

　　张贤亮是当代中国作家中特别具有个性的一位。他当年因为一首长诗《大风歌》被打成"右派"，改革开放之后用自己一部又一部的作品赢得了巨大的声誉。我记得最早是《邢老汉和狗的故事》，这部作品在当时我所处的《文艺报》的评论组里引起了大家的重视，一位评论家专门对张贤亮作了评述，这位评论家就是当时的编辑部主任谢永旺同志。后来，张贤亮经常出入我们《文艺报》的评论组，成为大家熟悉的朋友。他性格爽朗幽默，为人大方，喜欢开玩笑，所以人缘特别好。

　　记得在1984年，我作为《文艺报》记者部副主任首次走访大西北，从内蒙古的呼和浩特市开始采访，采访的第一个对象是当时的自治区主席布赫同志，我请他谈关于他所创办的乌兰牧骑的诸多往事。离开呼和浩特，第二站是宁夏的银川，我拜访了张贤亮、高深和我的同学潘自强等，诗人肖川还带我参加了共青团宁夏回族自治区委组织的活动，在沙漠上度过了难忘的一夜，事后我写下了一些诗和散文，散文叫《腾格里的呼唤》。就是在那次旅行中，我了解到一个情况：张贤亮由于学历是高中，所以不能享受知识分子待遇，要通过参加高考获得更高学历才能评职称。当时张贤亮倒没有说什么，但是他的一些同事，也是我的一些朋友为这件事愤愤不平。归来后，我给《文艺报》的内参《文艺情况》写了一篇通讯《张贤亮算不算知识分子？》。这篇内参被光明日报社主管的《文摘报》转载，引起了巨大的反响。关于作家的职称、关于"知识分子"的认定，由张贤亮参加高考这一特殊的话题引发出来。

后来，我见到张贤亮，他依然是开心、快活、爽朗的。再后来，张贤亮的小说越写越多，越写越好，《牧马人》拍成了电影，《绿化树》面世，几乎洛阳纸贵，他的影响越来越大，成了全国政协委员，两会期间不断地发表言论。他自称把《资本论》活学活用，以"文化资本家"自居，最典型的事例是他把一座废弃的乾隆年间的古堡改成了有西部风味的影视城，贤亮在里边认真地经营着，投入自己的全部稿费、存款。他在西部影城里给自己盖了一座"都督府"，我去过一次，大厅里悬挂着他自题的一副对联："大漠孤烟独寂寞，长河落日自辉煌。"西部影城成了银川除西夏王陵、贺兰山岩画之外的第三个重要的旅游点。

张贤亮在领我们参观西部影城时，充满了自豪。他像个大孩子一样，指着古堡，指着里边一件一件的设计，指着他的员工，开心地笑着，说着，这不再是当年那个被质疑"算不算知识分子"的张贤亮了——他已经是一个成功的知识分子兼文学界的企业家了。他认为很有创意、很得意的一件事是：把黄河的水密封到一个个小的玻璃瓶中，系上中国结，命名为"母亲的乳汁"，结果港澳同胞争相购买。

张贤亮收藏了很多硅化木，还有一方巨大的洮河砚台，上面雕满了龙。这个砚台贤亮很大方地赠送给了我，可惜由于它过于庞大，我把它转赠给了另外一个住处比较宽敞的朋友，然而贤亮对我的情谊让我深深地感动着。

　　我记得是在 2005 年 8 月，中国作家协会在宁夏召开主席团会议，东道主自然是身为主席团委员的张贤亮，在那次会上他送了我一张明信片，上面写着他的一首小诗：

　　　　江郎才尽任逍遥，
　　　　乘风策马过驿桥。
　　　　东望黄河龙生雾，
　　　　西眺贺兰凤凌霄。
　　　　虽羡古文多经典，
　　　　犹喜今日涌新潮。
　　　　韶华老去无遗憾，
　　　　指点青山看明朝。

　　附言：

　　　　乞得骸骨喜吟一首

　　这首诗是他描写自己退休后的一种心境。"乞骸骨"，是古人致仕时上疏给朝廷："希望把我这把老骨头带回老家，不在庙堂了！"带着某种心酸和凄凉。看了这首诗之后，我当即也给贤亮写了一首小诗，诗是这样写的：

　　　　千古文章未尽才，
　　　　岂容张郎独自哀。

骸骨乞罢余峻骨，

梦圆古堡举世骇。

因为是会议期间，贤亮看了这首诗冲我点点头挥挥手，我们会心一笑。

又过了几年，贤亮病了。他大量地吃着中药，不断地治疗。我记得最后一次见贤亮应该是在 2014 年 3 月。见到贤亮的时候我大吃一惊，因为他的脸上布满了黑点，密密麻麻的，贤亮说这都是大量吃中药引起的，然后他撩开衣服让我看他后背，身上全是像过敏一样的湿疹。席间，贤亮向我们介绍："这是我的小女儿。"贤亮的儿子在替他经营着西部影城，而他领养的这个小女儿是他晚年莫大的慰藉，他看着小女孩的目光里充满着一种怜爱、一种发自内心的对小生命的关切，是人类一种朴实的感情，血缘、血亲在这个时候已经不重要了。那次聚会实际上是贤亮向我们作最后的告别，我记得他认真地跟我说过一句很自信的话："洪波，无论谁写中国当代文学史，我张贤亮都是一个绕不过去的名字。"张贤亮说这话时，语气轻松中透着凝重，事实上他已经知道自己时日无多了。就在当年的 9 月份，国庆前夕，贤亮去世了，享年七十八岁。

一个充满才华的生命，一个对文学事业无比热爱的作家离开了我们，他留下了《绿化树》《牧马人》，留下了一部又一部的电影，留下了一部又一部的小说，也留下了一个属于张贤亮自己的传奇。他把自己最后的对土地、对祖国、对大西北的热爱留在了了不起的西部影城，这是一个南方游子扎根大西北留下的最后的遗迹。

此刻，我想起自己当年为贤亮写下的那篇算是有些冒失的内参《张贤亮算不算知识分子？》。张贤亮算不算知识分子呢？朋友们，请你们来回答这个问题。

　　贤亮，愿你在天堂安好!

原载《光明日报》2021 年 8 月 30 日

深巷里的老墙

梁　衡

　　在婺源农村小住几天。徽式民居总是窄窄的巷子，高高的墙，房与房的距离又近，一出门，迎面就是一堵墙，一走路，人就夹行在两墙中间。每天出出进进，这墙就是一页读不完的书。

　　当地传统的砌墙方法是薄砖立砌、横搭、中空、填土，再外涂白灰。这样既节省材料又可保温，而且土在墙中，寓田于墙。新墙在刚落成之时洁白如纸，就是我们常看到的白墙黛瓦的徽式格调。当初，一位泥瓦匠完成一座新房或一堵新墙时，断没有想到他为大自然提供了一张作画的温床。

　　岁月之笔是这样作画的。先用细雨在墙上一遍一遍地刷洗，再用湿雾一层一层地洇染，白墙上就显出纵横交错的线条和大大小小的斑点。论层次，这里有美术课上讲的黑、白、灰的过渡；论形状，则云海波涛、春风杨柳、山石嶙峋，胜过一本《芥子园画谱》。我儿子是学画的，他说国画里所讲的线条、皴法、留白，西画里讲的光影、色调、透视，在这墙上都可以找到，就是课堂上没有讲过的这里也有。人工艺术在自然面前是这样渺小，他自从住到这里就再也没敢画过一笔画。正是"眼前有景画不得，神来之笔在上头"。

但大自然并不满足于平面的艺术。风雨如刀，岁月如锥。白墙这里被铲去一块皮，那里被刻出一道沟，有时还被随意抽去一块砖，甚至推倒半堵墙。然后，再借来四面八方的种子，乘着风和雨，漫天摇落在墙头。那些绿色的生命便悄无声息地栖身到砖缝里、墙皮间、红土中，甚至就借着一丝湿气黏附在光洁的墙面上。它们才是真正的"蜘蛛侠"，缘墙而走，无处不在，无缝不生。村里古祠堂有一面大院墙，上面就爬满了积年生的薜荔果，果可生吃亦可做成凉粉。这是一面既能看又能吃的墙。植物学家考察物种的多样性，有一个方法叫"打方"，即在地上划定一个正方形，细数其中植物的种类和数量。我就试着任选了一面墙，借手机上的识花软件，一个一个地认识这些从未谋面的花草。单听这些名字，就让你心里暖暖的。那紫云英，本是水田里的绿肥作物，这时也飞上墙头，从叶间探出紫色的小花，回望它走来的田野；有名"窃衣"的，是隐身高手，它开着白色的小花，籽带绒毛，总能偷偷粘在衣服上跟你回家，落户墙角；有一种野草莓，酸酸甜甜，名"蓬蘽"，唐人贾岛的诗里居然写到它："别后解餐蓬蘽子，向前未识牡丹花。"

你随意漫步吧，土墙、石墙、砖墙、篱笆墙，满墙上都草解人情，花惹人爱。只要你有耐心，任选一墙，就可以面壁一两个小时，像是在美术馆里看画展。不，比画展更好看。这是一面面实实在在的生态墙、文化墙。你想，无数个鲜活的生命自愿齐集到这面老墙上，跻身砖石，扎根红土，探身招手，与人共舞，这是一种什么样的情景？更可贵的是这些鲜活的花草并不欺侮无言的老墙，在完成最后的布局后，还没有忘记露出一方红砖、突显一块青石或留下一段粉墙。仿佛提醒着你，这不是一般的纸上图画。

一天，我偶然与儿子说起这几日读墙的感觉，他说："你不知道咱们这房子的西边有一面老墙，每当夕阳晚照时，那种历史的沧桑感让人心里发颤。我修这房子时专门为了它开了一扇西窗，为了能最佳取景，还不厌其烦地改窗框、配窗帘。但突然有一天西边冒出了一座新房，壁立眼前，挡了个严严实实。"

第二天，我就去寻访这堵老墙。原来它曾是一座三层楼高的民居，已三面坍塌，唯留下一个楼的直角兀立在窄巷之上。直角往南的一面墙还比较完整，袒露着砖块横竖相砌的纹路和白色的灰缝，甚至你都能感觉到还有一位砖瓦匠正在工作。而靠北的那段已经塌得只剩下一条棱线，清晰地露出墙的筋骨结构。只见碎砖破瓦如瀑布一样倾泻下来，犬牙交错的砖块间露出当年填充的红土。唯有那个高高的楼角还十分完整，在蓝天的背景下划出一个标准的直角图形。楼角上方白云来去，一只孤雁在天际盘旋，风在轻轻地打着口哨。这时晚霞烧红了天边，风雨楼台，残阳如血。我一时惊呆了，如果要给眼前的这幅画起个名字，就叫岁月。我知道严田这个村子是有来头的，历史上曾出了二十七位进士。你看脚下的石板路与河边的洗衣石，路上一低头就是一块废弃的古碑，村口一棵宋代的老樟树七八个人才能合抱。岳飞曾在这一带驻军，与悲壮的《满江红》不同，他在这里留下了一首轻松愉快的小诗《花桥》："上下街连五里遥，青帘酒肆接花桥。十年征战风光别，满地芊芊草色娇。"当年的芊芊草色，现在依旧点染在寻常百姓家的墙头上。

在走回家的路上，我有意绕来绕去多走了几条巷子。为的是再多读几段老墙。有一座土墙矮房，早已被主人遗弃，劣筑的红土墙面上夹杂着石块草根。而一坡青瓦斜披而下，瓦上长满嫩绿的厚厚的苔藓。苔藓这东西很有意思，不管是老砖、旧瓦、朽木、断墙，都一律公平地给穿上鲜亮的绿装。现在这绿苔青瓦的屋檐压得很低，直遮住了老土墙的额头。而墙脚正绽放着一束灿烂的花。

我想，自从人类走出山洞发明了垒墙盖房，墙就与人长相厮守，从此墙上就烙下了人的体温、音容和身影。可惜近年来随着社会节奏的加快，已是弃了泥土，别了砖瓦，不见了柴墙篱笆。难得这深巷里还为我们保存了些有温度的老墙，保存了前人的眼泪和笑脸。我眺望深深的街巷，谁解这老墙里的密码？谁又能读得懂这幅风雨斑斑却又四季变换的青绿山水画？

原载《人民日报》2021 年 9 月 4 日

1978 年日记所见

————

梁鸿鹰

我有一种很难克服的"整理癖",不停地倒腾,再倒腾,一经多次倒腾,往往想找的东西找不到,没想找的反而碰着了。今年大年初三,我在书柜遍找黑塞的《荒原狼》而不得,却碰上了早年的几个日记本,翻看着发黄变脆的纸页,那歪歪斜斜的墨迹,乏味而笨拙的文字将我拉回到刚上高中的那些日子。

1978 年 3 月 1 日星期三,寒冷,大风

高中第一个新学期来了,开学典礼今天上午在礼堂举行。扩音器不争气,瘦子马书记讲话的时候,完全照着稿子还念错,一口甘肃民勤话实在太难懂,台下的学生乱成一锅粥,说话的说话,打闹的打闹,声音盖过了台上,马书记紧张得嘴角直冒白沫。开大会出现这种混乱场面一点不稀罕,各班班主任起初还出面管自己的学生,后来管不过来,完全放任自流了。

爸爸前一段时间带回一套十四本的《十万个为什么》，今天又给我买了一套《数理化自学丛书》，有十七本，说是从"内部渠道"搞到的。看着整整齐齐摆在书架书桌上的这些新书，我心里很茫然。

补记：学校开大会时的秩序是历届校领导最头疼的一件事，至此为止，我经历过的各种全校大会，多数沦为不欢而散的玩闹，能自始至终安安静静开下来的少而又少，会场的秩序没有最差，只有更差。

1977 年底高考恢复，小城里很多人都上了考场，不管过去是否上过高中、毕业未毕业，凡受过中学教育者，没有不一试身手的。一时间高考成为不折不扣的全民话题，小城里考上的那三四个人被传为神话。处于我这样年龄的人都很明白，自己未来的唯一目标就是高考。高考像是亮在前面的一盏灯，发着光，指着路，提醒你必须全力以赴，事关大人的面子，事关自己能否出人头地。高中时除了语文和英语，我其他课程成绩并不突出，很焦急很使劲，进步并不大。

高考对人命运的捉弄和安排很有戏剧性。父亲有个成绩优异的学生曾经常帮我家修理钟表或收音机，因家庭成分不好，英俊而勤奋的小伙子不能被推荐上大学，下乡回城后也安排不了工作，蹉跎中变得老大不小，1976 年底匆匆娶了一位结实的农村姑娘，结婚那天我们还去凑过热闹，记得新娘子腮上有两朵很深的高原红。小伙子1977 年参加高考，一举考入北京钢铁学院，上学第二年的假期与这位农村姑娘终止了婚姻。据说那位姑娘和一家人坦然接受，社会上没有出现过多少谴责的声音。我有位小学同班同学曾四五次高考才圆了大学梦，二十多年后，他的孩子考入一所名校，他便兴奋地打电话，恨不得把这个消息告诉所有认识他的人。高考让县城里不少家庭的孩子转学到分数线更低的地方参加高考，也吸引了不少分数线高的外省家庭设法将孩子转到这里读高中。

1978年4月5日星期三，干冷，阴转多云

清明节。今天上午学校组织学生到烈士陵园扫墓，各班排队步行前往，和上小学时候完全一样，只是一路上没有唱歌。小学的时候一路上都唱歌，几个班唱一首歌，还互相拉歌，一直从学校唱到目的地。到达墓园没用多长时间，各班整好队伍站在纪念碑前三鞠躬，绕墓群一周瞻仰。每个班派出代表清扫墓园，陵园里的墓是用水泥包起来的，不少墓已经开裂，有的新抹了水泥。返回路上，高（40）班有两个学生打起了架，听说汽修厂的一个同学用砖头把一个兵团师部孩子的头（打）破了。我们班队伍很整齐，总算没有出现纪律问题。今天班主任包老师又动员我当班长，我心里很矛盾，既愿意当"头"，又怕耽误学习，很烦恼，班长毕竟是要操心的，各种琐事每天都会费掉不少时间。

补记：中学生经常打架，砖头每次都是利器，打架的孩子总能找到砖头。上了高中，大家体力都有明显增强，打架的事情不断增多。我不愿意当班长，就是因为会经常面临调解打架，管理班级纪律等，其中最经常最重要的事情有两件，一是整队，二是打扫卫生，学校都要检查评比。想当好班长，必须选好体育委员和生活委员。我选的体育委员叫张权，高个子，人精神，体育好，动员了几次才勉强同意。生活委员史俊比我们大一两岁，是个勤快人，嘴碎，心肠好，也不愿意当，反复找他谈，总算答应了。班干部的耳目慢慢地会变得灵敏，知道同学中的一些鸡毛蒜皮，史俊告诉我，某漂亮女生其实很邋遢，课桌里放了不少长虫子的零食，某女生别看学习好，擦鼻涕的纸扔得到处都是。张权跟我说，长得铁塔一样的赵里才托他给剪头发女生鲍翠递过纸条儿。

1978 年 4 月 17 日星期一，晴，微风

　　座钟按设定时间响铃的同时，我抽掉枕在自己脑袋下面的双手，打着哈欠从床上起来，穿好衣服，蹲在院里刷完牙吃早饭，骑着家里老旧的自行车来到学校。到学校有些早，校园里安静得出奇，没听到往常此时必然听到的运动进行曲。锁自行车的时候，我发现同班的刘海涛穿了条紧绷绷的牛仔裤，我很怀疑，如果他蹲下来的话，裤裆会不会绷裂，张刚戴了副怪模怪样的墨镜，（42）班女生王翠玲梳着有些怪的发型，胸脯挺得高高的，一双亮闪闪的红皮鞋走在地上发出嗒嗒嗒的声音。

　　刚在教室里坐定，校园高音喇叭传出一支陌生的小提琴曲，悠扬、飘逸、明快，让我想起海上和风吹来，旭日冉冉升起，大地晨曦遍洒，远方山野朦胧，清新空气充溢四周，孕育着勃勃生机……与我们在家里、街上和校园里经常听到的那些排山倒海、热烈奔放的声响大不相同。它不仅陌生，还有些难懂，让人产生想象。接下来，喇叭里传出一个南方口音普通话的通知："各位老师、各位同学，我是校团委潘立华，课间操后，请各班团支部书记到校团委开会。"温柔优雅的小提琴曲之后，生硬的通知把我拽回到现实中来，我们被安排和指挥，在既定的轨道上运行。

　　补记：后来过了好几年我才知道，那天放的曲子是格里格的《晨曲》，学校喇叭新换外国乐曲是团委潘老师的主意。潘老师是浙江籍兵团知青，1975 年从兵团师部来到我们学校，任高中英语老师，个子不高，很精干，戴黑框眼镜，络腮胡子，一头硬硬的短发永远怒发冲冠的样子，他由普通教师、班主任到团委书记，成为学校的名人，学校所有大型活动的组织策划者，学生们可能不认识校长，但没有不认识他的。每逢全校聚会的公共场合，他都目光如炬地巡视着，

维持着秩序，随时揪出一两个表现不好的学生，让他们站到前面来。

学生起初拿不准潘老师教哪门课，但能肯定他不教数理化生物，以大家的理解，他怎么能教那些实惠实际实用的课程呢？他浪漫、理想、爱冒险，他像在天上，是星星月亮太阳，不属于地上，地上太普通，太琐碎嘈杂。过去的校园平凡而沉闷，地老天荒，日复一日，有如止水，潘老师担任团委书记后，校园像被施了魔法，被他这个仿佛从天而降、手里挥舞着魔杖的人改变着，他的指挥棒指到哪里，哪里就有变化。教室还是那些教室，树还是那些树，篮球场还是那个篮球场，大礼堂还是那个大礼堂，但整个校园的空气变得流动了、清新了、活跃了。校园里的孩子们头一天还无精打采，懵懵懂懂，懒懒散散，第二天就发现行不通了，团委书记潘老师来了，目光炯炯，无所不在，无所不知，无论在操场还是会场，大家都必须保持警惕，规规矩矩，精力十分集中和充沛，避免遭遇点名、罚站、通报。大家试图反抗，但没有用，摆脱不了，不得不跟着走。过去男生只能暗地里向女生递条子，现在男女同学可以在院子里大大方方地聊天。过去不爱好运动的人，现在必须找到一个项目才可以，不管球类、田径、棋类。过去学校只有春季一场运动会，现在改为春秋两次，过去田径赛之外只有篮球足球比赛，现在则增加了排球、乒乓球和象棋比赛。不管你过去是否爱唱歌跳舞，现在必须人人上阵。

1978 年 4 月 27 日星期四，晴，无风

最近学校团委推广集体舞，要求男女生一起跳，一个班分三四个组，十几个学生一男一女一男围成一圈，按照圆舞曲节奏转圈跳。半个多月以来我们已经练了三次，今天下午头一次正式跳。消息像长了腿，跑得可真远，招来不少围观的人，有大老远骑着自行车过来

的，有附近糖厂穿工作服的工人，有我们家属院熟悉的邻居。他们兴致勃勃，各自带着看热闹的好奇。我还看到西副食糕点柜台的售货员赵兰兰站在我们班的对面，脸红扑扑的，看到我还冲我招手打招呼，我假装没看见。她是我们家的熟人，供应紧张的时候，没少帮我们家买东西。

补记：有些事情总会被清楚地记得，不管当时有没有记录。跳舞时我左手拉的是红脸姑娘李俊英，她那与身材完全匹配的胖乎乎的圆脸上不停冒汗，最让我受不了的是她手上的汗，黏糊糊湿津津的，跳一场下来把我的手也搞湿了，她很不好意思，非要给我纸擦，我目不斜视，昂首而去。右边的女生是大高个季小萍，穿一双崭新的方口黑条绒布鞋，给我印象最深的是布鞋里那双像白雪一样的白袜子，和她的脸一样干净，她的小手仿佛全是骨头，像铁棍一样冰凉，舞跳完好久，拉她的右手还没热过来。大家在跳舞过程中目不斜视，心脏嘣嘣嘣跳个不停。跳舞时我们一边跳一边按要求唱《青年友谊圆舞曲》："蓝色的天空像大海一样，/广阔的大路上尘土飞扬，/穿森林过海洋来自各方，千万个青年人欢聚一堂，/拉起手唱起歌跳起舞来，让我们唱一支友谊之歌/欢乐的歌声在回旋荡漾，歌颂着我们的幸福时光……"舞跳完了，舞曲的旋律却久久回旋在耳边，难以消除。跳舞结束后大家嘻嘻哈哈地散开，悄悄交流着自己的体会。刘海涛说与自己跳舞的方红梅嘴唇上有薄薄的一层"胡子"，林志强说旁边女同学身上的味道好闻，从来没有发现她穿着裙子这么好看。胡美芳在放学碰到我时说，男同学比她想象的窝囊，别看他们平时咋咋呼呼，遇到正经事上不了台面，狼狈不堪的样子，太让人笑话了。但毕竟跳集体舞是我们县城里的一件大事，开天辟地的头一回，社会上议论也很多。但我没听说学校风气由此变坏了，社会上出现了更多不良少年。

1978 年 5 月 4 日星期四，阴天，下午小雨

今天团委组织青年节活动，其中一个内容是唱英文《国际歌》，大家英语学了几年，水平仍有限，歌词对高中学生来说都显得太难，团委发了简谱歌片，大家拿回来把汉字标到英语歌词上面，标得五花八门，"阿瑞斯，由普瑞斯那斯欧佛思拉佛雷升！阿瑞斯，由迟的欧佛得俄斯爱罗爱！佛家斯提斯……"下午的年级大合唱一百多人，是各班挑选出来的，潘老师亲自指挥，唱得大家热血沸腾。站在我旁边的张蒙雁唱得满脸通红，他是"三普"地质调查队子弟，我们班里的一个奇人，说一口湖南口音普通话，戴深度眼镜，头发像成年人一样三七开分着，脚上经常穿棕色大头鞋，上身咖啡色条绒夹克，裤子是工厂里的工装裤，曾经负责指挥班上的合唱。

补记：老师会把自己的喜好带到教学和日常管理中。潘老师教英语，圆舞曲、英文歌，都是他的爱好，他给这个小城中学的课余生活带来不少新变化，起初大家看新鲜，凑热闹，时间长了心安理得地接受洗礼，增长见识，最终变为难忘的记忆。潘老师很喜欢电影，有次我到他所在的办公室找人，看到他桌子上放着 1978 年第 5 期《人民电影》杂志，封面是刚主演了电影《同志，感谢你》的刘晓庆，封底是《大刀记》主演杨在葆。当时电影杂志非常抢手。平时严肃的潘老师很喜欢电影，一部日本电影《追捕》万人空巷，他下令组织团员到红旗电影院观看。电影里东京街头高楼林立的壮观，冷面杜丘的果敢坚定，电子音乐的动人心魄，真由美的大胆奔放，故事情节之环环相扣，深深吸引了每个观众。《望乡》《追捕》《人证》《砂器》堪称改革开放之初对我国影响最大的日本电影。据说张艺谋是看完《追捕》之后才辞去棉麻厂工作决心去北影求学。潘老师有次告诉大家《望乡》不像许多人认为的那样是色情片。

张蒙雁比我们班里多数的人大两三岁，说起话来连比画带表情，大道理一套一套的，他爱吹嘘自己老家如何如何好，起初颇能吓唬和笼络人，时间一长就不管用了，关键他学习一般，一考试就"砸"，多次摸底考试每门七十多分，大家对他渐渐不那么热情了。他对我很友好，早就发出了到他家玩的邀请，我推了几次，实在不好意思就去了一次。他家就他和妹妹两个孩子，家里最打眼的东西是手风琴，他会拉手风琴，从来不让妹妹碰。妹妹比他低两个年级，在我们学校上初中。他家里两间屋子，里外间，让我感兴趣的是他们家里间的书架，我看中了一本《郭小川诗选》，他怎么都不肯借我。他爸爸不在家，妈妈在家里补衣服，说话很难懂。他的妹妹皮肤很黑，短头发，和哥哥一样戴眼镜，在桌子前面画画，看我进来站了起来，很讲礼貌。张蒙雁很坦率，他说班上的徐芹对他有意思，我问他是不是递过小纸条，他脸一红，其实史俊早就跟我说过，徐芹根本不理睬他。蒙雁问我怎么办，我没什么建议，支支吾吾说了些什么完全忘记了。正聊着，他妹妹进来，问哥哥英语题，蒙雁不耐烦，挥手让她走，就过来问我。我一看，英语课文是《皇帝的新衣》，问的是单词 weave（织）的过去时和过去分词，我告诉了她答案，她仍不愿意走，蒙雁生生把她撵走了。一个礼拜之后，张蒙雁的妹妹将那本《郭小川诗选》带给了我。张蒙雁父母所在的"三普"成立于 1955 年 2 月，是石油工程公司，隶属于中国石化集团华北石油局，主要业务是石油、天然气普查勘探开发，据说在陕、甘、宁、蒙、青等十省区进行过石油、天然气及地热资源普查、勘探和开发利用，发现过长庆油田。我在网上看到，"三普"在鄂尔多斯盆地石油天然气的勘探开发中"做了大量基础性工作"，可能就包括在我们碛口县境内找石油，到最后也没有找到。张蒙雁和学习非常好的王青都是"三普"子弟。"三普"和兵团一样，给我们这个边远的小城带来了许多新的东西，新的人物，新的生活方式，这是县城里的人们经常怀念的。

1978 年 5 月 28 日星期日，大雨不停

今天我陪生活委员史俊参加高中物理老师陈庆荣组织的物理兴趣小组活动。受 1976 年大地震影响，陈老师扩大了小组活动内容，在之前的矿石收音机、航模基础上，增加了地震预测，照着张衡地动仪的样子做了个模型。史俊是物理迷，他和住兵团师部的张嘉林一样，经常动员我做矿石收音机，陪我去五金门市部买过不少零件，可我最终也没有完整做成一个接收到正常信号的收音机。陈老师头发少，两只小小的眼睛很有神，跟人说话的时候，从来都是紧紧盯着对方，她不爱在公共场合露面，但学生们感觉他很和蔼可亲，愿意找她请教。陈老师还爱好音乐，喜欢吹笛子，我在物理教研室她的桌子上还看到了一支笛子。

补记：在我小的时候，县城里的人来自四面八方，身边有很多外地口音的人，他们是县城各行各业的翘楚。兽医站的兽医老杨东北口音，各种大小牲畜的疑难杂症他都能手到病除；经营管理站的小个子孟超讲普通话，能说一口流利的俄语；县医院的河北人仰大夫是内科的大拿；我父亲的好友姚克仁为浙江余姚人，数学教学远近闻名。我所在的中学同样有好几位来自外地、名校毕业的教师。毕业于兰州大学的张公达和毕业于北师大的方素菊是夫妻，说一口标准的普通话，肯定不是我们当地人。葛宗湘是北京人，为名校毕业的俄语教师，因成分不好"文革"时受到冲击，在我们高中时期负责校图书室。历史老师张佐丽眼睛大大的，讲一口很难懂的湖南话，同学们模仿她口音讲"井田制""宋齐梁陈""陈桥兵变"等的情景，我至今清楚地记得。

陈老师是安徽人，说话、交谈喜欢打手势，毕业于北师大物理系。她爱人是北京人，个子矮矮的，是附小数学教师，毕业于北京一所高校。陈老师是大家公认的菩萨，待人非常好，学生不管学习好的还是差的，都一视同仁，从不歧视成绩差的人，辅导学生非常有耐心。两年后，我高考落榜到北京旅游，不记得什么原因，我和陈老师一家三口在北京相遇，夫妻二人兴致勃勃地带着我和他们的女儿小静逛过北海公园。穷教师本来就没什么钱，还费心给我买门票，一起游览、划船、吃饭，小静想吃冰激凌，陈师母就说，先喝水吧，冰棍会吃坏肚子，瞧你瘦得这个小样儿，回家姥姥一定给你做好吃的，小静又嘟囔了一句，就低下头，不再吭声了。当时我就那么傻傻地跟着他们，听着母女的对话毫无反应，一句话也没有说。中午该吃饭了，我往凳子上一坐，呆子一样等着人家把饭买好，那是一大碗北京炸酱面，香喷喷的，我端起来就吃，还倒了醋，吃得狼吞虎咽，一分钱也不曾掏。上大学后，我只去看望过陈老师一家人一次，以后再没有主动联系过。

1978年6月24日星期六，阴天（幸亏阴天）

团委要求高中各班的班干部在休息日观察和记录"敌情"。今天是我和邢海燕、李卓林值班。我们三个人早上八点半就"上岗"了，隐藏在校园西边的一条小渠里，小渠边上是一片小树林子，上午走过来一对来捡柴火的老夫妻，下午有一男一女坐在树林里聊天，男的是我们班刘海涛的哥哥刘江涛，留着小分头，一身电厂工人装，挺帅气的。女的是红矾厂家属院漂亮得有些名气的"小桂梅"。小桂梅姓余，头上戴着方格围巾，穿着一件花上衣，脚上是丁字黑皮鞋，之所以叫小桂梅，是因为高（36）班去年毕业了一个刘桂梅，大家叫她"大桂梅"。小桂梅和刘江涛在树林里走来走去，刘江涛不停地说话，小桂梅老是低着头看着自己的脚尖走路，她比江涛小不少，说是初中毕业就到红矾厂参加了工作。走着走着，小桂梅也许是新鞋不习惯吧，脚下没踩稳，一个趔趄差点摔倒，江涛赶快上去扶，来了一股小风，把小桂梅的头巾吹下来，她头发乱了。今天没大太阳，风很小。一天只见到两拨人。也没有什么"可疑"形迹，连咳嗽吐痰的小破事儿都没有，值得记录吗？不过，不记交不了差，下午临走之前我们商量了一下这样记录："上午10：35左右，一对老夫妻拾林子里的柴草，没说过一句话。下午15：23左右，两个青年男女遛弯，女青年差点儿摔倒，没听见他们谈的是什么。全天没有值得记录的其他情况。"我们这么写，不知道团委满意不满意。

补记：我们国家20世纪六七十年代与"苏修"对立，提高警惕防范敌特，像是成了全民无意识，小时候县城里也流行过挖防空洞，窗子上贴米字纸条，搞拉练和军事演习，"反特"思潮在社会上流行，不仅《梅花党》《一只绣花鞋》等反特小说流行，而且苏联小说《追踪记》《涅曼案件》《军事秘密》等有反间谍内容的作品也得到大面积秘密传阅，用苏联的反特作品提高防苏联特务的意识，现在想起来真的挺有意思。在恢复高考的背景下团委仍然搞这样的活动，大家都想不通。

1978年7月7日星期五，晴转阴风不大

下午礼堂开大会，是学校搞传统教育，请参加过万里长征的老红军袁县长讲抗战故事。袁县长叫袁昌金，江西于都人，今年七十三岁，满头白发短短的，人很瘦，说话慢吞吞的。他二十四岁参加红军，号称初中文化，可能不一定达得到。说话口音重，好多内容不是

没听懂就是忘记了，只记得，他说刚参加红军不久军医就检查出他肝脏有病，不让上战场，首长给了一个银圆让他回乡养病。长征时在突破湘江的一场战斗中，一枚手榴弹正好落在班里十二个人中间，幸亏是个没炸响的"臭弹"他才活到了今天。长征路上有个二十二勇士飞夺泸定桥的故事，当时袁县长是工兵，承担的任务就是为铁索桥铺设桥板。红军到达陕北和抗战时期，袁县长主要在甘肃、陕西、宁夏工作，当过磴口法院院长，后来当副县长。他不太善讲，南方口音重，坐在高高的台上倒很和蔼可亲，让人肃然起敬，不用维持秩序。

补记：我记事的时候老红军袁县长就已经退休了，住在我们中学北墙外家属院最东边的一个院子里。在我印象里，他似乎永远坐在院子里一棵大树的阴凉下，或者在院门口摇着个大蒲扇坐着，目光空洞。家里来人不断，经常有人看望。袁县长的夫人是小脚老太太，矮矮的个子，白头发梳耳朵后面。老太太没有工作，牙快掉光了，说话我们当地人根本就听不懂。小学时候我和班里的同学暑假拿着笤帚去他们家，想打扫卫生做好事，老太太死活不同意，她把我们让进屋里，给我们切西瓜吃，就是不让我们干活。袁县长的家里只有一些很简单的家具，墙上贴着一张巨大的长长的合影，说是上面有毛主席，有袁县长，袁县长在江西的时候经常见到毛主席。那天是个周末，袁县长的女儿也在家，穿着白衬衫，带补丁的裤子，赤脚穿着塑料凉鞋，腿旁边有两个小孩子围着，都很乖。

1978 年 8 月 13 日星期日，晴转多云

上海《文汇报》前天用整版刊发卢新华的短篇小说《伤痕》，今天下午开团支部书记会的时候，潘老师问我们是否看过。大多数人都还没看过。在今天的语文课上，以古汉语见长的尚子长老师谈起这篇

小说时情绪很激动。他说，这篇小说一定要和去年《人民文学》发表的刘心武的短篇小说《班主任》联系起来读，"四人帮"有个很大的罪恶是搞乱了道德秩序，老师不要求什么师道尊严，但要有起码的自尊，"文革"打倒一切，老师被打倒得更厉害，更不像话，国家被"四人帮"害苦了，学生也被他们祸害苦了。谢惠敏这个典型的受害者告诉我们，年轻人学坏、中毒很容易。这篇小说用几个人物的命运和形象讲真话，值得好好读。

今天晚上停电，最近停得越来越频繁。家里没蜡烛，是从邻居家借的。

补记：这则日记省略了很多东西。尚老师之所以借一篇小说大发感慨，是因为前些年发生的一件事：大冬天，有个学生把一段冻得硬邦邦的屎橛子在尚老师上课前放到了粉笔盒里，为此尚老师罢课三天，写了一份大字报贴在校园里，要求追查到底，开除肇事学生。我忘记最后的结果了，好像是不了了之。所以这天他又借题发挥了一番。

中学校园的文学氛围很稀薄，鼓励学生关注文学的老师不多。除潘老师和尚老师外，教我们生物的郭谦老师也是个例外。6月11号《人民日报》转载了作家理由的报告文学《扬眉剑出鞘》，郭老师第二天就在课堂上对其大加赞赏，口若悬河地讲得吐沫横飞。他说，中国人站不起来，科技不发达是重要原因，国民精神不强健最关键，大家不重视生物学大错特错，没有生物学，没有队医和营养师帮助，栾菊杰能赢吗？没有生物学，地球人就不能很好地应对人口、食物、环境和能源问题，人类就没有未来！郭老师是河北人，腰一直不好，向来只讲"细胞壁细胞核""土肥水种密保管工"，那天挺直了腰板，为我们上了一堂难忘的爱国主义课。

那支蜡烛是我到邻居耿莉家借的，因我知道她家有煤油灯。小城的供电很不正常，我经历过植物油灯、煤油灯、蜡烛到电灯等各种形态。在粮食匮乏的年代里，植物油也要省着用。我进她家发现家里有很响亮的蛐蛐叫声，有个蛐蛐笼子挂在脸盆架子上。给我拿蜡烛的时候耿莉要求借给她至少三本《数理化自学丛书》，我犹豫了一下还是答应了，我提出借她的《青春之歌》，她答应得很爽快。别人借东西我总不情愿，却希望别人借我东西痛快。我至今记得，耿莉借我的那三本书有一本没还，非说还了，我也不能到她家去搜啊，搞得很不愉快。

1978 年 9 月 30 日星期六，大雨

快国庆节了，今天校团委请曾经的兵团战士讲传统，一望而知是潘老师的主意。校大礼堂主席台上坐着个风度很好的女知青，伍老师介绍说，她名叫苏志琴，1969 年从浙江宁波来到兵团一师三团，与他在一个团不同连队，1972 年被推荐到内蒙古师范学院生物系上大学，毕业分配到林业局，在呼和浩特与一位兵团战友结了婚，从此留在了内蒙古。苏志琴讲了不少兵团时期盖房、挖渠、治沙、造林、种庄稼的故事，给我印象最深的是她对小羊和小牛的感情，她说，羊相貌不同，声音不同，脾气秉性也不同，和人一样，羊智商高，感情丰富，千万别小瞧。就是这件事让她立志要学习生物学研究的相关知识，从事与动物有关的工作。苏志琴讲完后，潘老师照例神采飞扬地讲了一番，他说，动物是人类最好的朋友，它们和人类一样需要有好的环境。内蒙古沙漠太多，过去我们在这里改造自然，今天我们必须在这里保卫自然，如果生态恶化，森林减少的问题不解决，会吃大亏，生态恶化会导致人类遭殃、动物遭殃，地球保卫战是持久战、恶战、街垒战，时不我待，我们已经输不起了……

补白：那天完成作业时间长，记日记的时候太晚了，女知青的故事记得不全，补记一些在这儿吧。一只刚出生的小羊，把她当成了母亲，后来总是用脖子蹭她的腿，用求助的眼神盯着她低声哀鸣，原来是小羊脖子上长了一个鸡蛋大、包着好多脓和蛆虫的瘤子。苏志琴用一把剪刀、一双削尖了头的竹筷子、药棉和碘酒给小羊做手术，手术历时至少一个小时，没有人帮她捆绑或抓牢小羊，小羊自始至终都静静地站在她身旁，任凭怎么消毒、剜掉腐肉，都一动不动，小羊超常的意志力震惊了她和同伴们。接下来苏志琴被调到新建的砖瓦厂，分别时她很难受，三个月过去了，回来后的她与这个被医好的小羊不期而遇，她和小羊几乎是在同时认出了彼此，那一瞬间小羊看着她的表情让她不安，有一点被遗弃后的哀怨，有一点见到亲人的惊喜，还有一点久别重逢时的局促不安和腼腆。有年8月份她和几个女知青负责给奶牛场铡草，收养了一头刚出生的小牛犊，大家几乎耗尽了所有的积蓄给它买牛奶，给它喝玉米糊糊它不干，就把手伸到盆里捧着给它喝，期待着小牛早些到羊群里学习吃草。第一次带它出去的时候它死活不肯，情急之中就拿背包带一端拴牛一端拴自己，硬把它拉到草滩上，看它装模作样吃草的样子，知道它还远远没到吃草的时候。小牛实在太能吃了，养不活啊，忍痛把它送走了。小牛那大大的稚嫩的眼睛、长的睫毛、泛着丝绸般光泽的皮毛经常萦绕在她脑海里，她为自己没向连长求助而懊悔不已，为因自己失误导致小牛被杀而难过，从此很长一段时间不吃牛肉，连听别人说起吃牛肉都难以忍受。这个故事深深打动了大家。

日记不给自己涂脂抹粉就算不错了，剔除掉对自己不利的东西则实属必然。这天的日记里删掉了我的一次奇耻大辱——就在礼堂报告会大庭广众之下，潘老师居然把我作为捣蛋学生揪出来，让我站在主席台前面"示众"。享受这种"待遇"的当然不止我一个，这种

"示众"过于频繁，但我作为班长、大家心目中的好学生，人丢大发了，好几天抬不起头。那天我太倒霉，只是和旁边的刘海涛说了一两句话，不知怎么就"躺枪"了，潘老师是气昏了还是眼神差，怎么把我给算上了！这件事让我对潘老师的严酷有了切身体会。

1978年12月25日星期一，晴转多云

这两天学校和街上的高音喇叭多次播报党的十一届三中全会公报。爸爸晚上带回24号的《人民日报》，让我好好学习，我说看不太懂，但对二版底部转三版的"本报特约评论员"文章感兴趣，文字慷慨激昂又好读，题目是《伟大的转变和重新学习》。我挺喜欢这类风格宏大的文字，有一段特别鼓劲，也许作文里能用上，我抄在这里："四个现代化，需要的是真心实意、脚踏实地的实干家，需要的是勤奋努力、虚怀若谷、实实在在的好作风。"

补记：十一届三中全会1978年12月18日至22日在北京举行，公报12月24日在《人民日报》发表，头版头条转二版上方，头版标题红色。我们小县城的人看《人民日报》要晚一天。当时报纸还都是黑白的，那天的《人民日报》只有五版是全彩色印刷，刊登的是纪念毛主席诞辰85周年的主题美术作品，共八张人物画作，前两张《伟大的时代》《人间正道是沧桑》表现新中国建设内容，其余都是革命战争时期题材。六版副刊"大地"上刊发的是纪念毛主席的散文和诗歌。

我从小爱在本子上抄抄写写，有时纯粹为抄而抄，抄完就放一边了。我还爱剪报，中学时候有一年每天晚上到父亲办公室写作业，功课三心二意，倒把他积攒几年的《文汇报》《人民日报》仔仔细细翻了个遍，剪下不少"笔会"和"大地"副刊上的好文章，打算留下

来看，结果剪完整理好就"刀枪入库"了，再没有碰过。

以上这些日记，写好了，压在一个角落，一放就是四十多年！

2020 年 3 月 12 日改完

原载《当代》2020 年第 4 期

收入作家散文集《岁月颗粒》2021 年 2 月出版

从前，在下雨的日子里

—

王　尧

　　屋檐上的滴水晶莹剔透。在秋水冲刷了瓦楞之间残存的树叶灰尘之后，我站在屋檐下看见瓦当像刮了胡须的下颚干干净净。阳光出来以后，瓦楞上有绿色的杂草，这是风吹雨打之后的残留物，或许是飞鸟衔来的种子落在了瓦楞上。这个时候，我喜欢看天空。

　　在没有雨，或者落小雨的时候，河、泊、塘是我日常生活中的水系。大雨过后，沟、渠、池、坑里都是水。雨再大些，暴雨成灾，巷子也成了"水巷"。从故乡到他乡，那几乎是一座水城了。出了城，我才知道地理书上的湖是什么样子。

　　不能设想一座城市里没有河。苏州这座城市河水纵横，所谓小桥流水人家，所谓人家尽枕河。待长了，我才发现这水并不怎么流。这是个复杂的循环问题。不流自然要"腐"，但问题也不全在这里。好长一段时间，苏州河水人为的污染问题也较为突出，你随便往哪座桥上一站，就会发现枕河的人家把污水或者别的什么东西泼到或扔到河里。河流太多了，不再把河当作河。这是人的悲剧。河道整治了，人好像也文明多了，偶尔也会看到有小船在河道上打捞漂浮物。

从我所在的这个校园后门出去不远便是那条叫"干将"的马路，马路的南侧就是横贯东西的水巷。以前到校外去，我们都很喜欢出了北校门就左拐，过了桥，沿着河边走百把米，再左拐就进了人家的院子，院子与院子之间没有围墙，因而也就成了"之"字形的小路。从这里走过的差不多都是我们这所学校的学生。出了院子就是一座桥，站在桥上你就知道什么叫水巷。因而有不少美院的学生到这里来写生。早上出去跑步，避不开向阳的马桶；晚上回来，人家就在院子里吃饭，当时视而不见，现在想起来那些桌子上的菜往往是毛豆、茭白、蹄髈、马兰头和臭豆腐干。那时的感觉，城市不是风景，是生活。

在这座城市待久了又走多了这样的院子，你会对潮湿的气味特别敏感，你甚至会觉得那散发的湿漉漉的气味就是这座城市的呼吸。我走过的这些院子和我后来到过的那些院子，都长着大大小小的树，因为雨水多而缠绵，树的绿色几乎也是潮湿的绿，而足迹不到的地方几乎都铺满了青苔。夕阳从树的枝叶的空白处漏到青苔里。我喜欢在这个时候停下来，踩一踩青苔里的夕阳。在我少年的生活中，也就是在青苔里有了夕阳时，我站在长满青苔的石码头上，挑着两个小的水桶往家里担水。那时还没有现在这样的污染，水桶里有时会有小鱼，捉出来，用火剪放到灶膛里一烤，滋味近于现在餐桌上常见的小的凤尾鱼。落雨天从这些院子走过时，我有一个奇怪的念头，想走到人家的房间里去，打开人家的箱子，闻闻箱子里的味道。千年以前这座城市就是这样的味道。到了一座城市，你如果只从熙熙攘攘的马路走过，未必算真正到过这座城市。城市的灵魂常常散落在小巷深处庭院的角落。现在很少有这样好穿过的院子了。干将路已经重建，苏州城因此大变。它还是小桥流水，但已不是从前的样子。不仅是我们这些

104

异乡人，"老苏州"们对苏州也会有陌生感。世界就是这样，你会熟悉愈来愈多的东西，但熟悉的东西又会愈来愈少。

城外有湖。有一天，我站在太湖大桥上说，这就是太湖。北京的朋友说，以前一提到太湖就想起无锡。现在许多苏州人为此而有"醋意"。能够想起太湖，真好。疏远太湖是个错误。但一个城市愈来愈靠近太湖也许又是个错误。太湖不能成为园中之湖，愈来愈多的度假区正在把太湖变成园中之湖。这有些可怕。北京的朋友说他很喜欢太湖水的颜色。傍晚的太湖水不绿，似乎更近于本色。那几天有台风袭击，太湖上不见风帆，太湖里只有太湖，没有别的。读大学时，我们挤上公共汽车，去吴县东山看太湖。东山盛产橘子，我们去时，橘子在似红非红之间。同学都说有诗意，差不多全进了橘子园，我则独自坐在湖边。当时我神经衰弱得厉害，心情颇为黯淡，坐在湖边，想着脑子就是湖，水浑了就是神经衰弱，水清了脑子也就清了；又想着秋水是否与长天一色。那天天不长，断云片片，极目处断云似乎傍着湖水在睡觉。这样想觉得好笑，神经衰弱的人夜里睡不好觉，白天哈欠连天，我是把那云当作自己了。于是想起辛弃疾在《鹧鸪天·鹅湖归，病起作》中写道的"枕簟溪堂冷欲秋，断云依水晚来收。红莲相倚浑如醉，白鸟无言定自愁。书咄咄，且休休，一丘一壑也风流。不知筋力衰多少，但觉新来懒上楼"。我后来对朋友说，情绪不好时看太湖最宜，听的人都很诧异。现在再去看太湖，我喜欢从湖中看自己的眼神。

在我的记忆中，还有汾湖。我去了叫芦墟的地方，芦墟有陆阿妹。这几乎是我唯一的一次正式采风。吴歌《五姑娘》的发现、整理、出版，在我们读书时就曾经引起轰动。这首两千多行的叙事民歌的发现，打破了学界以前关于汉民族无叙事民歌的论断。可能由于专业方向和兴起的原因，我并没有过多地关注。在《五姑娘》荡漾的余波也波平如镜时，一位朋友说，你不妨去看看那个唱《五姑娘》的陆阿妹老太太。镇上的人都知道陆阿妹，七拐八拐，问路问到了老太太住的那个院子，一排平房，住了好几户人家。去之前，有人作了介绍，老太太知道从大学里来了两位老师后，非常高兴，把我们请到屋里让座，又和站在门口的小姑娘说了几句，后来知道是差她去买香瓜子招待我们。当老太太握着我的手时，我有些不知所措。也许是来访的人逐渐少了，老太太的话很多，说了些什么，我记不清了。老太太方言口音重，语调悠扬。牙齿多数掉了，嘴巴瘪着。一根头发稀少的辫子，似乎牵连着她一生的磨难。虽然尽显老态，但举止大方利索，可以想象得出她年轻时的干练。我惊诧于她眼睛的清澈明亮，这样的眼神在我周围的人中是少见的。或许因为山歌像清泉一样从她心田流过，老太太让我领略到一种民间的清洁精神。老太太始终微笑的神情，让我想到我的外婆。

多年以后回忆那天下午的情景，我仍然感到一种强烈的震颤。这些年来，我经历过许多场面，但能够让我激动地回想的并不很多。在那些看似热闹非凡的场景中，形式和内容都像煞有介事，但是，人，缺席了，人情、人性、人生的神圣与庄严感从种种场景中退出了。老太太在为我们唱一段《五姑娘》之前，先后回到房间重新梳理头发、换上新头巾、穿上新褂子。唱山歌，在陆阿妹老太那里差不多成了信仰。她没有后人，生下来的孩子夭折了。别人告诉她，要孩子就不要唱山歌。阿妹不信。孩子的夭折不是山歌之罪过，阿妹的想法是朴素的。然而，在日常生活的视野中阿妹成了疯子。阿妹没有留下孩子，但她留下了《五姑娘》。《五姑娘》里有阿妹。在老太太那里，我还看到了一些证书、奖状什么的。现在想来，这些认可对她甚至是多余的。对于歌唱的一生，这些东西算什么呢？

这是 1987 年的秋天。无论是当时还是现在，陆阿妹的歌声在我听来是苍凉凄楚的，这与《五姑娘》的内容也与陆阿妹的唱腔有关。我甚至感受到歌声里的寂寞。我就是带着这样的感受挤上了回去的公共汽车，飞扬的尘土飘向汾湖的上空。在这个小镇，在这个湖畔，有诗人柳亚子的足迹，有民歌手陆阿妹的余音。"山歌唱来唱去唱勿清，各人各唱各人心"。陆阿妹这句话还会被我们记住吗？许多年后，我重返芦墟，站在桥上抽烟，仿佛看到湖面上有陆阿妹的影子，歌声从湖面上飘过来。

　　我是 5 月的孩子，在雨水中长大的。但故乡的雨水比起这里来，就是河与江湖的关系。暮春三月，江南草长，杂花生树，群莺乱飞，雨水多起来了。我站在医院产房外的走廊上，有人喊我的名字，说你得了女儿了。听着春雨推敲窗户，我便给孩子取了个带三滴水的名字。接下来，那雨做的诗行便让你心烦意乱。婴儿睁开眼睛后总得打量这陌生而神奇的世界，于是选一个阳光灿烂的日子，用小车子推着小宝宝到附近的公园转几圈，或者抱着她在校园里兜兜。这样的情形当然不少，同样不少的是遭遇雨天，夫妻俩可以一人抱宝宝一人撑雨伞出去经风雨见世面，但谁都不会浪漫如此，通常只有给小孩挂急诊时才不得不这样。

　　更严重的问题是无法晒尿布。有经验的长辈说，关于育儿的种种书本上也这样说，等差不多的时间，给小孩端一次小便。但大多数情况下婴儿的小便没有什么规律，你让她尿她不尿，在自家人身上她不尿，客人一抱她就尿。这样，尿布就紧俏了。晴天不必慌，现在的尿布不像以前缝几层，单层的又有洗衣机甩干，在太阳下一晒就干了。幸福的白尿布！猝不及防的是，突然有雨而又忘了收，于是晒干的尿布就被老天爷尿湿了，你去打谁的屁股？遇到阴天接阴天再接阴天，越是没有尿布，小宝宝越是尿个不停。虽然是 80 年代末了，但还没有电暖器之类的，因此只能用原始的办法来烘尿布了。

我曾经看到我的祖母或外祖母用冬天取暖的铜炉烘尿布，这种铜炉现在很少能看到。乡下未用煤球炉时，遇到紧急情况，就把尿布放在灶门口烘；慢一拍则在灶身围根绳子挂尿布，显然这是不卫生的。我老家用了煤球炉，怎么烘呢？传统的办法，是在炉边围根铅丝，类似于灶烘。但现在多是陶瓷的煤球炉，铅皮的少了，传热很慢。寒假在家，我和做了爷爷的父亲想了许多办法。后来还是父亲灵机一动，找到了一只旧铜炉盖，往炉口一盖很快传热。我父亲搬来凳子，就着炉子坐下。双手展开湿尿布，在铜炉盖上来回移动，腾腾热气带着特殊的味道往四周扩散。我父亲吸着烟，不紧不慢，优哉游哉的样子。父亲年轻时脾气很急，这时一点也看不出，做了爷爷的父亲于温和中显出慈祥。我因此想，烘尿布中也有天伦之乐。这样想来，甚至觉得一次性尿布虽然方便，但不仅奢侈而且使人们失去了体味细腻感情的机会。让一次性尿布见鬼去吧！

回到学校怎么办呢？父亲要我带上铜炉盖，我说不要，总会有办法的。又是雨天又是尿布成堆。我情急之中，用搪瓷饭盆代替了铜炉盖。饭盆没有铜炉盖上的那种眼子，会闷熄炉火，我就在炉口垫了三块瓦片。我很得意，没有眼子也就没有煤烟熏，反而卫生。此间，我正在研究散文，想起林语堂所说的"如在风雨之夕围炉谈天"的境界（当然彼炉非此炉，围法也不同），觉得有趣。那时住集体宿舍，小孩的尿声隔壁邻居都可听见，且不用说在外面烘尿布，别人会看不到？婚前大家在一起都说过"大丈夫"的话，时下我的举措使大家大开眼界，一时产生了"轰动效应"，褒贬不一。对门阿姨说，你带了头，大家怎么办呢？阿姨的儿子正准备结婚。

我不知道是在什么时候养成的习惯，喜欢雨天到书店买书。大凡文人几乎都有自己的癖好，我也算是有自己癖好的文人吧。以前，书店少的时候，我（不仅是我）感伤，由书业的萧条感慨文化、学术的衰败；有时进出市中心的新华书店，看到门面不断变换，原来熟悉的书架上摆满了音像出版物，我虽体味到社会的发展和书店的无奈，但在市声中我还是仿佛感到"书"的笔画已经散架。现在，书店多起来了，且有雅有俗；虽然多数书店都"通俗"些，但"大众"总是大众，能有这么个地方淘几本自己喜欢的书，岂不快哉！书店的商业化倾向在高雅的气氛中愉快地发展着。当然，能有坚持学术理想的读书人办书店更好。北京就有读书人这样做了，而且做得很好。出差到北京，问起买书的去处，朋友说某书店某书店好，我想去，但因为种种缘故到底没有去成，以至上了飞机后，总还觉得有什么事情没办好。

雨天的书店没有晴天的嘈杂，除非来书店躲雨，很少有人在那儿无故乱翻书。雨打窗户如枯荷听雨，只有在这个时候，才能静下心来挑书。爱书的人未必都在雨天到书店挑书，但是不爱书的人肯定不会在雨天到书店来。书店的清静颇让人愉快。站在书店门口，我感到初入深秋的冷意和一个人在书店买书的孤单。雨愈来愈大，零落在马路上的梧桐树叶被种种车轮碾过，随即被雨水冲去上面的污迹，车轮又滚了过来。秋天，就这样随着雨水在马路边淌走了。

原载《上海文学》2021 年第 6 期

年龄这回事

裘山山

　　前年我去某地采风，是一位认识的作家邀请的。我一个人坐动车抵达，走出车站后东张西望，没看到想象中接站的人。于是便发微信给那个作家：请问接站的在哪儿呢？信息刚发出，就见前面一个头发花白的男人和一个年轻女士一起回过头来。男人问，你是裘山山？我说我是。他愣了一下，一言不发，接过我的箱子就往前走。我马上明白了，他就是那个作家。

　　说来我们有过一面之缘，20世纪90年代初曾同台领过一个文学奖。但是刚才，他没有认出我来，我也没有认出他来。近三十年的岁月横亘在我们之间。我很抱歉地说，不好意思我没认出你来。他依然无语。我继续抱歉地说，我变化太大了，你也没认出我来吧？他摇头叹息，那一声叹息比说什么都清楚了。他身边那位女士明白了他的意思，打圆场说，我觉得裘老师很年轻啊。他终于按捺不住，痛心疾首地说，不，她完蛋了。跟着，他马上又补了一句：我也完蛋了。

　　我忍俊不禁，几乎要笑出声来。甚至后来的几天，我一想到这句话就想笑，此刻写到这里又笑了。我真的一点儿也不生气，反而觉得这个率性的人太好玩儿了，这句"完蛋"太有意思了。真话有毒，有毒也很可爱。

很多时候，我们见到很久没见的朋友，都会说些善意的谎言：你怎么一点儿没变呀？或者，你越来越年轻了。即使彼此心知肚明，依然不乏真诚。可是这位先生却心口如一，非常坦率地表达了他的心情，失望、伤感、痛惜、无奈。随后他又补了一刀：你不知道当年她是多么鲜白。"鲜白"这个词也不知是否为他的独创，反正和"完蛋"一起让我刻骨铭心了。

不过我得说，我也挺委屈的。我是完蛋了，可我并没有做错什么呀！谁能架得住近三十个春秋的磨砺？谁的生命是随时可以更新的App？连那些靠脸吃饭的演员都无法让自己一直鲜白，何况我这个成天面对电脑的文人。我觉得我已经很不易了。莎士比亚在他的十四行诗里慨叹：四十个冬天围攻你的容颜，在你的脸上挖掘沟壑（大意）。

写到这儿我又忍不住乐了。

其实在年龄这个问题上，人们还是需要善意的谎言的，超级需要。有时候某人告诉我他的年龄时，眼神充满期待，我就义无反顾地说：哎呀简直看不出来，我还以为你只有四十多（或五十多，根据实际年龄减去十到二十岁）。对方立即笑逐颜开，心情大好。这种张嘴就能做的好人好事，要多做。咱们就把心口如一留到别处吧。

古人就如此。你看古人对年龄的定义，不但很文学，还很人性化。二十弱冠，三十而立，四十不惑，五十知天命，六十耳顺，七十古来稀，八十杖朝，九十耄耋，一百乐期颐，都是拣好的听。倘若都实话实说，三十发胖，四十脱发，五十眼花，六十记不住，七十睡不着，八十听不见，九十走不动……那岂不是太让人悲观了，还是得把"福如东海，寿比南山"这样的祝福传承下去。

如今人们对年龄越来越在意了。过去是女人谈，现在男人也谈了，其热度仅次于挣钱和减肥吧。也许是日子过好了，有条件在意了；也许是职场对年龄越发苛刻了，我曾看到一家公司，要"辞退三十四岁以上的老员工"；再也许是媒体太敬老了，常常看到些让人哭笑不得的表达，比如，这位"80后"的大叔告诉我们，或者，五十岁的张大爷说。

自然，也对应出现了很多鸡汤文，努力安抚着人们对年龄增长的忧虑。什么年龄只是一个数字，只要心不老就永远年轻；什么每个年龄段都有每个年龄段的精彩，不必在意岁月的流逝；还有，天增岁月人增寿，这是自然规律；等等。

我也写过类似的，"我老了说明我没有英年早逝"。但尽管所有的道理都明白，也无法坦然面对。有一次坐机场大巴，忽见一男人招手给我让座，机场大巴从来都是人多座位少的，居然还给我让座。我大惊，难道我已经老到这种地步了吗？正尴尬时，听见他喊了声裘老师。原来是熟人。大松一口气，然后觉得自己太可笑了，太没名堂了，对年龄竟如此过敏。可是，这就是真实情况。

其实就算你全力以赴地折腾，成功地向世人掩饰了你的年龄，你能向自己掩饰住吗？身体的变化自己最清楚，热情的消退，疲倦的滋生，睡眠的减少，食欲的下降，等等。纸是包不住火的，真相总会脱颖而出。

我发现，随着年龄的增长，在称呼上是节节升高，在感觉上却是节节败退。以四川话为例，通常是从小妹开始，小妹，大姐，孃孃，婆婆，太婆。一开始无法接受人家喊大姐，后来无法接受人家喊孃孃，现在连婆婆也不得不忍受了。

每个人都不想在年龄上摆谱，尤其是女人。倘若碰到一个年纪相仿的人叫了一声大姐，马上就追问，你哪年的？你几月？表情严肃到像来办案的同志。如果对方果然比自己小，便悻悻作罢。一旦对方比自己还大，心里那个懊恼，别提了。

男人也一样。我认识一朋友，名牌大学老师，善短跑，年年参加校运动会，年年拿名次。有一年参赛前，怎么也找不到自己名字了，去会务组问，会务组说，哦，某老师，你分到老年组了。那年他刚满五十，他自己一点感觉都没有，怎么就，就老年组了？他拂袖而去，从此不再参加运动会。

还有一朋友，退休办了老年卡，一上公交就响起清脆的一声：叮咚，老年卡！满车厢都听见了。他愤怒地说，这公交卡太不人性化了，老子不用了。

这样令人捧腹的例子很多。

老是不知不觉到来的，脚步很轻。比如你忽然意识到，你说话和举止跟母亲越来越像了；比如重阳节一大早你就收到了祝福；比如你一看到黑白照片就凑近看，总以为里面有自己；比如你一听人家说身体不适，马上就吧啦吧啦告诉他该怎么做；还比如你时不时就会遇见一个阔别几十年的朋友，时间久到像是上辈子。

你感觉日子越过越快，好像骨碌骨碌往下滚。因为前几十年你在爬坡，费力费劲儿，自然慢。五十岁以后，或者六十岁以后，不管有没有抵达你预设的山顶，都开始放松了。一放松自然下坡。下坡省力，肯定就快。叮咚一声，就有了老年卡。

那年有个记者采访我后写了篇稿子，估计写之前去查了我的资料，故开篇第一句就是：下个月就是她的生日了，这个生日对她来说有些残酷，因为那一天意味着她跨入六十岁的门槛。他写完发给我过目，我当即就把"残酷"两个字改成了"特殊"。我真的不是为了我自己，是为了广大人民群众。你想，六十岁就言残酷，那七十岁的人怎么办？五十岁的人还往不往前走？从用词看，显然他比我还怕老。

当然，六十岁的确是个坎儿，坐实了老年这把椅子。现在长寿的人多，活两个半百已不稀奇，但活两个甲子还是少见吧？这预示着，你的生命的确已过去大半了。不然，为什么那么多文人墨客会在六十岁时写诗作赋呢？

我所知道的比较著名的，是郑板桥六十岁时所写的对联：

上联为：常如作客，何问康宁，但使囊中有余钱，瓮有余酿，釜有余粮，取数叶赏心旧纸，放浪吟哦，兴要阔，皮要顽，五官灵动胜千官，过到六旬犹少；下联为：定欲成仙，空生烦恼，只令耳无俗声，眼无俗物，胸无俗事，将几枝随意新花，纵横穿插，睡得迟，起得早，一日清闲似两日，算来百岁已多。

达到囊中有余钱、釜有余粮，瓮有余酿也不难。他是睡得迟起得早，我是睡得迟起得迟。大家还都有"几枝随意新花"，他可能是自己折的，我的是买的。但"五官灵动胜千官"差得很远，"耳无俗声眼无俗物胸无俗事"更是达不到，毕竟不是大师。

当然，能达到郑大师境界的肯定是少数。多数人都会在花甲之时生发出种种遗憾。比如我父亲，六十岁时给自己写了首《六十自寿》，开篇就是"六十光阴瞬息过，学书学剑两蹉跎"。他是一个穿军装的工程师，故出此言。在我看来，他一辈子那么辛苦，那么努力，也小有成就，怎么到了六十岁这天，还是会发出这样的感慨呢？

不过我倒是悄悄咪咪就过了。因我一来不会写诗作赋，二来不希望惊动（告知）更多的人。

认真追究起来，人们在年龄上是存在着悖论的。成天说怕老，不想老，可是细想，你所做的一切努力，锻炼身体、控制饮食、吃保健品、坚持体检、参加各种有益于健康的娱乐活动，等等，不就是为了让自己一直活着，活成一个老人吗？

既然如此，干吗不理顺呢？何况活到老并不是件容易的事。

最近我在朋友圈看到老友们聚会，其中一位已然是大爷模样了，头发花白，眉目沧桑，想当年他可是出了名的帅哥。可是我一点儿也不觉得伤感，反而很高兴。因为，他终于走进了老年。若干年前遇见时我看他脸色差，问他是不是身体不好，他自嘲说：能好吗？喝了一卡车的酒，抽了一卡车的烟。果然，他生了大病，动了大手术。但现在，终于挺过来了。老归老，气色好。下次我若见到他，一定要给他敬一杯酒，祝贺他终于活成了老头。

年龄大了肯定有诸多不好，要忍受自己变得越来越难看，要忍受身体经常出毛病，还要忍受失去越来越多的亲朋好友。可是，当你比之第三，会发现前两条（自己的衰老）算不了什么。

这算我的鸡汤文吧，或者不好喝，算药汤。

115

岁月是什么？我不想说它是杀猪刀，暂且说是镰刀吧。它一茬一茬地收割你的生命，先是童年，而后青年，而后中年，而后老年，而后连根拔起。它无比锋利，不管你的稻穗是大是小，不管你的年成是好是坏，时候一到就开镰，决不手软，无一例外。饱满的，不饱满的，通通都离开生命的田野堆进了大谷仓，不再享受日照，享受雨露，享受肥料，享受深情抚过的阵阵清风。只能眼看着新一轮的稻子苗壮成长起来，在你曾经站立过的田野里招摇。

面对这样的结局，你所能做的，就是能享受的时候尽情享受，无法享受的时候，祝贺自己，终于在经历了无数个风霜雨雪后，成为一粒成熟的稻谷。

肯定还是觉得不甘。

那你也可以重新成为种子，继续生长。你也可以继续上坡，坚决不下坡。这个不归老天管，归你自己。

我特别羡慕那些埋头事业完全忘记自己年龄的人，快然自足，不知老之将至。像九十多岁的科学家袁隆平，九十岁的超模卡门，还有年逾九旬的导演伊斯特伍德，夕阳红也是可以耀眼的。

我也特别敬佩那些敢于重新出发的人，在人生的晚年，掉过头来做年轻时想做而没做成的事。读书，写作，旅行，绘画，唱歌，练健美，甚至创业……让自己的生命继续延伸，闪亮，甚至下半场比上半场打得更好，一辈子当两辈子过，不把年龄当回事。

"不要温和地走进那个良夜，老年应当在日暮时燃烧咆哮。"借英国诗人狄兰·托马斯的诗句谢幕。

原载《文汇报》2021 年 3 月 8 日

拿得起，放得下

——

李建永

死生契阔，与子成说。

执子之手，与子偕老。

每当面对手机的时候，《诗经·邶风·击鼓》中的四句诗，便盘旋于我的脑海中挥之不去。本来是赞美爱情的诗句，怎么就"移情"到了手机上呢？不过想想也是，如今手机对于人们来说，可不是"死生契阔，与子成说"，交情那叫个深啊；可不是"执子之手，与子偕老"，一刻也不能分啊！

近日，我与女儿视频通话，讨论手机到底对人有哪些好处。她说，第一个好处就是通信便捷，让人真切地体会到什么叫"天涯若比邻"。女儿回忆，她在国外留学的数年时间里，由于有手机视频可以跟我们随时"见面"沟通，并没有太强烈的山川阻隔、远涉重洋的思念之情与悲伤之感。她说，回国工作这段时间里，如果没有手机，与爸妈分别生活在千里之隔的两座城市，难免也会有"思亲如流水，无时不悠悠"的阔别之情。但是现在并不，随便什么时候打开手机，都可以跟爸妈"见面"唠嗑儿，实在是太方便了。即使是天南海北的好朋友之间，也不会再有古人那种"浮云一别后，流水十年间""聚散苦匆匆，此恨无穷"之遗恨悲叹。这都是托手机的福。

她还历数了手机的诸多好处，比如做科研一刻也离不开的信息收集啦，参加远程视频会议时多地点全天候的交流功能啦，听学术演讲可以随机录音录像啦，开展线上工作可以随时拉出 N 个小群啦，疫情期间及时鉴别健康码颜色的安全监护啦，以及商场乃至网络购物的便捷支付啦，水电煤气之类的生活缴费啦，随时随地的约车约饭约宾馆约号啦，寻找陌生地方的导航定位啦，"到此一游"时的拍照摄像啦，上下班通勤期间的网上阅读啦，还有忙里偷闲瞄几眼动漫也是超开心的啦，等等。女儿说，手机的这些实用性功能和娱乐性功能，都是现代人所须臾不可或缺的。

我说，手机的好处自不待言，特别是在我们中国，现在几乎可以达到"一部手机走天下"的地步。然而，正如孟子所言："赵孟之所贵，赵孟能贱之。"手机给人们带来舒适便利的诸多好处的同时，也产生了不小的副作用，甚而可以说给人们带来了许多坏处。

首先是时间的空耗。无论何时何处，地不分东西南北，人不分男女老幼，只要一部手机在手，世界上大大小小的事件都可聚焦于这块小小的屏幕上，瞄一眼钻进去就再难抽出来；也似乎真的像"革命成功"后的阿 Q 那样"我要什么就是什么，我喜欢谁就是谁"，你喜欢的、想要的、想知道的、不想知道的，以及许许多多"未知的""有趣的"人和事，或者花样翻新的各种游戏和短视频，通过大数据、云计算一股脑儿地"喂"给你，于是乎你的眼睛和脑子便乖乖地被它牵着鼻子东游西逛狂欢极乐……就这样，一小时、两小时、大半天、一整天，你的时间被手机伶伶俐俐地偷走了，你的日子被手机快快乐乐地霸占了。但是，当你回过头来仔细盘点这过往的一小时、两小时、大半天、一整天从手机里得到的收获时，却是微乎哉其微也！也就是说，在这一小时、两小时、大半天、一整天的时间里，你的生命几乎在空转。鲁迅先生在《门外文谈》中讲过："时间就是性命。无端的空耗别人的时间，其实是无异于谋财害命的。"的确，生命是用时间来计算和换算的。看上去，手机空耗的是你的时间，实质上，却是在"谋杀"你的生命。

其次是健康的损害。长期刷手机的人，脖子、腰椎、拇指、手腕等都会患上一些特定的"手机病"。特别是眼睛，长时间一动不动地盯着手机屏幕，必然会感到干涩、灼热甚而视觉模糊，故眼药水便成为"拇指族""低头族"的日常必备品。对于学生——尤其是中小学生来说，爱护眼睛何等重要！南宋大诗人陆游在《高秋亭》中有句："从今惜取观书眼，长看天西万叠青。"且放下手机，抬起头看看远处的风景养养眼吧。说到健康，大家自然会想到身体健康，其实心理健康同样重要。我认为，人的智商亦在心理健康的范畴之内，至少心理健康与否，是会影响到人的智商变化的。现在人们过度依赖手机，以为一机在手便将一切搞定，根本用不着动什么脑子，久而久之，大脑就会萎缩，智商也会降格。譬如，开车的司机不用记路，手机里有导航；做作业的小学生不用背公式、记例题，手机里有"搜题"；以笔为生的记者、作家和机关写材料的公务员，也不必"死记硬背"什么范文和古诗词，反正一搜就得；甚至连家庭消费都不用动脑子做计划，各类"商城"搜一圈便会给出"标配"，你只需要"剁手"……记忆、背诵、计算、计划，这些人类所必需的基本技能，正在日益地弱化退化。毫不夸张地讲，手机正使人加速"白痴化"。我在上下班路上，经常会看到一些司机边刷手机边开车，把车子开得左摇右晃弯弯扭扭，极其危险！与我同行的朋友形象地称之为"画龙"。

119

这已经不是什么损害健康的问题了，而是"惊险"地"玩命"地行走在祸人害己的犯罪之悬崖边上！

再次是亲情的淡漠。我上下班一般选择两种交通方式，早晨上班搭乘顺风车，可以节省时间；下班时选择乘坐地铁，一来方便看点闲书，二来可以观察芸芸众生，"体验生活"。当你每天下班匆匆走进地铁车厢，一眼望去，无论男的女的老的少的坐的站的，绝大多数属于"低头一族"，他们几乎步调一致，保持同一姿势，手捧手机，目不转睛，埋头苦干。我还时不时从一些碎片化信息或文章中看到，有些"低头族"回家后又变成了"躺平族"，一机在手，六亲不认！这种现象在整个社会中究竟占多大比例，没有做过专项调查，不敢妄下结论。不过近来听到一首《爸爸妈妈请把手机放下》的儿歌，却是扎心啦！"手机有魔法，感觉很可怕。抢走了爸爸，抢走了妈妈。爸爸和妈妈，像中了魔法，一天到晚拿着手机他们在干吗？爸爸妈妈请把手机放下，陪我一起玩游戏，一起画画。爸爸妈妈请把手机放下，跟我讲讲故事，伴我快乐的长大。"我相信，父母被手机抢走，不仅给孩子们造成惊恐的感觉，也给家人和长辈们带来失落、失望的感觉。他们完全可以再续写两首歌:《亲爱的，请把手机放下》和《儿子女儿孙子孙女外孙外孙女以及你们的配偶和孩子们，请把手机放下》。要知道，节假日回家看望长辈，他们稀罕的不是你带回多少钱物，他们盼望的是你本人的归来；他们多么希望抓着你的手，看着你的眼睛，叙一叙寒温，唠一唠家常。而你的双手恰好捧着手机腾不出来，你的眼睛也正好盯着视频拔不出来，嘴里虽然也着三不着两地支吾着，可是心不在焉。《礼记·大学》有言:"心不在焉，视而不见，听而不闻，食而不知其味。"这得多伤长辈们的心啊！

谈到这里，女儿补充说，我觉得还有一点也挺重要的——如今连微信朋友圈点赞也成了一种负担。小朋友们每天 N 次巡回"朋友圈"，给谁点赞，不给谁点赞，对谁"青眼"，对谁"白眼"，好像成了一种特殊待遇。有的小朋友之间，因为谁谁没给点赞而急赤白脸，搞得特累。本来网络是一个虚拟世界，但现在很现实，似乎渐渐地由虚拟化、娱乐化转向了世俗化、势利化，"点赞之交"已然成为一种虚应故事和社交负担。这也应该属于手机的一个坏处吧？

我说，手机固然是造成这些"坏处"的重要因素，但决定性因素是人而不是物。人们对手机的过度依赖性和成瘾性，是人的内在欲望与外部诱惑共谋而达成的。诱惑何时没有？何代没有？《尚书·伊训》记载商朝开国元勋伊尹告诫商王太甲破家亡国的"三风十愆"——诸如"淫风"中的"殉于货色，恒于游畋"，亦即求财货、贪美色、喜游玩、好畋猎，等等，"惟兹三风十愆，卿士有一于身，家必丧；邦君有一于身，国必亡"。印度大文豪泰戈尔曾经告诫世人："顶不住眼前的诱惑，就会失掉未来的幸福。"就手机而言，如果人们顶不住眼前的诱惑，就会失去当下的幸福，遑论未来！

北京有句俗话："用着了朝前，用不着朝后。"这本是指斥批评那些势利而奉行实用主义的人际关系和处世哲学的；但是今天把它运用于对待手机上，也是一种再恰当不过的态度。而今的手机已然成为"人体器官"，无论工作、生活和学习，都不可能完全脱离开它，那你就尽管"用着了朝前"，尽情地享用吧。但是像前文谈到的诸如空耗时间、损害健康、淡漠亲情，特别是有些"画龙"者把手机固定在方向盘上，于行车途中痴迷"追剧"等情况，就得采取"用不着朝后"的方针，能朝多后朝多后。如果在这些情况下还要把手机比作"人体器官"的话，那就是"悬疣附赘"，甚至是"恶性肿瘤"，那就应该把它切掉。

我们经常说："拿得起，放得下。""用着了朝前"就是"拿得起"，"用不着朝后"就是"放得下"。这话说起来容易做起来难。历史地看，人世上，红尘中，诱惑总是层出不穷的，而且还是与时俱进的，并每每伴随着新生事物出现。古人云："欲败度，纵败礼。"故不可放纵欲望而毁败礼仪法度，走歪了人生的路。这就需要用心鉴别，识破各种诱惑，控制自己的欲望。把握好"拿得起，放得下"的尺度，方能有效抵制各类新事物所带来的负面影响。《诗经·大雅·思齐》云："刑于寡妻，至于兄弟，以御于家邦。""刑"即型也，模型也，示范也，榜样也。"寡妻"指国君之正妻。全句讲周文王姬昌在家庭中，给妻子太姒在各方面做出榜样，并影响到家族中的兄弟，进而淳化整个邦国。孔子曰："见贤思齐焉，见不贤而内自省也。"如果在抵制手机诱惑的问题上，每一个家庭都有"拿得起，放得下"的家长，为家人特别是孩子做出好的榜样，长此以往，即可达致诗之所谓"成人有德，小子有造"。

试问各位看官，掂量掂量手机，可否真心做到"拿得起，放得下"呢？

原载《中国社会报》2021 年 10 月 24 日

袁隆平的业余生活

——

舒晋瑜

很偶然的一次机会，认识了袁隆平先生的博士生曾松亭，从他那里得知，袁先生是一个兴趣广泛的人，不但精通外语，而且小提琴、游泳、排球、象棋样样都会，读书的兴趣更为广博：除了业务书，还爱看文史、地理和英文版的世界文学名著。我很希望认识这位风趣的老人，也多次提议曾松亭引荐采访袁先生。时间总是不巧，拖了又拖，终未成行。5月22日，袁隆平先生逝世，面访他的愿望成为永久的遗憾。所幸秘书辛业芸跟随袁先生二十多年，所知甚多，又有曾松亭的回忆作补充，这位"杂交水稻之父"的业余读书生活总算有了些许清晰的眉目和丰富的细节。9月7日是袁隆平先生诞辰九十一周年，谨以此文作为纪念。

读书习惯：放声朗读

袁隆平有一个独特的阅读习惯：诵读。这是他在湖北汉口博学中学读高中时养成的。高一时，学校举行演讲比赛，袁隆平和班里另外两名参赛选手选定演讲稿，相约早起到宿舍楼顶上放声朗读。从那时开始，他发现放声朗读是一种很好的读书方法：可以强化记忆，刺激思维，加深对文章的理解，还可以训练普通话，锻炼肺活量。在西南农学院农学系读书时，袁隆平就经常拿着书到学校旁边的小树林里、小土岗上去读。直到参加工作后，他也依然保持这一读书习惯。他曾用"思维体操"形容诵读，每次诵读后再投入到田间地头研究杂交水稻，总觉得自己的思维特别活跃，精力也格外充沛。

曾松亭告诉我说，袁先生性格幽默风趣，说话和气，没有架子，也有兴趣了解年轻人的生活。他曾多次陪袁先生出行，有一次在书店浏览，袁先生问："现在的年轻人都喜欢读些什么书？哪些书最流行？"曾松亭指着书架上的书说："现在的年轻人比较喜欢看《张居正》《曾国藩》这类历史名人的传记。"袁先生随口说，还有人曾经送过自己《曾国藩》这本书。又问："你也是作家，什么时候也出版一本畅销书啊？"曾松亭马上接过话题："如果我能够把您老的传记写出来，到时肯定畅销。"袁先生笑笑说："不要写我，我没有什么好写的。"

曾松亭向袁先生推荐了《南方周末》《南方人物周刊》，袁先生指着《参考消息》说，这个也买，在火车上看。据曾松亭回忆，袁先生在高铁上一直把买来的报纸看完了才休息。

生活中的"段子手"

关于袁隆平日常的读书生活，辛业芸有更多的发言权，她讲述了一位富有情趣的院士的日常生活。她说，袁隆平看文献多为专业的，尤其是英文文献资料；平时阅读偏爱文史、地理和英文版的世界文学名著，比如莎士比亚戏剧、泰戈尔诗歌、《简·爱》《呼啸山庄》等。他的书桌上经常摆着各种各样的地图册，这和他的兴趣有关。读书的时候他就喜欢地理课。去某个地方，他能随口说出那个地方的经度、纬度、面积、人口，各地的地图像长在他脑子里似的。袁隆平平日翻的最多的是词典。《英汉词典》被翻烂了，辛业芸又帮他买回一本。由于词典字小，他总是借助放大镜。

袁隆平身边的工作人员都知道，他很爱讲笑话，像个段子手。有一次曾松亭和袁先生、辛业芸一起候车，上了火车，才知道秘书小辛是二等票，和袁先生不在一个车厢。曾松亭对袁先生说："以后出差还是让秘书和您买同样的票，照顾起来方便些。"袁先生说："这是有制度规定的，制度能随便改吗？甘地是大人物吧！他出差从来都是买三等座，为什么啊？"曾松亭知道老师在等他回答，可他哪儿知道呀。等了一会儿，袁先生略带点神秘地说："那是因为没有四等座。"

袁先生喜欢唱歌，在生命的最后阶段，他每天差不多有半小时到一小时的时间在唱歌。歌单上有三四十首歌，歌唱祖国的歌、苏联歌曲，还有过去的流行歌曲，《秋水伊人》《游击队歌》等，他都喜欢。

"不配合"写自传

作为陪伴袁隆平最久的秘书，辛业芸觉得工作中一件很有意义的事情是完成了《袁隆平口述自传》。辛业芸坦率地说，自己虽然写的是"口述自传"，但袁隆平没有专门的时间谈。因为他根本就没有"退休"的概念，也没有颐养天年的意思，他是一位从不知足、无休求索、躬耕不疲的人。

好在袁先生的举手投足、神情语气、态度性情都是辛业芸所熟悉的。她随时随地记录袁先生的所言所行，查找有关声像资料和档案文献，并且访问了他的夫人邓则，总算获得了不少一手资料。但即便如此，袁先生的生平履历还是有所空缺，辛业芸很希望了解袁隆平当选院士的过程，就去采访。可是袁隆平不愿意多讲，两句话就把她打发了。他说："我做杂交水稻不是为了当院士；如果我没有当选院士，是我工作没有做好。"

有一天，辛业芸按捺不住请传主一读的愿望，便拿着传记稿找到袁隆平，说："袁老师，这本书已整理完毕，我特别想请您对我写几句鼓励的话。"当她再从袁先生手中接过这本书时，书上多了一句话："感谢你整理了这本真实的传记！"

无休探索，不懈追求

"成功易使人陶醉，莫把百尺当尽头"是袁隆平的座右铭。袁隆平正是以这样的勇气带领杂交水稻研究团队百尺竿头更进一步，取得了无比丰硕的成果。他不服输，也不服老，直到晚年，还保持每天临睡前半小时读书的习惯，读业务书，也看英文杂志。有一次袁隆平在一份杂志的一篇文章中发现了一个基因，对增产有帮助，便提出让辛业芸去复印。

有记者采访袁隆平：是什么驱使您不断地提出新的目标？袁隆平答：是天性。人家说粮食产量到顶了，但他还在探索、追求，为水稻的极限产量提供科学依据。在取得第四期超级稻攻关的重大突破后，他仍说满意却不满足，再次直击水稻超高产育种的新难题——攻关每公顷十六吨、十七吨、十八吨的目标！

袁隆平体谅农民的疾苦，关注粮食安全，晚年的袁隆平有一种时不我待的紧迫感。"有人说要我在'90'后实现目标，不行，太久了，要在'90'前即 2020 年以前实现。"辛业芸说，在袁先生身边多年，自己受到的最大鼓舞就是无休探索、不懈追求的袁隆平精神。

原载《新民晚报》2021 年 9 月 26 日

家住"四合院"

———

王兆胜

老北京到处是四合院，而今成了新奇。

据说，没被拆除的四合院，在北京已经很少了，而且价格昂贵。我曾住过四合院，在北京东城区赵堂子胡同 14 号，而且住的时间很长，从 1990 年到 1999 年整整十年。

严格说来，这个四合院不是真正意义上的北京四合院，是一个杂院，只是形式上像"四合院"。它坐落在一条只有数米宽的胡同里，北面斜对着的是著名诗人臧克家的 15 号院。两个院子像两个盒子，被挂在彩带一样的胡同两边。胡同东面不远处是五四运动时被火烧的赵家楼；向西横穿南北马路，不远处是蔡元培故居；北面的赵堂子胡同 3 号，是北洋政府政要朱启钤的故居；向东南走十分钟，是我所在的工作单位中国社会科学院，单位旁有明清时期的考场——北京贡院。

我们的四合院有两扇朱红大门，朝北，它高大、厚实、沉重。进门是一条长长的过道，前几米有顶棚遮盖，后面是露天的；左边是高高的院墙，将风景挡在院外；右边分别是一进院、二进院、三进院，自北向南依次排开。四合院结构图看起来像一把大梳子，过道是梳子的柄部，几排房子是梳子的齿儿，几个院子是齿缝，过道的尽头有棵生机盎然的古树，权作梳子的彩线坠子吧。

　　我家住在二进院中间。这里由相对的两排平房组成，房子不高，但宽广舒展；房子中间的院落宽阔，空间较大；抬头可见广阔的天空，并不时有鸽子、燕群飞过。当时，我住北排，对面一家的孩子叫大宝，大宝家东邻居一家的儿子叫小坤，正在读高中。

　　北面第一进住了一大家子人，有一对老夫妻和大女儿、大女婿，还有大女儿的两个正在高考的儿子，他们与中院的小坤是姑舅兄弟，也就是说，小坤的父亲是老夫妻的儿子。记得，老夫妻的大女婿长得周正，话不多，但总是和颜悦色。他很会做饭，常在大门左侧的小平房里炒菜，香气四溢，漂亮的妻子很有福分。

　　三进院（后院）我很少去，除了去附近的公厕，就去过一两次。冀师傅的儿子比我儿子大几岁，他俩常在一起玩。另外，这进院子有点特别，常牵着我的思索和想象，据说中国社会科学院的著名学者杨义、袁良骏、施议对等都曾在此住过。

　　十年时光是我们这个小家最留恋的。妻子大学毕业分到中国社会科学院，先租住在和平里一个四合院。房间很小，地砖渗水潮湿，一对老夫妻和女儿女婿非常善良，给她很多关照。后来，妻子搬到这个四合院，伴她走过更长时光。1993 年我来北京读博士，之前在山东工作六年，我们饱受夫妻分居之苦。那时，每次来京探亲，都能感到这个小院和小家浓浓的情意。白天我们夫妻在离家不远的长安街散步，晚上睡在用几块木板搭建的床上，虽然只有一间房，小而潮湿，冬天还要自生煤炉，但一点不缺少温暖，特别是在遥遥无期的分居中，从没失去信心和希望。有个春节，我们没回老家过年，大年初二并坐在床上看电视剧,《雪山飞狐》那首颇有诗意的主题歌,照亮过我们的人生,也留下美好的回忆。

小院的主人都爱花,前、中和后院种着各式各样的花。春天到来,院子里百花竞放、姹紫嫣红,打开前窗后窗,花香四溢,可充分享受春天的灿然。冬天,雪花纷飞,一片片仿佛天使般纯洁浪漫,它们落在院子的树上、房上、地上,还有用来过冬的煤球和白菜堆上。此时,我们用胶带将木门、木窗的缝隙封好,将风雪关在门外,在房间生起炉火,高大的炉里红光炽发,热能很快让房间充满春意。那些年,从准备过冬的煤球,到安装炉子和长长的烟筒,再到生火和烧水,虽然麻烦甚至危险,但熟练掌握了技巧,从没发生过煤气中毒事故。炉火在熊熊燃烧,将一大壶冰冷的水烧得吱吱震响,热气从壶嘴中升腾而起,像唱着快乐之歌,也是幸福的画面。

儿子主要在此度过了童年。他在小院对面的幼儿园待了两年。他的欢笑、歌声、顽皮的表情甚至哭闹,都留在了这里。儿子从小长得可爱,颇爱读书、画画、唱歌。他常常一大早自己搬个小板凳,穿一件绛紫色背心坐在门口的藤萝架下静静看书,专心程度令人诧异。不时招来哥哥、叔叔、阿姨、老爷爷和老奶奶围观,还引逗他背诵古典诗词,人们往往为其超强的记忆力所征服,并发出啧啧感叹和赞叹之声。

这个小院充满温暖和美好。大家做了好吃的,总会相互赠送,一为孩子,二为那份难得的缘分。有时,遇到急事,邻居都会主动帮忙接送孩子,帮着代管孩子。晚饭后,孩子们一起玩耍,大人就会坐在院子里拿着大蒲扇乘凉,天南海北神聊,没任何生分,仿佛是一家人。小坤一家人纯朴善良,前后院对其评价都很高。那时,小坤的父母是商店售货员,站柜台很辛苦,回来总喊腿累得受不了。大宝妈与我们同一个单位,有一副古道热肠,与妻子来往最多,两人总有说不完的话。冀续的父母人高马大，虽是普通工人，但特重视孩子的学习，对知识分子充满敬意。知道我是博士，冀续的父亲总愿问这问那，态度谦和而诚恳，虽非知识分子但温文尔雅。前几年，他还给我家打来电话，二十年不见，我们的谈话仍然亲切自然。我还是称他为老冀，他一如既往地称我为小王，现在我们都六十岁左右，曾在一个院里的友情还可以这样继续。

我与左右两家接触不多，但有一事至今难忘。东边隔壁住的是我院文学所的一位段先生，据说他在别处有房，平时很少住这院，只偶尔过来看看。一次，我在赶写一本书，因一间房子非常拥挤，又有孩子闹腾，就向段先生提出，能不能让我在他闲着的房间写作？开始，我没把握，几经犹豫，还是硬着头皮提出。没想到外表严肃的他，竟然非常痛快地答应了。我将他房间的杂物拾掇一下，腾出一定空间，虽无炉火，但心中异常温暖。那个冬天，我吃过饭，就打开段先生家的门，将自己关在里面安心写书，直到快速、圆满完成任务。我与段先生原不认识，交流更少，我甚至没提给他房租，连包茶也没表示，但他从无怨言，这让我看到普通人与众不同的灵魂，这让我心存感念。

那时年轻，我特喜欢锻炼。每天早晨，我就顺着周边的胡同跑步，有时还跑到贡院去。快回家时，我就放慢脚步在胡同里转悠，快意欣赏景致：长长的曲折的胡同里藏着好多好看的四合院大门，胡同口的每一棵古树都颇有阅历，早起打太极拳的老人精神矍铄，清爽的风与湛蓝湛蓝的天让人心旷神怡，训练有素的鸽子不时发出咕咕的叫声。

院子里的那棵大树仿佛是守卫，日夜守护着我们，但我们很少琢磨也不理解它的心情。秋来了，树叶飘洒一地，跟着风不停地旋转，有一种无家可归的感觉；大雪过后，寒风刺骨，我们都将自己藏

131

在家里，它赤裸的身躯仍不屈地伸向天空；夜深人静，我们躺在温暖的被窝里，却能听到大树枯枝在彻骨寒风中发出的让人难眠的啸叫。

如今，住在这个四合院的人早已各奔东西，像鸟儿一样飞散。而那个美好的院落也被拆除，化为乌有，只留下无尽的回忆，给后人追梦。

曾住过的四合院，一个托起幸福美好人生的小家，是不是将我们的心田也当成了自己的家？

原载《散文百家》2021 年第 1 期

遇酒且呵呵

格　非

　　在我幼年的记忆中，每逢喜事节庆，村里那些"会喝酒的"成年男性，照例是不屑与妇女同桌吃饭的。妇女和孩子们通常被安排在一起用餐——为公平起见，一种名为"封缸"的丹阳甜酒，被推荐给了她们，权作谈笑之助。尽管我们这些半大不大的孩子都是喝"封缸"酒长大的，但无时无刻不在觊觎父辈酒桌上的那些"双沟"和"洋河"。中国古代的成人礼，比如男子加冠、女子及笄，到了20世纪60至70年代，就已荡然无存。在江南地区，男孩子被正式当作成人来对待，通常是从被允许坐上父兄的酒桌，同意其品尝那些60度的烈性白酒开始的。

　　不过，在喝酒这件事情上，大人们为我们树立的榜样并不光鲜。他们常常为八仙桌的某个尊贵的位置（一般是指桌子正对着大门一侧的右首）而争得不可开交。每到过年，我母亲都要为是否应该请某位亲戚来家中做客而发愁。因为，如果这人没有被安排在上首入座，他通常的做法，是等酒菜上齐之后突然发作，掀翻桌子，拂袖而去。但如果让他坐上首呢？同桌的那些比他年长且地位、资历殊胜之人，据说也会倍感屈辱。另外，大人们在酒桌上猜拳行令，吆五喝六，借酒撒泼，伴之以种种繁复虚夸的说辞乃至机巧的作弊手段，其目的无非是将某位（或多位）特定的对象"放倒"。好好的一顿酒宴，时常演变为持续五六个小时的无聊戏剧，既不能增佳兴、遣悲怀，更不能收拾身心、畅叙友情。

村里的姑娘出嫁后，大多会在婚礼后数日携丈夫回门省亲。既然是新姑爷婚后第一次上门，娘家人自然会郑重其事，大宴宾客。我们当地将这种风俗称为"请女婿"，可谓准确地抓住了问题的本质——因为整个宴席招待或针对的，其实仅仅是女婿一人。目的明确，戏码相似，最后总是以女婿的酩酊大醉宣告结束。自从"女婿不吐，娘家不富"广泛流传以来，娘家人对女婿暗中加以保护的屏障也就不复存在了。他们请来的陪客，皆是能说会道、酒量奇大且久经征战之辈，其用意不言而喻。每当正月新春，来自外乡的新女婿出现在村头时，围观的村人总是会对他们寄予深切的同情。因为，这些人不论高矮胖瘦、贵贱穷通，待会儿到了酒桌之上，一律都是任人宰割的羔羊。

大概是由于儿时在苏南乡村所体验的饮酒文化过于刺激，我在成年后对于酒桌上的斗气逞能之事，素来没有什么好感，避之犹恐不及。可这并不等于说我不爱喝酒，也不是说，我喝酒从来不醉。

直到现在，每当我回想起自己第一次醉酒的经历时，都会觉得有些不可思议。那时，我还在上海的华东师大读本科三年级。为了庆祝期末考试结束，我们寝室里的七个同学凑钱买了几瓶"尖庄大曲"，又去食堂买了小菜，将方凳拼在一起当酒桌，围坐在一起，饮酒聊天。没过多久，忽见同班同学李少榕飘然而至。我们跟少榕很少来往，对她也缺乏了解。她平常与我们说话都很少，更别说亲自光临我们的寝室了。我们出于礼貌邀她入席，没想到她也不推辞，大大方方地坐了下来，开口就提出，要和我们比一比酒量，一时让我们几个面面相觑，手足无措。

说起我们寝室的善饮者，来自江西赣州的邓明、来自湖北黄冈的刘伯高都是海量，就算要推举一位代表出来应战，怎么也轮不到我。可那天与李少榕拼酒的为何是我呢？其中的原委，实在有些记不太清了。我只记得，当满满两大茶缸的"尖庄大曲"放在我们俩面前的时候，我其实并不相信，弱不禁风的李少榕真的能喝白酒，因此心里也不怎么慌乱，而是试探性地问了她一句：

"要不，您先来？"

少榕一声不吭地端起了茶缸。她喝酒竟像喝白开水一样，咕咚咕咚，不一会儿就喝得一滴不剩，大家一下都傻了眼。在众人的起哄声中，我心中的恐惧和尴尬可想而知。我满脑子都是新女婿在酒桌上被人灌得昏死过去的画面，但我知道，面前的这一茶缸酒，无论如何都得喝下去。最后能宽慰我的，也只有"豁出去"这三个字了。

在喝完酒后的二十多分钟时间里，我，李少榕，寝室里的另外六个人，还有在门口悄然聚集起的一伙围观者，都在静默中等待。等什么呢？我虽然感觉到房间转动的速度在加快，但还是能隐约听见他们的窃窃私语："你觉得，谁会先倒？"

为了不让他们看我的笑话，我挣扎着站起身来，扶着墙壁往外走，想一个人躲到屋外的树林里去醒酒，却终于在走廊的拐角处扑倒在地。恰巧一位四川籍同学张林从那儿路过，将我拖入了他的房间，并将我安置在他那整洁的床铺上。从那以后，我与淳朴厚道的张林同学遂成莫逆之交，以至于今。

这件事给了我两个重要的教训。第一，在美丽的女性面前，尤须戒惧谨慎，保持冷静，"豁出去"这样的想法，根本要不得。第二，虽说小酌可以怡情，但醉酒没啥好处，痛苦加狼狈，整个一濒死体验，以后应当尽量避免。

总的来说，我觉得自己还算得上是一个喜欢喝酒的人。这里说的酒，特指中国白酒，酱香、浓香、清香皆宜。其他如啤酒、黄酒、葡萄酒、白兰地、威士忌之类，虽说也能喝，但没什么特别的好感。洋酒之中，仅有产于古巴的朗姆酒（三十年的尤好）以及俄罗斯产的伏特加颇合我的口味。我的原则是，有酒即喝，来者不拒，以不醉为前提。如果实在没人请我，在家藏几瓶好酒，与妻儿对饮，亦为人生乐事。我对于善饮者、酒量大者从不羡慕，在他们面前也不自卑。你喝你的，我喝我的，各有所乐。说起来，古往今来的饮酒者，如杜甫、苏轼、陶潜等人，酒量都不大，但这并不妨碍他们无酒不欢，无酒不成诗文。我的导师钱谷融先生，喜欢把"座上客常满，樽中酒不空"这句话挂在嘴边，其实酒量也很一般。

说到饮酒的理由和乐趣，我想大抵是言人人殊。不过在我看来，除了纯粹的生理上的满足、麻醉感或酒精依赖之外，喝酒作为一种象征性的文化行为，与人的处世哲学或生活态度，往往也有很深的关联。

中国古代与饮酒相关的诗词歌赋，不论其基调是豪迈激越，还是低回悲凉，大多都与个体对"有限时间"的深刻体验有关。从曹操的"对酒当歌，人生几何"，到韦庄的"遇酒且呵呵，人生能几何"，唱的都是同一个调调。在波斯的《鲁拜集》中，类似的哀矜之辞亦比比皆是。我们通常会认为，文明、文化、道德所提供的意义是一种"真"，而美酒虽好，却总是给人带来某种幻觉或幻象。不过，我的看法刚好相反。文化或文明本身才是不断制造幻觉或幻象的机器——正因为我们承担不了太多严酷的真相或真实，我们才会求助于文化或文明的保护。酒本身虽是致幻剂，但它的催化作用，恰恰可以帮助我们重返"本真状态"。周邦彦或者杜甫,在劝人"莫思身外,长近尊前"时,实际上是在提醒我们看穿身外功名利禄的虚幻,珍惜时间中的当下,绝非仅仅是让人及时行乐。罗隐那句妇孺皆知的名句"今朝有酒今朝醉",语近俚俗,却把这层意思说得更为直白,从而具有了存在论哲学意义上的智慧——只有斩断对于未来的恐惧和忧虑,"现在"和"当下"才会真正产生。因此,说喜欢饮酒的人更偏好从根本上来理解生活和生命,从而有更多的机会看到并接受人生的本相,并非是无稽之谈。

在当今社会中,与人生相关的所有事件或事物,都在趋近于数学和计算,趋近于高度的理智和冷静。用齐美尔的话来说,自从"货币"这种东西被发明出来之后,人类社会即已迈向高度的理智化和体系化。情感要么受到越来越多的压抑,要么就在加速贬值。"感情用事"往往被用来形容病态或不合时宜的人格特征。在日常生活中,很少有什么领域为情感的表达预留位置和空间。而我们在习惯了锱铢必较的算计、筹措和担忧之外,情感本身也好像真的枯竭了。人们聚在一起的饮酒行为,成了当今"超理智社会"中为数不多的情感交流渠道,酒也成了情感联络的助推器或润滑剂。有一年我去某地开会,发现那里的同行大多不苟言笑,矜持而冷漠,心中难免快快不乐。可到了晚上,当这些人端着酒杯,搂着你的肩膀,说着坦率而亲热的话,且不时朗声大笑时,才真正感受到那些同行的质朴与好客。

按照我的观察,平常喜欢喝酒的人,似乎更不易罹患现在比较时髦的忧郁症。根据弗洛伊德的研究,人的精神之所以会出问题,原因之一是"超我"或良心的"自我惩罚"过于严厉——被文明植入我们意识的审查官,通常具有暴君的性格。尤其是当我们遇到挫折时,它对"自我"的责罚常常会大大超过必要的限度。而人在饮酒时,良心对自我的约束和审查通常比较宽大,或者说,我们在喝酒时,更容易接受自己的不完美，更容易原谅自己的过失。另外，在饮酒时对二三知己敞开心扉，讲述自己的故事，也具有相当的疗愈效果，有助于维持身心平衡。

如果要说到饮酒为我们所最为熟知的功能，大概就是所谓的"助兴"了。人生的确艰难，且充满了痛苦。但平心而论，生活中值得高兴的事，也还不少。朱敦儒的"幸遇三杯酒好，况逢一朵花新"，很形象地提醒我们，要找到理由喝杯酒，让自己放松或高兴一下，其实也不难。快乐如果不来找你，你去找它也是一样。克尔凯郭尔好像也说过，他是从田野上怒放的百合花那里，学会了不要去忧虑。事实上，酒与鲜花，本身就是生活中美好事物的象征，兴之所至，一杯在手，谁不谈笑风生呢？

最后，我还想说的是，我之所以酷爱中国的白酒，恐怕也与儿时的乡居经历有关。正因为只有在过年时，我们才能从空气中闻到甘醇浓烈的酒香，反过来说，到了成年以后，无论我走到哪里，只要一闻到白酒的香气，就会立刻沉浸在儿时过年的氛围中，引动思乡之情。白酒飘香，一次又一次，带着我重返故乡，重返春风吹拂的村庄和田野，时光倒流，仿佛生活依然充满了勃勃生机。

原载《中华读书报》2021 年 9 月 29 日

重回冶力关

陈　涛

四年前的一个清晨，我在冶力关镇政府湿漉漉的院子里与朋友们一一握手、拥抱告别后，踏上了返京的路途。车在静寂的山中行驶，清冷的空气从车窗的缝隙中钻进来，再钻进我的身体里。我双眼望向车窗外，任熟悉的景色从眼前一一滑过，我离它们越来越远，一言不发。

临行前，朋友们反复说着欢迎早日回来，有人跟我开玩笑不要把他们忘了。我微笑着一一回应。虽然我不知自己将会何时回到这里，但我知道我终究会回来，在将来的某一天。

我在这个名为冶力关的小镇待了两年。这里山势险峻，风光秀丽，历史上曾是连接东西、通衢南北的重要关口，也是古时进入藏区的重要门户，为兵家必争之地。自古以来，留下诸多史迹典故、特色浓郁的风土民俗，以及源远流长的宗教文化。因到兰州交通便利，每逢夏季，便会有许多游客从兰州而来，所以被称为"兰州后花园"。两年的时间，这些山水风物，足以让我变成一个比较纯正的西北人。

离开小镇，重回之前的生活当中，7月的北京酷暑难耐，而我却肢体寒凉。我知道随同我一同返程的还有高原所赠予的一身湿气。我利用休假时间回到老家，每天端坐在烈日下，看着皮肤上不断渗出的带有凉意的汗珠，那是阳光正将我体内的湿气逼发出来。休假结束后，我回到单位上班，总是有些不适。尤其是起初的那段时间，即使每天没有多少工作，到下班时也异常疲惫，往往是到家便睡了。待我重新适应工作与生活的节奏，已是半年后的事情了。

因为扶贫工作，我于十个月后又回到了冶力关。或许是离开时间不够久的缘故，竟没有那种特别兴奋的感觉。坐在中巴车上，与同行的同事聊天。随着熟悉的道路映入眼帘，随着熟悉的建筑不断闪现，我才发觉所谓的平静只是假象。我的手机不断接到当地朋友的信息，他们不断询问着我的位置，并且陆续发来图片，图片中有我住过的房间，有我养过的花，有我用过的物品，当然，更多还是他们计划招待我的羊肉与青稞酒。同事也看出我的兴奋，不断与我说笑。进山的路曲折迂回，我却丝毫感觉不到时间的漫长，时间在飞速地过去，同样飞速的是我的抵达。

一切都是那样熟悉，我坐在车里，向窗外四处张望。桥、河依旧，房屋、街道依旧，行人依旧。可下了车，走在小镇上，又会不时有惊喜。河面洁净、平缓了，河两岸的杂草杂物也不见了踪影，取而代之的是新铺设的四方砖块，小镇中心铺设了柏油路，平坦、开阔了许多，之前的风沙漫天不复重现。

到小镇，安排好住宿，接下来的第一站肯定是要去村子的。夏镇等人早就站在村口的石桥边。夏镇是包村的镇领导，个子中等，方脸，话不多，与人对谈时，若是紧张便会不停地搓手。印象中他常年衣着单薄，即便是冬天，也无非是穿件毛衣，大衣从未见他穿过。他的媳妇是藏族人，据他亲口讲，能够得到岳父的认可，也是费了很多的心血，当然，酒肯定没有少喝。这两年，夏镇把家里的房子重新装修，做成了农家乐，旅游季时客人不断，一家人的生活日益好了起来。

进到村子里，街道齐整、洁净。村口的几面白墙被当作画板，涂满了油彩。左边墙面第一幅油画展现的是洮州卫城全貌。洮州卫城位于新城镇，最初取名侯和城，后更名洪和。从那时到朱元璋建立大明帝国，洪和城在一千多年里总是朝夕易主，吐谷浑、吐蕃的战马不时驰骋于洮州地面，扬起战乱的烟尘。明洪武十二年（1379年），西平侯沐英征服了盘踞洮州的元朝残余势力，建立了洮州卫，并将破败不堪的侯和城予以重修扩建，老百姓便称其为"新城"。还有一幅油画是洮州"尕娘娘"日常生活的真实写照。"尕娘娘"指的是生活在临潭中西部的汉族农家妇女，她们格外注重女红，除操持家务外，还要进行农业生产，因而服饰简单宽松，其特点是下摆大，开衩高，宜踞宜蹲，起居方便，宜内宜外，是集裙衫于一体、袄袍于一炉的款式。

在这些油画当中，最打动我的还是万人拔河的场景。临潭县素来就有"万人拔河"的传统，"万人拔河"也叫"万人扯绳"，从明初延续至今，已有六百多年的悠久历史。活动每年农历正月十四、十五、十六日晚上在县城举办，这个时间，恰逢村子在举办群众性演出，有秦腔、群众歌舞等，一直到正月十五元宵节为止。所以，我一直都没有机会亲眼看见拔河的盛况。反倒是在小镇上观看过国际拔河赛。当我看到运动员身子与地面倾斜成三四十度，整齐划一时，我不禁想起平时的拔河比赛是多么的业余。"万人拔河"赛每晚三局，三晚九局，全县群众不分男女老少，不分民族，参加人数达八万余人，其规模之大，场面之壮观，人数之众多，令人赞叹不已。赛前各自将绳捆扎成头连、二连、三连、连尾（俗称双飞燕），扯绳总长一千八百零八米，重约八吨。"万人拔河"活动在参赛人数，扯绳的重量、直径、长度上不仅是历史之最，也堪称世界之最，现被列为甘肃省非物质文化遗产名录，已载入上海吉尼斯世界纪录。"万人拔河"一根绳、一条心，仿佛让我看到了当地人的粗犷与豪放，听到了他们渴望丰衣足食、安居乐业的心声。

漫步在村内的每条六街小巷，与迎面而来的熟人打着招呼，满眼的浓浓绿意让人留恋。这已不像是西北的小山村，呈现出的是小桥流水，庭院整洁、别致意境的草原深处的江淮人家。

在我结束任职至今的三年多时间里，我先后返回小镇四次，在我的印象中，似乎每一次回到那里都要下雨。第一次是这样，第二次看似天气不错，同事问我会不会下雨，我说很有可能，他不信，但没多久果然就落下雨来。第三次、第四次的时候同样如此。第一次的雨格外大。记得深夜十点多，我跟镇上与村里的朋友一起闲谈，屋外雷声大作，雨点敲击着玻璃噼啪作响。

每一次回小镇都会见到我的朋友们，他们大多比我年轻，无论男女，同样的性格可爱，朴实敦厚。我初到镇上时，接触最早的有两个人，一个是小岳，一个是小马，他们俩经常陪我走路，介绍一些风土人情，或者周末时候约我一起到河边打桌球。小岳圆脸，身形略胖，无数次跟我讲过要减肥，但不见有丝毫瘦的迹象，反而更加发福。在我第二次返回小镇时，接替我职位的同事跟我开玩笑，说小岳会吃又能吃。小岳听了憨憨一笑，说同事的手艺好，吃的次数多了，就长了很多肉。

小岳是天水人，起初做导游。2012年带着旅游团来到冶力关，见这里山清水秀，民风淳朴，于是两年后通过考试成为镇政府的一名干部，并娶了一个当地姑娘，现在女儿嘉宁都五岁了。我曾问过他最艰难的时刻是怎样，他告诉我是初到冶力关参加工作的一两年，融入的过程很辛苦。这些年，他的主要工作是扶贫与环境卫生整治，每向前一步都很艰难。让他开心的是随着时间的推移，他慢慢有了朋友，这些朋友可以时刻分享他的喜悦，倾听他内心的痛苦，并且他在工作中也与当地群众打成一片，得到了很多的支持与很好的配合。

几乎每次回到小镇，小岳都会给我讲小镇的变化。有些我看得到，有些听他讲过再次看，果然如此。这些年，小镇的环境卫生发生了很大的变化，修建了景区环线路，红色路基看起来非常漂亮。农家乐进行了统一规划升级改造，外观上铁皮凉亭换成了现在的仿古木建筑凉亭，内饰上大多数农家乐都重新进行了装修装饰，昔日不带独立卫生间和洗澡间的普通间变成了现在的标准间，饭菜从有什么吃什么到吃什么有什么。农家乐经营户的服务理念和经营方式也发生了很大的变化，游客不再来自甘肃省内其他地区，陕西、宁夏、青海、四川等地都有人慕名而来。

小岳的工作也取得了许多成绩，他自豪地告诉我，他帮扶的贫困户的思想观念发生了很大的变化。这些年，有两个家庭的大学生毕业后找到了工作，还有一家经营起了小卖部，两家养殖猪和羊，每个贫困户的主要劳动力都能够掌握一门劳动技能，家庭可支配收入逐年增长。不过由于他平时工作忙，又经常加班，少有节假日，所以家人有时不理解，会有埋怨。但这似乎是个许多人理性上理解，感性上难以接受的难题，我唯有鼓励他。

每次回小镇，无论待多久，总是觉得时间很短暂，总会有许多人没有看到，总会有许多话没有来得及讲。往往在我离开后，不断接到当地朋友的电话与信息，他们或惋惜遗憾，或生气质问，而我只好不断地表示歉意。抵达小镇的时间永远是飞速的，而离开小镇的时间如同凝滞，连返程的车子都变得缓慢。好在我每一次的离开，许多朋友都会相约来到我的住处送我，我与他们握手告别，一如三年前的那个清晨。不过，再也没有那么多的不舍与留恋，因为我知道，我还会一次次地回到这里，回到这个在我生命中留下深深印记的山中角落，宛若归乡。

原载《中国社会报》2021 年 4 月 25 日

绝处逢生

——

詹谷丰

一

中山大学附属肿瘤医院是现代西医治疗癌症非常完备的临床场所，那两栋高楼里的所有的病室和身穿白大褂的医生，共同组成了西医西药对抗肿瘤的前线。我陪妻子来这家医院做肿瘤切除手术的时候，并没有发现中医中药的影子。与肿瘤的对抗，是一场复杂凶险的角力，是一个常人难以预见的漫长过程，在那两栋高楼中出入多次，我熟悉了那些迷宫一般错综复杂的窗口、电梯、楼梯、两幢大楼之间连接的长廊以及士兵一般整齐排列的报到机、取号机、出片机、资料打印机。

肿瘤，尤其是恶性肿瘤，虽然现代医学重兵布防，依然无法阻挡它进攻的势头。当一种恶疾以常见病、多发病的攻势攻城略地之后，大大小小的医院，都招募了精锐，组成科室，专门对抗这个强大的敌人。

我所居住的城市，经济发达，医疗技术和医疗设备也较为先进。进入老年之后，身体素质下降，疾病骚扰，有时到了必须住院才能脱困的地步，但是，我从未想过，会有一种疾病，让东莞的医院束手无策，而必须转向省城的大医院。

肿瘤这个恶魔，在人海中横冲直撞，妻子不幸成了它的俘虏。当一家人还没从意外中回过神来的时候，妻子的妹妹，就为她联系了中山大学附属肿瘤医院的专家。

我们越过了东莞所有医疗机构，直接到广东非常专业的医院，在医生的羽翼下，同病魔作顽强的抗争。信任权威，向往大医院，可能是病患的一种普遍心理。我数十年来用个人的实践建立起来的就地求医的信念，瞬间被击得粉碎。

所有的检查，一律面对冰冷的机器，医生的隐藏，让病人的担忧无法诉说，只有从资料打印机中取出那些让人无法看懂的报告单之后，医生才会以专家的身份出现，然后给出化疗、放疗、手术等令人痛苦的建议。

化疗其实并不神秘，就是将医生配制的药剂通过手臂上的静脉注入体内。它的麻烦和复杂在于，每一次注射之前，必须做几项检查，然后等待空出的病床。排队，是进入医院每一项检查和诊断的必要程序，那些冰冷的阿拉伯数字，无情地规定了你的等待时间，毫无商量的余地，没有人可以逃得脱它的折磨。当你疲惫不堪地找到病室病床之后，却发现上一个病人的化疗尚未完成。

大城市里的大医院，没有一张病床不是病人接力的对象。接力，只是两个病人之间的无缝交接，而病床，却得到了两个人的双重交费。

化疗是漫长的，二十一天一个周期。在漫长的化疗过程中，我们渐渐熟悉了那些恒定的程序。第二天下午，当护士拔下手臂上的针头，我和妻子慢慢离开病房的时候，一个秃头或者用发套伪装了的接力病友，早已在病室门外的走廊上，苦苦等待了几个小时。

打的士回东莞，是暮色来临时最方便快捷的途径。化疗之后恶心难受的病人，回家的心情是那么的急切。当的士经过东莞人民医院时，我忍不住一遍遍地想，任何一次求医的地域超越，都是由小到大、由低到高的过程，也是对患者金钱和烦恼的挑战。漫长的求医路途，就是一场治疗的马拉松，这场竞赛的参加者，都充满了胜利的渴望，他们企盼，在终点收到祝贺的鲜花。

<h2 style="text-align:center">二</h2>

《谁来拯救中医》是一个作家的文学纪实和描述，书中的事例，是吸引人的精华。陷在肿瘤医院的枯燥焦虑时光中，我从来没有想过，一部记叙中医的纪实文学，能够成为肿瘤患者的救命稻草。与科学的现代西医相比，书中的事例，具有更多的个案性质，它无法在验证、普及和治疗经验方面突显优势。

那个时候，我在这家远近闻名的现代化肿瘤医院里，尚未发现中医中药的任何蛛丝马迹。

化疗之后的手术，是妻子治疗的核心。外科手术，大多以切除为目的。人类生与死的距离，只有在手术室里，才能真切感受到。亲情的疼痛，也只有亲人一只脚踏进手术室之门的最后回眸，才能体现。手术室是亲情的禁地，是将一颗心悬在空中的丝线。几个小时之后，面色惨白、不省人事的妻子被护工推进了病房。由于失血较多，妻子身体缩小了一圈，仿佛一张薄纸，一阵轻风就可吹跑。妻子全身插满了导管，胸部缠着厚厚的绷带。我没有看到妻子切除的病灶，但一只失去了的乳房，向我展示了一台手术的惊心动魄。

手术之后的放射治疗，是西医针对恶性肿瘤的极端手段。这项技术，虽然有了一个多世纪的实践，但那些无形无影的放射线，脱离了人类肉眼的观察和控制，更是让人心生恐惧。那是一个漫长的过程，为了省去每天往返的奔波，我在医院附近租了一间小房。

每次放疗的时间只有短短十几分钟，无须专门的看护和照顾，但是它长达二十多天。放疗的效果和人体内部的变化，是肉眼无法探测的秘密，这让病人心神不宁。

羊城的温总，是在我妻子忐忑不安时送来安慰的朋友。那天晚上，他从单位赶来，专门在医院对门的酒楼里宴请我们夫妇。

在广东的文学圈里，温总是一个口碑极好的人。他抱怨我没有及早告诉他妻子住院治疗的消息。他安慰我妻子，要用乐观的心态面对疾病、面对现实。

安慰病人，除了医生，没有任何一种语言是创新的，我和妻子理解温总的好心和善意，也明白乳腺癌是治疗成功率很高的恶性肿瘤——我们身边，不乏成功的例子。

温总说这些话的时候，没有人能够预见，短短几个月之后，严峻的考验会降临到他的头上，恶性肿瘤，会将这个阳光开朗的中年汉子彻底击倒。

化疗、手术、放疗以及口服药物，这些西医对付恶性肿瘤的常规手段，在不同的病人身上，有着不同的治疗顺序。当肿瘤患者完成了所有治疗程序离开医院的时候，没有一个人还能昂首挺胸、气宇轩昂。病态，是张贴在人脸上的声明，医院，是肿瘤的敌人，同时也是病人的炼狱。结束放疗之后，妻子萎靡不振，遍体难受，让我想起寒霜过后的一茎枯草。

在肿瘤医院接受放射治疗的一个多月时间，是我和妻子一生中度过的最漫长的日子。

从现代医疗角度的标准衡量，中山大学附属肿瘤医院，为妻子进行了一次成功的乳腺癌综合治疗。但是，暂时的成功，并不等于永久的胜利。真正让肿瘤在病理意义上彻底投降，仍有漫长的距离。化疗、手术、放疗之后的康复，才是真正的攻城拔寨，是最后胜利的分水岭。

三

隐藏在肿瘤医院一号楼三楼的中医中药，在妻子的且战且退中像一条苏醒的蚯蚓，突然钻出了地面。

化疗、放疗和手术的后遗症，超出了全家人的预料，到达了妻子肉体和心理所能够忍受的极限。

周身疼痛，整夜失眠，不思饮食，心情烦躁，坐立不安……日常生活中所有描述病人情状的词语，此刻一齐来到了妻子身边。西医的外科手术，能够切除恶性肿瘤，但无法面对术后的激烈反应。

在病友的指点下，妻子找到了中医科室。那个半隐藏在大楼内的诊室，我以为会是一处门可罗雀的地方，却不料人满为患，挂号无门。

白色大褂与一张隐藏在口罩背后的面孔标志着医生的职业，只有望、闻、问、切四个字，让这个诊室里的医生，从西医中脱离出来。

中医中药，不可能成为这所医院的主导，但是，对于某些病人来说，这个隐于三楼一隅的诊室，却是他们生命的全部希望。

肿瘤医院的中医科室，妻子只是偶然的进入，而对于某些病人来说，却是必然、是唯一。有些病人，一生信任中医，他们的生命，似乎是一根攀附在草木和昆虫组成的中药上的藤，虽然苦涩，但永远不能离开。我的母亲一生都是这样的患者，她能接受中医的望闻问切，接受中药难闻的气味，却拒绝西医的听诊器，厌恶各种颜色的小小药丸。来自西医的所有药丸，她都有天然的敏感和抗拒，她的喉咙，只是中药的通道。

在恶性肿瘤面前，西医是攻城拔寨的主力军，但并不是攻无不克战无不胜的，癌细胞的强大，依然有手术刀无法到达的禁区。当西医对抗肿瘤的所有常规手段都不能适合一个患者的身体时，人们只有转向，求助中医中药。

妻子跨过了西医的三八线，投奔了中医。她深信，西医，帮她渡过了鬼门关，而到达得救的彼岸，必须依靠中医的船筏。

四

150

漫长的康复之路，由桑叶、蒲公英、白花蛇舌草、皂角刺、防风、瓜蒌皮、麦芽、甘草、苦杏仁、陈皮、贝母、红豆杉、鸡内金和蜈蚣虫等铺就。这些古老的植物和昆虫，与扁鹊、华佗、张仲景、孙思邈、李时珍、葛洪等名字连在一起，让病人充满信心，看到希望。

与中医接头之后，妻子的药，就有了纸上的暗号，那些写在处方笺上的草木，变化着无穷无尽的排列组合。没有一个病人，能够从字面上破译草木的秘密，只有他们身体的变化和感觉，才是一张处方有无效果的最好验证。

"对路"两个简单朴素的汉字，在现代汉语里是合于需要和合于要求的意思，但是，对于一个病人来说，却是治疗效果的唯一指向。医疗机构林立的东莞，到处都可闻到草木的药香，但是，并不是每一家医院、每一个中医，都可以同"对路"两个汉字画上等号。

中医，具有最个性化的诊治方法，相同的病症，总会在不同的医生笔下开出不同的处方。妻子保留的中药处方，书本一般厚，即使出自同一个医生，也从来没有一张雷同。

一个健康者的心目中，是很难有"名医"概念的。所有的常见病和多发病，无论中医或者西医，都很难分出高下，只有疑难杂症或者久治不愈的顽疾，才可以让医术高明者，脱颖而出。有人总结说："越是难以治愈的病，越是在这号病域里产生名医，比如有著名的治癌专家、治乙肝专家，但绝对没有一个是治感冒的杏林圣手。"告别西医之后，妻子的求医问诊，就成了一个漫长的寻找名医的过程。

名医，是病人的评价，名医的存在，如同微信群里的潜水者，从来不会声张炫耀，更不会将"名医"两字写在自己的额头上。在东莞求医，我不知道妻子换过多少医生、进过多少医院，疗效，就是她的唯一标准，只是，她忽略了中药治疗是一个漫长的过程。她的耐心，正在崎岖的时光中不断消失。

151

原载《北京文学》2021 年第 8 期

丁肇中祖居的故事，根脉深长

——

叶　梅

到老来，丁肇中依然身材挺拔，推开大门的一刹那，他侧着身子歪着头，睁大眼睛朝院里张望，一脸好奇的样子。其实他已经不止一次地回来，但每次踏进这道大门，他都似乎一下子变得年轻，俨然还是那个少年。

这是他的祖居。曾经获得诺贝尔物理学奖的丁肇中，这位身上流淌着中华血脉的世界著名科学家，根就在此地。

初夏的阳光下，山东日照一个叫涛雒的小镇，我站在那一方洁净的门庭前，端详着这座建于光绪二十四年（1898年）的丁家大院。那敞开的大门两侧贴着暗红纸楷书对联"诗书继世，忠厚传家"，再仰头望去，门楣上悬挂的黑底镀金的匾额端庄矜重，上书五个大字：丁肇中祖居。

小镇涛雒，雒即洛，洛水也，涛雒可谓黄海之滨，洛水之波。涛雒的丁氏家族在此延续了一代又一代。相传汉代此地就已建制设盐官，宋金时期设涛雒镇，与日本、韩国等地通航。康熙年间，进士丁泰奏请朝廷议准扩大海运规模，一时间涛雒商贾云集，货航频繁，鼎盛时小镇上开起大小商号近百家，并设有"东海关""厘金局"等官署，很快成为因"日出初光先照"而得名的日照南部的商业重镇。丁氏家族是涛雒以至日照的名门望族，祖上屡出进士、举人，丁肇中的祖父、外祖父都是满腹诗书，父亲丁观海是格物致知的土木工程学家，母亲王隽英是晓达知性的心理学教授，丁家祖居的家学与家风远近闻名。

瓦房砖地，清风徐过，儿时的足迹由他逐一拾起。常年做实验的一双大手携妻儿，穿过大院的大门、二门、三门，左顾右盼，哪里看得够？耳边依稀又听得那西房内婴儿啼哭，母亲慈语，院子里枣树下姑姑们俏声呼唤，兄弟们环绕父亲膝前，绿荫下一片琅琅读书声……白驹过隙，脚下还是那坚实的大地，风在云在树还在，人却已远去，怎不由得一把热泪洒在这祖居？鬓毛已衰的他伫立在祖父丁履巽的墓前，黑色的墓碑上镌刻着他亲拟的碑文："怀念我的祖父，一位鼓励家人为世界作贡献的人。"他转过头来，凝视着高大健硕的儿子，缓缓地说："Your root is here。（你的根在这儿）"

根在中华。父母为他们兄弟取名丁肇中、丁肇华、丁肇民，殷切之意，如名随行。而母亲给他们兄弟几人留下的遗嘱更为分明："爱祖国，爱科学，双爱双荣。"

丁肇中深深地感恩父母，他说："在我的一生中，对我影响最大的是母亲。"又曾在《怀念》一文中写道："父亲对我的最大影响是：在我少年时代就引导我认识了伟大的科学家们的工作和成就，对我所做的一切总是给予很大的支持，因而，应该说，他是我的启蒙老师。"

父母的教诲影响了丁肇中的一生。

他因发现 J 粒子而轰动世界，成为 1976 年诺贝尔物理学奖得主。在颁奖典礼上，他不顾多方不满与阻挠，坚持要用中文演讲。这是诺

153

贝尔奖颁奖礼历史上的第一次。当丁肇中的中文演讲回荡在颁奖大厅时，他为全人类做出的科学成就和对祖国的无限深情，赢得了全场听众长时间的热烈掌声。

"爱祖国，爱科学，双爱双荣"，母亲给儿女留下的最重的嘱托，丁肇中又怎能不勉力而为？

在丁家祖居，我想起前几年在采访写作长篇报告文学《大对撞——北京正负电子对撞机建造始末》期间，曾听到好几位著名高能物理学家说到丁肇中先生的爱国之举，个个感慨万分。

1977年夏天，刚刚获得诺贝尔物理学奖的丁肇中回到中国，邓小平亲自接见。他当时在德国汉堡电子同步加速器研究中心工作，回国期间，向邓小平建议中国科学院派遣物理学家参加他在德国汉堡进行的 MARK-J 实验，当即获得肯定。第二年，首批高能物理学者唐孝威、郑志鹏等十人赴德国汉堡，在丁教授领导的实验室参加研究工作，为时近两年。

1979年9月，丁肇中再次回国，这回与中科院确定，每年派一批青年学者到他的实验室学习培训，俗称"丁训班"。经过考试选拔，当年就录取了陈和生等二十五名应届研究生。"丁训班"先后为中国培养了一大批高能物理实验人才，人们将他们称为"丁肇中学者"。中国高能物理研究所后来有三任所长，郑志鹏、陈和生、王贻芳，都是丁肇中的学生。

第一批被选拔出来的郑志鹏当时在丁肇中领导下的德国汉堡同步加速器实验室工作，在实验中负责一个分探测器。郑志鹏记得，丁先生对他们这十位中国年轻科学家的学习和实验抓得很紧，每天上午十点钟左右铁定会打电话到实验室询问：有没有什么问题，实验进行得怎样？有问题他便会马上赶过来，和大家一块儿动手解决。

郑志鹏他们在国内都已是学有所成，但在丁先生那里的工作是从插电缆做起，探测器有上万根电缆，不能插错一根，每次插的时候，都要进行两次口头报告，说"插对了"，然后再重复一次"插对了"，必须两个人同时插，相互应答，反复查看。丁先生在一旁观看，不时指点，多次说："我们搞实验物理的人，就要艰苦，要努力，要认真。"又说，"必须要实践，要一面干工作，一面学习，这样才能记得住。实验室可以带着书去，但是不能只看书，要做实验。"

郑志鹏跟随丁肇中学习、实验两年，受益终身。

在高能物理研究所，我还采访过丁肇中的另外两位学生，一位是中国第一位博士后陈和生，一位是现任所长王贻芳，他们在说到导师丁肇中时，都充满了感激，说丁先生言传身教，使他们受到了最好的训练。王贻芳在丁先生那里工作了十一年，感情深沉。他刚刚走出大学校门，就来到丁先生身边工作，接触到这位世界顶级科学家的工作方式和研究环境，感受他对工作的投入、对科学的追求，感触也就特别深。

155

王贻芳说，丁先生经常召开二三十人的会，范围不是特别大——大的会效果有限。在会上，他会发出一连串追问，有时候几乎让人下不来台，但与会者受益匪浅，因为从中可以观察到他的思维方式。一般人往往容易陷入细节中出不来，而对他来说，虽然细节很重要——他会保证细节不出问题，但任何时候他都不会忘了主线。丁先生待人有分寸，跟他比较近的人，往往会被他"折磨"，但对年纪大一点或者是太年轻的学生，他则较宽容。他永远可以把你问倒，他问的方式、角度和思路跟一般人不太一样，他想得更深、更远，永远会把最根本的物理问题放在首位。丁先生让他们懂得："脑子里要永远绷着那根主要的弦。"

丁先生对学生是钟爱的，自己滴酒不沾，却喜欢请学生吃饭，吃饭时不谈工作，只闲聊。他多次提道，"四千年以来中国在人类自然发展史上有过很多重要贡献，今后一定能作出更大的贡献。我希望在自己能工作的时间内，为中国培养更多的人才"。他的学生们回国之后干得都很出色：成功建造了中国第一个大科学装置——北京正负电子对撞机，开创了我国中微子实验研究的新领域；提出大亚湾反应堆中微子实验方案并率领团队完成设计、研制、运行和物理研究；在粒子物理实验领域取得突出贡献，多次获得国际国内大奖；等等。

一个个"丁肇中学者"在科学舞台上大放光芒。

这一切足以告慰先辈啊！

丁家祖居的故事根脉深长，作为日照望族之首的涛雒丁氏家风，曾在《八修〈日照丁氏家乘〉倡议书》中体现："凡我日照丁氏族人，无论在大陆、台湾或海外，都曾为家乡为祖国作出过卓越贡献，目前正在国家实现四个现代化、建设和谐社会、促进祖国统一的伟大目标之下，同心同德，尽心尽力，贡献各自的力量。"

丁肇中一次次回到祖国，也一次次回到日照涛雒祖居。

有一次，他对一同前来的儿子说："美国人喜欢去欧洲，那是去找他们的祖先；而你来中国，也是找自己的祖先。"

蓝天、碧海、金沙滩，他兴致勃勃地行走在日照大地上，感慨从小就听父亲和姑姑们讲家乡的好，原来真的是空气新鲜、景色美丽，并且在不断发展进步。他以多种方式参与日照建设，亲自参加日照市科技馆的开工奠基仪式，将全球唯一一个全尺寸"黑洞上的磁谱仪"模型赠送给科技馆，丁肇中的大量科学报告资料也保存在科技馆。他希望，"让年轻的日照人了解科学是怎么回事，为什么要做科学，以及科学对以后社会的发展意义，把日照变成一个先进的科学城市"。

2011年，丁肇中主持建造的第二台阿尔法磁谱仪（AMS-02），搭乘奋进号航天飞机升空，开始了它在国际空间站的使命——寻找反物质和暗物质。日内瓦时间 2013 年 4 月 3 日下午五点，丁肇中首次公布阿尔法磁谱仪项目十八年来的第一个实验结果——已发现的四十万个正电子可能来自一个共同之源，即脉冲星或人们一直在寻找的暗物质。几年之后，AMS 在太空中已收集到超过一千亿条宇宙射线，这些重大发现再一次改变了人类对宇宙的认识。

丁肇中如祖父所愿，成为一位为世界作贡献的人。而日照人民也倾情记录着他的所作所为，新建的日照市科技馆，主体造型正是来自丁肇中探索宇宙本源的阿尔法磁谱仪的概念，外形似一个高速旋转的粒子，建筑结构为五拱六圆七通道一穹顶，分别展示了丁肇中对世界物理学发展产生巨大影响的五个代表性实验，表达了探索、发现、实验、求真的科学理念。

非常有趣的是，奇妙的宇宙现象"日出初光先照"与暗物质在此聚合。而从日照涛雒祖居走出的丁肇中，也时刻以这样的方式守望故乡，就如他与家人共同在丁家祖居写下的留言："树高千尺，叶落归根。"

原载《光明日报》2021 年 9 月 17 日

刷屋·大地·蜘蛛侠和我

李登建

一

　　这个时候，我竟想到了烟，极想美美地吸上两口，烟缕从鼻孔舒徐地呼出，淡蓝的烟雾笼罩在头顶，呆滞的眼睛看它袅袅上升。其实我已二十多年不吸烟了，即使在吸烟的年月，也不是一个合格的烟民，十天半月见不着烟也不想它。

　　产生这一奇怪的念头是在我干了一天体力活从梯子上下来的时候。今年最艰巨、最重大、可以载入我家史册的一件事，是给儿子娶媳妇。虽然儿子儿媳在外地上班，回来举行婚礼顶多住三五天，但也得把他们的洞房装饰一新。基础性的工作是粉刷墙壁，我和老伴掂对多日，决定不雇人，我们自己买涂料，自己动手刷，省钱，自己刷的也称心。而且我们决定，不只刷儿子的洞房，所有房间通通刷，彻头彻尾，改天换地。

　　用小刷子刷完墙壁顶端带花纹的石膏饰条，我从梯子上下来，坐下后就再也不想动了，腰酸腿疼，筋疲力尽，吸一口烟的渴望涌上来，似隐隐感觉到，那轻轻的烟岚从肺部弥散，于骨骼的缝隙缭绕，僵硬的腱子在变松弛，肌肤掠过一丝丝清风，沉重的身子随着这丝清风飘了起来。

我不由得想起四十多年前，我在老家庄稼地里参加生产队集体劳动的情景。劳作中间小憩，成年男人们总是先抽烟（家乡把吸烟叫抽烟或吃烟）。他们扔下农具，慌忙从地头的衣物里找烟袋，或者撕纸条卷烟炮。坐着的，圪蹴着的，偎在田埂上的，倚着树干的，一个个头缩在肩胛间，眯起眼，腮帮子一凹一鼓，抽得那么专注，那么美。过足了烟瘾，又有了精神头，才开始拉呱。

在他们看来，抽烟能解乏，可缓释劳作的重负；我们梁邹平原上的男人没有不抽烟的。那些浑身肉疙瘩的汉子与泥土肉搏，累死累活，需要烟香的抚摸和慰藉。他们挑烟有他们的标准，那种很呛、冲鼻子、抽一口辣得嘴唇发麻的劣质烟才是他们的首选，他们要的是"有劲儿"，有一股把疲惫、辛劳顶回去的劲儿。

二

先用小刷子处理灯池的细部、顶端饰条，再用磙子大面积刷棚顶、墙壁。这虽是个没有多少技术含量的活，但我是第一次干，总不能得心应手。正好今年我们城市要创国家卫生城，全城突击化妆美容，我所居住的小区楼房外墙也全部粉刷，三四支施工队开进小区，分片包楼，迅速展开施工，小区里像刮起一股旋风。

我何不出去参观学习一下？

南面并排的两座楼上，刷漆工们同时作业，但进度不一，有高有低。我盯住一个看。由楼顶垂下的两根粗绳子拴着一块小木板，类似于秋千，刷漆工坐在木板上，胳膊揽着绳子，脚着墙壁——有时蹬空，身体悠悠荡荡，看上去像打秋千——一手持碌子，从吊在木板一头的桶里蘸涂料，往墙上刷。以身子为圆点，手臂作半径，上下左右可够很远。刷好一片，松松绳子，降落一截，又重复上面的动作。他的动作熟练得像杂技表演，很流畅、很潇洒。

"妈，蜘蛛侠，蜘蛛侠，我长大也要当蜘蛛侠！"

"当啥蜘蛛侠？没出息！"

一个年轻母亲领着五六岁的儿子从这里走过。

我等着"蜘蛛侠"刷到墙根，趁他溜下"秋千"添加涂料时，上前搭讪。恰巧他和我是老乡，这支施工队来自我家乡梁邹平原杏花河畔。常言道"老乡见老乡，两眼泪汪汪"，我是见了老乡就想多聊聊。他姓张，四十岁刚出头，做刷漆工却已二十年。他说当初嫌庄稼地里熬炼得慌，到城里打工，就是看着当"蜘蛛侠"刺激（他听见了那对母子的对话），才干了这一行。结果刚干一天就没新鲜感了，干够了，可是不干这个干啥？哪碗饭都不好吃。"唉！"小张长叹一声，"再干两年就干不了了，浑身是毛病，颈椎病、肩周炎，腰也时常疼。"他打住话题，提起放在地上的塑料水杯，那水杯有一只小桶那么大，一仰脖子，水下去半桶——在空调屋里啜茶品茗的人是把这讥笑为"牛饮"的——他体内需要大量补充水分。我发现他的衣衫，包括套在外面的马甲似的安全装，像地图一样拼贴、叠印着一圈一圈的深色块。这还是在背阴的一面干，下午要转到阳面，能受得了吗？

与他相比，我的工作条件不知要好多少倍：我是在室内，空调把室温压在了二十五度以下；我不是在虚无缥缈的空中，而是站在结结实实的地面上……我自信我也能成为一名出色的刷漆工，我握紧碌子柄，气沉丹田，横平竖直，一笔一画。前后刷三遍，乳胶漆把墙上的污渍、划痕覆盖，一派洁白、响晴，我一段时间以来灰暗的心情也洁白、响晴了。

三

我住宅的大客厅，小客厅，餐厅，三个卧室一个书房，两个阳台，都在粉刷之列。除此之外，挪动家具，借此机会彻底打扫打扫卫生，入住十余年来家具没动一动，尘埃飞舞最终都是在家具底下收敛翅膀，藏匿、沉积。最繁重的一项是，成家三十多年攒了九橱子衣物和十四书架书刊，都得重新整理。

完成这些任务只有两人：我和老伴。一个六十二岁的"老"文人；一个五十五岁，提前办了退休手续的中学教师。

我们计划用三周时间打完这一仗。

在这个阵地上，无疑我得冲锋在前，担当主攻手。

"战斗"打响之初，我就像一个新战士奔赴战场，斗志昂扬。技术很快熟练了，刷顶棚，我高擎长竿，磙子哗啦啦从这头直抵那头，可谓长驱直入；刷圆形灯池的边框，我挺住手脖子，磙子稳稳地转一遭儿，天衣无缝。在墙壁上，已由"楷书"的规规矩矩进入"行书"舒卷自如的境界。我在劳动中体会到无比的快乐。刷一天漆当然辛苦，心却依然亢奋着，夜里睡一觉醒来，忍不住披衣下床，到刷过的房间，这里瞅瞅，那里瞧瞧，回来再睡，梦里洒满明媚的阳光。

战场是封闭式的——闭门谢客。我上身光着，下身穿一条短裤，头戴一顶旧旅游帽，眼只盯着欢快、忙碌的磙子，滴下的涂料落在膀子上、腿上，全然不顾。直到吃饭才弄一池子水洗濯，就像乡亲们从地里干活回来，在村头的大湾洗身上的泥——梁邹平原上，哪座村庄不备有仨俩大湾？——一个个蹲在水边，湾水映出一溜儿黑黑的瘦

161

石。但他们都洗得很潦草，大体抹几下就完事，有人脚后跟还沾着草叶子就穿鞋。他们身上的"泥"本来就洗不净，他们一出生就在泥土里滚，是"泥人"。现在我也是这样，手掌手背的漆点子难以洗掉，就带着漆点子去抓筷子、拿馒头。

倒出一个房间刷一个房间，刷完，打扫干净，安排就绪，再刷下一个。在清除地板上的漆斑时，我跪下来用铲子抢，我的父老乡亲干活不是常常跪在地上吗？跪着干活是常见的劳动姿势，跪着干活与大地最亲近。

四

不得不承认，我体格不是多么好，早年虽也曾在庄稼地里摔打过，那时我也和小张一样，恨不得早早逃离那块黄土地，只是我幸运，通过复课考取大学进了城——在乡村这是个偶然，只有很少的人这样改变命运，大多数人都脸朝黄土背朝天过一辈子——要不我可能也和小张一样来当"蜘蛛侠"。但是我也没有像小张一样练出一副铁骨架，没有"老本"吃。加之平日不爱运动，锻炼少，筋骨生了锈。坚持刷完这个房间，磙子往漆盆里一丢，我身子一软躺在地板上，"返祖"了，和我的父老乡亲没啥两样了——农人们干活倦怠了，往往就地一倒，什么都不管、都不在乎。那是梁邹平原上的一道"风景"。最"好看"的时候是麦收，虎口夺粮，男女老少齐上阵，割的，捆的，"杀"红了眼，满垄是麦个儿，可他们也累得骨头散了架，瘫在了地上。他们头枕麦个儿酣然而眠，人和麦个儿混在一起，东倒西歪、横七竖八，麦田像经历了一场短兵相接、两败俱伤的战场，惨烈、悲壮。

大地是一张天然的又厚实又温暖的床，在这里酣睡也是一种幸福。记得个头瘦小、猫一样蜷缩着的根子二伯，每次打个盹后，一边伸懒腰，一边吧嗒嘴，好像吃了香甜的东西——别看“小矮人”根子二伯推车运肥不中用，割麦子却一个顶俩。一进麦田他就像蛟龙入海，憋住气，腰一直不直，镰刀闪闪，向前游窜。也有不要命的后生摽上他，步步紧逼。大伙儿拉着趟儿跟随，四处浪花涌动，把个麦海闹翻。

此刻我身下虽是大理石地板，但也好像有这般享受，舒坦极了。

脉管在一点一点地鼓胀，力气从四肢丝丝缕缕地滋生。

五

我这个人要说有优点，就是有一股韧劲儿，蚂蚁啃骨头，不惧千挫百折。小坑小洼和泥子抹平，划痕没盖严再补漆，暖气管线、窗帘架挡板后面伸不进磙子，改使小刷子。有的地方刷爆了皮，我用刀片刮好，用毛笔以工笔笔法“描金”，一丝不苟。我不是在刷墙，是在创作一件艺术作品，每一个句子都反复推敲，修改润色，一个字一个标点也不能漏掉，老伴直摇头，断言我这样“乌龟爬山”，出去打工混不出饭来。我咬着牙，一干就是三四个小时，干的时候借着一腔鼓荡的激情，所向披靡，歇下来却如撒了气的皮球。特别是夜里手胀痛难忍，疼醒，嗷嗷叫。我的手小时候落下了残疾，那是冬天到杏花河河岸拾柴，小树枝捡光了，树叶子耧光了，大队允许刨树墩头。近处的早都被人刨走，顺子叔带我跑出很远，到青龙山跟前的杏花河拐弯处去刨，那里人迹罕至，树墩头星罗棋布。顺子叔两眼放光，欢呼着朝一个巨型树墩扑过去。我也瞄准了一个大家伙——顺子叔惊讶我太贪——在它四周掘深坑。铲下主根，这庞然大物就能晃动，可下面网状的根须还很顽固，对付小喽啰们锨和镐都派不上用场，最好的办法是以手为戟追剿之。外面北风呼啸，坑里热气腾腾，汗水湿透内衣，我全身的力气集中在手指上，手指和根须纠缠、撕打成一团，根须被扯断，指关节也咔吧咔吧响。当把树墩头扛出坑外，禁不住喜极而泣。晚霞中，我和顺子叔一人背着一个、一前一后往回走，一路唱着歌，一切都忽略了，后来手指变得粗短，伸不直、并不拢，像豆虫一样丑陋，但已无法挽回。

一辈子手不离锄镰锨镢扁担竹篓的父亲不仅手不好看，脚也严重变形。他晚年住在我这里，我给他端洗脚水，都不敢看，那是脚吗？里凸外拐，酷似一块烂姜。他十六七岁就跟着爷爷到南山里贩水果，挑着一担桃或杏在崎岖的山路上走，上坡下坡，脚拧来拧去、生拉硬拽造成的。

我儿子的手指又细又长又直，有一位音乐老师夸奖这双手很适合弹吉他。儿子没出过校门，从小学到中学又到大学，博士一毕业就分配到一所高校任教，那是笔杆一般光洁润泽的手指，手面同样软绵柔滑如绸缎。

在儿子面前，我自惭形秽，但我还是要感谢那把整个冬天都烧得通红的树墩头，是它们磨炼出我不屈不挠的铁掌。

六

说到底，我是农民的后代，祖祖辈辈都是出大力流大汗的庄稼人。我的童年、少年都是乡村抱大、疙疙瘩瘩的乡路颠大的，我的根扎在了青龙山下，血管里流淌着杏花河的水。我怎么也忘不了那块养育了我、深刻地影响着我的苦难的土地，父老乡亲生存的艰辛、苦涩，无助、无奈，希望、失望时时揪痛我的心——原谅我动不动就和他们联系起来——我一闭上眼睛，爷爷父亲拖着灌铅的双腿从地里回来、一脸倦容的样子就浮现出来。爷爷是个典型的庄稼汉，面色黧黑，身板硬朗，但屡屡被劳顿击倒。爷爷对抗疲劳也是用烟，他发明了一种很独特却很吓人的抽烟方式：狠命地抽一口烟，咕咚咽下去，引起喘不上气、憋死一样的咳嗽，咳一阵，"死"过去一回——爷爷好像很愿意这样"死"过去，他沉醉在这种"死"里，爷爷后半生被患精神病的叔叔赘得狼狈万状，不堪其苦，为挣钱给儿子治病，八十岁的老人还去大东洼割草，喝了酒他就重复那句话："活够了，活着不如死了好。"——再"活"过来便全身轻松。父亲却缺少"绝招"，他一般是一个人闷着头在屋门前石阶上待一霎。但是，父亲还有一种表现一直是个谜。贪恋地里活的父亲没有忙完的时候，十有八九是很晚才回到家，母亲早已把饭食摆上小方桌。如果"三夏""三秋"，知道父亲累，母亲就会烙很馋人的白面油饼，要不就是擀面汤，煮一大锅。我们兄妹围着小方桌急得抓耳挠腮，父亲却迟迟不落座，母亲喊他两回，他好像没听见，一声不吭。他慢慢俯下身把我们随地扔的镰刀、铲子、篮子摆在墙脚、窗台，默默地到牛棚里一根一根择老牛身上的草屑，又给母亲养的地瓜花、马齿苋、韭莲、夹竹桃花盆里一一浇水。他做得慢条斯理，似乎也有了闲情逸致，完全不像原野上那个风风火火的汉子的风格。渐浓的暮色模糊了他的脸膛，我们都吃饱离去，他才端起饭碗——现在我终于以切身体会解开了这个谜：刚干完重活，一句话不想说，饭也吃不下，得缓一缓，等把气喘匀，心平复了，才有食欲。

　　餐桌上的饭菜色香味俱全，老伴为犒劳我，买来了烤鸭、腊肠，另外做了鸡蛋炒木耳、凉拌黄瓜，还打开一瓶啤酒，我不急于进餐，我在欣赏对面这动人的白，它白得像能画出最新最美图画的纸张，白得像大堆大堆纯净的初雪，白得像簇簇盛开的、散发淡淡香气的白玉兰花。忽然它幻化为波浪起伏的绿色草原，无边无际，小小的我被它

165

裹挟，一点点融化。

平静并踏实着，我坐下来吃饭了，大快朵颐……

七

仗越打越残酷，这场"战役"没按预期结束，拖延到二十三天的时候，我快支撑不住了，滚一小会儿碌子，就让老伴递"红牛"饮料给我；身子不由自主地往家具上靠，或者倚住门框。更为严重的是，我体形出现了变化，腰再挺不直，脖子前探，肩下塌，夹胸。注意到这点我一惊：如此下去背不就驼了吗？庄稼人中年以上多数都驼背，不就是因为成年累月超负荷的劳作？人的筋骨不是钢打铁铸的呀！

我对劳动的理解、对生命的理解似又深了一层。

老伴比我能干，她不但给我打下手，还要收拾这收拾那，一刻不停。她看到我举碌柄的手臂打战，动作迟钝了，要让她小弟弟来帮一把。妻弟在本市一家企业做维修工，五大三粗，壮得像青龙山上的汉柏，铁钳一般的大手却很灵巧，刷一间屋还不是小菜一碟？

"不——"我仿佛一匹绝望的老狼，嘶哑着喉咙悲凉地长嗥。

老伴骇然失色，她不知道我内心的痛苦。两年前我退了休，一度无事可做，孤独、寂寥、郁郁寡欢，生活失去了色彩，原就老气横秋的我愈加暮气沉沉。身体状况也确实大不如从前，高血压、动脉硬化、滑膜炎等疾病找上门；四个老年斑居然堂而皇之地占据了额头一隅。我意识到不能沉沦下去，我得振作起来，进行反击，向生命挑战。刷屋工程是其中一战，其最主要的目的是，我要看看自己是不是真老了，还敢不敢拼、敢不敢搏？可是如今，还有大半个房间没刷，体力却将耗尽，颇有些"出师未捷身先死，长使英雄泪满襟"的味道。如果告诉妻弟，他肯定会赶来"救援"，可是对我来说，请人帮忙和不请人帮忙却大不一样，那等于我没攻破最后一个堡垒，败下阵，等于我认输了、服老了。

"我要自己干完，我必须自己干完！"我低低地自语着，挣扎着立起。

外面，刷漆工们仍在施工，他们由小区南边挨着刷过来，已经刷到我北面这座楼。我从窗口就能望见我那帮老乡，他们正在楼的阳面刷，阳光的金箭嗖嗖作响，箭箭中的，他们无处躲藏。墙面腾起熊熊火焰，炙烤着他们，我真担心他们会被烤干。但他们好像什么都没发生一样，从从容容，有条不紊。在波澜不惊而又热火朝天的工地上我寻到小张的身影，瞧他敏捷地沿着墙壁"爬行"，一刷接着一刷，一片连着一片……

我心不甘，转身回到漆盆旁，碌子饱蘸乳胶漆，长竿一挥，"唰——唰——"，打破室内的沉寂……

原载《时代文学》2021 年第 5 期

一个春天和另一个春天

王　芸

　　这一带我想必来过，而且不止一次。那些熟悉的命名，古琴台、晴川阁、铁门关、洗马长街、归元禅寺、龟山、鹦鹉洲，像江流中漾动的航标，混沌墨色中的星星光亮，沿着它们指示的航道，回溯，回溯，就能抵达十年、二十年，甚至三十年前的某时某刻。

　　比如古琴台，我曾在散文《琴弦上短暂又长久的相遇》中写过它。重读这篇文章，我明晰了初次抵达古琴台的时间——1989年，虚岁十八的我刚来到这座城市求学，对于这座庞大又陌生的城市怀有初春般蓬勃的好奇。几位同在江城读书的高中同学，相约走进古琴台，还有离此不远的归元禅寺……等到我将这古琴台所依附的俞伯牙与钟子期的故事，用自己的文字诠释出来，已是二十年后。纷繁的记忆自行删除了细节，沉淀为文中单薄的一段——"公元一九八九年，十八岁的我走进汉阳琴台。高山流水的典故，经由民间传说进入我的记忆"。与之形成鲜明对比的是，我将邈远历史深处、虚无缥缈的伯牙与子期高山流水觅知音的传奇故事，铺陈成千余文字。在那些飞翔着个人想象、如琴音般跌宕起伏的文字里，江畔月下抚琴的俞伯牙，和他指尖躺卧的那架传说由伏羲斫制的梧桐木琴，半山上细雨中脚踩芒鞋、身披蓑衣、头戴斗笠驻足听琴的钟子期，还有那飞湍的琴音，子期内心的震动，被细笔勾勒得清晰无比。当自由的想象模糊了时空的边界，古琴台的前世似乎比今生更加生动，这无疑是想象与文字共同酿造的奇妙。

在这篇文章里，我还写道：1997 年联合国教科文组织将世界各地的二十八首著名乐曲录入金唱片，由美国"旅行者 1 号"带入太空，在宇宙永久播放。古琴曲《流水》，是其中一首。人类将这些乐音想象成一种可意会的语言，将它们漫流至浩瀚的宇宙，去寻觅外太空中可能存在的知音……

还有归元禅寺。记得走进罗汉堂的那一刻，心蓦然收紧，脚步变得轻悄。五百罗汉，巍然在上，各自构成具体而微的隐喻世界，又一同构成庞杂而微妙的隐喻世界。穿行其间，从任意一尊罗汉开始，数至自己的岁数——那年我想必数到十八，停在一尊罗汉前，仔细认读他的名字，仿佛领受凭空降临的某一隐喻——可是，关于这尊罗汉，关于这道隐喻，我已遗忘殆尽。些微的印象，只是在光线幽暗的罗汉堂潜行时，那恍惚又庄重的心境。如果青春年少的我，少年老成，领受那一隐喻的启示，是否会将此后三十余年的路走成另一番模样、另一种景致？

如此设问的我，已抵至辛丑年的春天，因为一场延迟的文学聚会，停驻在晴川阁一带数天。与这些熟悉之地，隔着雨帘，隔着春意，隔着三十年时光应有尽有的曲折，重晤。

刚刚经历慈父的离世，那比预想中更深切的悲伤还没有被时间的流水稀释、冲淡。而经历过更大怆痛的江城，满目春景盎然，草木被雨水洗濯得宛如新生，半绽的花苞上残留的雨滴，露珠般晶莹微

169

颤，亦有新生般的清澈。我们受到感染，在繁花间留影，回眸浅笑，长裙逶迤，一时间仿佛忘却世间有悲。可是我知道，经历之后，内心深处，还是会落刻下时间冲刷而过的痕迹……

每天晨起，我站在玻璃窗前看江，仿佛伸手便可触及浩浩江流。对岸隐没在灰调的建筑群中需要仔细辨认的黄鹤楼，在夜晚会变得璀璨耀目。江面上缓缓移动的大小轮船，有的顺流而下，有的逆流而上……无法开启的玻璃窗，也阻挡不了那熟悉的水息漫漶而至。这条大江，我太过熟悉，少年时代、青年时代，我常常去看她。坐在九曲十八弯的荆江岸畔，长时间凝定不动，一心一意看江。

空阔的江景，踩水的人、游泳的人、垂钓的人、护堤的人……我踩过江水，即便是酷暑时节，它依然带着奔腾自雪山的那一种凛冽冰寒，在触水的瞬间，令我惊跳。那些时刻，若从空中俯瞰，我是微不起眼的墨点，一粒尘埃。那些时刻，让我清晰地意识到，我和视线中的人们，还有看得见看不见的万物，都处在浩浩不息的时间江流中。在这条奔腾不息的大江面前，我这粒尘埃的内部有再多的委屈婉转、意绪曲折，都变得微不足道，可以用手指轻轻抹去。

在离开长江流经的家乡荆州数年后，我才意识到，这条流淌在我身边长达三十余年的江流，也沿着时间的毛细管道，进入了我的身体，我的心脉，我的骨骼，还有我的文字。这是更改不了的生命的密码。每每与长江靠近，就有异常熟悉的感觉奔袭而至，仿佛那涌动的江流，暗中将隐匿的密码再度润泽，激活。

长江与汉江，在窗外不远的地方汇合。清与浊的分野，再融合成均衡的水色。

这些源头不同、水色不同的江流，还有遍地数不清的湖泊水泽，让驳杂的观念、口味、事物都涌流至江城，然后在这片土地上慢慢融合，交糅一体，形成新的属于江城和江城人独有的均衡。时间的江流漫流过的江城，越数千年，便有了那一种强悍，那一种倔强，那一种义气，那一种刚硬，那一种包容，那一种驳杂，那一种大气……

时间的江流不断，在一个春天和另一个春天之间，必然形成隐秘的联结。站在这个春天，眺望已成过去的庚子年春天，就仿佛此时的我回望曾经的我，还依傍在长江边的我，有千丝万缕将两者连为一个整体。

同行者中，有两位来自长沙的作家，曾在江城最艰难的时刻，逆行进入江城采访。那时，偌大的江城，满目空寂，全城停摆，看不见的病毒四处播撒着恐慌。他们每天穿着防护服、戴着口罩四处奔走，采访那些在暗夜中为这座城市制造光亮的人们。而他们，也是那个春天里，擎一束光的人。

我写下的关于庚子年春天的文字，绕不开江城——一座在汹涌的江流"涡心"沉浮、挣扎求生，却用自己的身躯筑成堤坝护卫众生的城市。

那个春天，艰难的两个多月时间，我们共同承受恐惧、伤痛，也比以往更热切地呼唤和拥抱希望。太多的"寂静时刻"，让我们耐下心来凑近去看生与死、病与痛，看人自身的局限和无尽的潜能，看美与丑的较量，看人性善与恶的边界，最终，还是灌注我们身心的爱与信念，无数人的爱与信念，拯救了那个在江流中险些覆没的春天。在一篇文章里，我写下："原来真正可以建构这世界，可以拯救和抚慰人心的，不是怨恨，不是狭隘，不是彼此的冷漠隔阂，不是唇舌之刺，不是武力枪炮核武器，而是人与人之间基本的信任、善意、体谅、包容和相互扶持，是自然与万物的和谐相依、互爱共存。"那是庚子年春天留下的启示。

越来越相信，江流、琴音、文字都是比附着于生命的记忆更坚实之物。记忆像似有若无的月光，光路中的飞尘，看似漫天遍地，却无从把握。而生命，就其本质，比月光更为脆薄，也虚幻。这是人类永远摆脱不了的宿命与悲伤。可是，无比脆弱的生命，又可以无比坚韧，像满目的草木繁花，有着自愈的本能与泅过伤痛再度绽放的力量。

在另一个春天，在江城，这力量在生长，长出了又一个蓬勃的春天。这力量，不只化成了长江大桥上的车流，不只化成了地铁上拥挤的人群，不只化成了武大校园里熙攘的看花人，不只化成了江城人发自内心的轻松欢笑，也化成了人们对未来的省悟、盼望与祝福。

原载《湖北日报》2021 年 10 月 16 日

闻风起

苏沧桑

一

　　他向我递过来一饼刚从篾席上收回的粉干，像递过来一团盘得很细致的纱线，白露时节傍晚的暮光，为它涂上一层金色和银色之间的另一种颜色。他递过来粉干时，也递过来浓烈的汗味，递过来他身后炉火的红光、夕阳的金光以及光笼罩下的一片深绿色菜地。

　　我接过米线。视线最前端变得模糊，景深里最清晰的部分，是那团粉干后一个男子赤裸的上身。黝黑发亮的胸肌和腹肌上，密布的汗珠随着他急促的一呼一吸，汇聚、滚落、流淌。在炉火的轰鸣声和火光的映照里，刚从锅炉前直起腰来的这个五旬男子，美如一尊古希腊雕塑。

　　他转身回到巨大的锅炉前，将一大块木柴塞进炉膛，并捅了捅里面的柴火，白炽状的火焰熊熊燃烧。他眯着眼睛，皱着眉头，像是眼睛被火光灼痛，又像被额上淌下来的汗水渍痛。

东海边温州龙港余家慕村的白露时节，离寒起霜凝还很早，三十六摄氏度的气温里，他在锅炉和蒸炉之间穿梭，从凌晨三四点到夜里十点。

那时，我不知道他就是盛余粉干的当家人余德情，改良传统古法蒸笼粉干，独创余氏制作新流程的人。那时，他也不知道我是谁，我偶尔来到龙港，偶尔听说余家慕村盛产我从小最爱吃的粉干。临时起意请两位当地朋友美红、海哨陪我到村里看看，路过他家门口，便踱进去东看看、西问问。对我们这三个不速之客，他毫不防备，毫无保留地回答着我们的盘问，比如，刚听说你家粉干特别有名，为什么呢？

米第一要紧，如果用陈年米，最多也不能超过两年。别家可能用一种米，我用三种米搭配，其中有稻花香米。

水也要紧，用山泉水。

火也要紧，烧柴火，不烧煤炭。

做工也要紧，我家的是双蒸，米粉蒸一道，压出的鲜粉干再蒸一道。

在蒸腾的热气和锅炉的轰鸣声里，时光回到了五十二年前，离此地十二公里的温州平阳南坡老街，一位母亲轻轻夹起一根浸透海鲜汤、细滑白皙、绵软柔韧的汤米线，放进四个月大的女婴嘴里——吃了四个月奶水和米糊的我开荤了，人生第一顿正餐就是海鲜汤米线。四个月大的婴儿无疑是记不住她在人间尝到的第一口荤腥的，但味蕾却替她永远记住了汤米线的美味。米线，也就是老家玉环人说的"米面"、温州人说的"粉干"，从此成为我最喜欢的主食，没有之一。

早在北宋初年，温州粉干就已享盛名。先人们将米用水磨磨成水粉，煮至半熟后用臼舂捣蒸，用水碓反复捻捣，再将粉团压出细如纱线的米粉，放在竹匾上晾晒干。得天独厚的龙港美食无数，梭子蟹、海蜈蚣、泥蛤、蛏子等海鲜自不必多言，妙的是龙港各种手工美食，如红曲酒、索面、粉干、鱼干、百打糕、馄饨、灯盏糕、马蹄笋等，皆凝聚着龙港人的智慧。余家粉干由北宋工部尚书余靖公晚年归隐时创制，此后余北、余南两村粉干传统技艺几百年来经久不衰，近百个家庭作坊及工厂日夜流淌着粉干瀑布，流向全国各地乃至海外。

在蒸腾的热气和锅炉的轰鸣声里，时光回到了二十年前。这属于余德情的二十年，是他一天一天一夜一夜熬过来的。当时，他生意亏本，家里一分钱都没有了。东拼西借两千元钱打算去菜市场卖菜，可摊位的价格远远超出他的想象。走投无路之下，他去买了米和简陋的粉干加工机器，夫妻俩边学边做。一天一天做，一天一天熬，直到如今一天能做三千斤。

老祖宗留下来的蒸笼做法虽然好，但数量做不起来，他一边做一边改，最大的改动就是将米粉做好后挂在杆子上再用锅炉蒸，如此，质量和数量都上去了，村里人甚至外地人都来跟他学。这几天，宁波一家米粉厂天天打电话催他过去当师傅，可他没空。连下雨天也没空，别人家下雨天休息，他则买了烘干机，天气不好就用烘干机，一天也舍不得休息。

那时我不知道，在锅炉和蒸炉之间穿梭着的这个浑身湿透的男人就是老板，我问他什么时候不用自己亲自动手烧锅炉，他说，十年后再请工人来做吧。

这意味着，这个五十岁的身体还要在锅炉和蒸炉前再流十年汗水，来回穿梭千百万次。我想，哪怕到了花甲古稀之年，这个人也是不肯歇下来的。我仿佛看见，多年后，他依然身手矫健地穿梭在锅炉与蒸炉之间，继续着他一个人的狂奔。

从余德情家出来，我们看到一幅"画"：一座老屋幽深的门洞内，一个女人正用一把巨大的剪刀将米粉机里吐出来的湿粉干剪断，顺手晾到架子上，然后用双手将米粉团归拢到米粉机孔里。在她身后，一个赤裸着上身看不清眉眼的男人，正用肩膀扛起一桶刚出锅的米粉往米粉机里倒。弥漫的蒸汽和夕阳的光影，将他们定格成一幅油画。

暮色中的余家慕村，每一家敞开着的门洞里都喷着米粉干的味道，每一个人包括老人都在忙碌着。一个刚学会走路的女婴跟跟跄跄走到我跟前，突然从米粉干竹帘后仰起脸，冲我露出向日葵般明亮的笑容。

多年后，镌刻在这个粉干后代生命里异常勤劳的基因，会让她成为谁呢？

二

潮水未涨时，龙港舥艚村的海风身上携带着两种浓稠的海腥味，一种是它经过黑滩涂往岸上走时，沾染的滩涂的味道，是海洋和大地拥抱过后的味道；一种是干燥的、温暖的、诱人的香味，是晾晒在向晚的渔村里的那些油鳗、鱿鱼、虾的味道。其实，它们的主人们一直在等待着秋后更猛烈的海风，更迅速地带走这些海货里的水分，那么，海货极致的鲜味就会被快速锁定，传达至远方人们的味蕾之时，会更直接地触及东海的味道。

这是9月的渔村，白露即将到来。海货的主人阿芬掰开一块油亮亮的蒸油鳗，一缕热气从一丝丝洁白的鱼肉间溢出来，钻进人的鼻孔里，舌尖瞬间涌起口水。微咸、极鲜、韧韧的、油滋滋的，吃一块，再吃一块，还想吃一块，像老家玉环人说的"赖根头"。

阿芬的丈夫将晒在门口的虾干扫拢，海风将虾干的香味吹进了沿街的屋内。我和美红、海哨围着一张凳子坐在矮竹椅上，将一颗又一颗虾米、一片又一片油鳗干、一块又一块鱿鱼干送进嘴里，根本腾不出手去捋被海风吹得狂乱的头发。

阿芬从早晨三点多起来忙到现在，剖鳗、煮虾、晾晒、收摊，还兼着卖，五六个巨大的冰柜里，是她和丈夫日夜辛劳积攒的海货干。她烫了头发、文了眉，脖颈上戴着细细的金项链，和所有温州女人一样打扮时尚，笑起来露出的牙齿整齐洁白。

通往渔船码头的街巷寥无行人，偶尔有电动车飞速穿过，两个男人在渔需店门口将船缆绳拉成直线钉入地面，叮叮当当的声音仿佛在山谷里回响。其实沿街每家每户的门洞里都有人，他们都默默忙碌着，补网、做编织袋、缝礼品袋、做小吃等。一个三十多岁的微胖女人扎着高高的马尾，穿着时髦的黑色 T 恤和牛仔裤，坐在一堆绿色的渔网中间，专心致志地织着渔网。

都说龙港人是平阳最勤劳的人，勤劳得甚至都不怎么懂享受，只知道干活，所以，一个小小的渔村，硬是变成了一个富足的城市，就像一个奇迹。阿芬家世代住在舴艋村，捕捞作业，本本分分。

白露过后的每一个晴冷天，对于精于美食的温州人来说都是黄金时节，他们开始晒酱油肉、酱油鸭、酱油鸡和鳗鲞，龙港人也晒鱼干、虾干和鳗鲞，为的不是自己的口福，而是生计。女人们翘首等候秋风乍起，将鳗鱼、黄鱼、虾等晒满房前屋后，将海洋的馈赠贮存得久一些，更久一些。

海风从未带走过渔村深入骨髓的海腥味，也带不走东海岸人深入骨髓的勤劳和智慧。五十二年前，离舴艋村十二公里的平阳南坡老街，母亲将四个月大的我背在背上，趴在床上无师自通地学做裁缝。在报纸上画画剪剪无数次后，她决定放手一搏，将父亲唯一的一件呢大衣一针一针地拆下来，用报纸画好样子，记住整件衣服的结构，然后到坡南街一家裁缝店里，等缝纫机空出来时，将整件大衣缝合如初。在往后的岁月中，母亲无师自通的裁缝手艺和父亲微薄的薪水，养育了三个孩子，并将他们一一送入大学。

"露从今夜白，月是故乡明"。白露时节的海风吹拂着肥艚村，也吹拂着一海湾之隔的玉环岛。离肥艚村一百五十公里的玉环岛山后浦村，母亲仰头看见桂花树一夜间爆出了米粒般的花芽。桂花开的头一天，年近八十的她会矫健地跨过二楼阳台的栏杆，站在平台上，找几枝从树下往上看不易看见的桂花枝，将桂花撸到篮子里，刚好一篮子，她便停手，舍不得撸多了。然后，她静静地坐在院中午后斑驳的光影里，用一根牙签将桂花里的小花梗等杂物一一剔除，将一半鲜桂花直接拌进白糖里，一半桂花晾干，撒在她刚学会做的开花馒头上。当阳光渐渐变成越来越温柔的淡金色时，她会筹谋着让父亲去菜场买最好的排骨和猪肉，或者虾，或者鲳鱼，她要做很多香肠、酱油肉、酱排骨、虾干、鱼干，给远方的儿女寄过去。

离山后浦一点五公里的楚门南门街，母亲最小的妹妹、我的小姨妈晓芳，暮春起便每日凌晨四点左右起床，准备冷饮所需的所有配料——蒸糯米、煮花生和绿豆、做冰块等。她家开着楚门较著名的冷饮店，最受欢迎的一道冷饮是花生汤，花生酥烂软糯入口即化，汤很浓稠，且有浓郁的牛奶味和猪油香。她做生意很"拽"，每天午后三点准时开门，不管门口早已等着多少老顾客，冷饮就做那么多，宁愿少卖一点，样样都要做好。这个外婆家最小最受宠的女儿，不知何时无师自通学会了各种美食的做法，每天汗水一抹一大把，夜里只睡短短几小时，勤快得让家里人匪夷所思。白露过后，天气转凉，生意淡了，她也就"懒得卖了"。她的"懒"字里有一丝丝不甘，如同千年前那个卖炭翁的"心忧炭贱愿天寒"。

染上秋阳的每一寸时光，都微微沉了一点，仿佛真是金子做的。白露之三候为"群鸟养羞"，百鸟开始忙着贮存干果，百姓开始忙着

"抢秋""晒秋"，一只蜜蜂久久停留在它喜欢的那朵花上。据科学家研究，蜜蜂有访花恒定性，它们对花朵颜色的敏感度远胜于形状，当它偶然间在某种颜色的花里寻到它喜欢的花蜜，就会一直去寻找这种颜色的花。大地之上，无穷远方，无数人们，蜜蜂般飞翔着、寻觅着自己喜欢的某一朵花，一心一意地专注于某一朵花。那朵花不是花，是一条生路，带他们飞的风不是风，是"穷不失义，达不离道"。

龙港舥艚村，阿芬等着秋风起时，晒出一年里最鲜美的鱼干。

龙港余家慕村，余德情全家和毛小张夫妇等着秋风起时，晒出一年里最好的米粉干。

玉环岛楚门镇山后浦，母亲在静静地等待桂花开放，她最小的妹妹晓芳在等待秋风起时，可以歇上一歇，骑着电瓶车到姐姐家赏桂花。

玉环岛坎门镇，每一个渔村、每一个海滩上都将铺满竹帘，晒满各种粉红色的海鲜干。

于是，秋风起时，沉默的力量将无数岛屿变成一朵朵巨大的粉色莲花，在东海蓝灰色的波涛间怒放，其实，那是果实。

原载《解放日报》2021 年 10 月 29 日

乡 医

江 子

一

在过去，做一名乡村医生是一件非常体面的事情。他们衣着整洁，手指干净，说话轻声细语，总是一副若有所思的样子。因为掌握着村庄所有人身体的秘密和对病痛极尽救赎的努力，他们饱受村里人的尊敬。他们用胸前吊挂的听诊器给病患听心跳，拿着注射器穿行在一群病患中的样子，威严、慈悲，同时又有点神秘。比起普通庄稼汉来，他们身上有一股特别的气味，那其实是消毒水的气味，但这种不同的气味，树立了他们在人们心中的高大形象，增加了人们对他们的尊敬程度。他们因此在村庄里有至高无上的地位，甚至比村干部还要神气几分。

我的外祖父就是一名乡村医生，他最擅长的是针灸，据说有过三根银针让人起死回生的经历。听我母亲讲他年轻时是个泼皮，不侍庄稼，喜欢赌博，爱和人舞刀弄棍，与不少人结下过梁子，方圆十里人人避之唯恐不及。但后来他学了医，在赣江以西的形象顿时变得好了起来。他去世的时候，前来送葬的人将他们村——离我家三里路远的积富村原本宽敞的祠堂挤得水泄不通，完全是仁厚长者才配得到的礼遇。

我们村——赣江以西一千多口人居住的下陇洲村，曾经有医务人员六七人，这在故乡方圆十里都是十分显豁的医疗配置。药房里抓药的是村里的高考落榜生罗小平和曾仁子，搞检验的是初中生杨树生，做护士工作的是医生刘水根的女儿刘春莲，负责给村民们看病的是刘水根、孔野德、富英三人。这三个人，整天乐呵呵的刘水根是村医院的院长，初中毕业，原在西沙埠码头做搬运工，后去赣江对岸的水田公社医院学医，修的是内科和中医，虽是半路出家，但医术还真有两下子。我弟弟幼时因病休克，眼看着只有出的气没有进的气了，他三下五除二就给抢救了过来。我的祖母因此杀了家里的老母鸡设宴宴请了他，当然也请了院里的所有人。最沉默寡言的孔野德高中毕业，是刘水根的徒弟，也修内科和中医。有点龅牙的富英是产科和儿科大夫，她文化水平不高，医术来源于乡村旧郎中的传授。全村的孩子们出生，都是她接的生。他们是全村人的亲人，可能也是不少村庄的人们的亲人，因为很多外村人都来我们村看病。人们对他们的称呼五花八门，叔叔伯伯爷爷哥哥姐姐不一而足。我从小就被长辈们教育说要叫水根、野德、罗小平为叔叔，富英为表姑姑（为何称其为表姑姑我至今不得而知），曾仁子在医院地位低一些，年纪也不算大，但因为与我是本家且是我的爷爷辈，所以我被大人告诫称呼他为爷爷。

他们在村西头路口的一座房子里办公，有医生办公室、药房、输液室、化验室，可谓五脏俱全。那是村里少有的几座公房之一，里面有一个天井，下雨天可以看到雨斜着往里飘落。它曾经做过村里的小学，我一二年级就在那读的，后来学校搬迁，这座公房就用作了医院。医院公房旁边是礼堂，用于全村开会议事和村委会日常办公，相当于我们村的"人民大会堂"。医院挨着礼堂，足以说明它的地位。实际上，在村里人的心中，它比礼堂还重要些。每天晚上，忙碌了一天的人们，都爱到医院扎堆，谈国家政策，谈天文地理，谈化肥农药，谈村里的家长里短，谈村外的生死离散。众声喧哗，烟雾缭绕，医生们穿着白大褂在人们中穿行（他们上班不分白天黑夜），仿佛一树树梨花在山岗绽放。

我的岳父周树保也是个乡村医生。他所在的周家村离我们家八里路远，也有上千号人之多。

他是 20 世纪 70 年代初开始学医的，他的老师是他的哥哥。我称作大伯的他哥哥参军后在部队当上了卫生员，复员回家后分配在赣江以东的白沙医院做了医生，后来还当上了院长。周家村看中了这条人脉，就让初中毕业的岳父去白沙医院跟班学习。岳父回来后就成了周家村的赤脚医生。

岳父在周家村行医多年，似乎什么病都能治，从儿科到骨科他都能开药打针。据说他还为产妇接过生，那是村里的接生婆临时不在的时候。他开始是在村里的卫生所上班，拿着全村最高的工分。分田到户后，他把诊所开到了家里。职业的缘故，他理所当然地成了全村最受尊重的人。实际上，他平头，五短身材，不善言辞，胡须拉碴，爱穿一双用板车轮胎自做的鞋子，毫无备受尊敬的人该有的体面和整洁，跟我们村每天头发梳得一丝不乱、爱穿一身西服的刘水根院长完全是两种风格。

大概是享受到了当医生的种种好处，不知从什么时候起，岳父有了构建一个乡村医生王国的虚妄念头。他的大儿子周秋明初中毕业没考上高中，岳父让他去隔壁永丰县的卫生学校学了乡医。同样中考落榜的小女儿周三梅被岳父安排去了市妇幼保健院学习助产之术。周三梅到了婚嫁年纪，本来家住离周家村不远的花园村的我表弟也就是我三姑姑的儿子看上了她，托了媒婆前去说亲，可我岳父最终同意了做乡村医生的另一个说亲者、阜田镇的胡冬根。我表弟一表人才，高中毕业，在广东经营着一家装修公司，年纪轻轻就创下了一份不错的家业，没有不良恶习，而胡冬根个头矮，是个烟枪，只有初中文化。岳父之所以选择胡冬根而放弃我表弟，乃是认为医生这种职业，救人救己，积善积德，福报多多，绝非是我表弟这种靠在外闯荡过日子的能比的。

我的妻子初中毕业考上师范学校当了老师。我的小舅子高中毕业考上了大学，成了广东汕尾一家石油公司的工程师。我想如果他们没有考出去，按照岳父的想法，铁定也是端上乡村医生的饭碗。

周三梅学成归来后不久嫁给了胡冬根。她很快就成了阜田镇有名的乡村助产师。岳父 2012 年决定退休，让我的大舅子周秋明接替了他的"王位"。大舅子个头也不算高，性格原本活络有趣，可接手做了周家村的医生之后，立即变得沉默寡言和老成持重。人们都说，他的神情，与他的父亲完全是一个样子。

二

我们村医院几个人的合作并非铁板一块。先是药房的罗小平再次参加高考考上了某中专学校，几年后成了一名乡镇干部。后来他当了乡镇党委书记，又考取了律师证，辞职赴深圳开了一家律师事务所，成了我们当地最乐于被谈论的人物。剩下六个人继续抱团合作，于 20 世纪 90 年代中期宣告解体。

解体的原因并不是他们之间有何矛盾，而是随着改革开放的深入，村里的人们纷纷去了城市。他们或者去了省外工厂打工，或者带着孩子在县城租房子做了陪读。一千多口人的村庄，只剩下一二百人，病患数量已经不足以让他们过上体面的生活。再加上医疗政策发生了变化，他们需要共同面对变化带来的各种问题：医护人员需持证上岗，无证的富英表姑姑就不宜再从事医护工作；乡村医疗资源需优化配置，他们扎堆办公的行为被视为乡村医疗资源浪费而不被允许。

他们搬出了公房。孔野德留在了村里，在自己家办起了诊所，病人不多，他只好捎带着在自己家卖起了小百货。刘水根和他女儿去了三里路外的西沙埠小镇坐诊。药师曾仁子也去西沙埠开了一家药店，除了卖些非处方药外，还兼卖春节期间人们爱买来孝敬老人的各种补品。检验师杨树生为考乡村医生资格证做着准备，之所以要考乡村医生资格证，是因为他在这个行当混了这么久，不干这个，他不知道自己还能干点啥。

那座原本全村最为热闹的房子，从此陷入了沉静。一把不大的锁，让所有的繁华都成了往事。

被岳父视为理想婚姻的小姨子周三梅与妹夫胡冬根不久陷入了困顿，原因是农村合作医疗工程已经启动，病人们都选择去可以大比例报销的镇医院就诊，他们在镇上的诊所几乎可以用门可罗雀来形容。眼看生计都成了问题，孩子也到了读书的年龄，周三梅思考再三决定断腕自救，她把他们行医多年的积蓄取出，在离家百里的市区购了一套二手房，把孩子带到那里读书，自己用空余时间在小区做家政服务来获得收入。她认为就是在城里做家政也比在镇上当乡村医生强。胡冬根带着母亲依然在原地留守，一面陪伴母亲在故乡安度晚年，一面静待乡医这一行的时来运转。

我的小舅子周秋明也离开了周家村。周家村原有医生两名，因人口减少，根据要求，他们村需要有一人离开，去别的没有医生的地方。周秋明因为年轻，离开的名额就非他莫属了。

周秋明被分配到的村庄叫林桥。那是离周家村七八里路、离圩镇大约三里、离公办的乡镇卫生院五里的地方。村子人口不多，可附近几个村庄都没有乡医。公办的卫生院收费高，看个感冒、呼吸道感染什么的刨去报销部分，说不定自己还要掏个几十上百，还得走个四五里路，而到最近的秋明诊所求医可能只需要自掏腰包的那部分。这就给周秋明的生存留下了空间。不冷不热的，秋明诊所就这么开起来了。因为秋明脾气好，态度和善，医术也还过得去，没过多久，他就得到了当地人们的认可。

我的岳父仗着行医多年经验丰富，也常会骑着电动车去给儿子帮忙，比如换个药、量个体温、打个针什么的。可是岳父发现那里的人们根本不信任他。有时候周秋明有事出门，患者宁肯在那里久久等着，也不愿让岳父给他看病。岳父向患者介绍自己，可那里的患者丝毫不买他的账，这使岳父尴尬不已。他想，时间会改变一切，过不了多久人们就会接纳他，他将得到所有人的尊重，因为这是医生这个行业应有的待遇。

不久，岳父气急败坏地返回了村里。原因是他给一个年轻母亲怀里的婴儿打针，结果婴儿哭得厉害，那个比他的儿女们都小得多的母亲怪罪于他，用了赣江以西最难听的话骂他。常年习惯人们尊敬的岳父深感斯文扫地，从此再也不肯登儿子诊所的门。他的行医生涯至此宣告结束。

可是不久周秋明出了大事。行医其实是一件十分危险的事情，疾病的背后说不定就隐藏着魔鬼与死神。农忙时刻，有个中年农民因普通炎症到周秋明的诊所就诊，周秋明按常规用左氧氟沙星给他输液。不料不一会儿，他就出现了过敏症状。周秋明急忙对他进行抗过敏处理，并立即打电话向镇卫生院求助，可患者到镇卫生院没多久就咽了气。对左氧氟沙星过敏是极其少见的事情，所以用药没有皮试要求。可该患者是罕见的过敏体质。

周秋明沮丧至极。他重新回到林桥村，寻思着经过了这么一出，他的事在当地被传得沸沸扬扬，不再会有人相信他，医生这一碗饭他是吃不成了，准备卷铺盖回家。可是他错了。人们知道他回来了之后，纷纷来到诊所，安慰他说那件事他们都已了解了来龙去脉，知道那并不是他的错，他们从不怀疑他的医术。他能给死者家庭赔偿二十万元，说明他有副菩萨心肠。把自己的病交到他这样的好人手中，是最放心不过的事。

村庄如此荒凉，幸存的人们，自然就成了命运共同体。他们被迫相依为命，即使灾难也不能把他们分开。

三

我们村的刘水根关掉了他在西沙埠小镇上的诊所，领着老伴投奔了在省城当牙医的小儿子，选择在南昌颐养天年。想想他已经是古稀之年的人了。他的大儿子是个博士，在广州从事科研工作。据人们的普遍观察，医生的儿女成才率普遍很高。我们村另一个医生孔野德的大儿子也是个博士，还是个留美博士。岳父家我当老师的爱人与当工程师的小舅子按赣江以西的标准也算是成了才的。这是不是岳父所说的医生这个职业的福报？

孔野德也关掉了他在故乡的诊所和杂货店，摇身一变成了县城某社区的卫生室主人。据说他的诊所就诊者巨多，大多是我们村及附近村进城购房或租房居住的乡亲，他们都笑称是他的老病号。在西沙埠接替刘水根坐诊的是杨树生。这个多年前在我们村医院做检验员的人，费了九牛二虎之力，终于通过了乡医执业资格的考试。他的医术到底如何，我不甚了了。按理他在我们村医院多年，长期看刘水根、孔野德他们治病，耳濡目染，应该也学到了不少东西，那些常见病治起来不会出什么岔子。遇上超出他诊断能力的病，他可以把患者往乡镇或更大的医院介绍。他也是五十多岁的人了，他之后将有谁接替他的工作，只有天知道。

原本医疗资源十分丰富的我们村迎来了无医时代。这没有什么尴尬的，村里常住人口急剧减少，再好的资源于它也是浪费，无医时代的到来乃是必然。接下来我们还迎来了无商店时代，买任何的日用品都要去三里外的西沙埠小镇。今年大年初一，我从县城开车回村里拜年，想在村里找一家商店买些东西去看望家族中的几位老人，可没有能如愿。一百年前，我的曾祖父在村里开了一家杂货店，生意据说还不错，他将村里的土产收购贩卖到吉安府，又将城里的东西贩卖到村里，结果积累了一些钱财，他用这些钱财购买了一些土地。如果他知晓当年他仅凭一家杂货店就可以活得体面的村庄如今竟然连一家卖日用品的杂货店都没有，不知会作何感想。我们村还可能迎来无农时代。村里将没有一个人种地，门前所有的土地都由相关机构进行统一经营。我们村还会有什么新的变化到来，鉴于我的浅薄平庸，目前还无法做更多的推断。

但村庄并非时刻都是荒凉的，比如每年清明，在外的人们就会像候鸟一样从四面八方回到家乡，长满荒草的巷子里、机耕道上到处走动着人。他们对村庄的历史、山上墓地里的人们的生平了如指掌。他们扛着锄头，挑着担子，许多人一看就知道是老把式。他们用十分纯正的乡音相互问候，好像他们从来没有离开过这里一样。此时的村庄花团锦簇，绿草如茵，田地里的水光明亮如灯，简直就像是一个童话里的世界。

几年前，我清明回家，看到村子西口当年用作村医院的公房已经倒塌，一片残垣断壁。村里的干部们还未来得及将它拆除。但我知道，随着乡村振兴的推进，这是早晚的事情。让我十分讶异的是，从倒塌的公房中间竟然长出一棵树来。那树不知是什么树种，竟有两层楼那么高。已是清明，它还没有长出叶子，可是枝丫上竟然已开出了朵朵白花。为何它只开白花不开其他颜色的花，我想肯定是这座公房曾经做过医院的原因。它仿佛是受上天委派，来接替当年穿着白大褂的医生们，继续坐诊在这村西路口。而整个村庄那些已少有人居住的破败不堪的老房子们，就仿佛是等待它诊断的一个个病人。

原载《散文》2021 年第 7 期

村居手札

王　俊

清露晨流

一觉醒来，有微微红光跃于窗棂。

掀开帘，一片曙色冲进来，在房间的白墙上涂满印记。曙光是呼啸而来的火车，不管黑夜费尽多少心机，都跑不过它的速度。黑夜隐退，曙光轰隆隆地向白昼的深处挺进。《枕草子》中写道："春，曙为最。"在清少纳言的笔下，黎明时分的美景为最，呼应着春天的灿烂。透过窗户望过去，后山树木葱茏，起伏的山脊飘起薄薄的雾气。曙光如熔掉的黄金，迸射出奇异而耀眼的光芒，将后山镀得闪闪发亮。风一缕一缕地拱着青山，山上的景致闪现出微妙的层次。

我慌忙起床。回到乡下，时间似乎也慢下来。喜欢一个人到后山转悠。后山是我梦里无数次到达的地方，几乎收藏了我的整个幼年和童年时代。

晨曦中的山路，经过夜晚的浸润，温软而潮湿。山路行人稀少。

路两边野生许多松树和油茶树，鸟声从层层叠叠的青翠里传来，深一声，浅一声，水波一样在林子里荡来荡去。山里鸟的种类多，我能叫出名字来的实在是少之又少。看见一只头上顶着五彩羽冠的鸟，悠然自得，在路上散步，幼时的往事纷沓，一下子浮现眼前，躲也躲不开。多年前，我常在山中看到它的身影，还曾幻想着用它身上的漂亮羽毛制作毽子，好让自己在同学面前倍有面子。当我试图靠近那只鸟时，它发出咕咕的惊叫声，转瞬飞离地面。人若不去惊扰鸟的生活，它们一定过着天堂般的日子。

在密密的枝丫间穿行，心里生出见故交的喜悦。山上的草木，都是我儿时的伙伴。人的青春随着岁月流逝，呈现衰老的趋势，草木则不然。它们即便于秋冬凋敝，依旧可以在来年的春天重新焕发勃勃生机。草木像是长不大的孩子，总是维持向上生长的姿态。由惊蛰至清明，季节蓬勃向前，满山的事物全被调出该有的色调，看花了人的眼。季节要绚丽多彩，依次开着的野山樱、山矾、杜鹃以及蔷薇等，姹紫嫣红，极有风致；草和树的新鲜汁液，浓烈若来不及调匀的墨，漫漶着向四周洇开。空气中尽是草木的芬芳，荡漾着某种春风得意的味道。山上能落脚的地方，都被植物占领了。植物的生长力量，着实令人吃惊。生长于自然而言，具有一种内在的秩序，但何尝又不是一种坚守呢？万千枝条，汁满浆足。每株草木的体内好像都藏着泉眼，时候一到，叶尖上便集结着露珠。这些水盈盈的露珠，晶莹剔透，仿佛在读书时期，陪伴我们写作业的灯盏。清晨里，一株株草木手持灯盏，等待着阳光去点亮。

指尖触到露珠，沁凉、湿润，轻轻一压，饱满的水珠炸裂，在空中飞溅，发酵，一点一点地将微醺的甘甜扩散出来。露珠的出现，使得原本寂静的早晨平添几分灵动和古意。望着一粒粒无瑕的露珠，总让人想起戏台上的青衣美人，着素衣，描淡妆，水袖轻舞，风烟俱净，怀揣一颗素心淡如露珠，修浮生。露珠是夜气冷凝而成。一弯新月悬中空，水汽氤氲，一些附在枝叶上，以冷凛裹住身体，沁于其中，硬是把自己修炼成一粒粒露珠。露珠被古人称为"天泉水"，颇形象。《浮生六记》中的芸娘是个奇女子，夏天荷花初开，她将茶叶置花心，清晨取出，以露珠泡之。这种诗意生活，别有一番情致，令人向往之。所谓人间的美好，不过如此。

山旮散放着几头牛，长长的缰绳拖在身后。荷村人曰，一株草一粒露珠。露珠滋养着草，牛吃了带露的青草，身上长出顺滑光亮的毛，就能蓄满力气帮助我们干农活。小时候，天不亮，我们就被大人叫起来，赶着牛上山。远远地，满山的草木挂着银光，仿佛叶子新长出的眼眸，装着与生俱来的澄净。走近了，便会听见叶子和露珠的呓语，清脆悦耳。把牛放在山上，它伸出舌头，贪婪地揽过带露珠的青草。我们散去，采摘带露珠的野果子吃。

我注意到一棵香柏。露珠缀在其叶上，树枝仿佛是镶嵌着珍珠的流苏。一粒露珠滚动，牵发千万粒露珠的滚动。无数粒露珠聚拢，在最底下的叶尖上融汇成硕大的露珠。晨风翦翦，草木摇曳，露珠盛放着一汪清亮亮的世界。透过露珠看变幻不定的世界，心里被清凉和甘甜溢满。

露珠的生命极其短暂。我觉得，用稍纵即逝来形容露珠非常贴切。太阳出来，露珠仓促地归于虚无。"一切有为法，如梦幻泡影，如露亦如电。"智者站在高处吟道。但露珠并未黯然，以此看轻自己的存在。它努力地闪着亮光，使自己配得上万物的美。

人在草木间

荷村人生在茶乡，历来有喝茶的习惯。清晨冲泡一大壶，干活回来，倒上一杯，慢慢喝着，一直喝到夜色爬上台阶进了屋。记得村里有个阿婆，从安徽逃难过来的，特爱用茶水泡饭吃。一碟霉豆腐，一碟腌萝卜，就着茶水泡饭，吃出了至简至美的味道。父亲酷爱喝酽茶，在园子的边上种了数十棵茶树。茶树可真能睡啊！春天摇铃铛的那只手都快摇断了，它才睁开惺忪的眼睛，探出一两片嫩芽。

早晨的露珠不动声色地消逝了。阳光宛如孩子的笑，丝绸般地滑入园子里。园子在父亲和母亲的精心侍弄下，风华正茂。辣椒、茄子、黄瓜，铆足了劲舒展枝叶，蕹菜抻着肥硕的绿叶，傻乎乎地笑着。园角野生一棵香樟树，郁郁葱葱。香樟树有些年头了，藏不住的气根匍匐在地面上，笃悠悠的，逶迤着自己的气象。鸟雀的影子掠过枝头，啁啾着，到处播散春天的消息。篱笆旁两排茶树，一株扶着一株，老绿丛中蹿出一抹新绿，参差万态。这些低矮的木本植物，虽然长得不及其他树木那样高大，却乐此不疲地更替着生命状态。茶树遵循自己的轨迹，老绿复新绿，就像太阳不断落下复升起，绵延不息。

新梢的芽头层层包裹，像毛笔的笔头，两侧各自长出初张开的嫩叶。"一芽两嫩叶"，仿佛是春天斟酒用的樽的脚，鼎足而立。母亲手指翻飞，如蝴蝶翩然于茶树上。这让我想起了剃头师傅理发的场景。茶树像个留了长发的人，母亲在给它修剪头发。我学母亲的样子，轻轻掐断叶柄，乳白色的汁液沾染在手指上，有些黏。茶的清香如水般漫过我的身体，漫过了尘封的记忆。读小学二年级时，学校组织我们勤工俭学，到垦殖场茶园采摘茶叶。老师规定我们每个学生采摘五斤茶叶，所得的劳动酬劳用以添置教学仪器。千亩地的茶园里，茶树错落有致，把整个乡野的灵气，敛入片片清香。一群孩子提着竹篮，在茶树垄里接受自然的洗礼。也就是从那时起，我真正体会到母亲常常挂在嘴上的那句"惜物惜福"的分量。

近午时，气温渐升，阳光热烈的性子慢慢显露出来。每一束光积攒着足够的激情，仿佛热恋中的女子，随时可以不管不顾地扑向爱情。土地、草木和空气，无一不散发着阳光的味道。园子里的蔬菜耷拉着脑袋，像是藏着许多不可说的心事。光线从樟树的枝丫之间挤出，落了一地的斑驳。我看了看母亲，瞥见她的额头上沁出细细的汗珠。"妈，歇一会儿吧。"我对母亲说。母亲并未停下手里的活儿，回答道："趁着时间还早，赶紧多采点。采摘谷雨茶的最佳时间是上午，下午采摘的茶叶不仅口感差多了，连同它特有的神奇也会打折扣。"

采摘完最后一棵茶树，我直起身子，朝母亲嚷嚷道，腰都快断了。母亲乜了我一眼，念叨道："现在条件好，人金贵。干一会儿活就累得不行，缺少劳动。"我自知理亏，不敢和母亲辩驳。

新采摘下来的茶叶，有一个很好听的名字：茶青。茶青摊晾在竹匾里，我问母亲："为什么总要等到晚上做茶。"母亲笑道："茶青刚刚离开茶树，要给它们时间整理心情。茶叶的心情好了，还怕做不出好茶吗？"我突然有点感动。母亲和村里所有的人一样，笃信天地之间的万物皆有灵性，只有敬重、体恤万物，它们方可处处成就我们的美意。

茶的绿，晕染了我们的目光，也晕染了我们的心情。

夜色如期而至

落日轰然沉入天边的山峦，一群巨鸟受到惊吓，扑棱着翅膀，在天空抖开了无数道绮丽的霞光。

我们坐在院子里，漫无边际地瞎聊。聊天的内容，无非是一些藏在微微泛黄的旧时光里的琐事。村庄的上空，陆陆续续升起炊烟。荷村的年轻一辈在开春便出门赚钱了，仅有老人与孩子守着一村庄的冷冷清清。老人们从苦日子里熬出来，舍不得花钱买燃气烧，于是上山捡枯枝，烧热了自家厨房的铁锅。炊烟迎着风往上爬，将晚霞一一赶送回家。

天完全黑了，隐藏起白昼的真相。不一会儿，月亮被山岗上的两棵松树架着走来。月亮朝大地铺下瓷实而温柔的光，村庄显得安详和静谧。四野响起虫叫声，还有零零星星的蛙鸣应和着。天上的星星像是问候夜色，一颗颗亮起来。房屋、树木以及院落，逐渐变得朦胧而富有弹性。院墙下，去岁从山涧边挖来的几株鸢尾，开出浅紫色的花，晚风斜着身子，从花旁经过。倏然，我们的鼻间漾起一阵奇香，直抵心房。这香气，冷艳，悠长，如兰之清幽，又似梅之典雅，余味悠悠。记得鸢尾花刚住进我家院子时，一副弱不禁风的样子，以至于我们以为它活不长。没想到，它终究还是挺过来，并懂得以绽放的姿态回报我们的深情。

母亲用稻草灰将铁锅刷洗干净，父亲卷起袖子，蓄势待发。家里的茶叶通常由父亲制作。铁锅被母亲烧得通红，茶青倒入，铁锅啪啪作响，父亲迅速伸手下去抖动茶青。锅里冒出来的水蒸气氤氲着，模糊了父亲的眼睛。他顾不上擦拭，两手轮换着不断将茶青抖散，炒着，生怕茶青抱在一起，或是粘到锅底，焦掉，老了。杀青过的茶叶放在砧板上，父亲趁势来回揉搓，茶叶蜷缩成一团，四散有如梦幻般的芬芳。

我们取一小撮茶叶，沏上烧开了的自家井水。绿莹莹的茶叶在水中慢慢醒转，旖旎着万千风情。有的舒展曼妙的身子，顾盼生姿；有的从容沉入杯底，欲言又止。水注入茶叶中，给予其第二次生命。或许不只是我这么说，台湾诗人陈育红有首诗歌写道：

容我为你再续
一壶好茶

在另一生命的形貌里

偿还

所有未尽的因缘

　　喝茶看似简单，但真正要喝茶，茶、茶具、水、环境、冲泡的方式，哪一样都不能含糊。一个武夷山的朋友教我，喝茶不许像饮酒般一口闷下，应先观其色，察其形，再闻其香。茶水"咻"地吸入嘴里，含住，以舌头去品汤色。但我一直改不了"牛饮"的毛病。好茶端上来，觉得不一饮而尽，就显不出自己的豪爽性格。

　　时光浮沉于一青一白之间，暗香盈袖。荷村人云："茶灌玲珑子，饭撑死草包。"意思是说，喝多了茶，蠢人能变成聪明的。只知道喂饱肚皮的，注定是酒囊饭袋。可见，喝茶其实是洗心，养性。一位禅师曰："茶遇水舍己，而成茶饮，是为布施；叶蕴茶香，犹如戒香，是为持戒；忍蒸炒酵，受挤压揉，是为忍辱；除懒去惰，醒神益思，是为精进；和敬清寂，茶味一如，是为禅定；行方便法，济人无数，是为智慧。"当一片普通的绿叶成为茶时，它就已经完成自我价值的升华。一茶一世界，茶性亦是人性，品茶即是品人生。

　　无端地，想起荷村旧时的习俗。嫁出去的新娘回门，娘家人汲水烹茶。新娘喝下三杯茶。汤色一杯比一杯浅，味道由原先的咄咄逼人转为温润。喝罢，新娘明白娘家人的深意，泪流满面——以后在夫家，做人当如茶。

母亲的世界

肖复兴

一

四十多年前，我从前门搬到洋桥，尽管那里离陶然亭公园不远，但明显属于城乡接合部的郊区。如今，那里已经成为高楼林立的闹市。沧海桑田，近半个世纪的时间造化，足以看见城市化进程的足迹，远非雪泥鸿爪那么浅显。

洋桥往北一点，有一座小石桥，从西北蜿蜒而来的凉水河，在这里往东南拐弯儿，一直流向如今繁华的亦庄开发区。再往北一点，是四路通，这是一个很好听的地名。作家从维熙对我讲，他年轻时曾在这里劳动，那时更是荒僻的乡村。这里有一个火车通行的岔路口，往来的火车都要经过这里。所以，别看这个路口不大，车流量却很大，路口的横杆常常是横躺下老半天不起来，阻挡上下班的人流车流。

那时，我在一所中学里教书，每天必要路过这个路口，无论骑自行车还是坐公交车，总会被挡在那横杆前，一堵堵半天，焦急的心伴着火车的隆隆声一起在这里轰鸣。便常想这个地名——四路通，真是具有反讽的意味。后来，我专门写了一篇小说《岔路口》，发表在《人民文学》杂志上。

从前门搬到洋桥，完全是我的主意。我去北大荒插队后，街道积极分子、俗称"小脚侦缉队"中的一位，以我父亲的历史问题为由头，欺负我父母亲年老无力，"公然抱茅入竹去"，抢占了我家老屋，把我父母挤进了逼仄的小屋。父亲病故后，我从北大荒回到北京，住进小屋，忍受不了窗前全院共用的水龙头整天水声哗哗不断。正好洋桥有一位复员转业的铁道兵，孩子要上小学了，他想让孩子到城里上个好学校，看中了我家边上的第三中心小学，便和我各取所需换了房子。

二

我以为这是一个好的选择，离开了我的伤心之地，应该也是母亲的伤心之地。便在暑假母亲去姐姐家小住的时候，麻利儿地搬了家。等接母亲回来，以为会给母亲一个惊喜，殊不知母亲并不情愿，只是没有表达。前门住了几十年的老街、老院、老屋，纵使有占领老屋的得志小人，毕竟还有好多善良的老街坊。一种故土难离的感情，在母亲心头升起。这是在住进洋桥没几天，母亲向我提出想回老院看看时，我才感觉到的。

1983 年，我从洋桥搬家至和平里，好心的同学怕母亲坐搬家的大卡车颠簸，特意开着一辆小轿车来接母亲。那是母亲第一次坐小轿车，也是母亲最后一次看到前门。车子从永定门开出一直向北，穿过前门外大街，从前门楼子东侧驶向天安门广场。母亲最后看了一眼高耸的前门楼子，多么熟悉的前门楼子，当年父亲就是在前门楼子后边的小花园里，清早练太极拳，一个跟头倒地，脑出血去世的。

都说年轻的时候不懂爱情，其实，年轻的时候，最不懂父母。生理年龄上存在代沟，又赶上那样一个疯狂的年代，更把代沟扩大。自以为是又自私膨胀的年轻人，常常会把年老的父母像断楫孤舟一样搁浅在沙滩上。

搬到洋桥的第二年，赶上唐山地震。母亲惊醒，喊起我来。幸好小屋无恙，只是屋檐下的蜂窝煤被震倒一片。震后，洋桥这一片地铁宿舍的人全都住进空场上搭建的简陋地震棚。幸好是夏天，住的时间不长。母亲没有说什么，但从她的目光里，我多少看出了些埋怨，好像在对我说：看你搬的这个好地方，要是在咱们老院，不会这样的。老屋虽旧，但结实得很！

地震之后没几天，我的一位小学同学，阔别多年之后，到前门老院找我没有找到，向街坊问清我搬至洋桥的新址后，执着地找到这里。她是我童年的好友，"文革"时去了东北，后在哈尔滨一所大学读了物理专业，毕业后在哈尔滨工作，这一年到上海出差，途经北京，才有了这次意外的重逢。母亲自然是熟悉她的。赶巧那天晚上，我们那一排房子突然停电，很多人都从屋里出来。同学跟着我也出了屋，自告奋勇地对我说：有梯子吗？我上去看看。我找来梯子，跟在她身后爬到房顶。电线晃晃悠悠地横在上面，不知她怎么三鼓捣两鼓捣，电路就接通了，电灯亮了，房下面一片叫好声。

老友走后，母亲对我叹口气说：要是还住老院，用得着人家这样好找？还让人家登高上房给你修电线？我看得出，母亲还是怀念老街老院老屋。我的童年伙伴的突然造访，加强了她的这一份怀念。

三

这只是我一时的感觉，并没有放在心上。

人老了，都会念旧。我们都还不老，不也念旧吗？不念旧，我的这位童年的好伙伴，何必那么远费那么大周折跑到洋桥来看我？但我没有想到，除了念旧，还有孤独，已经如蛇一样悄悄爬上母亲的心头，吞噬着母亲的心。毕竟，这里没有一个母亲认识的人，特别是白天大家上班后，更显得寂寥，只有远处不时传来的阵阵火车鸣笛声，能打破这死一样的寂静。我没有想到，对于老人，孤独是可怕的。母亲这样柔弱又内向，病魔已经借助孤独逼近。只是，我一无所知。

一天夜里，母亲突然出现在我的面前，吓了我一跳。她悄悄对我耳语，生怕别人听见：有人要害你！你可要注意，要是把你害了，我可怎么办？我以为她可能是做了噩梦，没怎么在意，只是安慰她：没有人要害我，干吗要害我？您放心吧！

一直到 1977 年初的一天，我正带着学生在一所工厂学工劳动，学校的一位领导急匆匆地找到我，对我说：你家里有点事儿，让你赶快回家！领导没敢告诉我出了什么事，回到家一看，屋子里围着好多人，还有一位警察。才知道，那天母亲从家里出走，走到北边不远的凉水河前，想投河自尽。她觉得我已经被害，自己无法再活了。河边有一道很长的慢坡，母亲无法走下去，她是坐着慢慢蹭下去，一直蹭到河里的。初冬的河水还没有结冰，而且很浅。母亲只是半个身子浸泡在河水里，被人发现后救了上来。

母亲的棉裤已经湿透，好心的街坊帮母亲脱下棉裤，看着母亲枯瘦的光腿伸进被子里，我的心一阵绞痛，才意识到母亲病了，病得不轻了。

我带母亲到安定医院，那里是北京精神病专科医院。医生告诉我，母亲患的是幻听式精神分裂。那一刻，我很后悔这次搬家。我只想到自己，没有设身处地地想想年老孤独的母亲，从熟悉的前门搬到洋桥这个陌生的郊区会怎么样。

时隔多年之后，我读到布罗茨基回忆他童年的文字，说到彼得堡市区和郊区的巨大差别，他写道："来到郊区，你离这个世界上的一切更远，来到真正的世界。"这句话，可能对于别人来说算不得什么，却让我有些触目惊心。我想起了母亲那年的病。这句话的前半句，说的是母亲，"来到郊区，你离这个世界上的一切更远"。确实是，母亲"离这个世界上的一切更远"，孤独感才更重，病才袭上门来。这句话的后半句，说的则是我，来到郊区，我以为的真正的世界，却是以母亲的病为代价。

布罗茨基在这句话的前面，还说了这样两句话："郊区，这是世界的开始，而不是它的结束。这是习惯性世界之结束，但这是当然大得多、多得多的非习惯性的世界之开始。"洋桥，虽然住了不到八年的时光，对于我，意义却非同寻常。它让我认识到了习惯性的世界的结束，也认识到了非习惯性的世界的开始。对于我，习惯性的世界，其实就是以自我为中心的世界，习以为常；非习惯性的世界，则是他人的世界，或者说是客观的世界。从习惯性到非习惯性的变化，是从自我的世界跳出来认识真正客观的世界，尽管有些残酷，却是我告别青春期的重要节点。母亲以她的病的代价，帮助我成长。

一年多之后，1978 年，我考入中央戏剧学院。报到是在 11 月的一个周日，我一直拖到吃完晚饭，才离开家。骑着自行车，刚到屋后的拐角处，下意识地回了一下头，看见母亲正倚在墙角，显然是我出门后她紧接着也出了门。我赶紧跳下车，推着车走到她的跟前。她挥挥手让我赶紧走。

我报到之后，找到被分配的宿舍，已只剩靠门的上铺给我。那一晚，睡在上面，怎么也睡不着，只听见窗外白杨树的大叶子被风吹得哗哗响。我爬了起来，跳下床，骑上自行车，往洋桥赶。学院在棉花胡同，离洋桥二十来里，不算太远。我赶到家时，却推不开门，呼喊着母亲，母亲打开门，我才看见门后顶着粗粗的一根木棒。我的心悬到嗓子眼儿，眼泪一下子滚落出来。

我和母亲商量，先送母亲到姐姐家住，母亲同意了。四年的时光，母亲以她的牺牲帮助我大学毕业。母亲更帮助我认识了从未认识的非习惯性的世界，也认识了母亲的世界。

原载《解放日报》2021 年 5 月 9 日

盛放的百合

淡巴菰

　　世间所有的花，都是可爱的。如果我只能选择一束，插在花瓶里，我会毫不犹豫地把手伸向百合花，无论是粉色、白色、黄色，皆喜。可是，近些年，我已经和百合花疏离得陌生且隔膜了。

　　我清晰记得，最后一次买百合花是在七年前的那个初春，我回北京探望病重的父亲。与癌症抗争了八个年头的他，已经形销骨立，疼痛折磨得他连刷牙也要蹲在地上。这个当年在边境作战中用铮铮铁骨对抗枪林弹雨的军人，没有倒在前沿阵地，却被病魔击垮了。我们都明白，那个说"再见"的日子已经近在眼前了。

　　父亲一辈子爱花草植物，但凡能出门走走，就会举着我淘汰的那个尼康相机对着小区花丛和树木拍个不停。屋里更像是个小植物园，客厅卧室都是盆盆罐罐的开花或不开花的植物。是预感到主人气数将尽吗？那个冬天，许多已经跟了父母多年的花草居然相继死掉了。望着那只剩下枯枝的破败景象，我决定去不远处的花卉市场买束鲜花，给萧瑟的屋子带来点生机。

十三岁的侄子主动与我同去。从草桥的家到花卉市场步行也不过二三十分钟，我们快步走着。春寒料峭，我们都把手插进口袋里，而不一会儿，又都走出了汗。"姑姑，我昨天陪爷爷去医院开药，他舍不得打车，我们坐公交车回来的。刚下车，爷爷就找了个树坑蹲下吐了。医生说他吃的药副作用太大，整个手掌都是黑的。医生还吓唬他，说不许他再吃什么偏方了。真的没办法救爷爷了吗？"侄子的话让我心里难受极了，可在一个孩子面前，我还得表现出一切没那么糟糕的样子，故作轻松地安慰他："别太担心，也许突然就有特效药了。现在，全世界都在想办法攻克癌症。"

买什么花，我知道根本不用问父母。他们从不挑剔。他们似乎永远相信自己的女儿远比他们懂得美。我们买了一束粉百合，挑了花苞最大最饱满的几枝。花贩都说，我们挑走了那天市场上最好的一束百合。我们仍像去时一样快步往回走着，只是，我捧着那束沉甸甸的花，侄子紧跟着，我们都沉默着没再说话。

那束"最好的百合"被插在花瓶里，最终一朵也没开。那鼓胀的花苞像一条条因饥饿而死的蚕，没能挺过路上那半个小时的寒冷。

"多可惜！那么好的花，活活冻死了。"父亲一脸惋惜，佝偻着站在那儿，他已经比去年矮了一大截。他眼里充满怜惜，似乎那花的生命比他的还金贵，似乎忘记了他自己也将油枯灯尽。

不久，父亲走了。当时窗外一树桃花开得正绚烂。他不仅彻底卧床，还瘦得脱了相。他早没力气说话了，微微摆摆手，拒绝了母亲想搀扶他去窗前看一眼那美丽桃花的建议。

从那以后，我再也没买过百合花。甚至，每次看到它们，我都本能地躲避着目光。它好像是一根刺，一个伤疤，提醒我那个料峭的春日，那个对着一束花惋惜的父亲。花和父亲，都提前结束了生命的旅程。

花被扔掉。父亲被埋在了土下，陪伴着那些青了又黄的小草。我们都还活着，故作平静，过着没有他的日子。渐渐地，好像他离去所导致的那个黑洞已经被庸常事物填补得越来越小了。

一周前，我翻找驾照，在抽屉底部看到一个塑料袋裹着的东西，瘪瘪的、硬硬的。解开那死死打着结的袋子，里面是互相扣合着的两个小镜框，翻开了，却是父亲的黑白照片。我那五官俊朗、神态英气的父亲，似乎一点儿没在意被如此冷落，仍淡然而微笑地望着我。照片里的他穿着军装，四十出头的年纪。我知道那是他自己极喜欢的两张照片，某一年，他曾专门骑车去照相馆让人把那张一寸照片冲洗放大，配了镜框摆在客厅柜子上。自他过世，弟弟似乎有些忌讳与父亲有关的旧物，母亲便知趣地把这老照片也收了起来。

看到父亲被如此憋屈地扣着关在抽屉里，我心里一阵疼痛。赶紧拿出来，擦干净，重新放在书架上。偶尔打扫除尘，或只是走过，我常禁不住轻声呼唤他一声：爸爸！他只与我交换目光，微笑无语。

有时，我的心会咯噔一下，陡然疼几秒。有时，我只是望着他，唤他一声，然后走开，继续手头正做的事。我明白，这么多年来，父亲并未走远。

春天又来了，花儿们如期赴约。从公园跑步后回家，踟蹰着走进经常路过的那家花店，打量各路花神片刻，我突然上前，走近一堆粉色、白色、黄色的百合花。我选了黄色的两枝，各顶着四个花苞。

天上飘起了细雨。我快步走着，尽量不去想几年前的那趟买花之行。

换水、剪枝，去掉多余的叶子。我把它们插进一个细口大肚瓷瓶，放在客厅的书架旁。读书写字间隙，我不时把书和笔记本放到一边，默默地打量瓶中的花枝。是感觉到了主人殷殷的目光吗？它们像懂事的孩子，晚上也不眠不休，趁我睡觉的时候，一朵朵悄然次第盛放。客厅里弥漫着馥郁的香气，经过它们时那芬芳更浓，热烈地扑过来，给我一个最厚实、最缠绵的拥抱。我不再担忧它们不开，而是忧心开得过快过猛，就像母亲，既期盼着孩子成长，又生怕他们太快长大。

每天早晨，从卧室走进客厅，我会先跟它们打个招呼："孩子们，早上好！"三朵，五朵，八朵。再一数，居然是九朵！有一个细小到我都没留意的花苞，居然也奋力地开放了！父亲在书架上，正望向这一瓶铃铛一般挂满枝头的百合，那微笑仍是淡定而温暖的，似乎在说，不错。他一向是个寡言安静的谦谦君子。我突然顿悟，这些花儿原来是为父亲开的，要报答那个老人几年前的悲悯之心。

我感激得无以言表。这束世间最知心的百合花，同时陪伴着这个世界的我和另一个世界的父亲。

我俯下身，使劲嗅着每一朵花瓣，好让自己的身心都熏染上花香。我小心地触摸它们柔润的叶片，像触摸冬天里的第一场雪。我没完没了地对着它们拍摄，日光下、灯光下，甚至黑暗中。

面对着那纯洁脆弱的美，我也曾有过摇头叹息——我们，谁也不能逆时光而行。

世间万物，又有哪样可以久留？无论美丑垢净，不过弹指即谢。然而，我们依旧深怀感恩，努力前行。

忽然想起一个朋友去郊外踏青，眼高手低，拍了一组花红柳绿的照片，自知不尽如人意，配文云：你们尽力了，我也尽力了。足矣。

老兵不死，只是逐渐凋零。是的，父亲尽力地活了，如这束尽力盛放的花。这也许，就叫作圆满。

原载《解放军报》2021 年 10 月 15 日

寻访长征

朱　强

　　大山像巨幅的画垂挂眼前，溪水与山路连接远近。山谷狭窄，水流湍急。大地在一个山口豁然松开，星星、田野、江流、田埂上的树木都从抓紧的布袋中散出。我们抢着有限的暮光赶到安西。远处连绵的群山隐藏在凝重的青灰中，像属于哲理的部分潜藏在事物的身后。

　　安西原名安息。志书上说，宋室南渡，某位皇室在这遽然死去，故名。为了获取红军留下的线索，我把电话打给了一个熟人老表，他因为常年给地方做事，为人古道热肠，性情潇洒。镇长恰是他的发小，得知我们造访的消息，中午就准备了几箱牛奶到村里去物色有故事的老人。午饭以后，安西镇北的桐梓岗村委会在逐渐热闹的气氛中被赋予了一层神秘色彩，老人陆续到来，在会议室抽喇叭筒、听采茶戏……书上说，红军从新田一路打来，子弹和呐喊声在山岭间穿梭，新鲜的红土和鹅卵石从坑道中抛向青色的天空，手腕粗的松树在密集的弹雨中相继折断。

桐梓岗村委会越来越近，新的山路还没有修好。挖土机在开山，漫山遍野的脐橙正等待道路竣工，路一通，它们就可以去往外面的城市了。暮色中，土把天空晕染成一片橘红。尚未铺上柏油的泥地被压土机压过以后，金光灿灿，像一条通往神圣王国的地毯。

老人们的大脑里有一条通往过去的跑道。每日晨昏，他们习惯性地翻出压在箱底的故事。日子悠悠下，岁月催人老。有一个曾经做过情报工作的老兵，穿上绿色军装，大小勋章占据了大片胸口。刚开始，围绕红军话题，几个老人还白眉飞动，话语滔滔。他们把记忆里的各种线索牵扯出来，画面与故事都被还原得栩栩如生。可是当问到周围还有没有当年战争的遗迹时，老人们顿时就哑语了，大家面面相觑。狭小的会议室中烟雾缭绕，一个头发花白的老人低声说了一句：山后面的张天塘还有一个掩埋红军烈士的大坑。

暮色渐渐低微，山的轮廓逐渐暗淡。桐梓岗像倒扣在天空下的一只巨碗。没有谁能说清碗底掩藏了什么。一条被压出两条深深车辙的泥路把我们从村委会带向草木葳蕤的山中。山岗下是一片稻田。收割机在收割谷穗，发动机似乎出了故障，巨大的轰鸣声摇晃着田野，谷穗被摇落一地。老人指着眼前的田野说，这里曾是桐梓乡最大的屋场，人烟稠密，当他说这些的时候，脸上纵横的褶子都荡开了，属于童年的浪漫蒙住了陷落在皮肉间的苍老。

山岗上有户人家，孤零零，坐于暮色之中，几棵歪歪扭扭的松树高过屋顶。庭院左侧有口水井，水井上面新装了压水器，水顺着铁管白花花流出，水泥地湿了一片。我看着水流，内心滋生了某种有关于家的想象。我的眼睛朝着半掩的门扉望去。黑漆漆，却并不安静，细听有孩子还有女人的声音。一个刚刚学步的儿童扶门摇晃而出，他也不怕生，扯住我的裤腿。在他身后，是一个处在哺乳期的女人，穿着一件宽松的薄衫。两只摇晃的乳房若隐若现。在她背上、臂弯里都

207

是孩子。

老人一路走，手一路指。他手伸出来，指向哪，那相应地就成了庭院、竹林、猪圈、打谷场和粮仓。当走到一个分岔口，他停下来，背影就消失了。田野里收割机的响声也停歇了。女人们把外套脱去，三五成群地坐在谷堆上说话，甜媚的声音在野风中传递。老人的手慢慢举起，指头也渐渐伸直，他指向荒草的某个部位。那一刻，我想不出有什么事物又要出现了，只好静静地等待老人宣布。没想到，这一次出现的，竟是掩埋红军烈士的深坑。我脑子里出现了各种凌乱的骸骨，它们在幽暗中呈现出各种姿势，坐、躺、靠、蹲、匍匐。小的手骨，粗细还不及一根细枝。我怀疑他是否能够举起一挺重重的步枪？但思绪很快就被眼前的荒草切断了。我无法想象荒草背面的革命、枪声、血泪与生离死别，我甚至怀疑起眼前的这个屋场是否真的存在。老人重复讲述着那些场景，假如沿山道北去，可抵于都县城。红军冲过这道封锁线，损失惨重，许多牺牲的烈士来不及掩埋，尸体暂时存放在坑底。我举头望天，脚下的土地微微隆起。

返回镇上，天已断黑。印象里，镇子的样子大抵如此：一条坑洼的马路，从小镇一头延伸到另一头，面包车、摩托车、小货车络绎不绝。尘土被卷向空中，空气中常年弥漫着一股浓烈的汽油味与尘土味。三五层楼的房子静静地立在马路两侧，一楼店面，二楼住家。出门没走几步，就可能遇到熟人。在这个方圆不足几公里的地盘上人们重复日夜。这是一个熟人的社会。晚饭在镇长小舅子开的饭店。饭吃到一半，隔壁一桌，就有人提一个油壶——凑进来敬酒。看我们只喝白水，赶忙拿来好几个瓷碗，每人倒满一碗。这是当地人酿的土酒，酒大概是糯米酿的，入口甜蜜。好几碗下去，彼此说话的嗓门便大了，动作也愈加夸张，手舞足蹈，大家显然已经醉了，醉成李逵或李白。早上醒来，本以为头又要疼一阵，没想一睁眼，窗外树木，绿意袭人，头脑中像下了一场饱雨，视野里很快就露出了大片蓝色，古风大概都藏在酒里。

下一个点，是桃江渡口，地图显示，在大塘埠镇沛东村西南。汽车驶进一片开阔地，苍茫的天空下，大地像少女的胸脯微微起伏。我一遍遍地把自己想象成一个旅人，在前后无着的处境中，心是孤悬的。颠簸中，我并不知前面将是什么，是河道还是陷阱，是沼泽地还是桃花源？这种心境，在1934年春夏，一次次地被途经此地的红军战士经历。那年春天，广昌、会昌等地相继失守。中央决定，实行战略转移。在南边，国军陈济棠正马不停蹄地率领粤军沿安远、信丰、赣县、南康设置封锁线，这是一道南北长一百二十多公里，东西宽约五十公里的弧形。地图上，这个诗意的弧好像是文人酒酣时的作品。陈济棠命令手下在渡口附近挖壕沟、埋竹签、拉铁丝网，同时还在岸边的高山上筑起碉堡。

在这些红军的命运中，怎么就突然多了这样一条河，这原本是诗人和渔家的河，怎么一下子就闯进了这些年轻人的生命中。桃江把完整的大地切开了，它是大地的一道伤口，血从里面涌出，和飘落的红叶混在一起，成了那个秋天的底色。

带我们去看桃江渡口的朋友叫钱久玉，二十年前，是这个镇的武装部长，他常常借着明亮的月光在各个村口勘查，这里的犬吠、蛙声、鸡鸣、鸟叫、雷声，各种风吹草动都一一记在心上。

自从乡道修通以后，农民就把房子从竹林与桃园深处搬到与路相隔咫尺之地。这样，路上的事情也就是他们生活中的事情，其中包括了车祸、汽车尾气、灰尘与争吵。有时，车出故障，一个灰头土脸的司机大汉从车上跳下来，蹲在地上，红内裤露出大截，他用千斤顶把车子顶起换轮胎。村子里的孩子跑上前去看热闹。东家与西家之间，因为隔着一条窄窄的马路，稍大型的汽车经过，房子与房子之间的空隙便完全给汽车挤占，天顿时暗下来，屋子一阵漆黑。我们穿过好几个村，始终都没有看见河。与红军有关的桃江渡口在哪呢？我甚至想，河是不是已经迁走了？但河怎么可能迁走呢？

过黄竹径，向西百来步，是片高岗，名叫围高。从平地上看，根本看不出它高在哪儿。这里的动植物骨子里天生有种气度。花母鸡睡在桃树上做白日梦，鱼闻脚步声，像一块块黢黑的石头沉在水底。见了生人，狗不叫，猪不叫，牛不叫。眼前是一整片用黄泥水粉过的房子，原先这是一个自然村落，现在村民都迁走了。县政府给乡里预付了二十年租金，让它们十分无用地坐在那里，成了一个时间的雕像。村里人看我们手握相机，脚蹬旅游鞋，从车里出来，指指点点。老表们经历多了，知道文化人到这来看什么，于是指着土房后面，建议我们往那里去。走过去：一面土围，两边都有暗堡，左边坍了一半，右边的墙缝中长了一棵老榕，藤蔓交错。从碉堡后面的小门转出，放眼一望，眼前天崩地裂，山崖下一条深河。脚下的地顿时高了，升至空中；桃江一落三千丈，河床要干了，野滩上白石皑皑。

时间倒退到 1934 年 10 月 21 日傍晚。天空倾斜，晚霞像一只只奇怪的巨鸟飞向天边，桃江的流水中，相应地也镶嵌着一朵朵晚霞。

家住围高的陈大爷刚好把烟丝塞进烟筒，烟筒凑近灶火，他对着铜烟嘴深吸一口，然后就有几个漂亮的烟圈升到空中。不远处，斑鸠鸟叫了一声，接着又叫了一声。围高的傍晚，向来如此，人们在属于自己的生活场域中静静地等待夜色。夜幕就要落下了，这时，耳边一声枪响，陈大爷叼住的烟嘴哗啦落地，竹林里栖落的鸟，惊飞四散。紧接着，子弹在土墙的后面发出一阵闷响。在子弹的强烈振击下，墙险些坍落。原来，从北面赶到的红八军正好在桃江遭遇陈济棠的部队，红军赶忙泅渡，躲在对面碉堡和山上战壕里的国军发现有红军渡河，急忙开火。子弹从村子上空呼啸而过，密集的弹雨径直飞向对面的茅屋、牛圈、菜地和篱笆墙，当然也飞向了陈大爷家。耳根下嗖的一声，陈大爷一个趔趄，赶紧往床底下钻去。家里的猫狗受到惊吓，一蹬腿，丢了魂似的奔向了无尽的夜色中。红军将事先准备好的门板、床板以及寿材扎成渡河的木筏，在机枪的掩护下，硬闯过河。被子弹击中的身体倒在了江心，血从皮肉间喷涌而出，暗夜中，血的颜色和水流的颜色并没有两样，都是暗的。倒下的年轻的身躯一具接着一具，暗夜中，并没有被人记住。战争总是在宏大的叙事中收割着头颅，整个动作显得那么草率而轻盈，好像自己的手轻轻地举过头顶。在这场残酷的遭遇战中，红八军成功炸毁了敌人的两座碉堡，剩下的将近一个排的国军，见大势已去，竖起白旗。天终于亮了，经过一夜血洗的桃江，江面异常安静，树林里一只斑鸠鸟叫了一声，紧接着，它就得到了对面树丛中另一只斑鸠鸟的呼应，周围的斑鸠都扯开嗓子，一声接着一声，让整个围高有了一种秋深的萧瑟。

　　我站在桃江边的高岗上，双目伸向白色的江面，我向着深深的河水投下石块。急流卷起一个个白色的漩涡，石头并没有来得及激起水花，立马就被漩涡给吞没了。钱久玉指着前面的几座青灰色高山，告诉我那里就是信丰与龙南的地界，桃江的上游正好就隐于南岭的密林，那里的历史比桃江渡口的还要悠久，故事比围高的还要繁多。南岭作为中国南方的天然屏风，它在军事上的意义远远弱于北方的秦岭。与中原的战场相比，这里并没有太多的战争与杀戮，有的只是伐木丁丁，鸟鸣嘤嘤，远而偏的土地让乔木与荆棘肆意生长。采茶戏与赣南山歌和着潮湿的南风一遍遍吹进人们的耳朵，把人的心都拍软了，搅化了。但是人们的骨头是硬的，扛枪的手臂也满是力气。横渡桃江的红军战士，他们中的大部分是赣南子弟，如果不是因为参军，他们一生或许都被钉在某个村子，在家务农。他们的祖上，多是农民，始终信奉耕读传家，诗书继世的道理。可是如果时间再往上回溯呢，回溯到唐甚至两晋，原来他们的故乡并非南方，而是广袤的中原大地，那是古战场与古战场相连的地方。他们的记忆中，何尝没有战争，何尝没有生死，只是被赣南的暖风一遍一遍地吹拂，已经记不清烽火的形状了。我想，当他们再次扣动扳机的一瞬，这些久远的记忆是否会被唤醒。

翻过油山，即是大余。我们在池江镇兰溪村吃午饭，村委会院子里的柿子熟了，红军渡口的桂花开了。夜宿汝城，一夜无梦。次日抵濠头乡，天空阴霾，要下雨了。据史料载：1934 年 8 月，长征先遣队红六军团先到达濠头乡。同年 11 月，中央红军突破第二道封锁线，右路红三军团一部从江西崇义的上堡出发，于当日下午抵濠头黄家土、樟溪、白袍、上河、下河、濠头圩等地宿营。

追随岭上白云，次日来到白石渡镇。

老白石渡镇在山下水边。青砖砌墙、石刻雕花。新的镇子已经建在了山上。镇上的老人安土重迁，都不愿搬。年轻人就不在乎这一些了，哪里交通方便，就往哪去。公路修在了山上，山上于是就成了他们的新家。我们寻访的地点叫清白堂。清白堂在白石渡镇不仅是某栋建筑的名字，也是整个白石渡镇邝氏家族的名字。清白堂始建于同治六年（1868 年）。在它建成之前的五十多年里，它的意义与价值都是围绕着白石渡人的生老病死展开的，邝小妹出嫁了，邝广振迎亲了，邝小娥有喜了，邝三爷仙去了，邝狗儿出生了……总之有关于白石渡的一点风吹草动都被这个房子记录在簿，它天生就像是一个史官，半个世纪白石渡镇发生的一切都被它看在眼里。但不管它记录得怎么周到，它的视野终究没有超出过这个镇子，直到 1934 年 11 月，红军沿着粤汉铁路来到白石渡镇，清白堂才真正地从一个家族史官的视野解放出来，开始记录起远远超出这个家族范围的另一些事情。清白堂因为屋宇深广，厢房众多，很快就被相中，充当起红军部队临时的指挥所，红军歼灭了盘踞在白石渡江边渡口的湖南省保安部队两个连，没有多久，就把粤汉铁路线重镇白石渡占领了，成功突破国民党军队第三道封锁线。

我们在等人拿钥匙开门的间隙，消息不胫而走，传到隔壁邝老头儿那儿。当时他正吃着早饭，听到消息，他把捧在手上的麻瓷碗往桌子上一放，提起裤腰，铆足劲从房间里跑了出来。他以为是县里文化局的调研组来了，执意要求我们去他家里坐坐。他头脑单纯，希望把他家搞成文保单位。邝老头家的天井由青砖漫成，苔藓被高处的阳光照耀。墙柱、天花板刻有瑞兽与梅兰竹菊。有的地方已经朽烂，好像构建们被时间驱赶，一身疲惫。老式电视机大腹便便，将神台中央霸占。邝老头从房间里拿出一堆花花绿绿的剪报，空中画个圈，从中摸出一份，详细介绍这张报纸上对他家的介绍。直到每一张报纸都被他抚摸一遍，才开始气壮山河地说起他家的红军往事。他舅舅也算是当年宜章城里的风云人物，三层楼的书店直接开在了城中央。那时的书店一点也不萧条，白花花的银子浩浩荡荡地卷进他的口袋。作为资本家的舅舅不仅头脑好用，而且识时务顾大局，红军到来前，他早早备好了十几担的盐巴与银子。没等邝老头把话说完，隔壁邝二老一闪身，出现在了面前。他满脸堆笑，健步如飞。强烈要求我们到他家里做客。不等进邝二老家门，举头望门梁，吃了一惊。"朱德、刘伯承故居"。字，东倒西斜，牌子不知何人所挂。进门去，前面照例一个大厅，板凳、饭桌、电视、饮水器、挂历、祖宗像……家的元素一应俱全。朱色门板上贴着张打印纸，上书"朱德曾住过的房间"。推门所见，蚊帐低垂。一只竹篮从天花板上垂下，里面装着板栗和红枣，大约是防止老鼠偷吃。厨房在卧室对面。厨房上下，漆黑一片，一束秋阳穿过明瓦，好像伸进来一只另一个时代的手。邝二老指着面前黑乎乎的土灶，斩钉截铁，土灶曾经给红军烧过热水。在邝二老的世界中，红军好像昨夜就住在这里，今夜将再次返回。邝二老恨不得把家里有关红军的一切都告诉我们。开始，我以为邝二老打起了旅游经济的算盘，设法以这种方式，引起某些部门的关注，把家弄成文保单位。后来，我发现邝二老其实并没有那么功利，他和这个镇上的许多老人一样，常年过着独居生活，他多么希望能够通过某种方式，聚焦目光。白石渡镇的年轻人也许是因为梦想，也许是因为某种复杂的内心，南下去了广东。京广铁路穿镇而过，呼啸的火车在镇上稍作停留，立马就消失在群山之中。我们可以想象一个独身老人的日常，他一天的样子，其实也就是他一年的样子。长期被孤独碾压的人，是多么希望被热闹淹没。

长征的路还远着，暮色却再次降临，这是蓝山县土市乡。落日在广袤的田野上像一粒巨大的水滴。近处孤零零一栋房子，是木头房，女人在菜园浇灌，男人在厨房劳作，稚子迎门，狗在给幼崽哺乳。当我用审美的目光凝视这个家庭，说实话，我感到自身无比残忍。现代文明给人类带来的各种福祉，这个家庭是否享受得到？我终究是一个局外人，只能在路上看风景，而一个看风景的人是永远也无法真切地感受生活在场者的难处的。也或许是我多虑，他们快乐得很，丝毫不认为目前的生活有什么不好。事实上，也的确没有哪一种生活就是好的，没有谁能够为此而下结论。我站在路上，被逐渐陷落的夕阳打量，通体变得透明，像一碗清水。长征的路，无疑是坎坷而曲折的，路把无数的家庭串联起来，而战争却把一个个年轻的生命带向陌生。离乡之后，这些生命就不再属于自己。他们被聚合成一个整体，这是信念，当然也是希望。长征并不是一个人的长征，他是无数离开故乡的人面对残酷与凶险所做出的一种集体的选择。其中，那些远走他乡的赣南子弟，他们的祖先，曾经也常年处在奔走的路上。从中原到赣南，他们由曾经的主变成了后来的客，这是时代的意志，而更多的，是向往和平与美好生活的心愿在不断给予他们前进的力量。

原载《广州文艺》2021 年第 7 期

在希望的田野上

彭学明

很早以前，这里的田野是看不到希望的。

这里是千里黄河的最下游、最末端。咆哮的黄河，从巴颜喀拉山一路蜿蜒而来，沿路裹挟的滚滚泥沙，在这里越积越厚，越积越高。这里的房屋因此被河水冲垮了，家畜家禽被冲跑了，田园庄稼被冲毁了，留下的是满目疮痍、一片废墟，是流离失所、灾荒灾难，是成群结队的人逃难逃荒。这就是历史上经常上演的"黄泛"和"黄患"。

是的，黄河是中华民族的母亲河，可母亲河也有不堪重负的时候。历史上，黄河数次改道，最终选择了在这里汇入大海。因为在这里，有接纳她的宽广的心胸，有解放她的天然的出口。这个心胸就是广阔的平原，这个出口就是浩瀚的渤海。当黄河千里迢迢、长途跋涉来到这里时，当她千回百转、左冲右突来到这里时，那种两岸夹击的长期的压抑感，一下子全都烟消云散了。蔚蓝的大海、无边的宽阔、无限的未来，都深深吸引着她义无反顾地投身进去、融入进去，直到变成浩渺大海的波涛，化作波澜壮阔的剪影。

可生活在黄河口的人们却遭了罪、受了苦。黄河沿路裹挟来的泥沙，年复一年地在这里淤积，年复一年地在这里扩大，使这里变成了沙滩沙丘。原本不很肥沃的土地，被一层一层地掩埋了。更不幸的是，由于这里就在渤海边，富含盐碱的海水常年倒灌与浸淤，更使这里变成了寸草不生的盐碱地。黄河每年带来的三万吨泥沙，渤海无法计算的海水，相互作用，让这里的土地长出的都是白茫茫的盐碱，是苦不堪言的贫穷。

这里，就是山东的垦利。

这些，都是历史的景象。

如今，站在垦利的黄河入海口，我们的眼前是浩浩荡荡的大海、横无际涯的辽阔，是惊涛拍岸的汹涌、千帆竞发的壮丽，当然，更是胸怀天下的豪迈！一绺一绺的狂风卷过来。还有一群一群的海鸥，似乎也随着狂风巨浪卷过来、卷过来！可是，无论风多大，浪再高，海就是海，海的辽阔、海的浩渺、海的博大，都把我们的心胸和心情永远地打开了。

在河与海的交汇处，我们可以清晰地看到，黄河的水，如一片黄沙跌宕起伏，而渤海的水，如一块水晶仰天横卧。一望无际的黄和一望无际的蓝，在渤海的怀抱里划出一道明显的分界线。

站在垦利的黄河入海口，我们看到垦利的土地由贫瘠变成了肥沃，垦利的人们由贫穷变成了富有。如今的垦利，到处都是希望的田野，是幸福的模样。

几十年来，勤劳勇敢的垦利人民，在党和政府的领导下，通过撒化学物质化碱、引黄河水压碱、修防渗渠拦碱、铺地下渗管排碱、种耐碱植物抗碱、土地压沙埋碱等多种形式，硬是把百万亩的低产盐碱地，变成了百万亩的高产良田！黄河每年裹挟而来的滚滚泥沙，被

217

这里的人们变废为宝，沙变泥，泥生土，土生金，成了垦利人源源不断的田园、源源不断的财富。垦利的良田，每年都随着黄河裹挟而来的几万吨泥沙而增长着。

我们来到垦利时，垦利的田园正是抽穗扬花的季节。一马平川的黄河冲积平原上，清一色的稻谷绿遍四野。家家户户的田园，就这样浩荡地连接着，连出了气势，连成了风景。风起时，绿色的稻浪像一条条飘带，一层一层摇曳倒伏。时不时地，一个小小的村庄，在一片青绿中藏着。墙白，瓦红，檐矮，烟直。顺了田园走去，你会无意中看到，这稻田、稻谷和稻浪并不是密不透风地连着，而是由细小的阡陌隔着，只是那稻浪太肥了，以至于所有的稻田看起来都连成一片了。在这广袤的田畴里，我们还会看到一条两条的排灌渠，渠的两岸长满了青草，开满了野花，蜻蜓和蜜蜂在花间飞舞，牛群和羊群在岸边吃草。蜜蜂倒很专注于花蜜，蜻蜓却时不时地飞到牛背上来，停在牛尾巴上，一派安谧美好的风景。正当你迷醉在这一派风景中时，时不时又传来一阵"刺泼刺泼"的声音。循声望去，这绿茫茫的稻海里，还藏着无数条鱼，那是鲤鱼，鲤鱼正在稻海里乱拱乱窜、快乐游弋。一层层稻花抽穗了，一层层稻花凋落了，凋落的稻花，正是鲤鱼们渴望已久的美味佳肴，刺激着鲤鱼们兴奋地舞着。

种田的乡亲们，这时都变成了一个个杰出的民间刺绣师。他们别出心裁地选好一块地方。把不同颜色的稻谷种在一起，种成一个个汉字，种成一幅幅图案。于是，我们才知道，稻谷不只是稻秧的绿色和黄色，原来还有红色、紫色、黑色、白色、褐色等各种颜色。我在垦利永安镇二十八村，就见到了稻谷的七彩颜色，见到了稻谷的七彩颜色种出的七彩汉字和七彩图案，还见到了一辆高速飞驰的"动车"、一条飘飘欲飞的"飘带"、几只展翅飞翔的"雨燕"，还有几朵自由翱翔的"白云"和"小康社会，幸福起航"的大字。而在隔渠相望的另一片稻田里，拟人化飞机"超级飞侠"穿梭于世界各地的动漫故事和卡通形象被搬进了田园，七八架"超级飞侠"熠熠生辉地立在田野里，"超级飞侠，勇闯天下"的大字，折射了新一代农人乘着梦想的翅膀走向世界的雄心。

新一代的垦利人，也真是在乘着梦想的翅膀"起飞"。他们不再只是在田野上种粮食，而是种智慧、种理想、种希望、种未来。垦利人把大片大片的滩涂改造成大片大片的耕地，种蔬菜、种果木。每当果树开花时，垦利就举办赏花节；每当果实成熟时，垦利就举办采摘节。桃花、枣花、葡萄花，时时都是赏花时；桃园、枣园、葡萄园，园园都是观光园。垦利人栽培了黄河口蜜桃，一到桃花盛开时，满园争奇斗艳的不仅是桃花，还有天南海北来赏花的游人。特别是那些充满活力的年轻人，个个身披桃红，喜形于色，好像自己就是那朵人们争相欣赏的花；而蜜桃成熟时，那满园飘香的蜜桃，诱惑着无数游人前来采摘和订购，仿佛有无穷的乐趣在这垦利黄河口的桃园里，有无尽的香甜在这垦利黄河口的蜜桃上。那黄河口蜜桃，我没吃过，可我知道黄河口蜜桃富含硒、锶和维生素，荣获了国家农产品地理标志。

还有那浩瀚无垠的湿地。垦利不但把湿地打造成了一方风景、一幅图画，还在湿地里发展养殖，养鱼、养虾、养大闸蟹。早晨或黄昏，当养殖人在湿地里捕鱼、捞虾、抓大闸蟹时，那在晨光里撒开的渔网、在余晖里满载的船舱，该是多么美妙的剪影啊！那迎风摇曳的芦苇把早晨的阳光一抹抹挥洒时，那船桨划破的落霞在水中波光潋滟时，又是多么的诗情画意啊！那在湿地里吃饱了鱼虾而迎着万道霞光冲向天空的一行白鹭，又该是怎样动人心魄的一幅景象！

垦利的田野，不但盛产无公害、无污染的稻米、瓜果、水产和蔬菜，还盛产石油。中外闻名的胜利油田的一部分就在垦利。胜利油田的名字，就是从垦利这片田野里生长出来的。

1965 年 1 月 25 日，32120 钻井队在垦利区胜利村打的坨 11 井，发现了八十五米的巨厚油层，试油日产一千一百三十四吨，属当时日产量最高的油井。当坨 11 井的石油像一条乌黑的巨龙喷薄而出时，世界为之轰动。中国原来有这么深厚的油脉！原"九二三厂"由此更名为"胜利油田"，"胜利油田"的名字由此传遍全世界。垦利，也多了一顶皇冠，多了一份荣耀，多了一种资本。

如今，当我站在这座立下赫赫战功的坨 11 井面前时，当我面对遍地林立的油井时，我马上想到，这坨 11 油井为何当年一年的产油量就是新中国诞生时全国原油年产量的三倍？想当年，石油工人们是怎样发现这口油井，是怎么开掘这口油井的？该有多少个像王进喜一样的人民共和国的建设者，在为之奋斗、为之奉献？

满怀建设激情的新中国石油人，浩浩荡荡奔赴东营，驻扎垦利，饮马黄河尾闾，逐鹿渤海湾畔，在茫茫盐碱滩上，打响了一场彪炳新中国石油史册的围海造油田大会战。不说别的，就说风雪交加中他们住的地窝子和牛棚，就说他们无日无夜地奋战却吃不上一碗像样的米饭，就说他们只能靠肩拉背扛来运送沉重的铁塔、搭建沉重的井架，就可以想象当时的环境是多么的恶劣、条件是多么的艰苦！没有身临其境、亲身经历的人，是难以想象这种艰苦的。

成千上万的东营人和垦利人，也以满腔的爱国热情和饱满的建设激情，拥抱了这些石油人。要田给田，要地给地，要人给人，要力给力，要物给物，无怨无悔地支援着这场大会战。因此，胜利油田的荣誉簿上，永远有东营人、垦利人辉煌的一笔；胜利油田的石油里，也永远流淌着东营人、垦利人的汗水。

渤海边的垦利人，心胸比渤海还宽广。如今的垦利，正健步走在希望的田野上……

写于 2021 年 10 月 16 日，以《希望的四野，幸福的模样》为题，发表于《人民日报》2021 年 11 月 3 日，收入本书按照作者本人的意见，将题目确定为《在希望的田野上》

暂居者（选二）

———

李晓君

景　象

初冬的萧瑟感，是通过门口那槭树、榆树的叶子显示出来的——像悲苦的老人紧皱的眉头，瑟瑟风中，已经变黄的叶子尚未完全脱落，还挂在枝上，又像冷风中抖动的肩头。第二天一早，我去停车场取车时，看到车身满是落叶，那贴在玻璃窗上的叶子混合着雨水，像墙上的小广告片。冬天的雨丝，夹带着寒意侵入脖颈、手腕，衣物上全是雨痕，糟糕的天气影响着人们的心情。这个停车场，在小区门口左侧，农商银行营业部对门，总共不到二十个车位，由一个穿着蓝色马甲的女同志看管。女收费员年纪不大，但头发全白了（头上戴着一顶蓝色帽子）。天气好的时候，她坐在银行门前，手里织着毛衣。每次我从贤士横街开车过来，她都会主动帮我引导，收费有时也不那么严苛，看得出来是个宽厚的女性。

现在，雨水夹带着落叶，将停车场、人行道制造成狼藉的景象。

女收费员坐在农商银行营业厅里避雨，享受暖气带来的温暖。营业厅还没有人来办理业务，银行职员穿着黑色西服白色衬衫，在玻璃后面，影影绰绰；大厅经理站在刷卡取号机器旁边，皱着眉头，正用手去拔指头上的一根倒刺。米色地砖干净、透亮，倒映着顶上悬挂的红灯笼，方形柱子上还挂着红色中国结，侧面是"严禁吸烟""禁止拍照"的警示牌。电子滚动屏显示着"欢迎光临"以及"①号窗口""②号窗口"的字样，猩红的宋体字。室内有暖气，女收费员舒适地坐在金属椅子上编织毛衣，不时地朝窗外的停车场张望。

鸿松图文数码快印的卷闸门已经打开，我和太太经常会去那里复印和打印资料，在一个十几平方米的空间里，摆满了大大小小的机器：数码直喷机、复印机、电脑、打印机。阳明东路一条街下去，到文家路北口站台，不到一公里之地，街道两边大大小小的图文数码店有十几家。数码店旁边是一家理发室——生意不怎么好，换了几个店名，也换了几个老板。再旁边是个网吧——我曾经进去过，那次正遇上家里宽带坏了，我走进网吧，通过网络直播收看欧冠半决赛（我是英超曼城队的球迷）。

益丰大药房和汇仁堂专业药房面对面，中间隔着贤士横街，它们门前也停满了汽车，隔三岔五就会有交警过来张贴罚单。药店旁边是洗脚屋，狭长的室内排着六七个躺式沙发，在白天，除了店主——那对夫妻，再无一人，而晚上，明亮的灯光下，似乎显得特别忙碌。谭记水煮门口放着几个灌满混凝土的油漆桶——为防止停车占道设置的障碍。经常会有这样的时刻，我开车下班回来，在贤士横街寻找车位（停车场车位难以满足需求，当女收费员低着头，对试图前来的车辆不理不睬时，那就表示车位已满；偶尔她也会抬起头来，扯着嗓子说，车位满了），来回几遍，无从见缝插针。傍晚的贤士横街，是一片停满了车辆的乱糟糟的景象。

有时，晚上我从家里出来，经过贤士横街，在猛味烧烤店旁右拐，进入一条黑黝黝的小巷子。巷子路口有自助洗衣房、公厕，还有狭小简陋的杂货铺、早餐店，幽暗的路灯下，显示出一种蛮荒和陈旧的气象。天气好的时候，我会看到一些老人坐在屋檐底下，现在是寒冷的冬夜，这里显得更加荒凉。在贤士花园小区，住着女儿学校的一个美术老师，姓萧，比我小几岁，清瘦的脸上戴着一副眼镜，鬈曲的头发凌乱地在脑后飘着。他在这片居民房里，租赁了两间房子作为画室（他的工作室则在我们小区里），他带了十来个学生，都是实验中学美术班的孩子，他们晚上在这里学画。我的女儿跟着萧老师学过一段时间的画，每周有三个晚上在这里上课。我曾经去过萧老师的工作室，对一幅描绘着陈旧街巷的风景画印象颇深——这正是画室所在的位置，也是萧老师儿时生活的地方，他在这里度过小学、中学，直到读大学才离开。萧老师身上有着与这片陈旧的居民区相一致的气息。

他个头瘦小，右腿前两年被车撞了，显得有点不方便，性格羞赧、内向，像调色盘上一团收缩的灰色，毫不张扬和醒目。他可能是女儿学校里最好的美术老师，平时开一辆银灰色的低价位的本田车。

现在是晚上，我行走在漆黑的巷子里，踩着地上的积水。这里的住户，以老人和租户为主。年轻人大多在外面有房子，住在更干净明亮的小区，留下他们年迈的父母在这里，只在周末或节假日来探望。再就是租户，在贤士花园农贸市场以及周围一带的小生意人，仅仅够养家糊口的普通劳动者，以外地人居多。这是片由数十栋密密匝匝的楼房构成的片区，分列在我行走的巷子两边，中间又有几条狭窄的小巷子通往外面的街道以及农贸市场。从地理上来看，是东邻贤士花园、南沿贤士横街、西邻永外正街、北沿玉带河的方圆几千余平方米的区域。这样的生活区在南昌市内不算孤例，是若干个类似陈旧生活区的一个缩影。

萧老师的画室在一楼，一栋老住宅楼的一室一厅，想来租金不会很贵。楼前沿着墙角摆着几张旧凳子、椅子，平时都是一些老人坐在那里晒太阳、聊天。门前停着一辆小四轮车，那是其中一个租户用来运载蔬菜的。我和几个家长，在漆黑的夜里，或坐在旧椅子上，或蹲在墙角，沉默着没有交流，都在看手机打发时间，等待孩子下课。下过雨的地面形成了水洼，椅子上湿漉漉的，空气中散发着一种陈腐的气味。听得到房间里电视机的声音、老人咳嗽的声音，不远处的玉带河席卷着城市的污水、从路面流下的雨水，顺流而下。我们听见萧老师的说话声，铅笔在画板上的唰唰声。几个家长，有男有女，年纪相仿，像秘密接头的地下工作者，在这个墙角会聚，除此之外，户外看不到别人。

雨在某个时刻停了。天上乌云涌动，沉寂的夜潮湿、寒冷，人世间此刻在我心中泛起某种酸苦、复杂的味道，我似乎品尝到生活的不易。我们都是平凡之人，杯水悲欢，以匹夫之躯去泅渡属于自己的那一片窄小的水域。因为偶然的原因，走到这陌生的墙角，在一段鸡肋般的时间里，让自己抛锚在这夜的岸边。远处是城市辉煌的夜景，灯火璀璨、车水马龙，而我们站在这城市灰暗的角落，闻着空气中陈腐的气味，在陈旧楼房的垂垂老者身边，在对身边暗红砖墙、满是锈迹的楼道扶手、矮楼、小巷、电线杆的凝视中，像个隐匿者、局外人。

有一次，我们站在墙角，夜色中，突然一个学生家长（一个女性）对我说，你女儿学了多久的画了？我女儿坐在你女儿后面，她说你女儿画得蛮好的。我记得她有一张圆脸，短头发，眼睛大大的。当她突然问我的时候，我看到她架着腿，正斜坐在一辆支起来的电动车上。

脸

如果不在房子中，我们不会刻意注意到自己的脸。房子中的浴室镜、电脑屏幕、电视机里的镜像、在厨房漫不经心收拾时印在金属厨具上弯曲的投影，甚至陷入深思时仿佛从书本纸页上浮现出一张古老的脸庞，书架前用手指逡巡读物翻开的勒口上的作者头像，以及在睡眠中仿佛从天花板上纷纷向你走来的面影……此类种种，都在提醒着脸的存在，仿佛那是一本书，让你随时进入、阅读。而在户外、大街上、旅途中，你不太会关注自己的脸——你的注意力被外部的图像、声音所牵引。只有当你独处一室时，才会真正注意到它，你会习惯性地用手去触摸脸，在镜子里寻找那仿佛变得陌生、可疑的面孔，以便确认自己的形象。

阅读脸，这一行为，何其古老。我一度对博物馆里陈列的古铜镜充满兴趣，揽镜自照——隔着玻璃窗，想象那镜前的影像。博物馆通常灯光幽暗，那在地底下沉睡千百年的古铜镜，现在又换了个位置继续沉睡——每次走进博物馆，在铜镜前，我都难免产生一种穿透玻璃，拾起那枚镜子映照的冲动。铜镜斑驳，泛着绿锈，看起来完全失了光芒——不免让人深深怀疑，它能否清晰地映现美人的面容？这与我们在博物馆书画厅看到的，几近暗黄的美人图感觉一样——我们看不出那超凡绝尘的佳丽形象，就像是时光的做旧，给观者展示出一个过气的、暮气沉沉的美人，一个赝品，美人不可靠的替身。铜镜古老，仿佛容颜一经映照便迅速老去。而玻璃永远年轻——这是一种奇怪的物质，有时，我们在乡下见到那种古宅——也不那么古老，一百多年的历史，房子已经老旧、颓败不堪，但镶嵌在门扇、窗格间的玻璃（有些是彩色玻璃），却还像新的一样。而古铜镜却不会这样，它一经同主人埋入地下，便彻底黯然失色，拒绝再让别的形象在那曾经光滑冰凉的深处升起。

是镜子唤醒了自我的存在，而镜子重叠的形象里产生的却是孤独。在你与妻儿老小欢乐共处的时候，镜子仿佛消失了。通常，只有在太太不在身边、女儿上学去了——唯独我一个人在家时，我才会听到镜子的呼唤——我会不自觉地走到它面前，看到里面那个有时睡眼惺忪、胡子拉碴、发如飞蓬，有时目光炯炯、满面春风、轻松自若的"我"来。无论是脸颊塌陷了，还是白丝增多了、眼圈更黑了，或是神情焦虑、若有所思，抑或脸上恢复了血色、显示出一种对未来的信心和期待，脸，都在提供一种生活（和精神）状态的证明。只有当你凝视自己脸的时候，才能真正看清自己的处境，并在那一情境中，对自己的状态做出反思。虽然镜子的属性是映现，但在大多数情况下，揽镜自照这一行为，得到的多是孤独。

我小的时候，对悬挂在乡间门楣上方的剪刀和镜子不解——如果镜子不是为了使形象现身、显影，那镜子就失去了它自身的意义。我不知道，那里面藏着一种简朴但也深奥的有神论的认识——在人类学或民俗学意义上，这枚镜子不是为了照见，而是为了阻挡（使污秽和鬼怪不能进屋），具有驱邪避秽的功能。在神话故事里——无论欧洲、中东还是东亚，镜子都有着服务于超自然和异己力量而不仅仅是脸的传统。而神话的机能和怪力乱神的故事，都要通过脸来反映，只有在镜子里的形象得到确认，上述神话学的传说和故事才能成立。

我一度还对尼德兰画家扬·凡·艾克的《阿尔诺芬尼夫妇像》这幅画感到不解。画家在精心地描绘一对富裕的新婚夫妇的同时，在身后墙壁上还画了一个精美的镜子，里面却藏着画家本人的形象。如果说这一仿佛是美好爱情的"婚纱照"，葆有中世纪资产阶级兴起催生人文主义思潮的意思在里头，那么画家"恶作剧"式的在一幅充满着忠贞和宗教意义上的新婚场景里，插入自己的脸，似乎在消解着什么，是对爱情和忠贞的怀疑？是对资产阶级生活观念和情趣的戏弄？还是其他？则不得而知了。无疑，墙上的镜子拓深了画面的空间，使之具有无限循环下去的可能——从这个意义上来说，这张隐藏在镜子里面的脸，也具有无限循环和增值的可能性。画家似乎想要让自己在无限延伸的时间和空间里，对爱情和婚姻进行旁观和审视。

通常我独处的时候，唯有书和镜子，是使我受益的。我的阅读很宽泛（但似乎也很局限），我通常喜欢同时阅读好几本书，它们有的摊开在书桌上，有的折页放在沙发上，有的（经常是好几本）叠放在床头。至于哪本会成为睡前的读物，则不一定。也许，我在客厅里关灯准备去卧室上床时想好了阅读哪本书，但伸手拿起的是另一本。我不能保证某本正在阅读的书能完全读完。我的书柜里，普鲁斯特的《追忆逝水年华》和乔伊斯的《尤利西斯》以及《加缪全集》，购来已有二十多年了，数次决心全部读完，但都是半途便丢下了——我又拿起了另外一本书。我习惯于（和满足于）这样一种阅读方式，仿佛在家里坐下来，随时可以阅读。当目光随着文字移动时，那书中的画面（伴随着自己的脸），会在镜子般的书页上浮现——没有哪一种方式，会比阅读文字更让人欣慰和满足。

有时我会突然中断阅读，将书搁在腿上，手指不自觉地轻轻滑过书页，另一只手的大拇指和小指似乎还紧紧夹着某页纸张。我侧躺着，将眼镜摘下来，眼前一片模糊。我不断地进出卫生间，坐在马桶上，或站在浴室镜前凝思时，感受到阅读带来的短暂晕眩和幸福感。浴室的空间将室内的静谧放大，对音响的阻挡和排斥，是内心获得完整宁静的前提。帕慕克说："我对着镜子阅读自己的脸。我的脸是罗塞塔石。"这公元前196年刻有古埃及国王托勒密五世登基诏书的石头，分别用希腊文字、古埃及文字和当时通俗体文字刻了同样的内容。我看到镜子里的脸，不是历史的景深和衰落的文明，而是一种中年人——有着东方古老民族特征——寄予幻想和臣服命运的脸，是疲惫、犹疑，也是超然和平淡。有时我坐在桌前凝思——我的手机压在摊开的某本书上，手机光滑、黑色的镜面倒映着窗帘、天花板——往前俯视，一张戴着眼镜的脸在里面出现。通常我不会注意到这个形象，我在打开的笔记本前写作，我在写作《脸》这篇短文时，试图回忆自己的面容，仔细看白色的文档页面，有一张淡淡的脸的虚影，躲在文字后面。

脸和房子构成一种修辞、一种隐喻。脸在房子里无处不在，那是它窥探、自察、回忆的证明，脸在房子空间各个角落浮现——当它端详着眼前的绿植：蕨类、橡胶树、栀子花、金钱草、绿萝、菖蒲——当我现在，在自己家里回忆居住在郑女士出租屋里的绿植，我不能完全确认上述植物就是当时太太所种植的品种。我当时附身去看这些植物——太太出门远行，吩咐我照顾好这些花草，我仿佛是第一次见到它们似的。我记不起它们搬进我们家时的模样——它们何以长成现在这个模样，我也一无所知。说实话，我对这些植物平常并不上心，我没有种植花草的习惯——这是太太的爱好，虽然，在这方面失败的教训比成功的次数多。我端详这些绿植，脸几乎淹没到里面去了——甚至在一个透明的球形玻璃缸里。我在那浸着植物根茎的水面上看到一张古怪的脸：一张对照顾花草没有信心的、冷淡的脸。

我也许应该想到，一张出现在出租屋中的脸，它与房子之间构成的修辞和隐喻，毫不稳固。事实上，这空气里，还浮动着许多消失的脸——虽然消失，但依然存在，就像那位尼德兰画家描绘的阿尔诺芬尼夫妇，并没有意识到，他们在卧室里携手留下这一无法磨灭的瞬间——被画布照相般写实地留存下来，其实在那深处的墙壁镜子里，还隐藏着另外一张脸。

原载《芙蓉》2021 年第 3 期

229

外婆·爷爷

胡竹峰

外 婆

知道外婆走了，正在吃早饭，手里剥开的一枚水煮鸡蛋差点掉在地上。匆匆喝完一小碗粥，嚼蜡一样，没有胃口。放下筷子，待在椅子上想起过往。

外婆在世的时候，经常忘了她的存在。每次回家，不过买点礼物去看看，然后塞点钱，就匆匆走了。前些年隔三岔五给外婆打打电话，后来她耳朵不好，电话也不打了。如今即便想打，也听不到外婆的声音了。

在老家，每年正月初一或者初二，一定会去给外婆拜年。小时候，兴高采烈地穿上新衣服，路上熟人问，去哪儿呢？外婆家！外婆走了，没有外婆的家还能称作外婆家吗？

外婆是一位普通农村妇女，一辈子生活在乡下，去县城的次数也屈指可数。外婆念过书，在乡村学校教过几年学，一生好清静，厌喧嚣，有青天白日的清澈明净，不像是普通的乡村老妇，即使是旧衣破衫也一尘不染。晚年信奉基督教，经常手捧着《圣经》，戴着老花镜，头埋得很低很低，一个字一个字地看。邻居笑话她，儿子们也不理解。老花镜是我在县城买的，外婆戴上去，欢喜地说看东西好清楚。

后来那本《圣经》残了、破了，我专门带了本新的送给她。那本新买的《圣经》渐渐翻得卷边了，书老了人也老了。书老了可以换一本新的，人老了就彻底老了，时间不会倒流。花有再开的时候，人一走，尘缘散尽，再也续不上了。

母亲说她小时候缺衣少食，外婆能把野菜做出蔬菜味，红薯粥、面疙瘩、高粱面，那些至今依然挂在嘴边的美食，是外婆心灵手巧的见证啊。

这些年我太忙了，从南到北，做工、经商、从文、结婚、生子。外婆常告诉我，活得自在就好，不要挣那么多钱。后来，在城里买了房子，外婆又恨不得我一下子有很多钱。

外婆的身体一直不错，后来被车撞坏了大腿骨，调养了很长时间，还是行动不方便。老了的身体，经不起折腾。身体不好了，人也开始糊涂，她经常要去我家看看，还想住几天。已经不敢让她走动了，我只好骗她说家里人都出门了。外婆狐疑地自言自语，我一个人可以的，我自己会烧锅做饭……再回岳西，我在地上，她在地下，犯糊涂的外婆没有了。

古人说恍如隔世，隔世总是让人恍惚。

人健在的时候，想起来总是生龙活虎，年纪再老，面容身段都是鲜活的。人一旦死了，再想起，面目渐渐模糊了，一片混沌。这是死亡黑暗吞噬的缘故吧，死总会决绝地带走一切。现在已经记不起外婆的模样，只记得生活过的细节和生活过的场景。

返乡多回，去过两三次外婆家。老房子拆了，过去的日子零落一地不可收拢。屋后竹林，新笋一年一年冒出来，老竹子稀稀落落。再后来，当年生活的痕迹也没有了，只有山里那一座坟证明她来过人世间。

舅舅的新家，旧衣橱还在，那里装了外婆一辈子的时光。铜把手有岁月的包浆也有外婆的手泽，轻轻打开，当年的味道、当年的气息兜头而来，既陌生又熟悉。

没有外婆，就不再有外婆家了。两个舅舅的家离得远，各过各的日子。他们见了我，又热情又生疏，不是亲人是亲戚了。大家坐在一起有说有笑，却总有些匆忙的样子，不复当年与外婆坐在屋檐下烤火说话的负暄之乐。

当年谈笑的辰光，从不觉得外婆有多重要。她实在太平凡了，和乡野任何一个老人没有任何两样。

外婆七十多年的人生，受尽欺负，遭尽坎坷，没说过一句狠话，没做过一件狠事，软弱温暾地过着农人的日子。外公去世早，母亲当时十来岁，三个舅舅也还小。自此母子相依，贫苦中一天天挨日子。没吃的，找一点野菜果腹，母亲记忆中的玉米糊、疙瘩汤、红薯饭、南瓜粥，又贫瘠又甘腴。

早些年，我家穷，饭不够吃。外婆家田地多，时常会背几十斤米送来，米太重，她佝偻着背走几步，就得放下来歇一会儿；到我家对面山上，实在走不动了，就喊我们去接。繁重的体力劳动让她的身体过早衰弱。把米递给我们，说家里还有一堆事，揉揉腿，便慌着往回赶。

有一年，乡里说外婆家得给外孙做红袋子，放一个苹果，放一枚鸡蛋，放一面镜子，保一年平安。外婆专程送过来，还是没进家门，站在稻床外，把东西交给我和弟弟，然后慢慢地一步一步拖着脚、擦着地回家。二十几年过去，还记得那苹果真香，那鸡蛋真香。我再也没有吃过那么香的苹果、那么香的鸡蛋。

有天晚上我和妈妈闲聊，说这些年吃了多少山珍海味，都记不住，不如外婆做的家常菜好吃。那些普通的鸡鸭鱼肉、青菜豆腐、粉条海带留在脑海，每一道都是美食。

老了之后，外婆烧出来的饭菜不是太咸就是太淡，甚至忘了放油，把菜烧煳了。年节来客，她忙前忙后张罗一桌饭菜。母亲嘴直，怪她把菜烧坏了。外婆小心赔着笑，一声不响在锅灶下添柴。外婆更老了，随大舅、二舅轮流过，再也做不动饭了，锅灶给了小舅。我偶尔去看她，她还挣扎着起来要做一碗红糖鸡蛋，我慌得赶紧按下她。

我喜欢外婆做的红糖鸡蛋。十年了吧，十年没吃过外婆的红糖鸡蛋。时间快如白驹过隙，快得彻底老去了一个人。以前外婆在世，还有一份惦记，现在只能怀念了。那天晚上，敲开两个鸡蛋，想做红糖鸡蛋，真想念十年前的味道啊！

外婆什么也做不了，每次吃饭，悄悄端着碗站在一旁。再后来，站都站不起来了，终日坐在椅子上。记忆中，外婆总是站着吃饭。桌子再空也不大落座。来我家也多是站着，偶尔甚至在灶台下吃。我们看不过，拉她坐下来，她也是侧身坐在板凳上。

我不知道外婆的名字，不知道她生于哪一年，只知道她死于2012年六月二十八日早晨。

附记：

打电话问我妈，她告诉我，外婆叫秦桂香，生于1935年八月初五午时。秦桂香，是个好听的名字，有秋天的桂香气。枇杷晚翠，桂树也晚翠，外婆一生暗淡，不曾翠过。她七十多年的日子，平常得像屋后竹林里一片片纤细的竹叶，清清淡淡。

爷 爷

　　香椿树的嫩芽，铁锈般红，是春天开在枝头的一抹晚霞。屋后的香椿树，高且直，笔挺地站在那里，人路过时，仰起来头才能看到树冠。爷爷告诉我，说树顶嫩芽叫香椿芽，可以吃，炒鸡蛋，香，下饭。我歪着头，一路小跑回家找奶奶要竹竿。

　　爷爷站在坝顶，像打板栗、打枣子一样挥着竹竿。那些发自春天的香椿芽落在脚下，像云头飘下的花朵，有一朵甚至俏皮地插在我的鬓角，小男孩顿时像个女孩似的俏起来。刚好有个老太太经过，用不关风的嘴开玩笑问，哪家来的丫啊？

　　够吃的了，打太多，会伤了树，爷爷摆摆手喃喃自语。扛上竹竿，大手牵着小手，走远了。中午吃饭，爷爷掌勺。细细切碎了香椿芽，不时轻嗅一下，真香，真香，奶奶闻闻。我凑过去，嗯，有煤油的味道，说奶奶骗人，皱着鼻子走开了。吃饭时，爷爷拿来锡壶，牛眼大的酒盅，兴致很高的样子，一连两盅。吃吧，我也欣喜地夹了一口，涩，还有煤油味，强吞下去，一边做着鬼脸一边嚷着真难吃、真难吃，故意龇牙咧嘴。猪八戒吃人参果，不知道味道，我还是嘉奖你哩，爷爷笑骂。我慢慢长大，进学校读书，忘了屋后的那棵香椿树，只有到了春天才会偶尔想起，因为饭桌上隔三岔五总有一盘香椿芽炒鸡蛋。

　　爷爷渐渐老了，所幸身板还硬朗，腰挺得直直的，牙出奇地好，吃炒蚕豆一口一个响亮。奶奶常常炖一只仔公鸡，烂烂地用瓦钵装着，鸡汤散发出浓烈的香味，等他回来。家里人都说爷爷最喜欢我，鸡也就只夹给我吃。他的眼睛透过筷子尖，穿过热气眯缝着看我，不过这些，在脑际已是朦胧。那时每天和他一起睡，他喜欢把我搂在怀里，说不然着凉了。我一点都不喜欢，扯他的胡子，说扎死人了，他也骂我睡觉不安分。可是每天晚上我们还要赖在一起。

爷爷家里有很多冰糖，都给了我。可是我更爱甘蔗，常常在晚上，睡着睡着就想吃了。他下床带我去地里，砍上一根给我扛在肩头，他跟在后面。月亮挂在天上，拉着两个人影，他的长，我的短，都极淡极淡。

那年我四岁，读书了。他不让，心疼那么小的孩子就要去上学，固执地说："只有拿钱买稻，没有拿钱买字的。"可是我还是去了，成绩还不错，他逢人就夸，快活地在邻居家谈闲。

岁月像秋天的树叶，一天天飘落下叫"今天"的日子。我越来越大，爷爷越来越老。不知道从什么时候，他头发花白花白的，脸色见黑，褶子多了，精神也不好。再后来他生病了，病得很重。连感冒都很少的人，彻底垮了，恹恹地卧在床上。奶奶讨孩子的口彩，每天问，病会好吗？我总是快乐地点头，说一定能好的。奶奶很高兴，憔悴的脸上多了一丝笑容。

235

初秋到晚春，爷爷的病没有好起来的迹象，人下不来床，不能正常进食，只能喝粥。那年香椿芽格外茂盛，骄傲地长在枝头，一簇簇，像大红公鸡的尾巴。

爷爷还是走了，六十三岁生日的后一月。丢下我，丢下屋后的香椿树。多好的香椿树啊，笔挺地站在那里。他却站不起来了，那个晚上漆黑一团，融进了漫无边际的黑色中，避开了灯火。他躺在那里，睡着了一样，用手摸着他的脸，冷冷的，瘦瘦的。天亮后来了很多人，在伤痛欲绝的哭泣中摇着纸幡不紧不慢地游荡，房间里弥漫着香火蜡烛的气息。天井漏出几朵阴云，几米残光落在阴沟里，爆竹噼里啪啦。唢呐声响起来，是他常吹的曲子。声音苍凉地划过空气，在我的耳畔呜咽。这是他最熟悉的声音。

我一天天长啊长，长成一个小伙子。有一天吃了香椿芽拌嫩豆腐，吃出了惆怅。很奇怪，那惆怅在舌间舒卷，如云似雾。老家的香椿树还在，笔挺地站在屋后。我多次梦见爷爷，他朝我微笑，温暖且慈祥，还用手抚摸着我的头顶，等我唤他时，他却消失了。

春天的树木，总是那么让人喜爱。爷爷躺在不远的山坡上，那个隆起的地方长满青草。我一竿子又一竿子打在香椿树上，那些嫩芽四处飘散，有的飞到了爷爷的身边。那青的草在一簇簇酡色的香椿芽的掩映下，越发青翠如洗……漫天落霞，琵琶轻弹。

爷爷死了快三十年。印象中，他很瘦，但精神好，双眼明亮。一年四季穿着蓝色的对襟褂。脖颈上搭扣总是扣得严严的，整洁而干净。他喜欢喝酒，尤其是冬天，白酒暖在锡壶里，吃饭前满满斟上一盅，打个呼哨就进嘴了，咂咂舌头吃两口菜。

爷爷的遗物有一把废旧的唢呐，麻亮光滑，显示出很有些岁月了，哨子早已坏掉，只剩下芯筒挂在墙上。有时候拿来把玩，整个人刹那清冷，少有喜气。耳畔仿佛传来旧时的声响，不是欢歌，也不是哀乐，平和轻柔。声响越飘越高，越飘越远，渐渐拧成一股细线，飘浮到故园清凉洁净的瓦片上，顺着椽子，沿瓦的凹处往下流淌，溅落在地上，喧哗一片。那不是雨。

人生在世，花开庭前，如云在野，云散了又聚，并不是那原来的云，看云的人也不是那心境。五伦八德，儿女情长，衣食住行，人间多少喜欢多少惆怅，都逃不开生老病死，都是虚空。真怀念爷爷活着的日子啊！

原载《红豆》2021 年第 7 期

中坞公园

彭 程

结识中坞公园，缘于一次偶然的邂逅。

去年春天，有一次去西山踏青，返城时沿着万安东路转入北坞村路，自北而南行驶，接近一处十字路口时，从路边标识牌上看到这个陌生的公园名字，一时好奇，向左转弯开到公园，进去走了一圈，一下子就喜欢上了。其后一年多里，又去了数次。交通也方便顺畅，离我的住处十公里，不堵车，通常二十分钟即可到达。车停在颐和园西门外的停车场内，向西边走不远，穿过一道窄小的门，再走上几级台阶，公园景观就映入眼帘了。

公园的命名，源自此地曾有一个中坞村。公园所在区域，曾经是中坞村的外围农田。坞，是停泊和建造船舶的地方。玉泉山一带地下泉水丰富，史料记载"水清而碧，澄洁似玉"，泉水涌流而出，形成了密集的水道，水量丰沛，曾经在周边汇聚成为一个水域辽阔的湖泊。明代永乐年间，因为造船，人员聚集形成了村庄。此后漫长的岁月里，随着水源减少，逐渐退化为一片长满杂草和芦苇的湿地。一直到十来年前，除了村民和外来务工人员，这一带罕有游人足迹。

中坞公园的建造，与此地邻近"三山五园"有关。

"三山五园"，是北京西郊沿西山到万泉河一带皇家园林的统称。三山，指的是香山、玉泉山和万寿山；五园，则是分布于三山区域的静宜园、静明园、清漪园（颐和园）、畅春园和圆明园。这三山五园，被西山山脉环抱，水系纵横，风景格局得天独厚。在这些名胜之外，分布着大量的农田、河渠、池塘、寺庙和村落。为了营建良好的生态景观，彰显这片地域的历史人文风貌，近年来，北京市和海淀区投入巨资，将这一广袤区域内的住户搬迁安置，依托原有的环境地貌，新建和改建了十三个郊野公园，中坞公园就是其中之一。

中坞公园的魅力，首先来自它的野趣。

这个公园，是结合所在地的环境，依据"田园景致、柳林溪田"的造园思路打造的，因此三百多亩的园区里，处处都显现出一派浓郁的乡野趣味。园路宽窄不一，迂曲环绕，行经之处，翠色盈目，虫声在耳，稻田、树林、草地、池塘、沟渠、洼地等，次第接续，错落交织，样貌天然，鲜见雕饰的痕迹。草木新鲜而略带苦涩的气味，到处弥漫飘荡，让人不由得鼻翼翕动，肺叶开张，畅快呼吸，大口吐纳。

公园里平素清幽宁静，游客稀少，历历可数。大片的平畴绿野之外，还散落点缀了一些亭阁台榭等，都有着雅致的名称，如寄舟台、覆春亭、娟碧轩、荷风桥等。这些人为的造物，也都不事张扬，一副低眉顺眼的模样，安于充当陪衬，不曾袭扰整体的和谐氛围。置身其间，都市的喧嚣扰攘被远远隔离了，心中时常会升浮起一种物我两忘的出世之想。那是一份与天地自然深度融合，从容、熨帖而宽裕的感受。我家邻近紫竹院公园，那也是一个秀美的去处，因地利之便多次去过，但游人熙攘，从来不曾体验过这种心境。

这种贴近原生态的园林野趣，自然会大受欢迎。但要说到中坞公园的标志性特色，让人一眼就能够辨识出来且会牢牢记住的地方，还是它的大片稻田。

在中坞公园，毫无疑问，稻田是真正的主角。玉泉山丰富的水源，适宜的气候，为水稻生长提供了良好的环境，栽种历史已逾三百年，并形成了优质粳稻品种"京西稻"。公园里有着整个园外园中最大面积的稻田，浩荡恣肆。它们块状分布，造型各异，排列在蜿蜒的园路旁侧，成为道路与绿地、湖水、树林的过渡带。在北方园林中，这般景观显然难得一见。许多游客，也正是冲着稻田而来这里的。网上对这个公园的介绍，微信朋友圈里的图片，一大半也都聚焦于稻田的四时景观。春天，鲜嫩纤细的秧苗倒映在明镜般的水面上；夏日，浓绿茂盛的稻秧仿佛一张密不透风的大网；秋天，则是累累垂垂的金黄稻穗一望无际。不同季节，风光各具一份特异的魅力。

广袤的稻田中，这里那里，分散地置放着一组组铁壁锈雕，愈发彰显了这个公园的主题属性。

经过西山稻农三个世纪的精耕细作，京西稻种植逐渐形成了操作流程精致的园艺化体系。这些锈雕，铁锈红的颜色，剪影般简洁通透的造型，分布在园区中不同区域的稻田田埂上，展现的正是水稻从播种到收获的整个流程。我仔细数过，一共发现了十一组雕塑，分别为浸种、祭神、插秧、淤荫、灌溉、簸扬、砻、二耘、持穗、登场、舂等，都是流程中的不同环节。经查询得知，它们最早源自南宋画家楼璹绘制的《耕织图诗》，该作品共四十五幅，每图皆配以五言律诗。它以劝课农桑的题旨，得到历代帝王的推崇嘉许，有关摹绘也进入了宫廷。到了清代，康熙皇帝又让宫廷画师重新绘制，分为《耕图》和《织图》两部分，这些雕塑就是以《耕图》为素材而制作的。每一组雕塑旁的标牌上，都镌刻上了楼璹的相关诗句，饶有趣味。

写下这些文字的时候，是十月上旬，水稻即将成熟，黄澄澄的

住在黄昏的客栈

——

安 宁

一

黄昏，前往泰山脚下的途中，房屋与田地朦胧交织在一起，昆虫隐匿在黑黢黢的草丛中，开始入睡，偶尔它们会翻一下身体，发出轻微的呓语。暮色被汽车的轰鸣遽然荡开，又随即严丝合缝地聚拢，不露任何的破绽。

云水客栈坐落在泰山脚下泰前村箭杆峪88号。这是一个很美的村庄，有二百多户人家，基本都是六十岁左右的老人。这两年大兴民宿，家家户户都将房屋改造，原本一层的院子，在平房上又加上阁楼，于是每家便都成为拥有五六个客房的民宿，房间价格从一百到三四百不等。房内设施完全可以满足背包客和旅行者的需求，再加上山脚下风景优美，巷子里狗在轻吠，果园里鸟雀鸣叫，核桃、栗子、石榴遍地都是，节节高、荷花、满天星都开疯了，黄瓜、茄子、小葱、豆角长满了角落，小孩子们在大道上快乐地飞奔，于是村子里便颇具人气，走在高低不平的石板路上，有回到童年乡间的恍惚。

我沿着小路一直朝山上走。虫鸣声此起彼伏，一两只青蛙隐匿在落叶间，偶尔受了惊吓般叫上几声。布谷鸟在远处的山里，传来嘹亮的歌声。门前的狗蹲伏在地上，斜眼看着我这个路人。我想一直穿过栗子林和核桃林，走到山脚下去，远山在水雾中氤氲，空气湿漉漉的，人便仿佛浸润在江南水乡里。可是，横空蹿出来的四只大狗，一只黄的，一只黑的，一只黑白斑点的，还有一只，我根本来不及看清颜色，就被它们吓破了胆，慌忙逃回村子。

村子里热气腾腾，满是烟火气息。商店老板坐在门口灯下，摇着蒲扇，跟客人说着闲话。客人们彼此也如老友，坐在楼顶平台上，就着水煮花生毛豆，聊着家常。晚风徐徐吹过，带来山中湿润的气息。这气息涤荡着肺腑，让人有身处世外桃源的怡然自得。

村里最贵的民宿，是五个在泰安市区工作的年轻人合开的。据说花费三百多万，房间里多巴西木等名贵材质的家具。旅馆名为"路垚山居"，灯光在进门处映出一句话："路垚的朋友是，路途遥遥而终于到来的你。"进去后，发现真是美好的栖息之地。咖啡馆的门口，一个高中毕业后就在此打工的年轻男服务生，正在采摘水塘边的薄荷，说是用来做酒。他让管家带我去看客房，管家是位二十七八岁的小伙子，做事干练，且彬彬有礼。那间一千二百元的客房，仿佛鸟巢，建在半空。沿楼梯上去，便可见到一张宽大的床和雅致的梳妆镜。我当然住不起，但还是在脑中轻飘飘地幻想了一下，睡在那张云朵一样柔软大床上的感觉，一定是犹如鸟儿睡在林中。整个路垚山居，约有一个足球场那样大，房间价位最低四百元起，如果不是有钱人，当然住不起。但听闻旅游旺季的时候，这里的客房每天都是爆满。

出门后，又遇到那个指引我进入山居的瘦小的保安。他是受雇于此处的农民，满足于每月二千五百元的工资，对工作尽职尽责，且热情爽朗。

走至旁边的小树林里，见一男人正打着手电筒寻找知了猴，我也学着他的样子，用手机上的灯光照着，沿着一棵棵树，转了一圈又一圈，并想起儿时的歌谣：结了龟儿，爬树根儿，一爬就是一小堆儿。

回到客栈的时候，五十五岁的老板正坐在门口乘凉，三个邻家的孩子奔跑过来，有的搂着他的脖子亲吻，有的抱住他的大腿撒娇，有的扳着他的脑袋向后摇晃。我笑看着夜色中这温馨的一幕，眼睛忽然有些潮湿。

在鸟鸣鸡叫声中醒来，打开窗户，便呼吸到山上流淌下来的新鲜空气。洗漱后到二楼平台上，看了一会儿客栈老板种的花草蔬菜，而后让老板娘中午摘一根顶花带刺的黄瓜，给我做一碗炸酱面。

窗前写作的时候，见老板抱着四五根黄瓜从楼上下来，且不由分说，打开纱窗，递给我一根。刚刚吃了一半，老板又敲窗，给我两枚还带着太阳温度和泥土气息的圣女果。我细细嚼着，真想在这里天长地久地住下去，将一切世俗的烦恼，全部过滤掉。

黄昏外出散步。有了昨天被四只大狗一路狂追的经验，今天我就面带微笑，沿街慢行，于是狗狗们便也跟着节奏缓慢起来，摇摇摆摆，走走停停，面容和蔼可亲，好像每家门口坐在马扎上的满头白发的慈祥老人。山脚下的田地不似平原，总是这里一块，那里一块，于是便会忽然看到几十棵玉米，忽然又与一小畦地瓜相遇，一抬头，又见到一片核桃林，再转角，又是一丛无花果树。

沿着一大片柏树林一直向上走，撞入眼帘的是十多个错落的帐篷。里面透出的微光，还有电视的声响，包括门口荡秋千的小孩子，让我心生好奇。等走到昏黄的路灯下，发现散落放置的蜂箱时，才明白这是养蜂人的地盘。

我走到其中一家，停下来与五十岁左右的男人交谈。蜜蜂的世界非常神秘，不是我们人类能够完全把握的。男人以哲学家般的口气，这样向我总结。一只蜂王的一生，就是繁殖的一生，只需一次交配，蜂王便夜以继日地开始了自己的产卵大业，一天可以产下一千多粒受精卵，一年则可高达十万粒。而且，自此它极少出巢。这听起来有些魔幻，一只蜂王一天产下的卵的重量，竟然可以超过它的体重。在它生命有限的三到五年里，它可以制造出一个庞大的蜜蜂王国。所有的工蜂都是它的孩子，而一旦它突然逃逸，或者死亡，工蜂们则会躁动不安，不再采蜜，于是一个王国很快就毁于一旦。而一只工蜂一天只产约二十滴蜂蜜，也需往返近二十次，一次飞行六七公里，我们总说蜜蜂勤劳，就是源于此。

男人的儿子在山脚下的小学读四年级，此刻，他正一边荡着秋千，一边饶有趣味地计算一只工蜂在它短暂的仅有一个月的一生里，可以产下多少克蜜。风从山上吹来，灯影便跟着轻微晃动起来。这片树林里居住的八户养蜂人，都来自江西抚州的同一个乡镇。他们已经在山东二十多年了，几乎算是半个山东人。养蜂人是逐花草而居的"牧民"，他们长期居住在山野，或许，也因此保留了更多人类自由的天性。这个拥有一百五十箱蜜蜂的养蜂人，一年可以挣到十多万元，但他并没有在泰安市区买房的打算。

"我们老家距离市区只有六七公里，开车很近，还是住在乡下舒服。"养蜂人这样对我说。

我跟男人告别，提着刚刚买下的两斤纯正蜂蜜，在夜色中，一步一步走下山去。

二

良栖山居客栈隐匿在泰山脚下的一个巷子里。云水客栈的老板娘骑电动车载我到巷口，指着老旧墙上的标识道：喏，下去一拐就是了。一走进院子，我就被浓郁的文艺气息吸引，并因自己预订的有一面落地窗的阳光大床房，心生欢喜，只看了一眼，便当即决定再加订一天。老板是位年轻干练的女孩，来自辽宁。一年前的冬天，她租下这个小院，开始经营良栖山居。院子里有两棵树，一棵是山楂，另一棵是石榴。它们在我的窗前相对而生，枝叶缠绕，累累硕果，挂满枝头。小院有十间客房，皆挂着朦胧的绿色纱帘。正午的阳光洒落下来，将两棵树好看的影子，映在纱帘上。微风吹过，树影婆娑摇晃，筛下无数闪亮的金子。

246

我坐在落地窗前写作，偶尔会抬头看一眼入住的客人。一个小女孩坐在树下的吊椅上发呆，她的妈妈则轻声跟人电话絮语。三个一起出门旅行的中年女人，正站在树下，等待女老板收拾客房。一只鸟儿栖息在枝头，发出清脆的鸣叫。再遥远一些的山坳里，传来公鸡的鸣叫。除此之外，世界便安静得好像完全不存在一样。

晚饭的时候，出门觅食，拐过一条马路，喧哗便扑面而来。因为靠近泰山红门，遍地都是游客，仿佛树下的蚂蚁，川流不息。我找到一辆共享单车，但只骑了一分钟，就放弃了，因为上坡的山路，骑车反而不如步行轻松。云水客栈的老板因此将自家房屋的地基全铲平了，因为他的妻子年轻时上山下山，伤了关节，老了爬楼都感觉费劲，总是上一个台阶，就歇上一歇。我还想起读大学时，班里有一来自泰山脚下的男生，走路总是一高一低，用力将腿上抬，再用力放下去，看上去很是好玩；问他则说，爬山习惯了，到了平原，反倒不会走路了。

我不喜欢爬山，生在泰山脚下，竟然从未爬过泰山，说出来别人大约都不相信。晚饭回来，试着沿红门阶梯向上，也只爬了几分钟，便逆人流回返。

拐过巷子，见女老板正坐在门口的长凳上发呆，看到我，随和地打了一声招呼：回来了啊？我点头，问菜单在哪儿？她也不站起，努努嘴说：门口写着，去看看吧。

我站在小黑板旁，看了一会儿，决定明天吃西红柿鸡蛋面。

中午订餐后，女老板在微信上喊我到隔壁院子里去吃。我这才发现，原来女老板开了两个民宿，两个院子只隔了一堵墙，旧院"万能青年"开于五年前，新院"良栖山居"则是今年冬天开业的。旧院万能青年的房主是一位房地产商，据说2000年花五十万从农民手里买到这个院子，年租金五万出租给旅馆。新院里一直悄无声息地走来走去忙着打扫卫生的一对老人，则是良栖山居的农民房东。

我在旧院里还惊奇地发现了女老板的老公，一个身材高大帅气的东北小伙，以及他们四岁半的女儿，我原本猜测女老板是有许多故事的单身女人，不想，她虽然是"90后"，但已跟我一样拖家带口。夫妇两人都未曾读过大学，但从旅馆名字和两个院子的装修风格可以看出，他们颇有文艺情怀。

旧院有一株枝繁叶茂、挂满果实的柿子树，长在公共洗手池旁。沿着旁边窄小陡峭的木质楼梯，吱嘎吱嘎走上去，便是楼顶开阔的平台。晚风吹来沁人心脾的紫薇的花香和山中各种草木馥郁的气息。一个男客人寂寞地蹲在院子里一丛茂密的竹子下，并用手抚摸着其中的一株，好像想起了什么。女老板正在厨房忙着给我做预订的西红柿鸡蛋面，男主人则一边喝着冰镇啤酒，一边陪女儿看动画片。小女儿显然困了，歪在沙发上，努力地半睁着眼睛，仿佛一闭上就会立刻陷入昏天黑地的睡眠中去。

老板娘做的西红柿鸡蛋面，真是色香味俱佳，再配上几瓣山东人最爱的大蒜，更是妙极！我几乎没歇气就吃光了，连碗底的西红柿汁也没有剩。终于明白为什么新院里总是找不到老板娘，原来她在这个旧院的厨房里忙碌不休。

不过，老板娘做饭全凭心情，忙碌的时候，不想做的时候，就让客人们去邻家饭馆里吃。我去过一墙之隔的饭馆，是一个光线稍暗的四合院，做饭的胖厨师长相有些凶悍，老板娘则理着板寸，只头顶扎一小辫，说话同样粗声大嗓。我看了一眼菜单，再看一眼虎背熊腰的老板娘，不知为何，想起孙二娘来，于是生出惧怕，悄然溜走，并默默打算这三天都在院子里吃。

饭后沿着关帝庙走了一圈，终因不喜欢热闹，重新回到院子。石榴树下的吊椅，还是被那个小女孩占着。她似乎从我第一次见她就保持着同一个姿势，仿佛连睡眠也省略掉了，她就想天长地久地窝在吊椅里，摇摇晃晃地看天看地，却什么也不想。

旅馆的闹钟敲了十二下，提醒闭门写作的我，又到了出门觅食的时间。

院子里阳光盛烈，唯有石榴树下的阴凉，让人觉得夏天也是可爱的。知了们每天都用猛烈的鸣叫，盛赞这个炎炎的夏日。一只猫沿着墙根走来走去，终究觉得无趣，便跳上树荫下的水泥台，以房东老夫妇那样不理世事的淡然面容，卧在那里眯眼小憩。这是一个接近自治的小院，缺了什么，客人自己去草帽间寻找。隔着院子大喊"老板"，是永远得不到回应的，顶多老夫妇中的一个会探出半个脑袋来，慵懒提醒：打137那个电话。于是客人便抬头看一眼石榴树下挂的木牌，摁下手机号码，隔空询问。

我将洗好的衣服，随便挂在大门口的柿子树下，摇晃的树叶缝隙里漏下的阳光，足够吸干一件衣服的水分，让你在黄昏收起的时候，闻到浓郁的阳光的香气。

我迷恋这一方小小的院子，隔开世俗的喧嚣，仿佛这里是整个的世界，一个被功利化的人间永远遗忘掉的世界。

三

因为对庭院的迷恋，接下来的"流浪之所"，我又选择了一个相似的民宿：箐璞山居。之前云水客栈的老板娘给我推荐过，但老板执意认为那种灰色砖瓦的建筑，有些阴冷，不吉利，而且刚刚开业，无人居住，我一人前往，怕是不妥。

但他并不明白，我喜欢孤独。我只看了一眼那个院子的照片，看到晃人眼的阳光，透过蜿蜒的葡萄藤蔓，洒落在鹅卵石铺成的幽静庭院里，我就爱上了它。所以，我一定要去住上一晚，就如奔赴一场与心爱恋人的约会。

果然，中午入住后，发现这里是我喜欢的庭院风格，当即又加订了一天。

晚饭时，整整十二年没有见面的研究生同学许姐前来见我。研究生毕业时，她刚刚生下大女儿，还曾因读书时怀孕，怕老师训斥，冬天穿着肥大的黑色羽绒服，遮掩日益隆起的肚子，见到研究生院的老师便如老鼠过街般匆忙逃走。此刻，她骑着电动车，载着十二岁的女儿和三岁的儿子，风尘仆仆地出现在我的面前。我发现彼此除了长出了皱纹，有了不得不遮掩的白发，并没有太大的改变。我们仿佛重新回到一起读研时说说笑笑的快乐时光，仿佛许姐还是那个挺着大肚子，一见舍友打开笔记本电脑，就惊恐地逃进角落防止辐射的紧张兮兮的同窗。

许姐依然像过去那样健谈，尽管在泰安生活了十几年，但跟女儿说话时，还是会自动切换成原汁原味的陕西方言。她怀着满腔的热情，想要将生命中所有让她感慨的故事，都倾诉给我，让我代她写成文字。只是怀里的小儿子，会时不时地跳出来打岔，用父母遗传给他的陕西人的执拗，持之以恒地打扰着我们的畅谈。

我们坐在泰前村一个露天的饭馆里，在山上吹来的习习晚风中，说着那些浸润进生命中的故事，感慨着身边同学的命运起伏。这样的相见，不知此后人生，还能有几次，但这短暂的一刻，却成为人生的永恒。就像此刻，当我走进沉睡的庭院，仰头看到夜空中的一颗星星，正散发出微弱但恒久的光。那光照亮了漆黑的村庄，也照亮了许多人孤独的梦境。

我听到风从山脚下吹来，穿过田野，绕过杏林，掠过藤蔓，跨过屋檐，悄然抵达我的窗前。庭院里的一株睡莲，在风里发出细微的梦呓，随即便万籁俱寂，了无声息。

原载《青年文学》2021 年第 6 期

夏日札记（选三）

钱红莉

初　夏

早晨，一入菜市大门，来自徽州腹地的三潭枇杷蓦然上市，堆在两头翘的竹篮里，颇为古意。试尝一颗，纵然四五分甜，也还是买了八九颗。并非吃，单为观赏。

自书柜取出朋友赠予的四集烧盘碟，白底上一枝瘦桃花，空余大片留白。三四枇杷洗净，随意摆放于碟上，宛如清供，胜过插花之美。

我一直记着——不论当下生活多么糟糕，都不能熄灭审美之心。

特殊时期，沈从文一家被赶至逼窄阁楼，走路也要弯腰。夜里，他的两个孩子在被窝里听肖斯塔科维奇……

枇杷、栀子，这两样，最为我所喜爱。有了它们，似乎，五月变得隆重起来，尽管有无边的风，有广阔的绿，但，永远不够的。

小区里几十棵枇杷树，果实累累，一日黄似一日。那些看护幼童的老人站在树下，踮足，伸手，够一颗两颗，将皮剥了，塞孩子嘴里。甘甜的汁液顺着稚嫩的嘴角淌下，望之嫣然、豁然，心弦仿佛被什么拨动，具体是哪样，我也说不好。毗邻枇杷树，有一棵蓬勃的石榴树，满树火焰生生不息……

枇杷这两个汉字，有音韵之美，涵容无穷诗意，二声微微上扬，复轻轻落下，怕惊扰了初夏的梦一样的轻盈；也像小婴儿酣睡，外婆摇动鹅毛扇的手的弧度愈来愈小。

倘说天生的艺术美感，除了兰，便是枇杷了，虚谷的，齐白石的，皆好。那些册页，值得细细摩挲。齐老头还画墨枇杷，三笔两笔，一颗颗，古灵精怪，如若乌亮眼珠，又像是初夏的急雨，下在自家花园。再细看，分明旧籍中的印章，闲闲的，卷起毛边来。雨还在下，不仅落在自家的花园，也落在广阔无边的旷野。

夜读长篇《白鲸》，麦尔维尔写：沉沉欲睡的炊烟……找一支笔，将这么诗意的句子画一下，何等准确传神。无风之时，炊烟可不就是沉沉欲睡的模样吗？飘不远，昏昏然、熏熏然，简直像打瞌睡，头重脚轻，随时一头栽下。当微风吹起，炊烟才有袅袅之姿。

整个白日，我都在奔波中，身心俱疲，是什么在支撑，一个人就着孤灯读几页书？深渊般的现实一次次将一个人的自信碾为齑粉，唯有文学可以救赎。麦尔维尔一生不顺，命运多舛，在贫病交加中离世，可是，谁又能阻止他的《白鲸》不朽呢？

透过窗户，广玉兰大如脸庞的白花，也挺美丽。开在雨中，是温润之美。骄阳下的广玉兰，又是别样了，有傻气，也有莽气，它的香气有冲撞感，让人不适，比不上小型花朵，总是徐徐之香，慢慢将人环绕，是淡淡浅浅的月色，是不在意也不刻意的朋友之谊。

初夏的雨，是急雨，来一阵，歇一阵。天暗了，乌云密布；天又亮了，万物将自己敞开，乌鸫在叫，合欢将羽状叶子收束起来。一起低着头，想心事。石榴花依然如火，是男性之花，强健而有韧性，一场急雨都浇不灭，天生底子好，从未懈怠过，一夜夜，可能睡得踏实，永远血气方刚。花骨朵恰似小葫芦，仿佛上了一层釉，沉甸甸的，次第开，颇似康乃馨的造型，繁复而纵横，花蕊裹藏至深，不留心看不见。无论晴雨，日日打开自己，不知疲倦的乐观主义者。

家门前，满树李子，拇指那么大了。杏如橄榄，青里隐了一点点红，仿佛在一个人的心尖尖上，值得捧着给你。世上所有的果实都是垂坠而下的，木瓜海棠偏不，倒立着的青果，一日日见风长。望之，想买几条野生鲫鱼回来煎煎，再拍一个小木瓜进去提味，酸咸适口，滋味殊异。

整个春天，一直误以为鸡爪槭在开花——树巅，袅袅的浅粉，颇似对生双翅，风来，欲飞。蝴蝶一样，不，不是蝴蝶，是家乡方言里命名的"扑英子"，比蝴蝶小得多的昆虫，常流连于茼蒿、芫荽花间。初夏至，恍然有悟，原来并非花，是鸡爪槭在不断地新生，及长，浅粉的对翅褪去，绿叶舒展。

整个初夏，都是绿的世界。蒲草的绿，芦苇的绿，整个山峦的绿，凡界一切都是绿的。

夜来，散步于樟树下，无穷无尽的花香，<u>丝丝淡淡</u>，充盈整个鼻腔，令人醉而忘返。小区广场舞还在继续，降央卓玛的《一剪梅》，金属的嗓子被火淬造过的，句句情深，汉碑一样镌刻于无边的夜。一个人默默走，头上有月笼罩，如照一口井，你唯有啜饮……

久不听古典音乐，忽在电脑点开基辛、卡拉扬版本——柴可夫斯基第一钢琴协奏曲。十六岁的基辛顶着爆炸发型怯怯上台，一套黑西服在单薄的肩上不合体地晃动。鬓发皆白的首席小提琴老者，以怜爱之情目送他一路走至钢琴旁……耄耋之年的卡拉扬双臂抬起，以一根小棍子，骤然开启众神之门，多声部乐器应声而动，十六岁的少年十指落键，霎时恢复了自信。

自信是什么样子的东西？是非常可怕的东西，是洪水倾泻而下淹没良田万顷，是万马横扫千军，是日夜兴起无以匹敌的庞大帝国。基辛太小，双臂不够长，为了够着两边琴键，小身体大幅摆动……那一刻，人类浸淫艺术的无往不胜，值得为之击节，所有人遍布圣光，那些伟大的音符在荡涤人之灵魂深处的一切污垢以及不体面。每一只倾听的耳朵，皆成受洗的婴儿，一颗心逐渐柔软，是幼鹿、是森林、是大海、是月光、是暮晚、是彩霞，是彩霞边一颗最亮的星、是溪水之上的余晖、是古宣上一枚小小印章，是四季，是万物萌发……

仲　夏

喜爱仲夏，因为有栀子花。栀子花开在芒种与夏至之间，整个六月仿佛都被栀子花的芳香覆盖。小区绿化带里，一丛一丛的复瓣栀子树，不停长出新叶，油绿绿的，宛如一片片瓷被雨水打磨，泛着微光，青翠欲滴，是一刻不停的新生，予人清凉之感。傍晚散步，忍不住摘几朵，攥在手里，一路走一路闻，淡淡袅袅，是一枝一叶慢慢滑入浓酽的夜色——世间美好的事情，都是因为栀子花而发生的。上班途中，有一条天鹅湖路，植有许多观赏植物，含笑、蔷薇的花期都过了。合欢花落了一地。四五棵小叶栀子，匍匐在道边。这几天，小白花废寝忘食地，开也开不完——小叶栀子花大约是最勤勉的花，像一个天性乐观的人，虽然整天有做不完的家务，但不急不躁，且一件一件做到妥帖。青苞，白花，绿叶，不过是平凡的案头小品，或挂于书房，明目，醒神，暗哑色系的窗帘永远垂闭着，幽禁着一屋子的栀子花香。

盛夏即将登场，是过一天偷生一天的辽阔悠长。单位洗手间的洗手台上，清水高瓶地养着一丛四季竹，忽然有一天，瓶口竹缝间浮起一朵洁白的栀子花，每次洗手，芳香阵阵，头发上都有了香，余情未了的香，人走到哪儿，都是香风习习的，有点儿飘忽。

栀子花是有灵魂的。蚊帐早已挂起，入夜，几个半开的花骨朵，放枕边。栀子花的香，携带着甜美肥郁，可以将寡瘦的梦境衬得圆满。栀子花的香，也易教人消沉，只想枕着它的广大无边，魇过去，魇过去，永远不要醒来，天地洁白，铺满花香，灵魂歇脚到哪里，都有芬芳尾随。

李白写诗：荷花初红柳条碧。就是这个时节吧。芒种，依旧属于乡下。记忆里，荷花初开，总与小麦动镰、山芋初插的事情，联系在一起。

山头坡地的那些麦子，仿佛一夜间倒伏下来，它们被连夜铺在稻床，用石磙碾，用连枷打。海子有诗：

255

> 看麦子时我睡在地里
> 月亮照我如照一口井
> 家乡的风
> 家乡的云
> 收聚翅膀
> 睡在我的双肩
>
> 麦浪——
> 天堂的桌子
> 摆在田野上
> 一块麦地

收割季节

麦浪和月光

洗着快镰刀……

割完麦子，麦地修整一新，变成窄窄的一垄一垄，在垄上用锄头掏一个三角形小坑，可容一捧火粪的体积，以备栽插山芋苗。所谓火粪，是将木屑、干牛屎埋入细土堆里反复烧制而成，是基肥，好比育儿初始的牛初乳。旧年下在窖里的山芋，总要留下几根个头饱满的做种——我们叫它山芋母子。山芋母子是春天埋在菜园里的，底料下得肥足，以至于春后一经冒藤，便痴长起来，把整个菜畦都遮盖住。

插山芋苗这种农活，易在雨天。人们穿着雨衣，赤脚蹲在地边，把整条山芋藤细剪成一叶一梗，码在篮子里，沿着新翻的土垄，边走边插。倘若连续下几天雨，山芋苗会长得快些。不巧碰上烈日当空，也不可怕，每个黄昏挑水来浇浇就是——慢慢地，那些独枝独叶的山芋苗在新地方也就生了根，崭新地活下来。接下来，松土锄草，一锄一锄在垄上拂，既帮刚刚活棵的山芋苗松了土，又除了多余的杂草。松完土，施肥，是淡肥，将人畜粪便用水稀释，略略地施一下，所谓定根肥。

将山芋苗伺候妥当，便迎来高蝉晚唱的仲夏了，夏日渐渐深了。

站在村口往坡地上看，山芋苗青扑扑的，一日异于一日，肆意在垄上沟里延伸，葳蕤一片。三个多月后的农历九月，才有山芋可挖。

对栽插山芋苗如此上心，大约源于我无比热爱吃它之故。我家每年种得极少，总不煞馋——心里的念想得不到满足，记得格外深。我妈年少时，正值饥荒之年，一日三餐全仗山芋充饥，吃伤了脾胃，以至于她对种山芋缺乏兴趣。家里的地大多被她用来种植芝麻绿豆花脸豆之类的农副产品。我们那里的土质极好，产出的山芋口感糯。一个个红皮白肉，呈圆锥体形，堆在那里，有品。隔了多年忆及，不免耸然——童年的食物替终身的口味奠了基，培了土，只此一味，倒是长不出别样东西来。

芒种以后，会不自觉将记忆的日历往后翻，脑子里过电一样，那些不复再来的栽插山芋苗的时光，仿佛闻得到泥土被雨水打湿的腥气，以及触脚皆是的泥泞坎坷。总是遇到相似的雨天，心里残存着少年时代的美好，及至中年的眼前，也不免惬意。抑郁性格的人，原本不喜欢多雨潮湿的天气，过分时，甚至有"天阴雨湿声啾啾"的凄惶，但，回忆好比吃糖，永远有一份甜在。

当山芋苗开始牵藤，端午差不多近在眼前。无非可以吃上几个粽子，净素的白米赤豆，剥开来，热气氤氲……端午这天，将菜园旁的蕲艾砍回，插在门楣。乡下，每逢过节，则显示出仪式感，虔诚，庄重，像是一种与生俱来的信仰，一颗心有所依，便有所归了。河里的香蒲是野生的，今年拔，来年长，生生不息。香蒲与蕲艾绑在一起，共同在门楣上出镜。香蒲酷似宝剑，起避邪的作用。这天，做小孩子的，还能吃到烧熟的新蒜，从地里新拔的，用火钳夹到大灶热灰中焖熟。端午当日，小孩子但凡吃了烧蒜，便不再患肚痛的毛病。可能应景了两层意思：第一，为节日尝鲜之意。第二，饱含着大人对小孩的良好愿望与心愿寄托。孩子们吃得满嘴黑灰，顺手一抹，余下回味不尽的蒜香。

四十年过下来，我的见识与幸福的泉源，也仅仅止于目前了吧，往后不可能再有天翻地覆的变异，不褪色的永远是乡村生活以及身在其中的年少时光，没齿难忘——人都是在一次次的感念里悄然老去的。

过了端午，便是夏至了。所谓端午的粽子夏至的面，吃过这些，便是酷暑。盛夏，对于孩子们，简直是狂欢季，不仅仅有蜻蜓、蝉声、萤火虫，最隆重的是，可以任意去门前的小河游水。日日午后，河里仿佛纠集着整个村子的少年，嬉戏打闹，男孩子自高耸的桥墩纵身而下，女孩子浸于浅水区，或者两只胳膊倒撑于身后，将两腿前伸，任小白鲸肆意啃着脚丫，兴许昨夜刚被蚊虫叮咬过的一个包，小白鲸闻腥而至，小口在泛红的肿起来的患处啄食，酥痒得叫人想立即睡去。每每日落西山，孩子们在大人的威吓下，极不情愿地从河里起身回家吃晚饭，一路走，一路踌躇，一路湿湿的脚印子。

但凡有过乡村经历的人，都会真正懂得河流的不易与珍贵。相比自小喝自来水长大的城里人，对于河流污染或消失这个事件的木然来，我们乡下来的人在心理上的反应会强烈些，好像触及灵魂上的东西了。一个人的童年，曾被洁净的河流沐浴过，也算有幸。

只是，这些曾经出现在生命里的一条条清澈的河流，在当下，日渐式微。

四季流转，栀子花香永在，四时节序依旧守信地配合着庄稼植物的生长，而人心却在一日日地霉变，那些曾被河流所恩泽过的早年，业已消逝，不复重来，只能在记忆的版图上显出稀世的完美。

盛夏看花

初来合肥，租居于一个老小区内，每户底楼都有一大片院子，有的人家掘了一口井，养了几只鸡，有的人家栽了瓜蔬花草。我们居楼上的自然占了便宜，一年四季里，花叶盛景尽收眼底。

尤其盛夏，或许被烈日灼了一天了，暮晚时分，瓠子花总是蔫头耷脑的，好像与一个不对性情的人聊天，抖不出什么神气来，好看的花瓣悉数收起来，快要得病的样子，真让人没办法。倘若被露水滋润一夜，早晨的瓠子花，便活过来了，五个花瓣完全敞开，纷纷于毛茸茸的绿叶丛中探出头，孩子似的顽皮地举着一把五瓣小伞，纯白干净。这小范围的白，一点不影响旁边硕大的南瓜花。南瓜花开得壮丽极了，粗声大嗓的土黄色，花蕊长舌妇似的无处不在，本没什么错，也不过是热爱招引蜂蝶——自然界中所有阴性物种比比皆是的特征。

也有例外的。

在这一点上，显出瓠子花的高格了，为人平和，这么一览无余的素白，不涂脂不抹粉，日日如此，气特别盛的样子，并非盛气凌人，是盛大——所谓不须文字传言语，玉想琼思过一生。

有的瓠子花，纯白概念玩累了，也喜欢在身上挂个小瓠子什么的，起先是嫩青，然后自然地过渡至菠菜青，风来，在藤上来回晃悠，身心自在，多像野孩子不爱着家，玩痴过去了。

好一阵子了，日日有瓠子花看，后来，忽然发现那户人家栽下的这几棵瓠子秧，虽也茂密苗壮，但自始至终没有结成一只瓠子，那些童年版的小瓠子在藤上晃着晃着，不几日，未等及少年期来临，便枯萎了，一骨碌掉下地去。或许是施肥过重，民间所谓"惯子不孝，肥田出瘪稻"，讲的就是这个，一点不假。或许，种瓠子的人家，也不过喜欢这一挂绿一藤花呢，未必稀罕结个现实版的瓠子。人家图的是精神上的愉悦，无非如此。这过的可就是王维式的生活了，官至重臣，物质生活也算丰裕优渥，也该老去了，前去僻静之地筑一排别墅，花前月下，赏一挂绿一藤花。再不济，宛若苏东坡那样，一边赏着门前修竹，一边在火上煲着猪肘子。

一个人能过上既有竹赏又有肉吃的生活，似乎是不差的命运。如今，我们天天都在吃肉，却把竹子晾一边去了。我们家铁质的晒衣杆上尚且架着几根竹，竹壳发黄，被雨水磨得发亮的岁月之黄。这些尚且不说了，人至中年，也没什么可亲可叹的，一般都一把扪在心里藏起来了。

还是继续看花吧。

正午的豆角花真是好看，青紫色，肉质的两片对称着展开，走到哪里都有个伴似的喜悦着。嗯，豆角花就是喜悦的气质，妖妖的，像狐仙，垂下两尺多长的豆角。每朵豆角花下都和谐地挂着两根豆角，出双入对的——嗯，相当的人性化，不孤单，更不遗世落寞。盛夏的大风吹来，但听狐仙一样的豆角花喜悦地喊：我要掉下来了，我真的要掉下来了！豆角的茎和藤真单薄，任谁也不信怎么就能挂得住那么长的豆角，真是有韧劲有耐性的伟大的母性啊！所有这一切都不是豆角花可操心的，它的使命就是一直开到妖娆，然后再体现一个成语的魅力——"佳偶天成"。当两根豆角被一双手摘下，末梢隐隐还见一团枯萎的黑，那是豆角花的魂，再也不见那之前的所有的明艳和妖媚——任如何美的东西，到末了，都敌不过时间的击打挤压，越美越不堪。像南瓜花吧，那么盛大而壮丽的土黄，仿佛从年轻的时候就没人愿意注意一眼，更谈不上年老的时候会怎么样了。这样讲，真是惹南瓜伤心。

那就不往下说了吧。

原载《文学港》2021 年第 7 期

我深爱着的他和你

杨献平

接过推车，推着他们母子回病房的时候，我满心的笑。这就是最好的了，大人孩子平安，在我和她之间，又有一个人加入，而且来自我们两个人，传承了我们双方血脉和基因。这是一个奇迹，也是人类之所以总是在绝望后又充满希望的根源之一。

前额没有头发，像我一样。当年，大儿子锐锐出生，也是前额没有头发。开始我还觉得对不起儿子，几个月后，儿子的头发却都长出来了，且浓又黑。这刚刚降生的二儿子，大致也会这样的。我的头发沦落，被人称之为光头或者秃瓢，却也不是遗传的。我父亲直到去世，也是满头的黑发。我脱发的原因，仔细回想，确认是多年前在巴丹吉林沙漠空军某部服役的时候，有一个瀚海阑干百丈冰的夜晚，我放了一些暖气里的水洗了一次头发，次日，就发现枕巾上落了一层头发，一根根的，犹如杂草窝。战友劝我说，这得去医院看看，你现在还年轻，还没有谈对象，要是头发掉成了戈壁滩，估计对你找老婆会有很大影响。我觉得有道理。可自己只是一个不名一文的义务兵，一个出身乡村，在这个世界上一切都还茫茫然如祁连雪野的年轻人，业未立，器不成，即使满头漂亮的头发又有何用？基于这种心理，便从没去过医院，也不想去医院。几年后，我前额的头发就没了，一片白白的面板出现在头顶，夜里宛如明月。冬天必须戴帽子，否则，一出门，头顶就愁云惨淡万里凝了。

他哭，声音不是那种尖厉的，而似冰裂的响声。我抱着他转悠了几圈，而他的目的却是吃奶。我只好把他放在妻子怀里。他还没有来到的时候，我们想有个他。人在这个世界上，能留下的东西极少，甚至连影子最终都会消失无踪，唯一可以留下的，便是自己的基因。人类绵延不休，坚持了数千年甚至几十万年的根本原因，就在于生殖。时代发展到今天，很多东西都太快了，尤其进入新世纪之后，科技飞速发展，已经超越了以往的任何时代，以至于每个人都被其强大的力量裹挟。

在古代，人们总是主观地认为，对于子女来说，父母一是具备生杀予夺的权利，二是有着含辛茹苦的养育之恩。因此，养儿防老，衍传后人，便成为所有人的心理，即期望自己的付出能够得到回报。尽管不及自己当年辛苦的万分之一，但在晚年，儿女能给予他们一定意义上的安慰与照顾，也就心满意足了。再者，传宗接代之所以深入人心，根本的一点，大致暴露了多数人对世俗的贪恋以及对自我血脉和拥有物质的不舍——唯有子女，能更好地接续和继承这一切。至于光宗耀祖，大致也是诸多父母的期望，但前两者，是更容易实现的。

我们生育他，就我本人来说，也是有这样一些愿望的。主要是我，无论怎么心如明镜自视甚高，本质上还是一个俗人。我对她说，我快五十岁了，一副身躯，已经向着垂垂老矣疾步如飞，你还年轻，如今还不觉得什么，待我腰身佝偻，甚至行将就木，你也老了，身边还有一个懂你的人，知道力所能及地照顾你一下，哪怕几十秒钟，哪怕他不怎么孝顺，届时只要还能看你一眼，说几句心里话，那也是令人安慰的。尽管，多年前，我已经对人生的很多东西不再向往或者说刻意要求，但我觉得，人应当为他人考虑一些现实利益，尤其是身边人。她年轻，一直对我说，真没有想那么远。孩子刻意不要或者暂时不要，先自己玩好再说。这可能就是代沟。一代人和一代人之间，产生分歧的永远是思想和情感呈现、表达的方式。但我坚持，幸好她也怀孕了。这样的事情，我始料不及，惶恐而又高兴。

我们总是悲观地在人世间的花草和荆棘中趔趄前行，却总是满怀希望地幻想前方的水边和山岭上有更美的风景。人本来就是矛盾的，但又是和谐统一的。在这个年代，一个人在母腹中成形，并不一定会真的来到世上，这和当下人的观念息息相关。很多时候，人们性爱的起初目的不是生殖，而是自我意义上的娱乐。很多年轻人在条件不具备的情况下，选择引产。自己年轻的时候，也曾有过。那时候浑然不觉，好像怀孕了不想要，引产是一件鸿毛小事。可现在却觉得，一个生命，做好了来人世的准备，就应当善待他，让他按照自然规律生成和出生，并且拥有一个好的文化和教育环境。尽管常常事与愿违甚至很悲催，我们也总是寄希望于自己的后代，如何与众不同，站立和行走在众人仰望与羡慕的峰巅。但根本的问题是，精英和巨人极少，不可能随意诞生和炼成。因此，大多数人的人生，一如更多的人那样平淡无奇甚至蝇营狗苟，所为不过一日三餐，寻常衣裳。在这个社会上，他们连一丝涟漪都不会激起。而人还要无休止地繁衍下去。

该给他起个啥样的名字呢？

锐锐，是大儿子的名字。弟弟家的三个孩子也是我给他们取的名字。闺女是蕊，儿子是锐和汭，大都是根据五行来的。我觉得新生儿子的名字里必须也要有汭或者与之同音的字。

我是有一些大家族观念的人，在南方和四川等地，看到一些大

样。并且，从一开始，我就把自己定位为儿子的兄弟或者小伙伴，从没有把自己当作他的爸爸。很多时候，我和他闹着玩，他忽然哭了，我怎么哄都不行。有几次在酒泉和嘉峪关玩儿，我和他开玩笑，动了他一下，他就哭，他妈妈就骂我。更多的时候，我喜欢让儿子在我背上乱踩，借以缓解长期伏案的背疼和颈椎疼。他兴高采烈，从这边跳上去，在我背上蹦跶几下，再从那边下去。对于锐锐，从他满月那天开始，我就觉得他是我生命当中重新生长出来的一部分了，同时，他也是我父母、我和前妻的生命、情感血脉在人间的又一次延伸。就像我母亲星夜去到巴丹吉林之后，一进门，就趴在床上端详她的孙子，用粗糙的手掌一次次摸他熟睡中的脸蛋和手脚，那种虔诚与细心，让我感觉到了血液里那种生生不息的暖意与美好。

出院到月子中心。内心里，我对这些是排斥的，觉得还是回家好一些，便于孩子及早适应环境，产妇康复得也快一些；但月子中心的好处，也显而易见。

可可很少哭，有时候会笑，而且笑得很成熟，比少年老成这个词还提前了一些，简直是"出生即老成"。时代及食物结构、生活环境和气候的改变，使得人，也与从前有了巨大的差别。我记得，大儿子锐锐出生时，表情看起来也有一些老成感，但几个月之后，他就又变回了婴儿应有的懵懂与茫然，甚至一无所知、一无所觉的状态。

我注意到，二儿子的笑是隐秘的，他通常会在将睡未睡或者假装休息的时候，将肥嘟嘟的嘴角向上一拉，鼻子和两腮的肉也跟着细微挪动，嘴角微微上扬，然后呈现出一脸的笑意，很开心，也很通透的样子，好像他已经洞晓很多的秘密，甚至看穿了整个人生和人世一般。这使我惊异，同时也有一丝担忧。人在哪个年龄段做哪个年龄段的事，持那个年龄段应有的态度，才符合自然规律，可现在的孩子们之早熟甚至早智，看起来是一件好事，其实未必。多年以来，我一直遵循一条格言，便是"大智若愚"。我不想孩子早智早慧，也从没想过他将来如何的不可一世，成为某一方面的标杆和楷模。普通人是最好的状态，倘若能够做个学问家、科学家和医生、教授之类的，我倒是很开心的。

吃了睁着眼睛看灯或者他以为奇怪的天花板，或者自己忽闪着眼睛，伸胳膊蹬腿。尤其是他挥舞两只小手，啊啊啊，不停叫的样子，我一看到就非常开心，觉得他这个动作里面，充满了生命的动力，也包含了渴望拥抱的情感。二十多天后，他笑得少了，但还是不怎么哭，只要一哭，肯定是饿了。妻子的乳汁足够他吃了，可这个小子，往往吃了一顿母乳之后，还要泡一些奶粉，从起初的五十毫升快速增加到一百毫升。我仔细观察过他吮吸的动作，小嘴一噏一噏地，均匀，有力，特别优美。吃一会儿累了，长出口气。看着他含着奶嘴歇息的模样，我就想笑。喊他的乳名可可，或者叫他杨芮灼。吃了奶，必定会拉屎和撒尿，排泄的声音尤其大，好像大人一样，在我听来，有点惊天动地的感觉。给他换尿不湿的整个过程中，我叫他杨臭臭。有几次，我刚打开尿不湿，他的小鸡鸡一竖，一股尿便喷射而出。

这也是快乐的。记得大儿子锐锐小的时候，还没流行尿不湿之类的用品。人类的发明创造越多就越会对自己形成限制，甚至是对某些技能的剥夺和僭越。那时候，我每天下班洗尿布。儿子的屎尿，我没有觉得脏。二儿子用的尿不湿，完全省略了洗尿布这个环节。我觉得不是什么好事。人之为人，应当还是原始和拙朴一些好。我想到，不用等我们老了，就是现在，自己的亲人到了生命终点，屎尿不能自理的时候，我们能不能像对待孩子一样不嫌弃，并久无怨言？现在，手机很方便，录下保存起来，等儿子长大了给他看看父母为他做的，他是觉得羞惭还是幸福呢？

人说，不养儿女不知父母恩，看起来这句话是对的。我想起自己的父亲，奶奶病逝之前，是父亲陪着她，给她端屎端尿，洗脸梳头的。这使我吃惊，从来没有想到，父亲那么木讷，在自己母亲面前，却是如此地细心和孝顺。我相信，基因和血脉之间，是有传承的。就像岳母和妻子说，可可长得像爸爸，除了眼睛之外，大抵都是他爸爸的翻版。我很开心。我知道，子孙后代，不过是另外的一些自己，或者是代替自己在世上穿梭行走的躯壳和灵魂。就像我，父亲虽然去世了，可村里有人见到我还会说，这是杨恩富的老大。或者问我是谁的孩子，我会告诉他们，俺爹的名字叫杨恩富。他们听了之后，会啊一声，说，知道，南沟村的，然后说一些与我父亲有关的往事。大儿子锐锐已经高中三年级了，面临高考。因为长期不在一起，我能做的，就是给他钱。和他们母子分开的最初几年里，一想到锐锐，我就泪流满面，心疼得就要碎裂了一样。我确认从灵魂里我爱我的儿子锐锐，尽管他可能至今不知道。在他妈妈和我闹离婚的时候，他没劝阻也没同意他妈妈这样做。我知道，他有点太成熟了，或者太自以为是了，又或许，他是受到了当下一些所谓新思潮的影响，觉得夫妻不合适就不在一起了，离婚是平常事，等等。直到现在，锐锐也从没有跟我说过他对于他妈妈和我离婚的个人想法，每次和他见面，都是说一些其他的事情。

直到现在，我也没有对锐锐说过，他有了一个弟弟。我不知道该怎么跟他说，也觉得这时候说不太好。他正在迎接高考，不能让他分心思虑其他的事情。有几次，我哄二儿子可可的时候，不自觉地把他叫成了锐锐。我肯定不是有意这样叫的，而是，和锐锐一起生活多年，已经形成了某种心理惯性，一提起儿子，就是锐锐。现在，可可来了，我想，他俩尽管相差十八岁，但也是同父异母的兄弟，也都姓杨。

人生的诸多不快或许是命中注定的，无论和谁，肯定是冥冥中的缘分。我爱大儿子锐锐，但不会像当年那样再去爱他的妈妈了。夫妻，其实是一种合作，一旦合作结束，也就返回了陌生人的位置。

我爱可可，也爱他妈妈。因为我们是新的一家人，除了他们母子之外，我没有更入心和可靠的人了；从这个层面说，还是血缘关系是世上最为牢靠和长久的。我还记得，和前妻离婚后，我给儿子写过一首痛彻心扉的诗歌，题目就叫《写给儿子》："要去另一个地方，目的地是'无处安放'／你知道我是爱你的人，爸爸这个称谓可以忽略／十五年不是一闪而过／是我就着奶香咬你的小脚／含着你的手掌，在你的恼怒中呵呵大笑／有一次我把你举过头顶／你忽然撒尿。更多时候我看着你玩耍／调皮、爬树、打拳／……我的儿子，你真的太好。直到有一天我不敢近身／用拍肩膀和打屁股，代替心里的日光与青草／你长大了，爸爸已经变得无关紧要／而我却总是想你抱抱。一个男人越来越老／另一个男人，他正在广场奔跑／你的内心满是星斗，还有那么多未知的照耀／可我还想从前那样和你手拉手／一个男人总是自我抚摸／爸爸站在门边，梦想你看见／也像你小时候，抱抱我，再拍拍我的胸口／笑着说，爸爸，你咋像个孩子呢？尽管你现在还不算老。"

我相信，再过几年，锐锐上了大学，或者大学毕业，参加工作了，自己也成家，做了父亲之后，读到这首诗，他会理解甚至心疼我那么一下的。

原载《星火》2021 年第 4 期，文章有删节

269

大地的滋味

———

刘江滨

　　李耳在《道德经》中云："五色令人目盲，五音令人耳聋，五味令人口爽。"这话多少有点令人沮丧。如果我们换一个角度看，大地之上，有青黄赤白黑五色入目，有宫商角徵羽五音贯耳，还有酸甜苦辣咸五味咂舌，色、声、味都在大自然之间蓬勃地存在着，呈现着，这是多么神奇瑰丽的景象！五色和五音愉悦了我们的视觉与听觉，而五味不仅满足了我们的味觉和自然的生命之需，更投射黏附了丰富繁密的人生况味。

　　这一切，都拜大地所赐。酸甜苦辣咸，大地上的自然物包括草木、土地、稼禾、瓜果以及水都浸淫其中，各有各的滋味。

　　五味中，甜绝对是当仁不让的一号主角，最受人们喜爱追捧，如蝶恋花、蚁附膻一般奔之若竞。甜，会意字，从舌从甘，意思是舌头品出甜味。《说文解字》解：甜，美也。这是一种让舌头畅美舒适的味道。甘字里边那一横，是说吃到嘴里的东西就那样含着舍不得咽下，这就是甜，就是美。

或许是我们生下来品啜的第一口乳汁是甜的，那是生命的芬芳，从此烙下深刻的味蕾记忆，寻甜的滋味成为第一选择。大地和上苍也从不吝啬甜品的供应，如草盈野，如花满地。

每一个童年都有一个"甜蜜史"，跟糖、草秫、瓜果有关。糖需要花钱购买，而草秫、瓜果可在田野中寻找获取。有一种野草叫茅根，长在坡坡坎坎，它的根茎呈白色，一节一节的，挺长，从地下拔出来擦去尘土搁嘴里嚼一嚼，汁液不盛甜味也淡淡的，聊胜于无，嚼着玩儿。瓜地、果园都有人看管，最诱人也最易吃到嘴的是"甜棒"，即玉米秸和高粱秆。浓密的庄稼稞形成天然的屏障，趁割草的时候，钻进去谁也瞧不见。此时挑着粗壮的秸秆用镰刀砍断，用牙擗去一条一条篾皮，一口一口咔嚓咔嚓大嚼起来，满口甜汁，美不可言。一会儿工夫，眼前一地废渣残末。那种高高的顶着穗子的红高粱，秸秆一般没有水分，适合编笆和做箔。可吃的甜棒叫糖高粱，比红高粱矮多了，比玉米还矮，但甜汁充盈，有北方甘蔗之称。糖高粱的外皮很硬，擗的时候时常不小心就割破了手指或嘴唇、嘴角，在甜棒上面留下斑斑血点，然而这点小事丝毫阻止不了对甜美的渴求。

大地上的植物结出的瓜果庶几都是甜的，甜瓜、西瓜、黄瓜、苹果、桃子、梨子、香蕉、葡萄……只不过甜味浓淡不一、纯度不同而已，比如哈密瓜甜得发腻，而南瓜虽然也是甜的，但不可生吃，只有蒸（煮）熟了才行。自然赐予了大量的甜品，人们犹嫌不够，还根据甜菜和甘蔗制作了糖、饴，让蜜蜂帮忙获取了种种花的蜜。人们醉心于甜味给舌头和口腔带来的美妙感受，甘之若饴，并将这种滋味延伸到人生的方方面面。譬如，相貌要甜美，声音要甜润，爱情要甜蜜，睡觉做梦都要香甜，日子更是要比蜜甜。总之，甜就是幸福、欢快的滋味。

与甜相对的是苦。人人都喜欢甜，不喜欢苦，但不喜欢也还是

271

咸，口味重，一天不吃甜水果可以，不吃盐是断断不可的。"白毛女"躲在深山洞里长期没有盐吃，头发都白了；游击队被敌人封锁在山里，千方百计要搞到的是和药品同等重要的盐。咸味不仅是调味，更是生理生命的必需。

盐同样来自大地。旧时冀南农村有大片大片的盐碱地，土壤贫瘠，寸草不生。土地表层有一层松软的盐土，农人将之用铲子刮了，放到一个专门砌成的盐池用清水反复浸泡导引，流出的盐水太阳晒或用大锅煮，白色的晶体盐就产生了。这个过程称为"淋小盐"，和拉大锯一起成为旧时冀南一带农民最主要的生计。这些为儿时的我在田野上亲眼所见，而今这些早已尘封于泛黄的记忆中了。但是，盐依然是大地慷慨的馈赠。

大地上的植物皆自然拥有五味的属性，《黄帝内经》有过梳理——

274

　　五谷：糠米甘、麻酸、大豆咸、麦苦、黄黍辛。

　　五果：枣甘、李酸、栗咸、杏苦、桃辛。

　　五菜：葵甘、韭酸、藿咸、薤苦、葱辛。

那时还没有辣椒，辣椒是明末从墨西哥传入。在中国传统文化看来，五味与人的五脏（肝、心、脾、肺、肾）对应，最终还能和五行联系起来。天地有道，道法自然，相生相克，生生不息。五味是大地的滋味，也是人生的滋味，"五味杂陈""百感交集"之谓好像略有消极颓唐之意，其实在我看来是盈满，是丰厚，是自足，是上苍的赐予。人活一世，少了哪般滋味岂不是都觉乏味、都感寡淡？只是，甜了别沉溺，苦了别沉沦，酸了别倒牙，辣了别放任，咸了别过度，要以它味来填充，来调和，来平衡。苏东坡尝云"人间有味是清欢"，善于知味于口深味于心，才会不负大地，不负人生。

原载《文汇报》2021 年 10 月 24 日

夏雨诗忆

徐　芳

一

　　我的大学时代是从 1980 年开始的，从 2020 年倒退过去，正好四十年。在四十年后，回想当年我的大学生活，那该是一首朦胧诗，并不是北岛、舒婷、徐敬亚、王小妮他们，在同时期创作的又"沉重"又"苦难"的崛起的新诗。从意境上说，倒有些接近于琼瑶小说：月朦胧、鸟朦胧，抒情而甜美。

　　我，十八岁，眼神像我的经历一样单纯，肩膀像我的思想一样稚嫩，脸色苍白，除了高一时曾下乡学农劳动过，从没有离开过生养我的这座城市；高二时，曾在课桌里发现了一张来路不明的说喜欢云云的纸条，吓得我一个月都不敢抬头看人，见人就躲……

　　第一次写诗发表，第一次化妆跳舞，第一次抽烟喝酒，第一次和男生散步，第一次旅行，第一次谈恋爱，第一次争吵，第一次有了活期存款……这所有的第一次，都是在大学里发生的。

二

第一次写诗发表的情形，还记忆犹新。那是在《青年报》1982年的元旦专版上，发表了我的第一首诗《蝴蝶结》（这个意象也是属于 80 年代校园的）。此前，我给编辑潘伯荣送去了厚厚一沓诗稿，写风写雨写太阳写月亮写弯弯曲曲的小路……他独独选出了这一首："像是蝴蝶 / 不是蝴蝶 / 追逐落叶吗？ / 哀戚残花吗？ / 哦，它只在春光里飞！ /——在人们的黑发上， / 在人们的倩笑里……"今天看，这是一首很稚嫩的习作，但表达的情绪倒很有代表性：欣喜中有感伤，感伤中又充满了希望。

1996 年，在一次由中国社科院文学研究所主办的，包括我在内的华东五人诗歌作品研讨会上，著名诗歌评论家吴思敬先生，以些许惊讶的口吻问我："《蝴蝶结》果真是你的处女作吗？ 如果是真的，那你的诗歌起点真是高哇……"吴先生的"三真"感慨，是因为裹挟情思的象征手法而生的。"一入门就是象征主义！"他继而叹道。

可无论是技法的起点，还是创作的起点，也许我都得赞一句——它很像现在的年轻人的口头语：拜某某所赐。我得说，拜我的时代所赐；或者说，拜我的大学所赐。而如今被网络上铺天盖地的不讲技法、即兴临屏的诗作席卷时，我似更坚定此信了。

三

发表那首诗以后，我就算"诗人"了。大家承认，我自己竟也这么想。拿着饭碗去食堂打饭，端着脸盆去浴室洗澡时，都有人在半道上截住我，认真（对我而言，"认真"二字，必须认真体会。如若放在现在的场景中，却可能意味着笑话）地发问："最近在想什么？

写什么？"于是我歪着脑袋做沉思状。

这一点当然很重要，很多状况或曰灵感，就在这一刻发生、发展，要不然也许我永远成不了诗人（这是最郑重意义上的称谓和崇高的目标）。而那个年代的大学校园，真是诗人和准诗人的摇篮：蓝天白云、绿草地和小径上相遇的每一个人，都可能激发你的诗情。

年级里的、系里的、全校的，以及各校联合的赛诗会隔三岔五地举行。虽没有锣鼓喧天，可也是人声鼎沸；盛况如果没有空前，也大概可以说绝后了。在一次名曰"春之心"的赛诗会上，我得了我们那个年级组唯一的一个一等奖，也是整个诗歌赛的两个一等奖之一。

我的夫君李其纲，虽然仍然是未毕业的78级学生，但因为当时已在《文艺理论研究》上发表了关于艾略特的《荒原》等长篇诗歌理论文章，所以作为特例，被聘为唯一的学生评委，坐上了高高的讲台。当然并没有营私舞弊之嫌，因为我们根本就不认识。还是另一位评委——我的写作老师王光祖先生，向他"隆重推出"了我。

李其纲后来说，那时还以为我是个男生，因为当时写诗的男生居多，又恰巧他正在读古代诗人徐芳（男）的作品。而其他同学的议论各式各样，就曾有人贸贸然地鸣不平："这次大赛的一等奖，怎么全入女生的香囊中？"理由只是：一个叫徐芳，另一个叫汤朔梅。

三十年后，在奉贤再见到已发福的成功人士汤朔梅先生。酒半，叹高咏能邀知音时，朔梅兄顺便就提及了这一段往事，不料竟笑喷了我的"80后"儿子。座客中，年过中年者，则大多于苍凉中猛然而觉酒醒，如我这般。

四

1999年末，我在北大未名湖畔打电话给谢冕先生，本想登门去拜谢先生的提携——他援笔为我的新诗集《上海：带蓝色光的土地》写了热情洋溢的序文，那时，这本诗集刚刚出版不久。

没想到，被誉为"儿童团团长"的谢冕先生，竟骑着一辆除了铃响，哪儿也都响的自行车，一路御风而来。"徐芳，你怎么很少出来？"人未到跟前，谢先生洪亮而有感染力的话音，以及随之而来的哈哈大笑声，已经彻底感染到了我。就在他下车的刹那间，20世纪80年代，仿佛就哐当一声，掉在我的眼前了，而且是满满当当的。

这时，我自然而然想起了他在我的诗集序言里说过的，沉郁而美好的话："上世纪八十年代我已人到中年，当然不是青春期了，但我依然有着一种青春的心境和怀想……我们只有中年。我们的一切，正常的生活，喜欢的工作，追求的事业，还有人生的理想，都从中年开始。所以我和徐芳那代人的心是相通的。我们共同拥有青春的记忆和怀念。就我个人来说，我也有属于我的'青春期'的感受。可以这样说，正是由于有这样共同的感受和心境，我和新诗潮的那一代人有着许多共同的语言。"

关于诗歌的"青春期"，我作为"大海汪洋中的一滴水"，自然也是感慨万千。诗歌是表，世事是里。或者似也可以说，世事才是借喻，诗歌正是本题。

也许，正如卞之琳先生的名篇《断章》所言，当我在桥上看风景的时候，却又有另一个人站在更高处，连我一起看了进去——这是更大的风景，而我很可能也成了风景中的一个小黑点，如同山水画中的面目不清的一个背影。但我不觉得以往的什么时候，见过这一片风景。而是预感到在将来的什么时候，我能真切目睹。就像在网上偶然撞见自己在夏雨岛留下的青春影像，甚至觉得我是在更远的未来，比现在更老、更糊涂的时候，猛然看见了这一幅迢迢遥遥的美景——其实，是很难相信自己真的在那个时刻，那个场景里出现过。

　　那是去年五月，一个悬着星星和月亮的春夜，数不清的人挤在华东师大的大礼堂里。人群中，不仅仅有喜气洋洋的大学生，也有白发苍苍的教育界老前辈，还有赶来祝贺的上海诗人们。礼堂里人挤满了，门外的人仍然在朝里面拥……诗，把人们聚集到一起来了。台上，诗社的同学深情地朗诵着他们的宣言：我们没有春雨之缠绵，秋霜之冷漠，冬雪之潇洒，我们像我们的姓名一样朴实。夏雨人，热爱生活并在创造生活的人们啊，如果你有沉闷焦灼的岩石，我们愿给你送去清凉的慰藉，如果你有干涸龟裂的土地，我们愿给你送上缝合的丝线……如果你执着，如果你在沙漠上曳响翠绿的驼铃，我们愿像星星一般优美地落在你怀里，决不让你干渴、窒息，如果你深沉，如果你在大海上直挂严峻的桅杆，我们的大海愿凝聚飘落在你的眉睫、唇尖，决不让你守着苍茫的重洋彷徨……我们表达了，创造了。树将记得我们淅淅沥沥，噼噼啪啪的叮咛，把绿荫铺满世界……夏雨，年轻而执着！宣言之后，诗，一首接着一首，像展开翅膀的小鸟，在宁静而又热烈的会场里飞翔。台上在吟诗，台下在鼓掌，而拥在门外进不来的同学发急了，把大门擂得咚咚作响……赶来祝贺的老诗人辛笛走到台上，应和着咚咚的敲门声，诙谐地笑道："好，这是在擂鼓！大家听听，这是我们年轻的一代在为新诗擂鼓！"在这种气氛里，即使不是诗人，也会忍不住萌动诗兴的，如果你是个诗人，那么你一定会觉得骄傲！

　　那天，记得是我陪着王辛笛和袁可嘉先生，从王辛笛先生南京东路的家出发，换了两辆公交车，赶到了学校。说来惭愧，诗社没有一应费用，包括没有买公交车票的钱，顾问都是尽义务。但事先，我已悄悄地把自己的菜票，和同学换了几元现钱，揣在口袋里，然后雄赳赳气昂昂地奔赴会场。

七

赵丽宏先生称之为"宣言"的，其实是一篇《夏雨岛》诗刊的发刊词，是第一任主编和社长李其纲抽了几盒烟，开夜工赶出来的。我们自己跑印刷厂甚至帮师傅一起开印刷机，拎整沓纸，用裁刀切毛边。师傅抽烟，我们就点火；下班铃响的时候，我们就快步挡住去路：有期待，有依恋地眼巴巴看着师傅和未成形的杂志——这才总算大功告成了。那时候，油墨香，竟让我觉得是世界上最好闻的味道。

《夏雨岛》在诗社成立大会上，成了抢手货。据说，现在孔夫子旧书网有售，且价格不菲。我手里的一份，屡次搬家，都没舍得扔下，不是期待它升值，而是因为那里面留下了自己太多的记忆。

也是在成立大会上，法语专业的小吴同学，在台上用银铃般的童声，朗诵了我的一首《擦窗》。之后几年，我们常有碰面的时候，她总像在抱怨似的，告诉我说："真是被《擦窗》害苦了，到哪儿都被人叫着'擦窗'呢……"

《夏雨岛》诗刊的发刊词，后来发在《文学报》的头版上，这也是当时足以令人惊怪的事——这是黎焕颐先生的功德，他也是诗社的校外顾问。当年，一个大学的学生诗社，竟得到如此多的眷顾和关照，也许意味着对如今的诗运，我们或不必过于杞忧？

"夏雨，年轻而执着。"

283

八

很快诗社就有了几百名正式登记入册交会费的会员，交不上会费的编外成员，无法统计。以至于每次发展新会员，都要几次三番地开理事会，大家争得面红耳赤，一次两次，都难以定夺。在相持不下的局面下，有的同学扔出的"炮弹"真够惊人的——说有的理事"工夫在诗外"，挟有不可告人之心，以软性的名字、软性的笔迹作为取稿标准。约谈稿，其实是看人符合标准的，就以推荐入会相利诱……当时，诗社确实吸引了一些漂亮而活跃的女孩。

其实，反过来也一样，我的一位诗友，一次次羡叹："你真幸运，可以和那么多有气质的男生接触。""身在福中不知福"的我，却毫不留情地反问："他们有气质吗？我不知道。"现在回想，恍如《太真外传》所记："略约词调，抚丝竹，遂促龟年以歌之。"这大约就是室友所言的"气质"？

九

在夏雨诗社成立后的第二年（1983 年），我们就出版了一本集合了诗社骨干创作的选集《蔚蓝色的我们》，此后越发不可收，各种大学生个人诗集和合集，如雨后春笋般出现。我个人的作品也被反复收录于各种集子，粗略统计一下，计有近百种。

1984 年，我在《上海文学》上发表了一首长诗《在大山的第一级台阶上》，并以此获得了 1985 年的上海市首届文学作品奖。雁翼先生在编《中国当代女诗人诗选》时选入我的这首长诗和其他短诗。他曾评价说，《在大山的第一级台阶上》是"青春的交响乐"。曾镇南先生则在一篇近万字的诗歌专评《徐芳的诗漫评》里，这样评说这首诗：是"一个诗人的奠基礼"。他说：

> 在交叉中递进，在递进中回旋，最后归结到一种健康的、理智的、辩证的人生哲学和艺术哲学，即承认人生和艺术是一个前后相接续的运行轨迹，是一个山山相连接的无穷的攀登过程。诗人尊重"引渡我们的小桥"，"点燃我们的篝火"，承认"我的色彩铺展在你的宣纸上／而你的诗韵牵动了我的笔尖"。但她更深知"一切追求都横生荆棘／多少山峰藏在雾岚里"，所以她不汲汲于寻找星星秤"一星星地称量自己"，却得到了对自己的位置和追求的清醒的感悟。

是的，诗里诗外，我一直在艰难地寻找着可以安放自己灵魂的位置。

夏雨诗社，生机勃勃地成长起来了。一些诗社社员的名字，在各个地方闪亮：李其纲、宋琳、张小波、陈鸣华……包括最后一任主编江南春（那时我已留校执教，之前我是第三任学生主编，之后就担任了夏雨诗社的指导老师）。

我在诗文集《岁月如歌》（与李其纲合著）的扉页上手书了一句话："我想带着夏雨岛上的一颗露珠远游，把它凝成一颗露珠，永远放在心上。"现在它出现在华东师大的招生海报上了，虽有些矫情，但绝非虚言。

原载《现代中文学刊》2021 年第 5 期

农历丙辰年的鼓声

———

璎　宁

一

　　大年初一凌晨三四点钟，乡村的夜晚还黑得如一块炭，巷子里就响起了脚步声和说笑声。这是一大早出门拜年的人，有的成群结队，有的三三两两，不管长辈起没起床，推开房门扑通一声就跪到地上，开始磕头，一般是连续磕三个头，有的头，点地为止，有的则磕出了响声：咚、咚、咚！

　　为磕头的人准备的褥子或者蒲团就摆放在供桌的正前方，供桌上面墙上悬挂的宗族画像，衣着鲜艳，面目和善，是为祖先。每年的这一天，拜年的人都要走到画像前看看宗谱，明了自己的来处。供桌、宗谱、香炉、贡品，让过年有了特别的仪式感。人们趴在桌子上，对着宗谱看个没完，似乎一张画像就圈定了他们的一生。

　　往往白了头发，掉了门牙，露着紫色牙床的老妪，早早坐在炕头上，蘸着水把头发梳得一丝不苟，脑勺后绾起一个如鸡蛋大小的鬏练有素的锣鼓队，或者说一个家庭里的人。即使打错了节奏也没有人怪罪。街上的人打了照面，都问干啥去啊？总会回答看疯疯财打鼓去。似乎看疯疯财打鼓是过年的一件大事情，也可以让人放下很多生活难题。

打鼓的过程中，人们似乎才发现疯疯财原来也是一个老实巴交诚实的庄稼汉，年长的人就后悔在早些年没有张罗着给他趔摸个媳妇。现在疯疯财已是花甲之年，再成家也不太可能了。

从我记事起，疯疯财打鼓的时候，父亲从不缺席。这面羊皮鼓是父亲从晏城用一头小牛犊换来的。父亲在牛车上拉着这面鼓，鼓上覆盖了稻草，昼夜赶路，提心吊胆，终于拉回了村子。疯疯财打鼓，他就看，他点了一支自己卷的烟卷，坐在人群外看打鼓。他凝神细听那鼓声里远去的岁月，烟雾缭绕在他四周，过年这个节日在鼓声里升腾到一个庄重的高度。那时，整个村子鸭也不叫了，鸡也不鸣了，狗也不吠了，一片静寂之中，只有这鼓声在有节奏震天地响彻。

那个年代，鼓是稀奇玩意儿，加上锣鼓队的人把家里的红色碎花单子撕成了长布条，挂在了竹竿上，像一些经幡随风飘扬，让这场鼓事具有了强烈的仪式感。营造出的春节气氛，吸引了大坝上来回走亲戚的人纷纷下来观看，回到自己村里当奇事一样全村广播：疯疯财打的鼓可响哩；疯疯财打鼓的时候他脸上的疤差点流出血来；疯疯财也没个女人……

三

农历丙辰年的大年初一，疯疯财打出了与以往春节不一样的鼓声。似乎是老了，没了力气和斗志，那几天他的破棉袄状况并没有改变，掉套子的地方越来越多，快成了薄薄的夹袄。一根草绳子似乎要把他的腰勒断。鼓槌凌乱，没有节奏，声音也丧失了原先震荡耳鼓的气势。有人问："疯疯财你这是咋打的鼓？"有人赶紧打圆场："牲口都有打盹的时候，何况人呢？"大家你说一句我说一句，就是没有人说，我也打打鼓试试。似乎打鼓是疯疯财的专利。这一年，父亲照样坐在人群外看鼓。父亲听出了鼓声的异样，也觉察到了疯疯财与以往的不同，但是父亲不说破。悠长的乡村岁月，连生老病死都变得稀松平常，何况打鼓只是一种让大家高兴的娱乐。

四

直到现在我还能记起四十三年前大暑那天的炎热。田野上的庄稼在骄阳的炙烤下蔫不拉叽地耷拉着脑袋。村庄被暑气包围着喘不过气来。狗趴在阴凉的地方吐着长长的舌头。同时大湾里开始咕嘟咕嘟往外冒着黑水，村子西边的水井也破天荒地满了，井口往外满溢着。长长的大街上黑水横流，水位不断升高。人们开始恐慌起来，感觉要有什么大事发生。村子里年长的老人们和解了"仇恨"，凑在一起组成了一个临时小组，分头到大湾、井口、大街上视察。疯疯财几乎是马不停蹄地跑来跑去。一会儿翻越大坝去看看黄河的水位，一会儿跑到大湾看看黑水冒出的情况。这件即将发生的大事是什么，老人们并没有告诉我们。直到很多年后我才知道唐山发生了大地震，余震也波及了我故乡所在的鲁北平原。

地震发生的头天晚上，父亲的枣红小马驹就是不肯进马棚，它飞扬着蹄子围着我们家的菜园子不停奔跑嘶鸣。与此同时，鸡们也不进鸡棚，鸭们也不进鸭窝，那只大白鹅晃动着长长的脖子在院子里跑来跑去，极为不安。而且一关了北屋的木门，我们家的小黑狗就趴在门缝上，狂吠扒门，直到深夜三点钟，地震发生时，它依旧在不停扒拉着房门，直到前腿血淋淋的也没有停止。这些动物比我们人类更能感知灾难的发生，它们通过各种形式给我们信息，可是笨拙的人类，无一了解动物的内心。

在父母声嘶力竭的喊声里，我第一次感受到大地激烈的摇晃，让人恐惧和眩晕。我和姐姐裹着床单从里屋往外跑，土墙门变得倾斜而狭窄，茅屋四周不停掉着土坷垃，院子里鸡飞狗跳乱作一团。幸亏我们一家全都跑出了屋子。村子里哭号声一片，已经混乱得像一锅正在煮着的沸腾的粥。地震了！地震了！这几个字我第一次听说，像一把锋利的刀子直插到心上。

疯疯财冲进我们家的院子，拉起我和姐姐就往生产队最大的场院里跑去。他的手干枯却有力，让我暂时忘记了恐惧，跟着他一路猛奔。场院里已经聚集了很多女人和孩子。人们哭喊一阵后陷入沉寂之中。男人们空前团结，在余震过后，查看村子里的房屋倒塌情况和伤亡情况。那个时候，地震对于我只是一个词汇，至于地震的原因，人类毫无节制地破坏地表结构造成的恶劣后果，我是后来才知道的。

地震过后的七八天里，到了晚上谁也不敢回自己家的屋子里睡觉。因为屋子基本都是土坯茅草屋，一旦有冲击震动很容易倒塌造成伤亡。大家就在场院的四周打起了地铺，支起了蚊帐。大暑天气，酷热难耐，雨下起来可以淹死老鼠。往往刚打个盹就忽然听见有人喊："地震了，地震了。"人们人仰马翻混乱起来，抱被子的抱被子，拉孩子的拉孩子，四散逃开去。过个把小时看没有发生什么就再回来。夜晚等于白天，别想睡个安稳觉。

疯疯财、父亲还有队长开了个临时小会，把那面羊皮鼓抬到了场院中央。那一抹艳红霎时照亮了诸多绝望的内心。但是抬出这面鼓来能做什么呢？大人们满脸疑惑，孩子们则围着羊皮鼓摸个不停。那也是我第一次触摸这面鼓：坚硬的腰身、柔软有弹性的鼓面、一拍发出砰砰的响声，沧桑而浑厚。

疯疯财把鼓安顿好，去找了五六个酒瓶子来，把酒瓶子倒扣在鼓面上后，告诉大家今天晚上可放心睡觉了，如果再有地震，鼓就会晃动，鼓面上的酒瓶子就会倒下来砸到其他的酒瓶子，大家可以按照鼓发出的动静判断余震发生的程度。如果说之前的疯疯财是一个民间鼓手的话，这次他显示出来的就是民间的智慧。我也是那时对疯疯财肃然起敬的，不再跟着其他的人叫疯疯财这个绰号，而改为叫他爷爷。

静寂的夜晚，一面红色的羊皮鼓占据场院的中心，成了一面救命鼓。马灯发出微弱的光亮，虫鸣在四野泛起，人们安静下来仰面朝天躺着，适才发现了漫天的星辰，密密麻麻，闪闪烁烁。

五

四年后，除了我们家外，我们村子所有的人家都整体搬迁到了防台上。防台很高可以预防黄河水患。房子很新，可以预防地震余震时倒塌。在我们家孤立在旧村废墟上的日子里，疯疯财经常从他的看屋子去我家串门，他成了唯一一个到我们家串门的人。

疯疯财的到来给父亲壮了胆量，也给我们姐妹带来很大安慰。他经常给我们讲看屋子里发生的鬼故事。

那些夜晚，我们家微弱的灯光和疯疯财看屋子里的灯光呼应着，相互驱散孤单。他的灯忽闪几下，我们家的罩子灯也忽闪几下，以此证明存在，以此证明活着。一同孤寂，一同快乐，一同沿着日子的道路蹒跚而行。

我们家搬上防台后的第一个春节，父亲大放鞭炮，在大门上贴了大红对联。但是年初一没有再看到疯疯财打鼓，他死在冰冷的看屋子里，父亲发现他时，他已经死了一天了，全身僵硬，表情安详，手里还握着那对鼓槌，眼睛却睁着。父亲从他的手里拿下鼓槌，并承诺以后他会负责看好那面鼓。父亲在他眼睛上抹了一下，他的眼睛就合上了。他没有一个亲人，几乎全村的人都为他披麻戴孝。他没有家可以发丧，他黑色庄重的灵棚就扎在场院的中央，原先安放过那面鼓的地方。作为一个"孝子"，我也披麻戴孝，走进他的灵棚，行跪拜的大礼。隐约之中，我看到疯疯财坐在那年夏日的夜空下，双眼紧紧盯着鼓面上的酒瓶，一种鼓声从我的膝下传出，并传遍了全身。即使在我逃离乡村，流浪城市的诸多岁月里，那鼓声也时常在我深陷欲望或者世俗的时候响起，或者直接就打在我的身上。

他的生平很简单却最特殊，他被村长写成了鼓手。

我想，疯疯财也喜欢这个称呼吧。那一年我十四岁，刚刚来潮。时常坐在麦草垛上仰望星空，有几颗星星的亮光划破了漆黑的夜色，随后朝着大地的方向飘落。

也许那些星星里，有一颗是疯疯财呢。

原载《石油文学》2021 年第 1 期

赶　牛

宋占方

　　忽然，在一天晚上想起了赶牛。

　　世上有赶车、赶牛车、赶牛犁，也有放牛，很少有赶牛，除非牛进了蔬菜地、玉米田，要一时赶赶。然而，我却整整赶了四天的牛，一群牛——

　　我三岁时，父亲去世，自此我家失去了顶梁之柱，那时因为我兄弟姐妹四人正处于年少时期，家中一贫如洗，生活极度困难，母亲又没有正式工作，她只能带领我们挣扎在人世的坎坷之途上。

　　中学初一的暑假，我为了减轻母亲的生活负担，也为了能解决自己的学费，通过街道办事处的人介绍，去县食品站做工。食品站，其实是收购乡下卖来的淘汰老牛、瘦牛和生有缺欠的小牛的地方。食品站一共饲养了三十六头牛。我的初次做工，就是赶这三十六头牛去丹东市食品厂。那时从县城到市区，没有运输"菜牛"的车辆，全是雇人在崎岖的山路上餐风饮露地赶牛。从县城去市里路程两百多里，每天每人1.32元。住宿费用食品站拿，伙食费不管。

当时，带领我赶牛的是个子矮矮的老朴头。老朴头一双闪闪有神的眼睛不停地眨着，让你觉得他是个有经验的老赶牛人。还有一位和我同龄的、个子比我矮的失学少年小杜子。临行前，母亲给我烙了十多个玉米面加榆树皮淀粉的饼子，当作路上的食粮。

一起程，这群从乡下七沟八岔收购上来的牛，因互不熟悉，不合群，一出牛栏门就撒野似的四处乱撞。这样，我居左，小杜子居右，老朴头戴着褪色的汗渍斑斑的黄帽子，背着一个老旧的黄色书包在后边压阵。

那时的公路都是土路，牛们一上路就横冲直撞，有的牛互相追撵，有的牛来了汽车也不让路，还有的在大路上就开始亮起尖尖的双角互相顶牛，角斗起来……

这群牛中，大多数为乳牛（母牛），也有几只小牛，还有三头尖子（公牛）。三头尖子中有一头满脸皱纹，一副老成持重的凛凛骇人之相。它身材高大，腿脚粗，身骨壮，头上顶着一只弯弯的长角和一只折断半截子的残角，我们管它叫"独角尖子"。独角尖子一上路，就前后乱窜，闻闻那头乳牛，嗅嗅这头乳牛，一会儿追这头乳牛，一会儿撵那头乳牛……不停地把牛群搞乱。

另一头尖子身子黑色，头上两角发出玉质的光华，英姿飒爽。还有一头黄色尖子分外壮实，倒挺规矩，看得出它是一头拉车驾辕的老牛。

第一天，一上路这些牛就三五一伙分了好几帮，有的跑，有的奔，有的慢慢晃，还有的下了公路跑到野地里玩耍……我与小杜子前后左右跑来跑去好不容易才把牛驱赶到一起。好在我俩腿脚轻，跑得快，总算没有把牛弄丢。

当行进至路畔的一片野草地时，老朴头让牛群停下来吃吃草，我们也趁机歇歇脚。我们刚刚坐在一棵大榆树下，黑尖子与独角尖子就顶起来了。只见黑尖子低着头，翻着白眼扬起锐利的双角冲向独角尖子，独角尖子也早早拱起头，瞪起眼，亮起弯刀大角与残角气势汹汹地撞向黑尖子，接着就"咔嚓——咔嚓——咔嚓"，双方不停地撞击起来……

忽然，黑尖子倒退一步，收回双角后猛地从下向上一挑，把独角尖子下颌划出一道血痕。独角尖子一扭头，立时把黑尖子双角抵住，一个前冲，就把黑尖子顶出半丈远……

老朴头见状，急忙喊我和小杜子把那黑尖子赶开，免得它吃了亏。

当炎炎赤日坠入山头时，马路边的草丛响起一片热闹的蟋蟀声，老朴头把牛群引进了路边的大车店牛栅栏里。

我们各自啃着干饼子，喝着凉水，吃完晚饭后就睡在大车店长长的大炕上。

二

第二天一上路，独角尖子就追起一头黄乳牛，黄乳牛向前跑，独角尖子就在后边撵。我在学校班级里是六十米短跑运动员，我便紧紧跟着那独角尖子身后追。这两头牛跑着跑着就下了公路钻进一片荒地，我也顾不了树杈子剐破了裤子，紧跟着撵进去……

这时候独角尖子终于追上了那黄乳牛，转眼间，那独角尖子就将前腿搭在了黄乳牛的后身。只见独角尖子身下一个长长的尖尖的"胡萝卜"似的东西插进了黄乳牛的后身里。

我一时不知如何是好，眼看大队牛群离我越来越远……

我无奈地举起了手中的赶牛棍子，猛打那独角尖子的脊背，独角尖子全然不顾，就是不肯下来……

最后，在我再次用力抽打下，独角尖子才慢慢滑了下来。我赶着它俩急匆匆地上路追赶牛群去。

撵上牛群后，我把独角尖子的事儿告诉了老朴头，他哧哧一笑，小杜子也笑了起来说："那是'爬傍'！"

什么叫"爬傍"呢？我也不好再问。临近中午，天空突然乌云密布，接着一阵电闪雷鸣后就是倾盆大雨。我们赶着牛群在路上奔跑……

等到了大车店，我们的衣服不但被雨水淋得透透的，还被泥浆溅得脏兮兮的，连背的干粮也被雨水泡囊了。老朴头在院子里找到了一截木板，又让我去找两段绳子，他用一段绳子拴好木板两头后，又用另一段绳子将木板拴在独角尖子的两条后腿前，这样就形成了后腿前的"挡板"。当时我猜想他这是怕独角尖子跳厩栏跑走……

三

第三天，我们穿着潮乎乎脏兮兮的衣衫，又早早地上路了。

那独角尖子又追起了黄乳牛。黄乳牛前边跑，独角尖子在后边追，不一会儿就冲出了牛群，追上黄乳牛。可是尽管独角尖子几次举起前腿，皆被那块"挡板"给抵住了！

这时候，我才明白那块"挡板"的奇妙作用。我也不用再鞭打独角尖子了，它自动放弃了努力，回到牛群中。可是小杜子那边的黑尖子又追赶起一只黄乳牛，黄乳牛往前狂奔，黑尖子紧追不舍，这回轮到小杜子去追牛了……

好一会儿小杜子只身跑回来告诉老朴头，那两头牛钻进玉米青纱帐里不见了。老朴头把牛群赶到路畔一片灌丛地里，说，他在这儿看着牛，让我和小杜子一起去找那两头牛。

我俩又返回那片青纱帐，这回我从东头穿入，小杜子从西边进入，直插青纱帐中部。

我俩在青纱帐中间碰了头，但还是没有找到，我俩悻悻地返回时，发现黑尖子和黄乳牛正在河畔悠然地吃草呢……

四

第四天，我们已经离丹东市很近了，这群牛也与我们混得熟悉了，它们不再乱窜乱跑了，保持着队形向前奔走。

此时我也谙知，这些为人们役使了一生的牛，到了目的地后就将被杀死卖肉，由此，望着这些浩浩行进的牛群，心中不禁一阵凄然……正是：

> 耕犁千亩实千箱，力尽筋疲谁复伤？
> 但得众生皆得饱，不辞羸病卧残阳。

就在这时候，老朴头让我们把牛群赶进路畔一块草甸子，说是让它们吃吃草吧，进了市里就吃不上了！

待牛吃得半饱后，我们赶着牛群又向市里奔去。途经一条名叫叆河的大河时，黑尖子率先跑了过去，接着其他牛也拥入河中，有的饮水，有的狂奔，有的抖着身子洗澡……

我从河的下游刚刚蹚进那河，岸上的一洗衣婆娘见河水浑了一点，就瞅着我喊了起来："这群死畜生！死畜生！"

一时，我的脸灼热起来：我感觉她骂的是我。那牛能听见吗？

能听懂吗？牛能懂你洗衣事儿吗？

就在这时候，老朴头在河中声嘶力竭地叫起来："抓牛尾——抓
牛尾——"原来小杜子在河中忽然一脚滑入深水中，只见他的头在急
流中一动一动，两只手直向空中乱抓挠——眼见那急流漩涡就要把小
杜子卷走，后边的黄尖子仿佛看出了什么门道似的，不紧不慢走到小
杜子身边，小杜子立时两手死死拽住了黄尖子的大尾巴，黄尖子轻悠
悠地就把小杜子拖上了浅水流……

这头"畜生"救小杜子的过程，把我看了个目瞪口呆。事后小
杜子哭着说："黄尖子救了我的命！是黄尖子救了我的命！"

过河后又走了半天路途，我们的牛群大军浩浩荡荡进入了市
区，在宽阔的柏油路上，唯有牛蹄"嗒嗒嗒——嗒嗒嗒"敲击路面的
声音。

老朴头牵着独角尖子在前面引路，我与小杜子左右督阵随牛群
行进。

此时，马路旁的城市男女有的驻足，有的放慢脚步，连那大
汽车也或放慢了速度或停下来，观望这些威风凛凛、气势汹涌的
牛群……

瞅着注目的路人，我与牛群仿佛成为入城的凯旋大军，自己俨
然成了将军，连我手中的赶牛棍也仿佛变成了寒光闪烁的长枪……

此际，那一路桀骜不驯的牛们，也互相磨合懂得了群体意识，
它们保持着一致节律与速度向前拥进……一直向着前面食品厂的大门
拥进，向着那窄窄的栏门拥进，向着它们生命的终点拥进……

望着那些头也不曾回的牛、那些跃动的身影、那些摆动不息的
牛尾，我多么希望这趟赶牛之途再漫长一些，再与这些大地生灵共度
一些时光！

当日，食品站的人留我们吃了一顿饭，饭后，老朴头打开了他

的书包，给我们结算了工钱，我这一年的学费有了着落。

待我们奔向火车站时，路上的行人再也没有人注目我和小杜子了。我忽然又想起独角尖子、黑尖子、黄尖子和那些黄乳牛……我感觉那么孤独。

后来，我长大了，懊悔当时为了牛群前奔之潮流，而违拗了牛性，那样狠狠敲打了独角尖子，我真的对不住它……

原载《满族文学》2021 年第 6 期

打铁的父亲

徐 迅

"张打铁，李打铁，打把剪刀送姐姐，姐姐留我歇，我不歇，我要回家打毛铁。"在父亲去世后的日子里，这首儿歌总会经常在我耳畔响起。我仿佛看见一棵桃花怒放的桃树下，一男一女，两个孩子一边相互拍着巴掌，一边大声念着儿歌。父亲静静地站在他们身后，脸上露出了一丝难得的笑容。我奇怪的是在父亲生前，我却很少有这种感觉。那时尽管不是天天见到父亲，但我知道父亲穿村钻巷，天天都在打铁。他忙得没有一点时间与家人们说话——实际上，父亲生前就没有与我有过一次真正意义的对话。

父亲去世已经整整二十年了。

二十年里，我家里的变化说大也大，说不大也不大。我这样说，是想说在父亲辞世以后，我并没有完成父亲的遗愿，把家操持得比他生前更好。父亲去世时，我们住的是他盖的一幢土砖瓦房，后来尽管我在城里买了楼房，但那时候家境不是很好，弟弟没有娶亲，小妹妹也没有出嫁……等到弟弟妹妹的婚事落实，弟弟却又离了婚，还出了一次灾难性的车祸。虽然保住了性命，他也住上了新建的楼房，但他的生活并未得到真正改善。他唯一的脑瘫孩子还缚住了母亲行动的手脚。对于这一连串的家庭的不幸变故，我心力交瘁，深感有愧于父亲。"你梦见过父亲吗？"有一天，妻子突然这样问我，我愣了愣，仔细地想想在这二十年里尽管想到过父亲，在每年腊月和清明时节还会到他的长眠之地，但我似乎没有梦见过他。或者也许梦到过，但显然我将那梦，忘得一干二净了。

二十年过去了。虽然我已不再吸烟，但我还保留着父亲用过的水烟筒。那中间用竹子镶嵌的黄铜的烟筒至今完好无损。在我的脑海里甚至会浮现出父亲端坐在堂屋或门口的阳光下，咕噜咕噜吸着黄烟的样子。那黄金丝般的黄烟是他的挚爱。他去世后，这黄烟筒因为没人用，上面就有了一些斑斑驳驳的铜绿。我很想把它擦拭得锃光瓦亮，但是我没有，我想保留父亲留在上面的并不很老的面容和手温遗泽。

我另外还保留了父亲的一件遗物，就是他生前从不离手的一把小铁锤。

在我的印象里，这把小铁锤就是父亲为全家讨生活的工具。都说铁匠是"火里求财"，打铁工具总是笨重而繁杂的：除了风箱、火炉、铁砧三大件，还有铁锤、火钳、钢铲、扁锉、铁錾等。铁锤又有大锤、小锤、扁锤之分；火钳也有大口钳、小口钳、鲇鱼钳、平钳之别。铁匠行里有句话叫"小锤带路，大锤定性"。父亲一生就是挥舞小铁锤的。在打铁时，父亲总是系着一身布满火眼的围裙，左手握火钳，右手握小铁锤，那些铁块在他手中不停地翻转……那时候情形往往是这样：小铁锤在父亲手中起起落落，他指向哪里，抡着大锤的徒弟就打到哪里。他象征性地轻敲一下，徒弟也会轻敲一下；他在铁砧上"当"的一声空敲，徒弟立即心领神会，抡圆大锤就重重地砸下来。若遇上锻造一块很大的铁器，除了那徒弟，父亲还得带一人上阵。那人双手抡着大锤，叫"甩大锤"的。那大锤看似腾在空中，最终却能又稳又狠地砸在铁块上。一时间，暗沉的铁匠铺里火星四溅，恍若电闪雷鸣。"叮叮当当"的锤声，时而密集如暴风骤雨，让人如处惊涛骇浪中；时而舒缓如流泉叮当，让人觉得轻歌曼舞。铁器与铁器相撞的声音抑扬顿挫，让人听得悦耳。师徒三人浑然一体的动作又像是一个舞蹈，一张一弛，一松一紧，大开大合，让人看得眼花缭乱。这样的情景若出现在暖阳当空的午后，有幸看到的人简直就是一种美的享受。

父亲开始用木炭打铁，后来改用了煤炭。因为家乡地处江淮之间，所以用得最多的是淮煤。但淮煤也有南煤与北煤之分。在炉火边时间待长了，父亲就能分清南煤与北煤的质地，用煤也极有讲究。那质量好的煤炭在炉灶里，风箱一拉，燃烧的熊熊烈火立马将温度升高，风箱一停温度又能急速地降下来。这时候，掌握火候主要靠人与风箱。父亲希望我跟他学打铁的时候，我就在他的铁匠铺里拉过风箱。那风箱扑哧扑哧，风呼呼地吹进火炉，炉灶里的火苗一张一闪，煤就由黑变成殷殷的一种红，铁块的颜色和煤似乎融为一体，殷红而透亮。在我的记忆里，父亲是很少亲自去拉风箱的。但我跟他后的几天，他仿佛怕我累着，也或者是给我做示范，他就经常放下小锤，去拉几下风箱。我看他抓着风箱的把手，双脚微微走动，左腿后退一步，当风箱把手拉到尽头，他会慢慢推动风箱把手，右腿又随着风箱的节奏，自然前倾。在风箱的拉推之间，他的身子若俯若仰，若来若往，进退自如。炉里火焰也随之呼呼地回应着。火焰明暗之间，炉灶里的铁块被烧得通红透彻，父亲脸上一片慈祥。

"百匠铁为先。"匠人们聚到一起也会相互打趣，说石匠的錾子、木匠的斧子、瓦匠的砖刀、篾匠的篾刀……匠人用的几乎所有铁器都出自铁匠。没有了铁匠，也就没有其他的工匠。但实际上铁匠用的风箱、锤柄就是木匠打的。手艺人互相依傍，又各自发挥着各自的技艺，各有所短，又各怀绝技。父亲铁匠的技艺是十分精湛的。比如，锻打带刃的铁器需要"搭钢"（又叫夹钢），即用铁錾在铁坯上錾开一条缝，硬硬地把一块钢镶嵌进去，并把它们与铁块融为一体。这就不仅要掌握好火候，且要徒弟们默契配合。只有当钢和铁都达到一定的熔化状态，迅速锻打它们才能完成。火候不对，即温度过高，钢和铁都化掉了，铁器就只能报废；温度若是过低，钢和铁就成了两张皮，怎么也融合不到一起。父亲对此十分在意，若有一回搭钢失败，他就像做了错事，会闷闷不乐好几天。因此在锻造搭钢的铁器时，他的注意力特别集中，眼睛一动不动地盯着炉灶，等火候一到，他左手迅速夹出铁块，右手就手起锤落。徒弟也快速地丢下风箱，双手握住大锤，弓着身子，一下接一下地快节奏地捶打着铁器。如此一阵带有仪式感的忙碌后，父亲这才抹抹额头上的汗珠，胸有成竹地将那铁器放入水里，完成铁器锻造的最后一道工艺——淬火。

关于"淬火"，我以前曾写过一篇文章，认为一件铁器成功与否关键在于淬火。打好的铁器锻烧得通红，夹出来，迅速投入到水桶里，"刺啦"一声，一股白烟腾起，水桶里的水瞬间沸腾着，一阵咕噜噜响。但淬火像搭钢一样，也需要有技术。过了，就会耗损钢刃；欠了火候，则锋刃发钝。而淬火适度的铁器不仅锋利，而且耐磨经用；淬火差的铁器使用起来不仅迟钝，还经不起磨砺，甚至用不了几天就会卷刃崩口。在外面人的眼里，父亲作为一位优良的手艺人，能在铁砧上把生铁切割揉捏，随意变形成型，铁锤起落之间，一件铁器就完成了，手上一定有着无数的机关和秘密。其实，锻打铁器的每道工艺都很复杂，不仅有着手艺人的劲道，还有着手艺人的智慧。比如打一把镰刀，也需要经过选料、生火、烧锻、定型、搭钢、淬火、磨铲、抛光、锉齿等环节，炉火的燃烧，大小铁锤的反复锻打，一块铁料才宛如凤凰涅槃，脱胎换骨，变成一把锋利无比的镰刀。在父亲的铁匠生涯里，他的炉火纯青的"搭钢"和"淬火"技术在家乡一直享有盛誉……不久前，妻子告诉我，父亲给我们留下的一把菜刀，我家至今都还在用。有一回她拿到菜市场找磨刀师傅磨刀，那师傅立马双眼发光，说要拿他的刀换过去。妻子说，你给我千金，我也不换。想起来，父亲留给他儿媳妇的一件金银也没有，但这把菜刀却让她从家乡带到县城，又从县城带到北京，成了父亲留给我们的最大的念想。

我不知道人究竟有没有灵魂存在，但我的灵魂里分明住着父亲。时间愈久，父亲在我的心里愈是一个巨大的存在。我从小目睹过他打铁的姿态，他艰辛的劳动，他开怀的笑，他人生的不顺，他对儿女们的担忧……尤其是我跟他学打铁，尽管没有学成，但我近距离地看到他打铁时的姿态。我曾不止一次地发现，每当一个铁块在火中烧得红通通时，他的眼睛就会突然射出一道亮光，那亮光锋利如刀，明亮如火，仿佛能射进铁块里，看清铁与火的内部变化。多年后我更加清醒地明白，那些生寒的铁，一旦有了人气，就有了人的体温，有了人的血性和血脉。淬火后的铁已不再是物质的铁，而是一件有着生命的铁器，父亲锻造的铁器是别人日常生活的一部分，却是他生命的全部。那些在家乡至今流传的铁器甚至就有他的灵魂。

除了我有心收藏的一把小铁锤，父亲去世后，他剩下的那些打铁的工具因为没有人使用，都堆放在屋角或是挂在墙壁上，很快都生了锈。那锈屑如牛皮癣一样纷纷脱落，连最沉重的铁砧也成了一块废铁、死铁……在父亲过世若干年后，我们兄弟处理了那些废铁。同时征得母亲的同意，我还处理了父亲生前没有处理，或者说他没做成的一件事——那就是托人找到了父亲前妻的家人，也就是我的前娘家。

"前娘系后子。"成年之后，我才知道家乡这句俗语的意义。那位前娘生孩子时不幸血崩离世。据母舅告诉我，我那前娘的父亲不务正业，不走正道，后稀里糊涂地死于缧绁之中。我的前娘死后，我那外婆和她的一个哑巴儿子相依为命。外婆不求施舍，也不乞怜他人，而是紧衣缩食，终将哑巴舅舅送老归山，自己也以八十高龄辞世。她的事迹写入了他们的家谱。对于这样一个不幸家庭的存在，父亲在世时却是守口如瓶。只是逢年过节，让我到前娘的坟前烧纸时，我才会看到他脸上露出的一丝沉重与悲怆。我现在已经无法知晓父亲生前是否有寻找前娘家人的愿望，抑或他也有自己的难言之隐。但这根本就是他心里的痛，是他留给我的一个永远的谜。

人生总是有一些谜团的。现在，作为铁匠的儿子，我不止一次地被人提起。有些人还不无好心地告诉我，铁匠的祖师爷太上老君是春秋时的老子，打铁的还有晋朝"竹林七贤"之一的嵇康，有唐太宗手下的尉迟敬德。那都是一些很体面的大人物。我的父亲也曾读过几天私塾，我不知道他知不知道老子、嵇康和尉迟敬德，但他显然不是因为这个而学打铁的。他只是一个以打铁为生、靠手艺挣钱糊口的人。在我成长的岁月里，我也并不因为自己是铁匠的儿子而感到低人一等。相反，我一直以有这样的父亲而自豪。

> 所有我知道的是一道通往黑暗之门。
>
> 外面，旧车轴和铁箍已经生锈；
>
> 里面，大锤在铁砧上急促抡打，
>
> 那不可预料的扇形火花
>
> 或一个新马蹄铁在水中变硬时的嘶嘶声。
>
> 铁砧一定在屋子中央的某处，
>
> 挺立如独角兽，下端则方方正正，

不可移动地坐落在那里：一个祭坛

在那里他为形状和音乐耗尽自己。

有时，围着皮围裙，鼻孔长满毛，

他探出身来靠在门框上，回忆着马蹄的

奔腾声，在那闪耀的队列里；

然后咕哝着进去，以重锤和轻锻

他要打出真铁，让风箱发出吼声。

——谢默斯·希尼《铁匠铺》

及至后来读到谢默斯·希尼的这首诗，我更感觉到我的浅薄和无知。家乡有句谚语叫"铁匠没样，边打边像"，是说铁匠有着非常高超的想象力，无论是方圆，还是长扁尖的形状，铁匠总能将铁块打成人们需要的形状。但作为铁匠的儿子，我却没有做成一件像样的事，甚至连一首像样的诗也写不出来。我自愧没有父亲那样的想象力。这样延伸开来，我感觉我其实也没有理解父亲，甚至没有走进父亲沧桑的心灵世界——让风箱发出吼声！

"张打铁，李打铁。打把剪刀送姐姐，姐姐留我歇，我不歇，我要回家打毛铁。"这里，我还想回到开头我引用的那首儿歌上来。我想，父亲要是现在还活着，也才八十多岁。但他的肉身消失了，永远也不会回家打铁了。这首儿歌对我来说终归于虚空。但我确实喜欢这首儿歌，喜欢它那有些浪漫的东西，让我把桃花、铁砧和打铁的人莫名其妙地联想到一起。只是到了某一天，一位朋友郑重其事地告诉我，这首儿歌名叫《打铁歌》，其中另有玄机。他说，这儿歌里的张，是指明朝的张献忠；李，是指李自成。民间流行的一种说法：张献忠幼年因为学过打铁，他要高举造反大旗时，姐姐劝他说："你造起反来我们还能活吗？"张献忠说："姐姐不用着急。唱这首《打铁

307

歌》可免难。"于是这首歌便传散开来。我听了，竟一下子就怔住了：我对父亲的理解，竟然像我对这首儿歌的了解一样，总有意想不到的地方。

"这铁匠正是姓徐。我不应该将他们的族姓留下来吗，对于这样高尚的可敬的人？"

再后来，我读到著名作家师陀《铁匠》中的这句话，心里倏然一惊，觉得他这话简直就是为我父亲写的。

愿我的父亲在九泉之下安息！

原载《芒种》2021 年第 3 期，《散文选刊》2021 年第 4 期选载

榫卯之间

指　尖

连绵的雨水提前终止了林场短暂的夏天，*丝丝缕缕的凉意穿透*了墙壁和窗户，使整个宿舍浸在阴冷和昏暗之中。

木工房在三排宿舍的中排最西端。所有宿舍、食堂、库房和会议室都沉没在阴冷浸透的雨天里，木工房却极其突兀地呈现出不一样的质地，堆积的木屑和刨花，源源不断地散发着阳光残余的味道，横放或立起来的木板们，成品和半成品的木器们，更是极其忠实而无限度地吸纳着浓郁的水汽，再加上比宿舍还要宽大的窗户，以及大瓦数的电灯，使得两间大的木工房显得干燥而洁白。

成串的雨水顺着密密的瓦脊流滴下来，它们具有极其冗长的耐心和强大的力量，才两天工夫，就已成功将屋檐前的沙和土滴穿，深深的窝痕里，隐约能看见组成房屋地基的青石。场院的黄泥地被雨水长久浸泡后，表面的坚硬和光滑散去了。小木匠顶着草帽出现在院子里，他在黄色的淤泥里艰难地跋涉，雨鞋上的泥巴被雨水不断冲刷掉后，又有新踩的胶泥重新沾上去，仿佛他的雨鞋是那些黄胶泥的家和亲人。他来来回回地搬砖头，扔进泥泞的院子里，混浊的泥水溅在脸上，他用湿淋淋的衣袖擦去它们。我们将门打开，央请他在我们门前也放一行砖头，这样，我们就可以摇摆着身体，踩着这些砖头，去食堂、厕所，或者木工房。

那些离家近些的师傅们被雨水阻隔在家里，可以心安理得地等待天晴。留在场里的，只剩下了袁师傅和方师傅，他们是林场仅有的两位木工师傅。

两位师傅的长相都随了他们姓氏的谐音，这是件奇怪而有意思的事。

袁师傅黑脸，圆眼阔嘴，圆头圆脑，脑门跟后脑勺都鼓鼓的，发际线高，且发量少，有点张爱玲小说里"脑袋跟椰子似的，头发往前梳后面是脸，头发往后梳前面是脸"的意思。

方师傅却是长方形的白面，那白像是沾了灰，透着一股青寡的病态，好像从未被阳光晒过般。在烈日下待了一会儿，他的脸上渗出密密麻麻的汗珠，而面色竟然更加白生生，没有一丝血色。在这点上，我们三个女孩都羡慕极了。他有一头乌黑油亮的头发，沿着眼角上方密密麻麻一直生到颈窝里去。

袁师傅老家在县北，家门前就是一条宽敞大河，人们连洗菜都在河里，种地多用河水浇灌。有次他带了自家种的西红柿、菠菜等蔬菜瓜果来给我们尝鲜，那西红柿是我吃过的最沙最甜的一种。他虽然长得黑，却最讲干净，这方面，可以跟养貂的周师傅有一拼。周师傅不停地洗漱，因为想洗掉身上的貂腥味，袁师傅不同，他纯粹是因打小生在水源充足之地养成的习惯。每天早上，当他顶着有限的几根头发出现在我们面前时，整张脸又黑又亮，我身边的女伴说，真像一个油葫芦。

方师傅的家在县西，属于高寒地带，产高粱、莜麦和菜籽，他比袁师傅瘦，衣服穿在身上，总是空荡荡的。他性子慢，话寡，走路无声，每次路过他们的宿舍，总是听到袁师傅一个人在说话，仿佛在唱独角戏。

雨从早下到晚，忽大忽小，没完没了，袁师傅跟方师傅窝在宿舍里吃旱烟，烟雾憋了满屋子，小木匠一开门，那门就成了一道烟筒，源源不断的烟雾蹿了出来，扑向雨，又被雨打到地上。

小木匠是他们共同的徒弟。为此，小木匠常常自鸣得意，觉得自己的地位明显比小司机和我们这些帮厨的人高。但同时，他也有苦恼，毕竟是两个师傅同时在教课，寻常下一些大活，比如拉大锯，师傅们教导他的方法是一样的，但具体到水平、画线以及用推刨、凿子这些技术性更强的活计时，两个师傅均有各自的习惯和诀窍，这时候小木匠就需要在不同的师傅面前，提心吊胆地表现出不同的自己，一旦疏忽，就会挨训。当然，作为一个新进场的小工人，他跟他们在一起，学到更多的是做木工的模样和底气。出来进去，耳后别着一支木工笔，手里提着一个水平仪或者墨盒，彰显着自己木工的身份。

木工房推刨和使锯子的声音，隔着雨声，断断续续传来，仿佛一首好听的音乐，那时，我们就知道，是性急的袁师傅在宿舍里待不下去了。

我们搭着小木匠搭好的砖头，摇摇晃晃地来到了木工房，小司机正在帮小木匠往墨盒里倒墨。场里刚刚承揽了管村学校的一批活，最近，他们在制作课桌和板凳。只见袁师傅抬着右脚，踩着一块悬空的木板，圆头上的那几缕头发，依照着他拉锯的动作，来回晃荡。方师傅正在用推刨对付一块锯好的木板，他的右脚下，渐渐显露出长长短短、齐棱板正的桌腿。我们知道，接下来，他就要制作榫头了。而小木匠正用砂布摩擦一块方师傅刚刚刨好的桌面，在那上面，有来自方师傅耳后掖着的那支木工笔画下的黑色印记，那里将被做成榫槽。

看起来，榫头比榫槽复杂，袁师傅用尺子比着，横横竖竖圈出要去掉的部分，然后取出最小的锯子，缓缓地锯掉它们。

方师傅的榫槽要用到的工具是凿子。凿子放在一个帆布工具袋里，就如锯子有大小一样，凿子也有大小四五种，挖榫槽需要好几个凿子，大的用来初凿，小的用于细雕。

小木匠总说："你们不要看每次都是袁师傅锯，方师傅凿，其实，真正凿得细致完美的，是袁师傅。"

我们就问："那为什么两个师傅不换一下？"

小木匠眨眨细长的眼睛："我也弄不清。"

后来我们从管村人的嘴里知道，袁师傅木工手艺了得，他雕凿的窗棂，各种花样和图案都有，只有你想不出的，没有他做不出的。这是后话。

不久，榫卯做好，小木匠在小司机的帮助下，把榫头插到榫槽里，将桌子翻转过来，拿了一把小锤，用小木楔将榫卯间的缝隙填满，一张课桌就做好了。

小木匠将三四张课桌组装好时，那边袁师傅脚下已经摞起一大摞桌腿，他放下锯子，坐在了刚才脚踩着的木架上，小木匠连忙把烟布袋递了上去。

我们盼望的时刻到了。

根植在袁师傅脑子里的传说和记忆，就像他烟布袋里的烟叶，数也数不清，卷也卷不完。小木匠用手里的打火机将袁师傅唇间的烟点燃，随着渐渐扩散开来的烟雾，我们渐渐遁入一个带着绿蒙蒙水意和柔软砂岩的世界，在那里，藏匿着完全不同的精灵，而袁师傅俨然被精灵附身，传递出不同于其他地域的信息。

我第一次听说，一个人死后还能骑着马行走，并跟所遇之人对话。骑马的人，端着自己的头颅，用所遇之人的箴言，来决定自己的生死。他不断地发问：没有头，能不能活？一个男人正爬在高高的树上，他的斧头用力砍掉树顶的枯枝，男人看都没看他一眼说，活，树身断了，树根还活着呢。他又问一个种土豆的老头，那老头的身后，是一股潺潺的流水，他将水浇在刚埋好的土豆上，双眼盯着土地，带着对土豆的爱恋和满足说，活，土豆没头没尾，埋到土里也能活。再后来，他又遇见一个割韭菜的妇人，那妇人正埋头割韭菜，头也没抬答，韭菜头，早上割，晚上长，活得久呢。他悬着的心，渐渐跌回肚子里去，别人的预言，就要成为他的将来。

袁师傅说到这里，我们的心紧缩起来。对预言成真的期待和对所遇之人的恐惧，让我们忧心。许多年之后，我依旧会想起袁师傅的这个故事，想到大半生的际遇，我们何尝不是骑马的人，手里端着自己的头颅，看不清脚下之途，也触不到未来，只能凭借别人口唇中吐出的谶语，走向命运的安排。

这有点像怀孕的妇人喜欢让小孩说自己肚子里孩子的性别一样。一个人说出的话，不知道会成为诅咒谁的咒语，也不知道会断定谁的命运，所以老辈人说，人言可畏，其实也就是说，人说的话，都是有指向性的。

"我妈总说，女人口里有毒。"小木匠低着头说。

是啊，所有做母亲的女人，无论多么肆无忌惮地骂人，但凡涉及自己儿女的不祥预感和诅咒，都会死死地含在口唇之中，即便生出疮疖，疼痛，或者溃烂，都不敢让它们冲出口唇。生怕一语成谶，坏了子女的运气。

窗外，雨小了。一只鸟突然停在院子里，它湿淋淋的羽毛紧贴着身体，黑花的鸟头变得很小很尖。它忧伤无助的样子，让我生出巨大的孤独和骇怕，一种超越年龄和环境的孤独和骇怕。

更多时候，我们通过小木匠之口知道一些事情。比如说，他的两位师傅在闲暇的时候，会聊一些私密的事，自己的老婆和孩子，以及跟亲戚和邻居的嫌隙、自己发愁的事。小木匠说，袁师傅的大儿子要娶亲，女方要两千块彩礼，他发愁得很。方师傅就给袁师傅出主意说："要不出去揽点营生，挣点钱？"袁师傅叹口气："哪有挣着场里的工资去做私活的道理。"方师傅白脸一扬："这事你要不好意思跟场领导说，我替你说去。"袁师傅当然拒绝了，说自己掂量一下。

这一掂量好几个月过去了。袁师傅看起来大大咧咧，性情开朗，但关键时刻磨不开脸面，好几次面对领导，即便脸红成猪肝色，也张不了口。于是方师傅就在一个午后，慢吞吞地推开领导的宿舍门，将袁师傅的困难跟场领导说了，场领导沉吟片刻，倒也同意了。

那是我第一次看到方师傅笑得那么忘形，后槽牙都露出来了，灰白的脸上，堆起了无数稠密而拥挤的褶子。

小木匠悄悄地跟我们讲，袁师傅千恩万谢，去管村买了酒，两个人喝了一晚。

方师傅还有一项技能是修理自行车，他不只会补车胎，倘若车链断了，你去求他，他就会提着一个小木箱蹲在你的自行车前，那个小木箱里，不只有黄油、砂轮、锉刀，还有他平日里收纳的一些旧自行车零件，气门芯、断了的链条等，它们将成为弥补你自行车缺失部件的"榫头"，使其重现完整。

但方师傅也有失手的时候。有次补好内胎，对方喜滋滋地骑车回家了，没想到第二天，又灰头灰脸地推着自行车来了。估计是推了一路车，心下有气，一进场门，就大喊："都说你手艺好，看你补的什么胎，没走三里路就漏气了，诚心欺负我。"语气恶劣不说，话里还带着脏字，把方师傅的祖宗八代都连带上了。方师傅木讷，也不反驳，提了小木箱又蹲下，那人却一下推开了方师傅。方师傅本就身体瘦小，加上人蹲着，这一推，便坐在了地上。他抬起眼慢吞吞地说："漏气了再补不就成了。"那人还在气头上，用手指着方师傅的鼻子，又是一阵谩骂。突然，我们听到了袁师傅的大嗓门，他手里竟然提着个铁锹，边往这边急匆匆地走，边高声大骂："你个不知好歹的东西，人家给你补胎不感激也就算了，还骂骂咧咧没完没了。"说着举起铁锹，就要朝那人头上拍下去，那人吓得一溜烟跑回了宿舍，听到插门的声音，我们偷偷笑了起来。

有意思的是，两个师傅在闲暇时，从不对弈，更多的时候，他们结成联盟，跟其他师傅对弈，那时，袁师傅跟方师傅结为一体，共御"外邦"。这让人想起袁师傅讲过的灶王爷包庇一个人间恶人的故事，当然，他们谁也不是恶人，谁也不是灶王爷。他们只是深谙榫卯结构的人，知道将榫卯如何使用，才能让物体之间严密扣合，天衣无缝。

315

小木匠动不动就跟小司机吵架。两个人住在一个宿舍里，出来进去也成双成对，但动不动就抬杠，一抬杠就大眼瞪小眼，鼻尖对鼻尖，两张脸涨得通红，有一次竟然大打出手。但男人之间（即便小木匠和小司机刚刚十八岁，还不算真正的男人）的争斗，从不记仇，两个人看着对方脸上的乌青斑块，竟然憋不住就笑了。我们想，小木匠还小，等他再长长，真正将师傅们的榫卯技术学到手，就不会跟小司机抬杠打架了。

据说榫卯的类型有好几种，当日我们见得最多的是长短榫，而夹头榫、抱肩榫、挂榫中也都会用到长短榫；我们没见过的还有楔钉榫、燕尾榫、粽角榫等。

楔钉榫比较难，多用于弧形材料，两片出榫嵌接，榫头入槽，固定上下，然后在搭口中部凿个方孔，将一枚断面凿为方形，一边粗一边细的楔钉贯穿过去，固定左右。燕尾榫是直角连接，榫头要雕塑成梯台形。抱肩榫多用在家具中，在腿足上部承接束腰和牙板的部位，切出斜肩，斜肩向内凿出三角形卯眼，跟牙条的三角形榫头扣接。穿带主要用在椅子座面上，将相邻的薄板开出下大上小的槽口，用推插的方法将两板拼合起来，然后上面凿开一个上小下大的槽口，里面穿嵌梯形长榫的木条，即为穿带。粽角榫是用三根方材格角结合在一起，组成一个类似粽子角的格角，每个转角结合都形成六个格角斜线。夹头榫是连接桌案的桌腿、牙边和角牙的榫卯结构，家具长边两端收进位置，腿足上端开长口，夹住牙条和牙头，在上部用长短榫与案面结合。

当小木匠将从师傅那里学到的理论一五一十地告诉我们时，我们愣了好半天。世上有多少神奇并存于生活中的技术，教人费解又敬佩。

"师傅们说，等我把这些榫卯技术都掌握了，就可以出师了。"

小木匠完全忘记了我们的存在，无限迷茫地望着窗外，仿佛在那些成串成串的雨水深处，有个拥有高级木工技术的自己，那时，他脸上呈现出一种奇异的光彩。

雨季结束，秋天到了。村民收割完庄稼，看着粮仓满囤，便滋生了修复住所的心思，他们重新粉刷房屋，又开始嫌弃木格子窗不透光。于是，袁师傅开始每天早出晚归，在管村替人家更换门窗。门上细密有致的菱形格窗换上了四块玻璃，中间用一朵兰花、牡丹或莲花图案的木板固定，既美观又结实。屋子变得亮堂堂的，羡煞旁人。明天，旁人也来请袁师傅。

木工房的活儿都落在了方师傅身上，他每天晚上都要加班，也毫无怨言。倒是小木匠觉得他影响了自己玩耍和看书，悄悄跟我们说过埋怨的话。

那年冬天袁师傅的儿子结婚，全场的人都去喝喜酒，酒桌前，袁师傅满含深情地给方师傅斟了一杯酒，方师傅笑道："恭喜老哥，贺喜老哥。"袁师傅眼里一时竟然亮晶晶的："不说了，都在酒里了。"

方师傅病了。一个月后，再回场里，带来了许多中药，从此宿舍的炉子里，每天都煎着中药。说是胃病，把烟酒都戒了。袁师傅体恤方师傅，在宿舍里从不抽烟，怕呛着方师傅。

据小木匠说，袁师傅不知从哪里求得的偏方，给方师傅买来了好几斤大枣，在药锅里炒了，让方师傅泡茶喝。

木工房里，袁师傅明显活儿做得多了，娶了儿媳妇后，他也不再接外面的活儿了。

方师傅常常坐在一旁，看袁师傅忙碌，同时也指挥小木匠做些更有技术含量的活。

来年袁师傅到了退休年龄，我们才知道原来方师傅比袁师傅小七八岁之多。袁师傅从家里背来了一袋子红枣，在食堂炒了两下午，又装回袋子里。他自信方师傅喝了这袋子炒红枣，胃病肯定会痊愈。

袁师傅承诺说："你们这些小娃娃将来结婚的家具，我全包了。"我们傻乎乎地应着，满脸羞涩。可是，他并没有兑现自己的诺言，不久，袁师傅突然生了病，不到三个月就往生了。场里送来了花圈和米面，出殡那天，痊愈的方师傅亲自将袁师傅送到了坟边。

袁师傅的儿子来场里上班了。他的外貌像极了父亲，黑脸、圆眼、阔嘴、圆头圆脑，发际线高，头发都堆在头顶部位，也是"脑袋跟椰子似的，头发往前梳后面是脸，头发往后梳前面是脸"的意思。但他不会木工，也不爱说话，这点倒不像袁师傅了。他走路薏薏的，老气横秋，跟着其他师傅们去山上林子里伐木头，据说是一个干活的好手。方师傅喜欢把他喊到宿舍里说话，那时他只是哼哼哈哈，或者一个劲地笑。方师傅也笑，意味深长的样子。

方师傅很久后才退休，那时我已经离开林场好几年了。林场改制，不再承揽木工活儿，方师傅也不再做木匠活儿了。他最后的几年，在门房里看大门，跟黑狗花花在一起。他喜欢坐在门前想心事，有时看着一棵树就笑了，脸上的褶皱叠得更密更深了。也有时，就那样沉默着，白脸上没有任何表情，仿佛一块经风沐雨的老石头，早忘了疼痛和悲伤。木匠师傅们深谙榫卯术的秘密，懂得用藏起和露出的部分来契合对方，并得到这世上难得的和睦友谊。只是，会不会随着其中一个的消失，榫卯术也慢慢消减了它的威力和功用呢？

原载《雨花》2021 年第 1 期

繁星照耀

———

习 习

　　是的，又要说起儿时生活的工厂大院，那个似乎就是因着父亲这辈新中国第一代工人应运而生的寄生于木器厂的群居院落。院落里纸张和字迹十分匮乏，最常见的撒满字迹的纸张是报纸。大部分报纸被糊成房间的顶棚，深夜，梁上君子尖着嗓门呼朋引伴彻夜鼠窜，啃食那些黏附了稀薄粮食的字迹。

　　那时，报纸上的字迹只作为字的样子存在，包括工厂长长的白围墙上鲜红的标语，每个字都高大得像建筑物，结尾的感叹号，挂着我见过的最重的秤砣。当然课本除外，它们曾被我们在老师的教导下心不在焉地啃噬过，不到放假，课本已成了卷心菜。再到学期初，领到崭新的课本，最先做的是，用蜡笔给插图填色。那时，我们普遍可以画出天安门和向日葵的大致样貌，天安门城楼用黄蜡笔散射出光芒，而向日葵的花盘画出来也像太阳。它们充满隐喻，我们那时并不清楚。

　　但最大的奇迹是，在我的不识字的大老粗父母家，竟有一本没头没尾的翻译过来的书。在我的记忆里它来去无踪形迹可疑，但它的存在隐约而又坚定。这本书，从头至尾几乎都在描绘一片海，不是中国的海，而是遥远的古巴的海。在穷困干涸的黄土高原，这本湿润的书带给我无穷想象，书里海浪般铺排着一层层好看的形容词。而且，关键是，古巴是甜的。在物资极为匮乏的年代，我们能吃到大大的古巴蜜枣，它外表泛一层白，那是渗出的糖，能甜到骨头里的糖。古巴是甜的，所以我觉得海水一定也是甜的。我时常想起一个叫人疼惜的情景，深夜，弟弟不知为何一直哭，奶奶哄不乖他，我则无望地看着玻璃柜里的一个小铁盒，白天，我用舌头舔了盒子的边沿，上面粘着不多的几粒白糖，那是我偷窥到的秘密，那个混迹于普通盒子中的铁盒其实是糖盒，我不能告诉奶奶，弟弟喝点儿糖盒里的白糖泡的水就不哭了。

很多年后我读美国作家托妮·莫里森的《宠儿》，那个阴魂不散的宠儿，一味渴念着甜，她贪吃所有的甜食。我想，在人世，爱、富足、欢乐、明媚这些美好的意思缠绕出了"甜"，甜是人类共同的欲望。"糖总是能用来满足她，好像她天生就是为了甜食活着似的。"在这本弥漫着深重苦难的书里，托妮·莫里森写苦痛时用的都是极甜美的词语，比如孕育了宠儿的地方叫"甜蜜之家"，母亲亲手扼杀掉她刚出世的孩子，却给她起名"宠儿"，母亲这样说她的宠儿的死："她死得很轻柔，轻柔得像奶油似的。"

家里那本没头没尾的书上，我画满了波浪。我一遍遍注目那些仿佛礁石上溅出的飞花碎玉般的形容词，努力把它们记住，写进作文，老师夸我的作文词汇丰富。我想，我的书写就是从形容词开始的。形容词是甜、是蜜，它拥有缤纷的颜色、形状和香气，但那时它们只是盲目的词语，我还不懂它们存在的奥秘。那些形容词还像大海的美丽皮肤，生活还没教会我感知这层皮肤下藏着的更有力量的动词、副词和并不虚空的虚词。这本书带来的单纯的甜美，让我想起英国作家罗伯特·路易斯·史蒂文森的儿童诗，史蒂文森在诗里说"我"能猜出字母的颜色，一天，我读着他的儿童诗睡着了，醒来时，我感觉扣在胸前的这本书是橘色的，暖暖的纯净的橘色。

那是我的第一本课外书、我的写作启蒙。在我的知识发育基本萎缩的童年，我和大院的孩子们在大老粗父母的呵斥声里野生野长。而这样的开满花朵结满糖汁的书，就像干裂的土地渴望的水。无法解释我何以从小对文字的爱是那样的不屈不挠，借同学的课外书第二天一早要归还，很多个晚上，我正兴味盎然地看书时，母亲为省电，决绝地拉下了灯绳，啪嗒，屋子漆黑，我跳上炕，把头藏在更黑的被子里嘤嘤哭泣。只能说命中注定，注定我和文字在懵懂中相知相遇，然后与它一辈子牵扯不已。也因为严重的营养亏缺，像托妮·莫里森的宠儿一样，我自小像珍爱糖一样，珍爱书籍和纸张。

去年深秋的一天，在青藏高原一个安静的小镇，金黄的叶子闲散地落着，已经成为插画师的儿子林文心忽然和我聊到文学。之前，我坐着他的车用了整整一天环绕了青海湖，我第一次看到这面大湖的颜色在不同时辰的变化，以及它和周遭的山峰草地结合出的变幻莫测的意境。林文心从读大学起一直在重庆，多年没有回过家的他，这一次，看到西北高原上跌宕起伏的辽阔之境，觉醒了似的，不停慨叹。车上音箱里放的是他喜欢的摇滚，我惊奇于我们两代人，对美国摇滚乐队枪炮与玫瑰的爱一直没变，*November Rain* 和 *Don't Cry* 可以一直单曲回放。多年前，他拿走了我的一套《卡尔维诺文集》、品钦的《万有引力之虹》，好几年我都补不到品钦的这本书。我想，他正经历着我的阅读过程。他说他现在最喜欢卡夫卡，还喜欢斯蒂芬·金，中国作家中，他喜欢刘慈欣。我和儿子相差二十四岁，那天我跟他说，他喜欢的一部分书我都曾读过，但是，现在，我正在安静阅读的是

《静静的顿河》。

高中，我成为全校那届唯一一个从普通中学考入重点中学的学生。初中学校所处片区，大家的日子都十分苦寒，家家几乎都看不到书本。到了高中，班上多了很多知识分子家庭的孩子，我的同桌，他家吃黄瓜用高锰酸钾泡洗，而我们只拿黄瓜在袖子上一擦，擦的不是脏，而是扎嘴的小刺。依旧没有课外书读，而且高考压得我们喘不过气来。直到高三，发生了件非常重要的事。班上一个男生，请我去他家玩，在他家，我第一次喝龙井茶，第一次吃木耳炒鸡蛋。黑木耳在油锅里跳得老高，他伸长炒勺，故作镇静和娴熟。这都不算啥，重要的是，临走前，他送了我一本书，书名叫《百年孤独》，他悄悄告诉我书是偷他哥的，他问我想不想看看什么叫"汗牛充栋"？我于是惊诧地看到了一个宫殿，透过窗户，一间屋子的墙壁都是由书排列而成，多么奇异的景象啊。多年以后，我一直在搜寻街市身后藏着的那个由低矮的平房组成的细长院落，院落最深处就坐落着那个辉煌的宫殿。逢着小道踅进去再踅进去，像博尔赫斯曲径分岔的迷宫，我竟再也找不到那个院落。

一直记得小时候看过的阿尔巴尼亚的电影《第八个是铜像》，七个人抬着一个光泽幽暗的铜像，走啊走，故事不断闪回，七个人回忆着被铸成铜像的第八个人，具体内容不大记得了，但我深记那异样的氛围。少年时候看过的很多电影在记忆里消失了，而这个色调近乎最为幽暗的一部电影却被我一直记得，为什么？因为新奇和能够抵达新奇背后的自由。创造是需要自由的，这也是我为什么一直喜欢枪炮与玫瑰乐队的缘故，沉痛得撕心裂肺，有形式上的革命，更有内心深处的自由释放。于我而言，那是被压抑的闪电。大学毕业后，我当了多年老师。老师，一个循规蹈矩的职业，而不谙世事的我却不断进行着各种细小的反思，无效的繁文缛节、非教学意义的各种角逐，我像

《百年孤独》中藏在墙角啃食泥土的雷蓓卡，耳机里放的是震耳欲聋的摇滚。

在青海湖畔飘着金黄落叶的小镇，我对插画师儿子说到了我喜欢过的国内摇滚乐队，崔健和唐朝乐队相比，我觉得唐朝更为雄浑完满，崔健是个孤绝的斗士。他们都是那个时代的电光一闪，没有了土壤，他们只能是闪电。经历过漫长的沉闷压抑，在闪亮的革故鼎新中，我更倾心于阅读那些从内容到形式都新奇陌生的外国文学作品，包括我后来读到的《宠儿》《哈扎尔辞典》《羞耻》，布鲁诺·舒尔茨和卡彭铁尔的小说，还有埃科的《玫瑰的名字》《傅科摆》和黑塞的《玻璃球游戏》等。这样的书，让人的感观和思想苏醒，尽管我在阅读时时常有很强的无力感。在我可以有自由的心境随意阅读时，我读到了一本被誉为"英国最伟大的超现实主义小说大师"蒙塔古·罗兹·詹姆斯写的《炼金术士及其他鬼故事》。我想借这本书，体会阅读的另一种乐趣。

出生于 1862 年的蒙塔古·罗兹·詹姆斯是一位大学教授，还是英国中世纪手稿及早期基督教领域的杰出学者。他的故事有老派英国学者的彬彬有礼，因而制造的惊悚和黑暗更有张力。书里遍布教堂、老宅邸。事情总发生在深夜，到处是面目模糊的鬼魅，整本书里，唯一一次近距离看到的一张脸也是一张亚麻布的脸。詹姆斯把每个故事都讲得非常浑圆、真实，故事行进中处处放进貌似确凿的文献证据。书的首篇《埃尔伯利克的剪贴册》，讲的是一位考古学家远到一个破落小镇的中世纪教堂去考察，教堂管理人卖给他一本剪贴册，考古学家如获至宝，将它带回住所，临睡前想好好地独自享受一番，突然，书册最后一页画面上的怪物活了过来，考古学家大叫一声昏厥了过去。故事的结尾是，这本剪贴册后来被藏在了剑桥大学的某个图书馆。

奇异的是，我在这个故事里看到了博尔赫斯的影子，于是翻开了博尔赫斯的《沙之书》。一个陌生人到"我"的住处推销一本书，陌生人说："仔细瞧瞧，以后再也看不到了。"因为这本书无穷无尽，没有首页也没有尾页。陌生人说："它叫《沙之书》，因为像沙一样，无始无终。"得到这本书后，作品里的"我"从此晚上多半失眠，偶尔入睡就梦见这本书。这本怪物一样的书，严重搅扰了"我"的生活，成了一切烦劳的根源。"我想把它付之一炬，但怕一本无限的书烧起来也无休无止"。隐藏一片树叶的最好地点是树林，故事的结尾是，"我"把那本《沙之书》偷偷放在了图书馆一个阴暗的搁架上，竭力不去记住放在了搁架的哪一层。"我"觉得心里踏实了点儿，以后连图书馆所在的那条街道都不去了。两个国家的两个作家，两个表面上有些相似，都不很大众的故事，成书的时间，相隔了多半个世纪。故事们在冥冥中相遇，因为相似，而更加独立，我感受着这样的仿佛阅读以外的乐趣。

2002年，我在《我承认，我历经沧桑》这本书里邂逅了墨西哥作家胡安·鲁尔福的文字，他的一篇题为《悠远的记忆》的随笔深深打动了我，虽然这篇随笔由一些碎散的篇什组成，但每一节都像石子儿砸向地面。他说："先辈们紧紧地联结着那个地方，那个村庄。他们不愿意离开他们死去的亲人，总把死者像包袱似的背着。"是什么打动了我？此后我一直在搜寻鲁尔福的文字，后来买齐了他仅有的两部作品：短篇小说集《燃烧的原野》和不算很长的长篇小说《佩德罗·巴拉莫》。《燃烧的原野》大概是我读的次数最多的一部短篇小说集，最后一次阅读是2016年，我在扉页上写着："2016年1月3日再次读毕，依旧好。"是鲁尔福所表达的深重的苦难打动了我，超现实的手法强化了表达的力度。就像读《佩德罗·巴拉莫》时，仿佛置身于生者和亡者穿梭着的浓雾般的忧郁中走不出来一样，我还能忆起读《燃烧的原野》中的《清晨》《都是因为我们穷》等小说时的那种痛彻。人世的困境和绝望都被他极为隐忍地在小小的篇幅中写透了。"群狗齐吠，一直叫到天明。一整个夜晚，人们都在守灵……在夜的半睡半醒中，女人们用假声唱着：'出来吧，出来吧，出来吧，苦痛的灵魂。'丧钟彻夜鸣响，直至天明，才被晨钟打断。"我熟记《清晨》里这个奇异的辉煌的交响乐般的结尾。我想，写作就该像鲁尔福那样，写刻在骨头上的东西。

有段时间，我比较集中地读了国外女作家的一些作品，之前读过风靡一时的杜拉斯的小说，最早引导我读她作品的不是《情人》，而是《琴声如诉》，对她的阅读最后落在了她的随笔集《物质生活》上，我喜欢这种虚实相间相互映照的阅读。就像读了《苏珊·桑塔格文集》后，我的目光最后落在了她的日记与笔记集《心为身役》上。给予我深刻印象的外国女作家的作品，还有法国作家玛格丽特·尤瑟纳尔的《尤瑟纳尔文集》，这位法兰西学院三百五十年来的第一位女院士，才华和才学并存，深刻的思想和丰厚的学识让她的作品冲宕了人们对女作家惯常的看法。还有美国小说家安妮·普鲁的作品集，她的作品的疏朗和泥土般的质地使人印象深刻，读她的《半剥皮的阉牛》，看到结尾处山野上那头脊背上积了一层白雪跟着人行走的剥了一半皮的阉牛，我想没有人不会感到惊心。

优秀的文学作品，最大的特点是，当它们站在一起时，各自的面貌绝不混淆。去年深秋的一天，青藏高原树叶飘落，年轻的插画师林文心和我说到文学。我们对文学的话题止于《静静的顿河》，因为我确定他还拿不起这部一百四十多万字的皇皇巨著。我也是到了人生的半途，忽然间渴望起读这样的书来。小的时候，我无书可读，成长的途中，我被那么多新奇的书滋养，到了人生的半途，我觉得我的眼光该落在这种书上了。

325

《战争与和平》和《静静的顿河》在书架上放置了许久，直到去年，我用了近一年时间读完了这两部巨著。读《战争与和平》时，我感觉我一直站在皮埃尔的身后，用他的眼睛和思想去注视书中长河一般的讲述，用他的感受去感受娜塔莎和安德烈。但读《静静的顿河》时，我的感受有了变化，我像个隐身人，进到了顿河边格里高利生活的鞑靼村，我站在村子里看着他们，在复杂的历史中，人的命运多么难测，再倔强的人，都敌不过命运的拨弄。我在鞑靼村里，看到书里的每个人都痛啊，格里高利固执的父亲，一心想经营一家子平静的生活，最后卑微地客死他乡；每天眺望着远方等候儿子的母亲在孤独中死去；格里高利的两个爱人——阿克西妮娅和娜塔莉亚都先他而去。每当我读到肖洛霍夫深情地描绘起顿河，描绘起顿河边的泥土、雪、庄稼、天空，甚至一朵花儿的芳香时，我就知道孤苦的被迫浪迹他乡的格里高利又想念家乡想念亲人了。这部厚重的现实主义作品无数次叫人动容，看到书的末尾，真想像泅过顿河回到破敝家园的格里高利一样，趴在家乡的泥土上痛哭一场。

肖洛霍夫说："沉痛的时候就要哭，就像是春旱时需要雨一样。"《静静的顿河》是重重地落在地面上的文学，它无可撼动，原因是作品里的骨头已经扎根在了土里、作品里的血液已经和土地融为一体。就这样，我的阅读和写作从五彩缤纷的形容词开始，现在，我正倾心于最素朴的大地色调。在人类的星球之上，古今中外美妙神奇的文学作品，若繁星照耀，它们不拘疆域、穿越时空、朗照天地。对于那些寻找光亮、吮吸光亮的人而言，这些书籍，都是上天的馈赠。

原载《世界文学》2021 年第 2 期

霜 气

许冬林

一

霜一落，天地白，日子就枯老了。

在我的江边小镇，这个北纬 31 度的江北平原，四季分明，光照充足，雨量充沛。尤其是，无霜期长——无霜期长，属于农作物生长的时间就长，想必农人和庄稼都喜欢"无霜期长"。无霜期的世界，蓬勃、日日更新、饶富活力。这是一个属于物质世界生长的时间。

但是，在漫长的无霜期之后，会有一段庄严凛然的霜期。

大多数植物，止步于霜门之外。在霜期，它们或者萎谢芳华，或者停止生长。比如，昨天还一身志气高高挂在枝头的紫扁豆，一夜寒霜降临，叶子就彻底凋了，果实也溃败软烂，成为农人也不要的废物。

可是，总还有一些植物要穿越繁霜，挺过酷寒，到春天去开花。霜，是它们到达春天要经过的第一道森严关口，是它们锻造经脉风骨的砧与锤。

霜降之后，物质退场，精神世界开始向着另一种维度，拔节攀登。

少年时，爱看繁霜覆盖下的白菜、油菜和冬小麦。当第一场寒霜覆盖下来，上学经过的那片油菜就立住了，一个深冬，一直就抱着那么几片叶子。那几片叶子在霜里不断以匍匐的姿势，将叶片摊向泥土。油菜叶子的颜色，也在寒霜里不断浓缩沉淀，变成暗沉的深绿、墨绿，似乎掺着低眉思索的精神重量。还有那叶梗，伸手掐它，不太容易折断——霜让它们变得更结实。

可是，春天一到，油菜们就抬起身子呼呼地往上冲，新生的绿叶子饱含汁水，和底下那些经霜的叶子相比，颜色迥异如两个国度，质地也不如老叶紧实。春天上学放学，经过日日蹿升的油菜田，透过那些新嫩的鲜叶，我常心疼那些还保持着匍匐姿势的霜叶。

我想，我最初读到的霜气，大约就是那些在春日里沉默在低处的庄稼的老叶。

在霜里，保持低姿态的植物，还有江滩上的芒草。经霜的芒草，叶子由黄变红，是一种很结实的红，有陶器的质感。少年时，冬天早上乘车到县城上学，车行江堤上，远远俯瞰堤脚沙滩上成片成片的芒草，在白霜与水汽里，仿佛残存的古陶遗址。

不是所有的生长都时值和风丽日、斜风细雨。总有一些植物，是带着霜气，度春秋年华。那些霜气，渗透生长的经脉，慢慢成为它们身体里那一段低沉的音乐，那一块深沉的颜色，那一截紧实坚硬的骨骼。

霜气，让一棵植物向内生长，追求内部的丰饶，内部的重量。

在乡间，有许多事情，必要等到下霜之后才能开始。霜，让许多事情有了神圣的仪式感。

菜园里的雪里蕻长得茂盛青碧，可是母亲不砍。母亲耐心等，翘首等，等下霜。母亲说，下霜之后的雪里蕻腌了才好吃。似乎，秋天的好风日里生长的雪里蕻，虽然体貌俊朗，但是内在气质不够，总要等一场霜下来，紧紧它的骨肉，收收它的尘俗气，一棵植物的冬之韵味才激出来了。

世间好物，除了拥有春之希望，夏之蓬勃，秋之丰硕，一定还要有属于冬的那一种静默，那一种凛然，那一种寂然自守。

霜里的柿子，挂在枝叶尽凋的苍黑枝干上，耀眼得胜似万千盏灯笼。那样的柿子，入口冰凉，有深长的甜。秋天从沙土里挖出的红薯，味道并不佳，我们江边人不急着吃，而是把红薯放进地窖里，等微微的低温让红薯把身体里的淀粉慢慢转化成糖分。待到霜重风冷的冬日，红薯味如雪梨。

在冬天，放学回家吃午饭，母亲端出一盆炒白菜。寻常白菜，噗噗冒着白气，入口有谷物一般的甜糯——这是经过霜的白菜，味道丰富得像图书馆。

二

霜就是霜。霜不是雪。

雪是可以飞的，它从玉宇琼楼处来，生命里有一段曼妙高蹈的旅程。雪是王子公主莅临民间，自带贵气。

霜没有身份。霜自生于大地，是在低处流浪的水汽，遇到了寒，遇到了一日更比一日的降温，无处可退，无处可委身，于是身体涅槃开花，成了霜。它是草莽出身，它没有门第背景可炫耀。

在乡间长大的人，大约都有过一段十来年踏着晨霜上学的经历。

"鸡声茅店月，人迹板桥霜"。这样美的诗句，不过是农耕社会里的寻常情景。少年时，寒冬上学，双脚踩踏过的何止板桥霜，还有泥土沙路上的霜，有青石板上的霜，有枯草上的霜，有田埂上的霜。乡间的早晨，我们在寒气里追逐奔跑，脚下飞霜。

有时，在布满繁霜的草坡上走路，一不小心，就会摔个跟跄，人倒在地一个滚打，爬起来也已经是一手一身的霜了。清晨的空气，在繁霜与晨光的熏染与照耀下，冰凉通透，还泛着菌丝样的茸茸白光。我们呼吸，吐着白气，吸着清冽晨气，呼吸之间，像是把自己与晨霜雕琢的世界进行交换，换回来一个低温的莹洁的玲珑的小人儿。

那时上学，最爱的是穿过广阔的田野，空旷的冬日稻田，平坦而柔软，像褪了衣衫的母亲的腹肚。稻子早已归仓，秋天播下的紫云英，才寸把长，它们顶霜匍匐在泥土上，一脚踩上去，蓬松得让人觉得脚底像是长了毛。一大片一大片覆霜的稻田，静寂，洁净，令人如登仙境。我想，仙境的地面一定是晨霜似的茸茸平白，又广博空旷。仙人们不说话，只静静地走路，脚下无尘，每一步下去，都无脚印。当旭日高升，普照大地，一朵朵霜花在初阳里蒸融消失，仙境就变成了属于我们的喧哗人间。

人在少年，走在霜路上，那时未知世事，只觉得下霜的日子，也是热闹的。

踏着晨霜，穿过田野，走过蜿蜒河堤和曲曲折折的田埂，到了学校。教室里似乎也弥漫着霜气，一室的乡下孩子，个个鞋底裤脚犹挂着细小霜花。大家掏出语文书来读，读到"可怜九月初三夜，露似真珠月似弓"时，心里无端觉得冷寂，哀怜不已。其实，诗句里还只是露水季节，时令还未深，白露尚未成霜。

人到中年，课堂上带学生读李贺的《雁门太守行》，读到"半卷红旗临易水，霜重鼓寒声不起"时，心里一时沉重。在中年人眼里，繁霜之下，世界着实苍凉。霜重鼓寒，多少路，是在险绝艰难中突围出来的。

三

到中年，常暗暗敬重那些带霜气的事物。

秋冬之交的残荷，最见霜气。那时，池水枯落，细细的波纹里，荡漾着一个不断消瘦、渐行渐远的世界。那些枯干的莲叶，或是破败似行脚僧的袈裟，或是皱缩成穷苦老妇的脸。那些瘦骨嶙峋的苍黑荷梗，细长伶仃，横竖撇捺，令人想起瘦金体——写瘦金体的宋徽宗困在北地风雪里，"家山回首三千里，目断天南无雁飞"。

见过许多幅枯荷图，大都喜命名《十万残荷》。画有高下，只是心每次都会被这命名给钝钝地撞击一下。十万残荷，十万，残荷，是十万吨的胭脂红被掳走了，十万吨的水粉白被劫掠了，还有十万吨的青罗绿缎被搜尽了，十万个少男少女的青春芳华被踏碎了，十万座温柔富贵乡被攻破了。每次站在残荷画前，都像站在秦砖汉瓦的残垣断壁前，仿佛看见屠戮，仿佛听见哭泣与低沉的哀号。那些曾经意气风发的荷们，现在折戟沉沙，集体阵亡，含恨交出国度，给了水，给了天，这是怎样一种悲剧啊！

已故诗人陈所巨有篇美文，叫《残荷》。不长的文章里，他感叹："残荷不再美丽，不再青春勃发……人说，残荷老了，生命留给他的大概就只有怀旧、忏悔与叹息了吧。"在寂寥的冬夜，我一个人，一边泡热水脚，一边听寒白读《残荷》。窗外冷风呼啸，遥想故乡的池塘上荷影隐约，便觉得小屋的灯光与书卷，处处都覆上了枯荷的霜气。

霜冷了。冷了老城，冷了江乡，冷了长路与客心。

每一个生命，都有走到残荷的时候。这是属于我们每个人的悲剧美。

朋友画荷，画的多是夏荷。

那些墨色夏荷，浓浓淡淡的叶，层层叠叠，高高低低，以群居的状态熙熙攘攘地存在，像一群少年春日里放学归来，一身的朝气蓬勃。朋友的夏荷，是青春的，明媚的，带着些洒然与自得，甚至有清脆的铃声叮当。

很少见到能把夏荷画出霜气的。

从前买过一本金农的画册，画册里有一幅荷叶图，一枝荷叶，墨色冷寂，在一朵莲花之下，大如玉杯，仿佛里面盛了冷香，盛了一生的霜。那荷叶与荷花，还有最下方的一朵嫩荷，在米黄的纸上，婆婆相扶携，有一种拙感，一种滞涩感，一种黄昏感。我看了，心里凛然一惊，原来在盛夏的接天莲叶之间，还有那么一两片叶子暗暗起了霜。那是精神世界的霜。

大约，也只有金农，能把一枝青叶，画出旧年旧事故国故园的霜气。有人说金农的艺术是冷的，他是"砚水生冰墨半干，画梅须画晚来寒"，他是一生冷艳不爱春。

我常想，这样霜气的青荷，一定要在泛黄老宣纸的毛面画吧，运笔不那么畅，一折一顿，恰似一步一坎坷的人生，末了，还要用上欲说还休的几笔枯笔。这样的霜气，透着距离感，有疏远、冷落、节制、清醒的意思。

朋友说，他画了太多荷，可是很难画出金农荷的那种霜气。在省城某座艺术馆的一个展厅里，我欣喜地见到朋友有一幅荷不同于他的其他众多荷图。这幅荷里，难得见出一种霜气，一朵红色小蕾将开未开，而小蕾身下是一枝荷叶拦腰折下身子，昔日圆盘似的叶面已经枯皱成锈蚀的铜钟——那是秋荷，墨里添加了一点赭石。借助赭石，略略讨了点巧，将水墨画里糅了一点西洋油画的技巧，秋荷的斑驳枯老有种金属般的重量。

画出霜气，不只是靠墨靠色靠技法，还要有浩浩大半生的风烟岁月作底子。

敬重霜气，那是直面和认领人世的空旷和寒气。生也有时，败也有时，尘世间的霜，懂得默然去品之味之，这是中年人的胆气。

在清寒的冬日清晨，出门远行，呵气成霜，天地飞白。一粒人影，小如尘芥，也大得可顶起一轮朝日。

原载《当代人》2021 年第 4 期

霜
气

铁路生活区的坚硬和柔软

————

金　艺

一

　　向塘西火车站附近的天空从早到晚都很忙碌。北边火车呼啸而过的轰隆隆声刚刚远去，南边车厢车轮铁轨之间的咔啦咔啦声又渐次传来。东边进出机务段的各式火车头低调深沉的呜呜声和昂扬高亢的哧哧声起起落落，西边三角线道口的喇叭反复大声嚷嚷：火车来了，请不要抢道，火车来了，请不要抢道！

　　铁路家属生活区的左前方是一片清澈的河塘，脚下及右前方是一垄垄不太规整的菜地，河塘与菜地以外是大片田野，两条铁路呈"八"字形将田野分割开，一条以撇的姿势经过村庄弯向远方，那一捺蜿蜒伸展到向塘西火车站水泥站台下，和众多的铁轨会合。

　　这就是我从小生活的地方，南昌县向塘铁路生活区。

　　在我出生的 20 世纪 70 年代之前，向塘西火车站就已是重要的铁路交通枢纽，后来又逐渐发展成京九、沪昆、向莆三条铁路"黄

金"大字架的中心。工业文明和农耕文明在这里交汇碰撞，将坚硬和柔软一同嵌入日常记忆。

铁路生活区的坚硬和柔软

二

我高中时一本相册的封面，是两个青年男女在绿树掩映的铁路上散步，男孩站在钢轨上，一手牵着女孩，一手伸直成翅膀状保持平衡。夏日阳光透过树叶的缝隙照在他们欢笑的脸上，整个画面充满柔情蜜意。

我很羡慕，这样的铁路多美啊，可是在向塘不可能拍到这样的照片。那时没谁家里有相机，也没有绿树掩映的铁路。我们这儿铁路的两旁都是菜地或田野。如果是夏天，被烈日暴晒的钢轨会发烫，枕木间不规整的小石子会硌脚。我从没见过情侣在铁轨上散步，见得多的是穿着黄色或蓝色工作服的铁路工人，戴着草帽、扛着锄头、提着水桶种菜的大爷大妈，或是附近村庄过路的农民。偶尔有一两个像我这样吃饱了没事干来铁路边多愁善感的，也是像斑鸠那样谨慎地四处张望。

335

铁路人家的黄毛丫头，对家门口的风景爱恨交织。钢轨勇往直前的气势隐喻着远行和希望，让我们从小就对远方充满期待，但铁路其实也是世界上最坚硬最冷漠的道路。

我爸领教过火车的厉害。他在调车时不小心从车厢接轨处掉了下去，被抬出来的时候，两节车厢已从他身体上方驶过。那时我妈正怀着我姐等待升级为母亲，她挺着大肚子赶到铁路医院，看见我爸的瞬间差点坐到地上。他额头上的皮肤被从中间撕开，一块往上翻一块往下耷，上嘴唇已经看不出形状，左手胳膊处掉下一块肉，一根钢筋从虎口处斜穿整个手掌。从那以后，他的左手大拇指始终僵硬地弯向掌心，再也没有伸直过。

我哥刚参加工作时，有一天在货场作业后坐货车返回，隔着几根轨道看见五个工人在养护铁路，他们的背向，几节货车车厢从高高的驼峰快速溜下来。我哥扯着嗓子拼命呼喊，提醒他们避让，可人声完全被钢铁轰隆隆的嘶吼声淹没。等到养路工人察觉到车厢的逼近，只有三人及时跳离，另外两人一个当场被拦腰撞成两截，一个的右腿飞了出去。

20 世纪 80 年代前，铁轨上跑的基本是烧煤的蒸汽机车。火车头喷着白烟喘着粗气，在向塘西停下来，司机打开阀门，把烧剩的煤渣倾倒在轨道上，再洒上水，将通红的火星熄灭。车头处守候的人立刻蜂拥而上，钻进车头底下抢煤渣，他们一只手用自制的小铁耙把没有燃尽的煤块扒出来，另一只手戴着手套将煤渣抛进篮子。

胆子小些的就等火车头开走了再捡。停车场任何一条铁路上都可能有煤渣，男男女女老老少少就这里几个那里几个弯着腰专注地拾取，画面类似世界名画《拾麦穗的女人》，只是拾麦穗的女人沐浴在柔软的阳光里，画面和谐而有诗意，捡煤渣的感觉就没有那么美好了，画风有时很狰狞。

不时有人因为抢煤渣打起来。有人只顾捡煤顾不到火车开动，为此丢了一只手或一只脚也是常事。

我妈清楚地记得她在 1969 年生下我哥后，捡了一年多的煤渣。那时买煤要用煤票，因煤炭供应紧张，有时即便有煤票也不一定能买到煤，她不得不加入捡煤渣的行列。为避免和别人争抢，她每天凌晨四点半起床，专等五点进站的第 50 次广州方向来的车。

一篮煤渣够用一天，烧水做饭烤婴儿的尿布，这些普普通通又必不可少的日常开销，煎熬着一个二十出头的新妈妈。我妈提起这段经历就皱眉摇头，说想想都后怕。漆黑的天漆黑的铁轨，天晓得那些在轨道上跑来跑去的大家伙有没长眼睛。

耳濡目染了火车的厉害，我当时的活动范围就仅限于家门口的"八"字形铁路和我爸妈上班的火车站，其他铁路几乎不踏足。离开向塘后我也保持着这样的习惯，只在特别熟悉放心的区域散步，陌生地段一般不会考虑。

铁路运输紧俏的年代，来来回回的货车上什么货物都有，一列货车有几十节车厢，一节车厢最多可以装六十吨货。鸡鸭鹅、猪牛羊、煤炭布匹、洗衣机电冰箱、苹果橘子酥梨，在车厢里堆得密密麻麻，满满当当，从天南海北来又向天南海北去。

当年铁路运输管理有不少漏洞，盗窃行为一度很猖獗。

铁路附近的一个村，据说有几年全村都没有人种田，家家户户靠铁路过上丰衣足食的生活。货车上有什么，他们家里就有什么。

如果遇上运水果和农产品的篷布货车，他们就手脚利索地攀上车顶把绳子割断，掀开篷布，把一箱箱苹果、一袋袋大米往车下扔，一直扔到火车开动，才不慌不忙地跳下车。冰箱、彩电、洗衣机，他们拉开车门就直接往沙坑里推。

车厢只要有破损，就会像盲盒一样引诱着揭秘之手。从盲盒里掏出的有时是一条条烟，有时是一瓶瓶酒，有时是一盒盒茶叶。据说有一列运酒的车，厢体有一处小破损，露出一个纸箱子，村民们把纸箱子扒开，发现是一瓶瓶"女儿红"，酒瓶大破洞小，无法整瓶取出来，就把酒瓶敲破一个小洞，直接拿吸管吸。运生猪的车，猪都在铁栅栏笼子里关着，他们没法偷出整头猪，就拿刀去割猪耳朵、猪尾巴。猪疼得拼命哭，可是押运员在最前面的押运车上，加上猪本来就爱叫，没有人听得出哭与叫的差别。

这样的车盗抓了不少，也判了不少。

不只是村民，铁路职工偷盗之事也时有发生。不过也大都付出了代价。

三

这些坚硬的故事和命运有些是我从小目睹的，也有些是长大后才听说的。铁路生活区的柔软却无时无刻不在我的记忆里波动。

可能是因为我爸喜欢种菜，我从小就对菜园子感到亲切。我们这的菜园子大多开在铁轨的两边。有的完全敞开，春天的油菜花和秋天的芝麻花在火车掀起的大风中欢快地招摇，小包菜则怕吵似的集体捂着耳朵。有的菜园用铁丝或树枝围起来。有的菜园用乌黑粗壮又方正的废旧枕木做栅栏。初夏时满园绿色，枝枝蔓蔓从笨重的栅栏里伸出来，带着绒毛的小南瓜小冬瓜紧紧地靠着栅栏，依偎的样子特别有安全感，火车哐当哐当带来地震也不怕。

不管什么样的菜园子，都会在某个角落放置一两个浇水的桶。讲究一点的，还会用枕木、树枝、红砖、石块搭一个杂物间，放锄头铁锹、尿桶水桶这些七七八八的东西。

我爸还是钓鱼高手，钓的鱼不仅够家人吃，还常有富余。我们时常在天蒙蒙亮的时候，带上我爸钓的鱼种的菜到菜市场去卖，有的时候是几条鲫鱼、几只甲鱼，有的时候是几把空心菜、几个南瓜等。

那时我小，总是认不清秤上的大点小点，独自去卖菜心里就打鼓，称好后假装慢慢数秤上的白点，数到买的人报出重量才如释重负。我更愿意做我爸或我哥的小尾巴，在他们卖菜的时候蹲在旁边，等他们卖完塞给我几角钱，或带我去买油条。

菜场就在铁路俱乐部附近，每天人流穿梭，吆喝声不绝于耳。菜场的繁荣是铁路和改革开放带来的红利。菜场交易后的产品很大一部分要运上火车，蔬果、鸡鸭等生鲜被送到开往大城市的餐车上，我们称为"送车"。甲鱼、黄鳝等稍贵重一些的水产，本地人舍不得吃，也卖不到好价钱，在广东却销路良好，于是就专门有一批人倒卖生鲜农产品。近的运到南昌，远的卖到广州、深圳，附近村庄的人也都知道把农产品送到这里好卖，此处菜场的繁华不是别处菜场可比的。

火车给我们的生活带来了很多福利。

绿皮火车是我们日常出行的交通工具。我常乘坐的是小运转和江边村车。小运转有点类似向塘到南昌的公交班车，半小时左右就能到达，每天来来回回好几趟，将小镇上的人送到省会上班、上学、就医或购物、游玩。

付大伯生病后，每周到南昌铁路医院做血液透析都可以免费乘坐小运转去，做完透析后当天又乘坐小运转回。每次都是付大妈陪着，时不时和付大妈随行的，还有她自己养的鸡种的菜，她用这种方式对医生表达谢意。

乘坐小运转的人以铁路职工家属为主，乘坐江边村车的就多是农民和农产品。我也常乘坐江边村车，因为它会停靠在一个叫"十七公里"的小站，从那里下车后再步行两个多小时就可以到我的外婆家。江边村车厢的座位类似现在的地铁，厢体两侧各一排长椅，春运繁忙的时候，就变成货车车厢。

铁路职工可以享受探亲免票，父亲曾用探亲票带领全家回贵阳老家。我清晰地记得七岁那年夏天，我们在半夜登上开往贵阳的火车。车站开了免票，但是没有座位，我们挤在过道上，在一堆大包小包间东倒西歪地站着。我那次穿的是我妈做的方口布鞋，两天两夜后到达贵阳火车站，脚肿得像馒头，方口布鞋的搭襻都没法扣上。现在说起来这样的旅途似乎很艰辛，但在那个年代，全省很多和我同龄的孩子还没有见过火车。

铁路上的福利还有夏天的冰棒票。我们每家都有一个冰棒桶，可以装二十根左右的冰棒。铁路职工凭票可以领冰棒、绿豆、白糖这些防暑降温的食品。

有一天大中午，小伙伴们约我一起去领冰棒，正好二舅来家里做客，我想领些冰棒招待二舅。从家里到冰棒厂要走好长一段没有任何遮拦的铁轨。烈日烘烤，我头上戴着草帽，脚下钢轨、枕木、石子蒸腾的热浪不停往上蹿，等领到冰棒我都快热虚脱了。

发冰棒的阿姨很好，一般领二十根会额外赠送一根。吃完这根冰棒我才有劲往回走。回程路过向塘西火车站，正好一列客车开过来，从每扇窗户里挤出好几个脑袋。他们看见我们手里拎着冰棒桶，以为是卖冰棒的，纷纷叫喊着要买冰棒。小伙伴们都打开了冰棒桶。我舍不得卖，我还要回去招待客人呢。在我等小伙伴的过程中，车窗里伸出的手一只比一只长，手上都拽着钱。看到他们热得满脸通红，衣服都被汗水粘在身上，每个人都是渴求的眼神，我有点于心不忍。迟疑着打开冰棒桶打算卖几根给他们，没想到这个也喊那个也要，一桶冰棒瞬间就抢完了。

不记得那次卖了多少钱，反正我的草帽在忙乱中不知什么时候掉了，二舅也没吃上冰棒。

四

铁路地区的宿舍小而密集，但是很规整。我们介绍自己的住址通常不是说在某某路上，而是说二排房子、六排房子、八排房子……每排房子四户人家，每户两室一厅加前后院，厨房由各家在前后院自己找位置搭建。每排房子就像是一列火车，每一家就是一节车厢。

我家住在二排房子。二排房子共八户人家，每户一样的房子，大致相同的经济条件和家庭结构，每家都有一个家长是铁路工人，家家都有三到四个孩子，凑到一起就有二三十个。大家生活在同一辆列车上，邻里关系也就亲密无间。

我喜欢和我哥还有一帮男孩子一起玩。我们一起上学，一起去田野烤红薯，夏天一起套知了，冬天一起挖黄鳝洞，玩着玩着，我们的身影就在菜地、田野、铁轨和火车站之间渐渐拉长，变宽。

家长们对每家每户的情况都一清二楚——包括一家三代以及诸多旁系血亲，我妈总跟我拉扯这些事，吴老头的三个孩子在南昌出息了，付大妈在武阳乡的弟弟生意亏了本，蒋阿姨娘家在上海，郑伯伯在上饶的侄女生下来特别小，好难带大。我妈说起这些事就像说自己家的事，我相信别人说起我们家的事也是这样。

夏天，家家都买过火车上的高温鸡高温鸭。当年前往香港澳门的"三趟快车"，其中一趟"753"经过向塘西。车上的一些伤猪残猪无法运到目的地，就会贱卖给食堂，有时也卖给个人。这时整个宿舍区都有了过节的气氛，每个小孩的碗里都飘散出肉香。

那年小舅舅结婚，我爸花一百多块钱买了一头断了腿的猪，绑在自行车的后座上，骑行三四个小时送到乡下，承包了我小舅舅婚宴需要的所有猪肉。

秋天，小河里的螺蛳多得摸不完。一到傍晚，家家户户的厨房里都传出吱咔吱咔的声响，吃饭的时候端出来全是一碗碗的螺蛳。那时天晴我们都不在自己家吃饭，喜欢端个小凳，大家一起坐在门前屋后或是在靠近田野的公共水池边围在一起吃。大人们一边吃饭一边讲东家长西家短的故事，小孩们一边吃一边打闹，筷子时常会从这家碗里夹到那家碗里，谁家有个好菜，其他人也能尝到鲜。

邻里亲如一家，大人们上班也就很放心孩子们自己在家。我姐从小就勤快，七八岁的时候就会生火做饭洗被子。那时候生炉子用刨花引火，有一次刨花飞出来，烧着了旁边的一堆刨花，我姐吓得哭，隔壁建军家的阿婆赶紧来灭火。姐姐在公共水池洗被子的时候，邻居们看她小，也帮着和她一起拧被子。

冬天，隔壁郑伯伯家经常生炉子烤火，用的就是从铁路捡回来的煤渣，二次燃烧的煤质量好，没有一点煤烟。下雨天或下雪天，爸妈如果不在家，郑伯伯和他家阿婆就会喊我去烤火，几个人围坐在一个大炉子前，就是什么都不说也觉得温暖。那会儿没有幼儿园，我和八排房子的小青青还被轮流交给郑家阿婆带过。

我不知道小五子从安徽来是不是乘坐火车，也不记得她是谁家的客人。和她一起来到二排房子的，除了她的家人，还有一艘小木船。安徽发大水，他们全家逃难来到这里。我对那艘小船充满好奇。我的小脑袋，看到船就想到江，想到海，小船乘风破浪的感觉肯定和火车的轰隆轰隆不一样吧。

那时我还没有上小学，天天和小五子一起玩，可是有一天，小五子突然消失了，他们全家不打招呼就搬走了，再无消息。

她走后，我看到那棵泡桐树心里就湿漉漉，好想她有一天再回来，又和我一起乱话未来。那种失落的感觉四十多年后还很清晰。

五

新时代像火车滚滚而来。高速公路和高铁不断给生活提速，向塘西站客运站停止运营。当年繁华热闹的站台，只剩下孤零零的水泥架子，仿佛是期待再次起飞的翅膀。

没有站台并不表示没有火车，铁轨依然纵横交错，只是内燃机取代蒸汽机后，电力机车又取代了内燃机。

天空反倒更拥挤了，它要接纳铁路沿线竖起的一座座高压电塔，塔与塔之间的电线在天空织出一张张巨大的网，望不到尽头。

向塘西站现在已成为江南地区最大的车辆编组站，共七个站场，还有两个驼峰，每天解编的货车接近两万辆。

我曾跟着我哥开车沿着铁路线边行边看，过了一个名叫腰脯的村庄后，公路和铁路就摞了起来，汽车每开几分钟就要经过一个铁路涵洞，涵洞上面是火车走的路。出了涵洞，也许左转也许右转，也许爬坡也许下坡，走过一段林荫小道或经过几个鱼塘后又钻涵洞，再出来兴许就隔着铁丝网和某列火车并驾齐驱了，偶尔还会遇到无人值守的道口和正在经过道口的绿色或橘红色的火车头。我以为前方出现了村庄，站场就走完了，可等我穿过村庄，站场上一排排气势磅礴的灯架又出现在眼前。

所有站场都用铁丝网围得严严实实。我哥说铁丝网隔一段就有门，门上都有锁，车、机、工、电、辆等各工种都有钥匙，哪一段出了问题，就从铁丝网外的小路步行、骑车或开汽车到达，人从铁丝网上最近的门进去。

二排房子、六排房子、八排房子都已经拆了，在原址上建起一栋栋六层的小楼。二排房子的二三十个娃都已长大，一部分人像我哥一样留在向塘，继承父辈的职业成为铁路工人，一部分人沿着铁轨去往南昌或者更遥远的地方。

我姐大学毕业后，被分配到铁路工作，20世纪90年代初，她辞职去深圳创业。我想是铁路便利的交通和从小在车站的见多识广，助推了她南下的信心和决心。虽然离开了铁路，但铁路生活区坚毅与柔情杂糅的气场一直影响着她，让她成为一名成功的保险代理人。

我读大学后离开向塘，后来定居在南昌。最初，只是把那里当作娘家，年岁渐大后，发现它对我的意义，远不止于此。近些年我越来越强烈地意识到，我的性情和生活趣味，一部分来自血脉里的基因遗传，一部分可能来自向塘铁路生活区的赐予，而哪些影响来自父母，哪些来自铁路生活区，还需要我慢慢回溯和体会。

近些年，工作越来越忙，我回向塘的次数却越来越多。

每次回去，同学阿疆总让我去他妈种的菜园子里摘菜，他说他妈在铁路旁开了好大一块菜地，种了很多菜，可孩子们都不在身边，菜根本吃不完。和阿疆妈一样的还有付大妈、钟大伯，我妈也种了一些菜。对于他们，菜地已经成了一种情感寄托，一种对往日生活的念想。

这里似乎成了一个养老的地方。

养老的地方也并不能留住所有的老人。有三个出息孩子的吴老头吴老太先后病逝，他们摇着蒲扇纳凉的身影在院子里消失。会喊我一起烤火的郑家阿婆，在某个夜晚悄无声息地睡去。常带我去卖菜给我买油条的父亲，七十八岁时，健硕的身体被癌细胞吞噬，在一个夏日的午后将体温散尽。他常钓鱼的河塘再也不见他的倒影，常拾掇的菜地再也等不来他翻土，他用锄头和鱼竿写下的散文诗画上了句号。我妈常等他的小路再也不见那个骑着永久牌自行车的身影，只有风中似乎还远远传来清脆的铃铛响。

六

最近一次去向塘，是在三月中旬的一个午后，路边的泡桐树开出一朵朵淡紫色的花，庞大的树枝朝上往两边伸展，在天空竖起一面花墙。

花草都还是老样子。田野捧出大片大片的紫云英，路边的蚕豆依然坐不到正位，在菜地的边缘或铁路路基下绽放一排排白花，无人采摘的包菜正在黯然老去，叶子发出腐烂的味道。

缀满红锈的铁轨旁和枕木间冒出各种各样的小植物。细碎而繁密的五香草、粟米草，开小黄花的苦苣菜，紫花的野豌豆，密披白色短绒毛的落马衣，还有堇菜、鸭跖草、商陆，它们完全不畏惧车轮的坚硬和死亡的频繁，给点阳光和雨水就活得热烈而执着。

麻雀一树一树，一电线一电线的，数量比过去更加庞大。它们一起飞一起落，落下来扑棱扑棱站满一棵小树，每棵树都有七八十只，远看会以为是树上的叶子。火车一震，它们又像一个个音符有序地飞扬起来。

在现在的我看来，铁轨、高压电塔、生锈的大油罐、钢铁吊架及来来往往的火车，还有天空的各种声响，也都变得柔软起来。

我越来越喜欢往向塘跑了，不仅是想念那里的菜园子、天空、铁路，更重要的是，我妈和我哥还住在那里，他们是向塘铁路生活区最柔软最温暖的部分。

原载《星火》2021 年第 4 期

清水，走过一村又一村

刘梅花

张杨村

清水是一个县，属于甘肃省天水市，当年杜甫骑驴路过此地。

清水出芙蓉——那芙蓉，是一个个村庄，是我深深喜欢的村庄。张杨村、黄湾村、关山村、白河村，多么美好的村落。远游的人走到这样的村庄，可以忘记乡愁。

小小的村落，梦幻一般的美。花繁，从院子里探出来，想开一串开一串，想开一朵开一朵。半开的花苞一点点拆开自己，过于细微，让人感觉不到。开透了的枝子，拖延着，描着影子，随意摇摆。那些凋谢的花瓣，在微雨里凌乱——我老了，已经过了对残红满地伤感的年纪。

喜欢那些树枝子篱笆，斜斜的，曲虬着，也随意围住草木。白墙也好，灰墙也好，都没关系，反正是个陪衬。花影摇曳，一朵花让墙当陪衬，是游人的意思，都说看花，谁看墙呢？

村庄里慢慢走，数一数路边的蚂蚁。一粒一粒黑蚂蚁很壮实，有多大呢？不好说，燕麦那么大足足有。这些蚂蚁并不忙着干活，比我还闲，也在闲逛。我得小心翼翼地走，这是它们的地盘。

鸟儿真是太多了，布谷叫出来的声音真是布——谷——，我老家的布谷鸟叫出来的声音是种——勾——我们叫种勾鸟。嗯，地域不同，鸟儿的方言也不一样。还有一种鸟儿也在啼叫——饱饱——吃——我们那儿叫饱饱吃鸟，不知道张杨村的人们叫它什么名字。

我在清水县的张杨小村庄里，讲着我的古浪土话，跟草木说了会儿话。草木能听懂，因为我天天写它们。然后，又吃了张杨村的土豆和苞谷。土豆和苞谷刚刚从地里拿回来，新鲜得让人觉得自己的嘴不干净——这句话是阿城说的，我借来用用。

我独自走来走去，内心的欢愉摁不住，想起古人那几句话，路不拾遗，夜不闭户。这是唐朝的村庄，从时光深处嫣然返回。

村里第一书记是个美丽的女孩，她告诉我们，张杨村，是张湾和杨庙两个村合起取的名字。世界上有各式各样的村子，都长成自己的样子，光阴就是这些村落攒起来的。张杨村不张扬，低调却奢华，有点儿欧美乡村的那种浪漫。

村口的一户人家，白墙，青瓦，本色的木头门，青灰的门楼高高耸起来。木门半开，有老人抱着小孩子走出来。门前几丛竹，枝叶索索。一畦菜地，树枝子栅栏围了，圈住青葱蒜苗。蔬菜的叶子从栅栏缝隙里挤出来，那栅栏看上去就疏朗起来。

菜畦对面，还有大丛大丛的花，蜀葵、月季，发了疯一般盛开，花朵繁密得叫人忧伤——开得这样不管不顾，摁都摁不住，可如何是好啊！

另一户人家，木头门已经很老了，看上去有点古旧的感觉。可是，蔷薇却猛然之间蹿出来似的，沉甸甸地在墙头上垂着，足足有可

347

怀抱的那么多。花朵美得不能多看——红花朵红得要破哩，粉花朵粉得耀眼哩。生命如此疯狂，整个墙头费力地驮着一垛繁花，简直让人有点束手无措。花儿呀，你慢些开呀，省点力气开呀。

梅花最怕开，开了便没话说。这话不是我说的。可是蔷薇和月季才不管这些幽愁凄清，就是拼命要开。花开富贵，好日子是开出来的。

走到村子中间，一户人家门口堆着劈柴——也不完全是劈柴，也有树皮。树皮被几根粗木头横着围起来，粮仓那样，鼓尖地冒着。人间烟火，有柴火，才有村庄的味道。柴火堆一侧的墙上挂着一个矮栅栏做的筐子，不多，几枝玫瑰斜斜升起来，只有三五朵，颤巍巍的，仿佛吹一口气就谢了。我抬高了脚步走过那筐玫瑰。

倘若我是古代的士兵，打败我的，不是对方的弓箭，只需要给我一个张杨村，就逃之夭夭了。太美的东西，难免会让人心生诚恐。张杨村，你藏着多少美，竟叫人落荒而逃？

一棵巨大的树底下——到底是什么树呢？椿树、核桃树，还是槐树？记不清了，反正极高，树冠铺开，树下一窝清凉。不不，不是清凉，我们来的时候，是小雨。树下是一窝雨点。如果我有足够的力气，我想扛走这棵树，栽到我家门前，歇歇凉呀，看看木叶呀，不不，我最想听鸟鸣。这棵树上，住着无数鸟儿，那声音清凉凉的，能治愈我内心的烦躁。我在一个没有鸟鸣的小城里住了十几年，非常孤单。

在张杨村，我的梦想是做个大盗贼，胆子特别大的那种，趁着天高夜黑，来扛走那棵树，再捎带上无数丛的竹子，再搬走花儿和所有的美——可是搬到哪儿去呢？此心安处是吾乡。只有张杨村，才可以安放如此盛大的美。只有张杨村，让我忍不住胡思乱想。

村庄里的人们，在雨的间隙里，站在庄门前三三两两地聊天。其实我是嫉妒他们的，不不，确切地说是敬重，他们创造了这样幽致奢华的田园生活。这奢华，不是金钱，是心中有爱，是手中有花，是热爱生活的一往情深。任何的美，都比不过人的内心。

张杨村的人家，屋子里码着高高的粮食袋子，足足可以吃几年。老人们说，家有余粮，心中不慌。真个儿是呀。粮食是村庄的心，有粮食在，村庄才能够底气十足。

村委会旁边，有个极古风的园子。若有若无的几截矮土墙，被杂草淹没了。杂草里爬出几枝藤花，有点儿一枝斜好，幽香不知甚处的深沉可爱。巨大的椿树当作栅栏，圈住一园子玉米，不不，还有蔬菜。

那道门，或者说柴扉也行，简直是陶渊明家里撬来的——就那么孤零零的一道门，没有墙挨着，绝韵孤高。土坯砌的门框，框住门扇，顶着青瓦门楼。门楼上的青瓦顶着苔藓、杂草，似乎雀儿跳上去跺跺脚就能跳塌。只有风，才可以穿门而过。那是一种相当古朴的感觉，简单而讲究，像是村子随手丢下的一点诗意。

门扇也不是真正的门扇，是柴扉，巴掌宽的木条钉的，牛肋巴似的，杵在草木当中，有种说不出的远古之意。田园，田园，那扇柴扉便是田字，守着一个香椿园子。这园子，却不适合陶渊明，适合谁呢？蒲松龄吧，他那些古怪的故事，可以住在园子里，荒蛮生长，把玉米们都挤走，挤出几个小妖精来。

清水出芙蓉，也出美好的情缘。世间种种美好，叫人心生眷恋。一路踏花涉水到张杨村，因为美，让人心生欢喜。当然也心生一些妄念。这不能怪我啊，都怪张杨村自己，这盛世美颜，叫人如何抵挡？

长沟村

村口一块大石头，上书两个字：秦源。

秦人在这儿牧马，等马儿肥了，就骑马驰骋，谁也打不过他们。倘若溯了时空，我是个西域胡女，走在秦人的旷野里——我的外祖父是凉州人，长相有着匈奴人的特征，宽脸，颧骨高，鼻翼宽，粗眉小眼睛，窄额头大耳朵。于是我常常给别人吹，我的满月脸颇有胡风。

在长沟村，我一心一意做这件事情：找秦人。秦人长什么样子？不知道。但是我固执地认为，兵马俑就是拓着秦人的样子复制出来的，不然要照着胡人的样子吗？

我在岷县就见过秦人的样子，他们步履飒飒，神态温和而冷，身形不胖也不瘦，大骨架，脸型方长，有些凝神沉思状。街上正走着，迎面遇见的男子浓眉大眼，阔额宽腮，一撮胡子，英气飒飒——倘若蹲下去拿一枚弓箭，简直和兵马俑一模一样。真是令人难以置信的事情，岷县，居然和遥远的秦朝脉脉呼应。

可是在长沟村，我觉得遇见的都不是秦人，男子们不是秦人那种方脸，吊梢眉，单眼皮，眼角往上飞的长相。相反，脸廓很柔和，下巴稍尖，嘴唇薄，多是杏仁眼。

在福瑞源二层木楼上闲聊，对面是长沟村的一个男子，他说妻子在南方打工，他在天水打工，儿女在上学，家里老人种了几亩地，总是有田鼠去祸害庄稼。话说远了，他的眉心攒着一点愁，却全是真情。

乡村有乡村的诚实，只盼望，游人像水一样涌到长沟村来，让在远方打工的人回到自己的村落里，经营农家院。只盼望，踮起脚尖，够得着梦想，方可不浪费这深闺里的绝世美景。

在长沟村一户人家采访，突然发现有一位乡镇干部很像秦人，浓眉，眉梢上挑，眼神冷而肃穆，脸颊长，棱角分明。若是给他一匹马，真正是秦人的逸韵无疑。于是我一直盯着他看，看得那位先生逃之夭夭。其实我是想问问他，是不是清水本地人。结果他躲得好远。

我一遍遍嘀咕，没有遇见秦人。马孟廉老师解释说，长沟村这个地方，是古代战略要地，兵家来往，所以人口流动比较大。无数次征战，秦人绝无可能一直住在这里——他们又不傻，白等着挨打。

想来确实如此。清水和一个人有着千丝万缕的关系，那就是成吉思汗。一般认为成吉思汗死于六盘山附近的清水县，而且有人推测，他就埋葬在清水县。说不定长沟村这条河边，成吉思汗的人马就曾驻扎过。他的人喊马嘶都湮没在历史的尘埃里，只留给后世人各种猜测。

村口有一座长亭，黄草披垂，蓑衣那样，有点萧瑟感，有点宋朝的感觉。可惜柱子是水泥的，不够古风。倘若是竹篱笆，被人靠着，吹一支埙，多少愁绪梗在心里的样子，就古朴地直奔宋朝去了。

长沟村没有遇见秦人，却遇见了藏于深山的十万木叶。雨呀，水呀，庄稼呀，推开了村子里透明的门。树木那么多，多得简直不像话。尤其是核桃树，肥硕的叶子撑开，好看得心里开战。树园子就用粗木棍做栅栏，围住，枝枝蔓蔓从栅栏上空闪过来，叶子上滴着水，滴答，滴答。轩窗栏杆，残红满地，村子在雨水里甜蜜地寂静。

长沟村，有堡子山，有长沟河。河水流入渭河。河滩里，青石头白石头随意堆着。石头堆里也许藏着蛇——都是很懒的蛇，不想自己打洞，就盘踞在石头堆里，然后让人类不敢坐上去。

古人说要静坐幽僻青石，看对岸花开，打开自己的内心。我可不敢到河滩里的石头上去坐，那就坐在高处看风景呗。村子里有好多农家院。欢乐谷，福瑞源，一家比一家美。二层木楼，露台，庭花乱红，满足了我对乡村诗意的所有向往。

雨停了。木楼门前的草木离离疏影，那复古的窗棂和萱草，在阳光下勾勒成一幅镂空的剪影，细致，温存。藤花从墙头垂下，老枝子上吐出几朵蕾，有点跳，香气拂散。这个时候，敛住气，真正地适合想一个人，不是苏东坡，也不是李时珍。

关山村，夜深千帐灯

村落不大，也许只有十来户人家，没有细细数过，散落在天水市清水县的山谷里。山谷狭长，山也不是很高——当然是跟我们游牧的大雪山比的。但是非常绿，草木们长得蓬蓬勃勃，要蹿起来的样子。细细瞅了一圈，没有发现田地，不知道庄稼们藏在哪里——可能躲在山野这个绿色的大袍子里。想来麦子应该灌浆了。沿途看到玉米，半人高，还没有穗子。

吃晚饭的农家院，就叫"关山人家"。院子倒也不大，留着一个喝茶的小厅，前后打通，一边是院子，一边是后街巷子。巷子里堆着青沙，有人在那里慢吞吞地砌墙，时不时停下来喝水。两三个小孩，跑来跑去，也不怕生人。

大概还没有正式营业，也许我们是第一拨游客。老板是个非常帅气的小伙子，亲自端菜。乡野的菜真是好吃，野菜是直接从山野里采来的，嫩梢鲜绿鲜绿的，拌了盐醋调料，端到桌子上，清淡可口。面食是荞麦面搅团，还有饸饹面，老远就香气扑鼻。同行的老师一气儿吃下两碗。

饭后在巷子里闲逛，天色渐暗。极安静，没有人说话，只有一盏一盏的灯渐次亮起来，在暮色里，突然让人感动。为啥叫关山村呢？也不知道呢，只是碎碎念叨着，莫名就想起纳兰性德那句"山一程，水一程，身向榆关那畔行，夜深千帐灯"。

那一盏一盏的灯，像是从旧时光里漏下来的，微微泛着古色的黄，看上去极是柔和。而村子后面的山野，草木绿色隐去了，是黑沉沉的那种墨色，弥散在天地之间。

只一会儿，薄薄的雾气就浮起来，山野变得模糊混沌，灯盏也加了一点儿迷离感。村子对面的山脚下，一河水淌着，声音很小，几乎听不见。奇怪，河水怎么会没有声音？也许草木太浓，吸附掉了。黑夜里也看不清石头，隐约有点点黑色，大约就是石头。我在山里河边长大，看见石头，总想要去坐坐。天黑了，就算了。

大路是水泥路，小路也是。即便在夜里，也能看清小路从大路上岔开，泛着一层弱灰的光，有意无意地斜斜伸进村庄里，伸到那一盏盏灯火中去。我就是从小路上走过来的。

只是片刻工夫，小雨淅淅沥沥落下，落在青草里，发出一种轻微的唰唰声。有人在村口咳嗽了几声，大声问了一句什么。大概是我们同行的老师，准备要回去了。本来打算夜宿关山村，他们临时改变了主意，可能是怕太打扰那家人。他们一家忙到上灯时分，还没吃晚饭呢，大家觉得歉意。留下来，真不知道还要怎么叨扰呢。

小路边的野花刚开完，留下带着花丝的几撮蓬乱的花头。我打开手机手电筒，细细看了一阵。雨丝挂在草叶上，纤弱，幽清。路边的小碎花，最不招惹人的，但别有番孤寂的滋味。看到那花朵儿，便看到自己的人生也在里面，朴实得有点呆，默默无闻地开了，又谢了，全凭内心牵动光阴——看上去随意，其实却拼尽了全部力气。

有人高声着，回去啦，上车啦。只有这一声，搅乱了雨丝落下的细微脚步声。村子里也听不到犬吠，实在是太安静了。我们的车突然轰鸣，车灯倏然铺射开，那种橘黄的光芒里，可以依稀看到雨丝，斜斜地落下。

关山村的一盏盏灯，孤独地对着一天一地的细雨。苍穹并不苍茫高远，而是很低，比山还要低，低得几乎要压住屋檐了。屋檐下的窗台上，几盆花草，披拂枝叶，被雨丝缀得也是枝子低低的。对门人家窗内的女子，大概刚披散了头发，低垂了脸，看了一眼屋角——屋角可能是只猫儿。没有犬吠，猫儿总有吧。

跑进屋子去取包，却见老奶奶抱着两个小孩儿，才坐到凳子上喂饭。菜没有添，还是大家吃剩下的，都凉了。老奶奶挑起新煮的饸饹面，两个小孩儿伸长脖子张大嘴巴，等着奶奶吹凉面条。

猝不及防的愧疚，令我快快逃离了"关山人家"。他们把最好的食物给我们吃，而我们能给他们带来什么？什么也不能。那一刻，我不敢和老奶奶道别，也不敢看那两个小孩儿清澈的眼睛，惶然奔到巷子里。

一路上都在沉默，只有车窗外的雨，一阵疾一阵疏。回头看，关山村的千帐灯，像古诗词，遥远而孤独。

原载《飞天》2021 年第 5 期

海上书

王月鹏

夜宿渔村

是在某个夏日午后，我们去到那个叫初旺的渔村。住处被安排在镇上，距离渔村有段距离，说是条件相对好一些。我们住了一晚，感觉并不好，执意要搬到村里去住，文化馆老仲于是陪我们去考察了渔村可住的几个地方，最后选定一家招待所，我们戏称这是村里的"五星级酒店"。

招待所的房间有些暗，潮湿。没有书桌，老仲临时从学校借来两张课桌，桌面上是厚厚的汗渍，想擦一擦，却越擦越脏，我用几个牛皮纸信封铺在上面，就开始伏案工作了。

一种异样的感觉，激荡在我的内心，不知道接下来一个多月的时间里，我会在这个渔村看见什么，写下什么。坐在招待所的屋子里，时常会听到一声闷响从远处传来，脚下的地面随之颤动，有下沉感，房屋也似乎有些摇动。据说渔村附近在搞一项填海工程，需要把一座小山挖空。爆炸的声响不时传来，有时强烈，有时悠远，说不清跟自己以及自己所在的渔村是否有关系。村人似乎早就习以为常。大地在爆破声中颤动，他们看起来很淡定，除了牢骚几句，似乎并不介意。

房间隔壁住了四个河北民工，他们是来渔村的工厂安装粉尘设备的，开着一辆夏利车，每天早晨出发，夜里归来。我想跟他们聊一聊，又觉得他们是属于我的文章主题之外的话题，便决定闲了再说。当我想要跟他们说说话的时候，他们已经搬走多日了。在渔村，在这个招待所的院落里，我们保持了城里人的生活习惯，房间与房间不相往来，心怀警惕。午夜时分，我在招待所院子里踱步，门外偶尔有车辆呼啸而过。院子里的狗，起初因为我的踱步而狂叫，一会儿便适应了。院子里安安静静的。

渔村的夜晚，是以海为背景的。

海成为一个巨大的看不见的背景。我有时候觉得自己是浮在这夜色中的，身边的一些细小的恐惧，会随时侵袭我。比如，像蜈蚣一样的虫子，常从脚底下倏忽溜过。书桌上偶尔可以看见爬行的小蚂蚁。我不伤害它们。它们在我的书桌上跋涉，我们也许是同路的人。午夜时分是不能临窗远望的，因为一抬头常常就看见一只壁虎正在窗玻璃上与你对视，白色的肚皮在灯光下格外清晰。朋友告诉我，在厕所里他曾看见一只蝎子在疾走。夜里解手，是需要去到院子里的，我恨不得眼神变成两条线，只看到该看到的，除此之外一律视而不见。我不知道会看见什么，我缺少看见的勇气。我总觉得在我的身前身后有另一种存在，就像无边的夜色里隐藏着巨大的喧哗。

把白天见到的事，在夜里逐一回想。渔村之夜，像是一个巨大的过滤器，将白日的所有杂念过滤掉了。一直以为自己还算是有定力的，在渔村，我才知道自己其实是多么浮躁，只是这浮躁被一种所谓的思考和忧虑的面孔给掩饰了。住在渔村，我觉得我的心并没有真正在这里停栖，我一直记挂着的，其实是村外的事情。手机在遥控着我。微信朋友圈，不知疲倦地传递外面的消息。身在渔村，我每天需要拿出大块时间处理渔村之外的现实冗务。想到这个广大的世界有那么多的琐事在等待着我们，有那么多的遭遇在等待着我们，茫然的情绪就在心底涌动。

渔村的夜晚是安静的。远远地传来狗吠声，越发地衬托了渔村的安静。早晨四五点钟的时候，窗外的声音就渐渐有了。村人说话的声音越来越大，起初以为是在吵架，侧耳听了一会儿，很大的嗓门里其实夹杂了夸张的玩笑，也就释然，这是渔民的说话习惯，普遍嗓门大，大约是因为海上风浪大，说话的声调在不知不觉中就高了起来，以至于成为一种习惯。

早晨四点半起床，去海边码头。看到众多船长聚在那里，大约分成了六帮，随意地聊天。这已成为每天的"功课"。每天早晨天刚蒙蒙亮，船长们就陆续走向码头，不管是否出海，他们都要到码头聚一下，看看船，聊聊天，风雨不误，越是有风有雨的坏天气，越是要到码头看一看，他们惦记着自己的船。

填海的石头，堆在海边。年初筹备"中国渔灯文化之乡"授牌仪式的时候，我曾长时间站在这些填海的石头跟前，感慨，抚摸，似乎听到石头内部涌动着大海的潮汐。遥看守海人的龙山庄园，依然是彩旗飘飘。不远处是大片的海参养殖房。在路的拐弯处，才发现老龙山脚下被挖出了一块巨大的空地，看去竟有悬崖感。猜想大约与当年建渔港有关，但又说不准，改日问一下，想要弄明白。

人在改变很多的东西。这些被改变的东西，同时也改变了人的某些部分，已知的和未知的。我对渔灯文化的书写，随着采访的不断深入，越发体味到了其中的复杂况味。这注定是一种消逝的事物。我的书写，对这种注定消逝的事物或许没有什么意义，但是做这个事情的过程对我是有意义的，这也是我为什么要从现实冗务中挣脱出来，与渔村和渔民朝夕相处那么多日子的原因。我所收获的，比我所想到的更多，它们必将影响到我以后的生活与写作态度。我觉得我的书写并不仅仅是一种表达，它更多的是一种留存。在轰轰烈烈的城市化进程中，这种留存颇有几分悲壮意味。

那天傍晚下起了雨，一辆北京牌照的小车开进招待所院子。他们来自北京，是自驾游的，从网上找到了这个渔村。我不知道，他们是不是也会像我这样，在这里度过一个或者一些日子，然后带着自己的体会，离开这里。对于一个村庄，对于这个世界，其实任何的人都是这样的。这是一个多么简单的道理，可是很多人倾其一生也难以懂得。包括我，也是这样的。我常常以为自己已经懂得了人生，但其实任何人在抵达终点之前所看到的，永远只是自己的某一部分，他永远看不到完整的自己。

也许该与招待所的主人聊一聊了。采访了半个村子，我却很少与他说说话。直觉告诉我，他是一个有故事的人。对身边的故事，我却迟迟没有去了解，那是因为对于我这样的驻村体验者，很快就把招待所当作了自己的"地盘"，目光更多地用于搜寻散落在渔村四周的故事，他们的隐秘和不确定性，对我具有更大的吸引力。

我犯下了一个常识性的错误，在我看来的那些所谓神奇的物事，不过是渔村和渔民的日常。我被日常的力量击中。

日常的力量，也许是我在渔村的最深发现。当我试图描述和表达这份日常，我才感到了那些既定语言的无力。我已经被它们操控很多年了，也曾想过，即使从中突围，脱身，又可去往何处？

那么多的信息垃圾一直储存在手机里，我竟然不曾有过清理的意识，以至于手机负重越来越大，最终到了无法正常运转的份上。这对我来说像是一个隐喻。在渔村，我遥遥地打量我的过往，以及我未来的可能的生活，我懂得了该如何自己动手清理，让自己变得更轻松一些。

走在渔村，不管是村人，还是打工者，只要是静止在某处，站着，或者坐着，几乎都在低头看手机。手机已经奴役了所有的人。在渔村，可以看到移动公司的若干个充值业务处，甚至连渔民家的春节对联，也是移动公司印制的。我们的生活方式，已经复制到了这个世界的每一个角落。

不采访的时候，我与友人在各自的房间里埋头写作，互不干扰。渔民只看到了我们的散步，像某类闲杂人员，在村子里到处晃荡，听他们"说瞎话"。他们不知道，夜深的时候，这两个人伏在招待所闷热的小屋里，跟自己较劲，跟整个世界较劲。这在他们看来，显然是吃饱了撑的。有几个晚上，我与友人因为对某个问题的看法不同，竟然争论到了下半夜，但这丝毫没有影响隔壁房间的酣睡声。我们的争论，与渔村有关，却不被渔村所知，这样的争论在渔民看来是可笑的。

驻村之前，有几件必须要做的事没来得及落实。在渔村的日子里，我一直惦念在心，一个月下来竟然渐渐地淡忘了那些事，想要再去落实的时候，又觉得其实是没有必要的。生活中的很多事，大抵如此。看似务必去做的，其实未必重要。有些事，不做，即是态度。这与躲避是两码事。

我所期待的理想状态，是拥有一套自我封闭系统，它对于这个世界是时刻开放的，但是在独自的时候，又是懂得自我封闭的。而渔村，世世代代都向着大海讨生活，如今它除了面对大海，还要面对大海之外的世界。渔村的意象，由零星的、分散的，渐渐地有了一条隐秘的线索，渐渐地汇聚，形成一个看法，变得越来越清晰。我说不清楚这该是好事还是不好的事，但我终于从迷乱中形成一个稳固的看法，同时很多具体的事物在我的看法中被遮蔽被清除掉了，至少从这一个多月的观察和记录来看，这样的变化未必是好事。我不希望一个月的驻村生活最后仅仅归结为一个看法，就像人的一生，不是为了一个所谓的评价和结论。我更看重的，是这个过程的打开与拓展，一段生活是这样的，人的一生也是这样的。这里的陌生感，这里的无序状态，都在精神上给了我很多意外的收获。对于渔村之外的世界，渔村是一个思考的过滤器。在渔村，我理解了整个世界。当我离开渔村，重新回想和打量，抑或故地重游，也许会生出一些另外的感受。那是以后的事了。

网里或网外的海

渔村招待所的南面是一家网厂，房间的窗户正对着网厂的院子。看门的是个老人，走路迈着外八步，腰间别着收音机，他在院子里一高一低、亦左亦右地踱步，腰间的收音机总是响着各种音乐，他什么都听，似乎从不做任何的选择。我猜测他只是喜欢听到各种各样的声音，他是孤独的。想起我们住进这家招待所的第一天，已是凌晨一点多了，我躺在床上辗转难眠，从窗口斜对面的网厂传达室传来电视机的声音，夸张、无拘，像是一台戏正在上演。我越是难以入眠，就越是觉得受到了那声音的搅扰，以至于有些愤愤不平了。天亮了转念一想，又觉得或许是网厂看门老人的听力不太好，夜里又睡不着，只能靠电视打发时间。

我的心里生出顾虑，此后我要在渔村住一个多月，假若那个老人的传达室每天都传出如此巨大的声响，我恐怕只能另觅住处了。我跟招待所的主人说起这事，他说那个老家伙啊，没事的，放心吧。第二天夜里，窗外就安静了。我对这安静，感到有些不适，也有些歉意。招待所老板找到我，说看门老头昨晚喝醉了，睡前没关电视。当天我们去网厂采访，径直走了进去，看门老人并没有出来阻拦我们，也没有询问找谁。我朝他点点头，摆摆手。他也朝我点点头，摆摆手。我们从没说过一句话，却是早就认识了的，每天我写累了，就站到窗前，看天，看地，看网厂的院落，有时他会从院里走过，看我一眼，继续踱步。更多的时候，我看到他在织网。蓝色的线绳铺在地上，他跟另一个人捋着那线绳，在我的窗前走来又走去，速度并不快，穿梭似的，隔个三五天就堆起了小山一样的网线，然后会有货车开进网厂的院子，把网拉走。

　　雨一直在下。网，齐整地摊在地上。雨水从西往东顺势流淌，流经这些网，然后继续流下去，就像海水从网中漏出的样子。有什么东西留在了网中？在目力之外，我看到时光的另一种形态。

　　我也想到了我自己。来这个渔村住段时日，对比渔村之外的那张现实之网，我的选择更像是一种逃离。我在"隔岸观火"。透过一片巨大的水，去看火，火的烧灼感被淡化了。我的对于"火"的理解，因为水的存在而发生了改变。彼岸的存在，是异于此岸的。

　　网厂的黑狗是用绿色网绳拴着的。黑狗无所事事，见了陌生人也一声不吭，看它百无聊赖的样子，我心里装着的那些事更加纠结起来。

　　雨连续下了两天。雨是容易让人滋生乡愁的。此刻，我在渔村，我的乡愁指向了三十公里之外的城市，那里有我的家，我的妻女和父母。网厂传达室老人的收音机正在播着音乐，音乐的声音和雨声混在一起，像是一些莫名的情绪。这雨声一直延续到了梦里，时而清晰，时而模糊。我竟然疲倦得没有力气醒来，只觉得雨一直在下，把网厂的院子淹没了。院里的网飘散开来，像被撒进大海的样子。我站在招待所的窗前，看眼前的海，以及海里的网。记得渔村招待所大门的两侧是用金色瓷砖包装起来的，其中一侧隐约有"网具厂"的字样露在外面，看来这个招待所从前也是网厂的一部分。走在渔村，可见各种残破的网用来做了门前菜园的围挡，到处弥漫着海的味道。

海的味道，大约是咸涩的。在高原，她随身携带了一小罐氧气，我问她用得上吗？她说没什么，就是想尝一尝装在罐里的氧气。那是海拔三千米的大西北藏区。我们并不相识，同是来参加一次笔会的。她身穿米黄色 T 恤衫，清秀洒脱，言谈举止都是青春气息。"尝一尝装在罐里的氧气"，这是多么生动的讲述，让我想到从大海里分离出来的，且装进了某种器皿中的水。当海水脱离了大海，它还是海水吗？

我来自海边。我从没想过尝一尝大海的味道。我熟悉大海的咸涩气息，觉得它们是无须确认的存在，犹如这大海，是不必质疑的。海如此博大，谁有资格质疑大海？

一张网，是不甘心的。

网里留下的，是海的馈赠。网之外的海，永远在看着那张网和撒网的人。听老船长讲，以前一网下去可以收获上千斤的鱼，如今海瘦了，休渔期还有人在偷偷撒网。他说网扣越来越小了，连产卵的鱼都不放过。他说海瘦了。这个瘦弱的老人，说海瘦了。

一个又一个的"结"，拼成了一张网。想起结绳记事，每个人都有自己储留记忆的方式。我们都是在与各种"结"相处的。在渔村，一个老渔民可以随手打出若干的"结"，用来应对不同的状况。生活是一张网，我直到中年以后才算真正理解了这个比喻。网，看似相同的格子，并立于同一平面，而只有亲历了一些事，才会懂得格子与格子是不同的，正如城市的万家灯火，同样的窗口闪着不同的梦。一张网，筛掉一些事，留下一些事。网是由一个个的"结"构成的，那么多的事交织在一起，用来比对和筛选那些后来的事。在渔民心里，是信赖经验的。他们的很多经验是从风里来的，从浪里淘的，甚至是用命换来的。

一张网，是人与海打交道的工具，从一张网可以窥见人的内心，网扣的大小，决定了人与海的关系，这里面有最起码的伦理和道德。人类与大海之间，不仅仅是征服与被征服，赞美与被赞美，想象与被想象，还应该有更为平和与久远的东西介入进来。而我们，常常忽略了这些。

海在我的心目中，是有性格的。我时常想象，石头之间也是有语言的，无非是我们听不懂而已。鱼类之间的交流，比如一条普通的鱼，如何与一只鲸鱼产生对话？当那条鱼进入鲸鱼的体内，距离更近了，真正的对话是可能的吗？

海里的资源越来越少。一张面对大海的网，让我觉得整个思绪漏洞百出。

我看到网里的海与网外的海，在被一只看不见的手操控着。网厂的那个看门老人，我觉得他是渔村的智者，他同时懂得了网里的海与网外的海。

我们所看到的，只是海面，海底是另一个世界。海洋里的生物如此丰富，必然是有着自己的规则与内环境的。我们所看到的海面与风浪，并不是海的全部。海的全部并未被我们所看到和认知。莫里曾经说过："海洋是个巨大的哺乳室。"海底是一处均衡和稳定的生物世界。

水成为一道阻隔。水中的世界，成为区别于我们所在的世界的另一个世界。因为未知，因为不同，当若干的水汇聚成海，面对这个巨大的未知和不同，我们首先想到的是恐惧，其次才是所谓的审美。美，在保持距离的时候更宜产生，比如海边漫步，岸边观海，等等。

当一个人深入到大海内部，他更多感受到的是恐惧。这是我的切身体验。这种体验让我对所有的抒情和比喻保持一段距离。

海覆盖了地球的大部分。多少人类的秘密，隐在海底。一张网，把大海分成了网里与网外两个世界。比大海更为宽广的，是人的心灵。而最能透视人的心灵的，是一张网的密度。我曾在老渔民的家里见过一幅旧照，是 20 世纪 80 年代渔村的情景：海，是青涩的；船和人，也是青涩的。渔市边缘的一栋老宅，一个年轻人坐在自家平房上垂钓，飞溅的浪花，径直落进院里。有鱼，也随着浪花跃进院里。

那个小小的院落，是一张朝向天空的网。

原载《散文》2021 年第 4 期

哮喘症候群笔记

维 摩

从小说讲起

如果死亡无可避免，那么死得体面则是最佳选择。因此在中国小说里，"无疾而终"常常隐含着"幸福""圆满"之意。鲁智深的死法，显然比林冲要好得多，武行者次之。中西文学作品里的许多暴虐强人，其归宿往往是染上恶疾，在漫长的痛苦中挣扎。由是观之，或许人类对于疾病的恐惧，要胜过死亡。然而对于某些人来说，一生的对手恰恰是无法击溃的病魔，他们借助药物和医生，得到的却只是缓解。

1995年5月8日，一代歌后邓丽君在泰国清迈去世，死因是哮喘发作，时年仅四十二岁。二十多年过去了，她的歌声仍然频繁地出现在车载电台，占据着许多人的播放清单，越是喜欢她，就越会为她的薄命叹惋唏嘘。

据说贝多芬也是哮喘病患者。今天，当你听到《悲怆》第三乐章那一段疾风骤雨般的旋律时，或许能触摸到音乐家饱受折磨的内心，而那些充满理想主义的明快，大约只是出于年轻的本能——写这首曲子时，他才二十八岁。

"雨巷诗人"戴望舒一生受哮喘折磨，以至于不能做任何力气活儿，到了四十多岁，连上下楼梯都有困难。这个疾病带给他的，除了痛苦，恐怕就只剩下敏感的内心。同样敏感的还有法国人普鲁斯特，他在三十五岁时就开始闭门谢客，一边与病魔周旋，一边写下《追忆似水年华》。这个疾病使他对气味建立起绝对的敏感，以至于文章中对于各种气味的描述到了让人眼花缭乱的地步。

《红楼梦》第七回里有一段小故事，宝钗和周瑞家的闲聊，说起自己打小就有哮喘病，"这个病也不知请了多少大夫，吃了多少药，花了多少钱，总不见一点效验儿"，后来从一个和尚那里得了个"海上仙方儿"，犯时吃一丸就好。周瑞家的问方子，宝钗也不藏私，如实地说了："要春天开的白牡丹花蕊十二两，夏天开的白荷花蕊十二两，秋天的白芙蓉花蕊十二两，冬天的白梅花蕊十二两。将这四样花蕊于次年春分这天晒干，和在末药一处，一齐研好……"有好事者算过，凑得这些花蕊，白牡丹需要一千八百余朵，白荷花需要七百五十余朵，白芙蓉需要两千五百余朵，白梅花则需要七千五百余朵。

药物虽是寻常，难在凑齐配料。"又要雨水这日的天落水十二钱，白露这日的露水十二钱，霜降这日的霜十二钱，小雪这日的雪十二钱……"既要凑节气，又得逢降水，听得周瑞家的直挠头："阿弥陀佛！真巧死人了，等十年还未必碰的全呢！"十年是个保守的预估值，宝钗却是幸运的，一两年便凑齐配料，制成药丸，从家里带了来，盛在旧瓷坛里，埋在梨花树底下。之后的书中，并没有再提到宝钗生病的情节，可见"冷香丸"的药效还是很不错的。

以花入药，虽非奇事，但这个方子并未见于任何医典，想来是曹公的附会之笔。世人多认为《红楼梦》有扬黛抑钗之意，从这个细节看，却是未必。否则宝钗也不会如此幸运，能在这个难缠的病魔手里讨得性命。

马桶上的死亡

你还记不记得老安？

我不止一次地在魁亮跟老李的交谈里听到这个故事。老安是他们共同的朋友，年纪相仿，挺有才，写新闻报道很有两把刷子。老安私生活有点乱，老李开玩笑说，要是你正在床上和不知名的美女搏斗，突然哮喘发作，岂不是很被动？老安说没事儿，枕头下有药呢，喷两下就好。不光枕头下有，兜里也有，车里也有，万无一失。

你倒是惜命。老李说。

老安离异后娶了一个小姑娘，人过中年，渐渐安稳下来了。小姑娘人不错，就是傻傻的需要人照顾，老安乐得把她当闺女养。有一回老安在外面喝酒，回家时请朋友代驾。朋友家远，老安说送完我你就把车开走，明天再送回来。朋友照做了。老安到家后，小姑娘还没睡，一番温存，俩人就疯在一处。紧要关头，老安突然接不上气，小姑娘连忙从枕头下翻出药来，噗噗两下竟是空的，又去衣兜里找，死活找不到——想必是丢在酒桌上了。眼看老安情势危急，小姑娘拉开门就要去药店，却听见老安嗓子里发出嘶嘶的声音：去医院。

小姑娘也不知从哪儿来的力气，搀起老安就往医院赶。老安家距医院不远，也就十分钟路程。两人搀扶着走得不快，满打满算也就十五分钟的样子，可就这十五分钟，老安已经垮透了。医院象征性地抢救了一阵，就下了死亡通知书。

早知道这样，还不如我一个人跑去买药。小姑娘怔怔地说，脸上泪痕未干。

讲完这段故事，魁亮就从衣兜里摸出药来，朝嘴里噗噗喷了两下。他去外地开会，路过洛阳，非得请我俩吃饭。此刻菜已经上桌，他端起酒，跟我和老李碰杯，说别提这个了，我最近跟一家大媒体签了广告合作协议，要放手大干，到时候你俩都要给我捧场。

好。老李说完指了指魁亮手边的药，一定随身带好。

你放心吧，我不是老安。魁亮说。

半个月后的某个早晨，我坐在被窝里刷微信，魁亮的头像后面竟然出现一则新鲜的讣告，说是凌晨四时人已病故，治丧委员会正在成立，送别仪式的时间稍后确定云云。再往前翻，还有他头天转发的励志鸡汤。我连忙给老李拨电话，那边传来的声音很是沉稳，一字一顿地告诉我这不是假消息，想必我不是第一个问他内情的。

老李说，本来自己已经睡下了，电话突然响起来，一看是魁亮打来的。老李随手调成静音，电话却一直闪烁不休。屏幕照得老李心慌，他接起来，就听到魁亮醉醺醺的声音。

絮絮叨叨半个多小时，来来去去都是些车轱辘话。老李起初还嗯嗯对答几句，后来困得不行，干脆放下手机睡着了。老李家养狗，狗醒得早，老李也醒得早。醒来时手机已经没电，等接上电源，打开一看，也是吃惊不小。半小时前，老李已经打电话给魁亮家，那边正是一派嘈杂，魁亮老婆淡定地告诉他，人已经凉透了。

说是魁亮到家时已经烂醉，钻进卫生间就开始挨个给朋友打电话。家人都知道他这毛病，也没搭理他，谁知凌晨起夜，卫生间灯大亮着，怎么叫都不开门。待到破门而入，一家人都呆住了。

魂走的时候，人还在马桶上。

或许他曾经挣扎着想去取药，可是酒毒攻心，实在站不起来了。

静坐呼吸

我可以想象魁亮临终时的姿势。

端坐。双手硬撑膝盖，十指深陷入膝盖旁的肌肉里，侧面看整架身躯就是一个稳定且紧绷的三角形。所有的肌肉都在朝肩部、背部集中。头尽力上举、前伸，锁骨塌陷，胸部隆起，肩胛高耸，两肋如风箱涨落，伴随着或尖锐或嘶哑的哮鸣音。眼睛会比平常大一些，眼球微突，目光游移。心跳加快，却不像平常那么有力。应该还有很多汗，这些水分原本应该在身体中，成为姿势的一部分，此时为了给肌肉降温全部被挤了出来，所以他嘴唇干裂。嘴却张得很大，像是要吞下整间房子里的空气一样。

这是最极端的呼吸方式。

在日常生活中，呼吸是最寻常不过的肌体运动，由延髓控制，脊索传导，形成无意识基本节律。如果不是深呼吸或者屏息，你几乎感受不到它的存在。就像你不经过剧烈奔跑，感受不到心脏狂跳一样，它过于日常，以至于你忽略了它的存在。

然而当某个瞬间来临，你的气管和肺泡突然失去了弹性，气道收缩，无法再度打开，肺里的氧气迅速消耗，血液中的氧含量持续降低，各个器官处于窒息状态，大脑不得不直接接管呼吸系统，暂停一切与维持生命无关的事。你的呼吸会加深加快，心跳加速，血压上升。你会立刻丧失奔跑的能力，丧失托举自身重量的能力，甚至连更简单的动作都无法维系。你全身的力气用于拉直气道，大张着嘴与外界形成通路，但体腔内的压力使你需要的空气不会主动涌进这条通路。

四周满是新鲜的空气，你却无法吸进肺里，那已经不是痛苦。

是绝望，是对死亡的期待，期待那种解脱。

如果在往常，魁亮肯定不会有轻生的念头。

魁亮刚迈过五十岁的坎儿，给他开车的却是五十七八的老杨。在村里，老杨是魁亮绕弯子的叔。十年前跟着魁亮出来，也挣了点钱，家里翻盖了房子。老杨说，年纪大了，不想干了，让小杨跟着你吧。魁亮说行。小杨干了几个月，魁亮就把他撵走了，说这孩子不懂事，眼里没活儿，开车还想喝酒。没办法，老杨只好重新出山。

魁亮对老杨很客气，递烟时从来不忘给老杨散一根。

老杨接过烟，别在耳朵上，继续给魁亮倒酒。

魁亮喝多后，老杨知道把他送到哪儿。早年魁亮离开豫西老家，在省城给别人打工，跟着他的是一个毕业不久的女大学生。魁亮孤身一人，女大学生也没男朋友，魁亮就对人家频频示好。人家不上钩，他就穷追不舍。魁亮能吃苦，心眼活，没多久就自立门户，招女大学生入自己的公司，许以高薪。这次成了，俩人过了一段没羞没臊的日子。老杨保密工作做得好，豫西老家并不知道这事儿。后来女大学生离开公司另谋高就，魁亮就给了一笔不菲的"遣散费"。女大学生结婚时，魁亮还受邀参加了婚礼，送了一个挺大的红包。

这几年魁亮是从低谷里熬出来的，最窘迫的时候，五千块钱都得找老李借。好在积累下不少人脉资源，圈子里口碑也不错，渐渐稳住了局势，在省城贷款买了房，把老婆孩子接过来，算是开始了新生活。

他请我和老李喝酒那次，刚过五十岁生日，说是自己时来运转，签了大合同，还有金主注资，新办公室正在装修。

"这次要放手大干"。

说这句话的人该有多留恋人生。

易感基因与药物控制

老话说，"外不治癣，内不治喘"，这是个顽症。

哮喘与易感基因有关，一旦沾染过敏原，很容易发作。低龄时如果治疗及时，可能终身不再发作。只是这病无法除根，在基因技术没有取得更大突破之前，大多数患者都需要学会如何与之相处。

哮喘发作起来虽然猛烈，但及时吸入 β_2 激动剂，便可以迅速松弛支气管平滑肌，使患者呼吸恢复正常。影视剧《生活大爆炸》里的莱纳德和《志明与春娇》中的春娇都是哮喘病患者，病发时，他们从兜里摸出一支蓝色小药瓶，晃动几下，含入口中一通狂喷，过一小会儿，就会恢复正常。那个蓝色小药瓶其实是一种 β_2 激动剂，叫作"沙丁胺醇吸入剂"，哮喘发作时可以作为快速缓解药物。

除此之外，还有一些定期定量吸入的控制性药物，可以有效帮助患者抵御病魔。由于肥胖病人的发病率更高，因此饮食和锻炼对于这类人群更加重要。运动容易诱发哮喘，但不运动的身体抵抗力更差，更容易增加发病概率。这是一对矛盾，解决这个矛盾是令很多病人头疼的事儿，每个人都有不同的选择。在现实生活中，规律用药和生活自律的人，常常能跳出这些困扰。

每年 5 月的第一个星期二，是世界防治哮喘日。据统计，2020 年全球哮喘患者约有三亿人，我国大约有三千万，还有一些是从未发病的易感人群。在日常生活中，他们和普通人一样，吃饭、上班、社交，如果没有遇到疾病突发，你会觉得他们和你一样健康。可是只有他们自己才知道，应该如何在生活中小心翼翼。

有一次在外面吃饭，同桌的一位女诗人吃得很少，鱼和海鲜她都是悄然略过。有人注意到，就问她是不是菜不合口味。她连连说不是，她说她有哮喘，不可以吃海鲜，河鲜也要很谨慎才行。另一位写

371

小说的男作家立刻附和说，哮喘发作起来很吓人的，你们不要勉强她。说完他从口袋里掏出蓝色的沙丁胺醇晃了晃，说，我也是，需要特别注意。

电影《一球成名》中的主角桑蒂亚哥也是哮喘病患者，他每次上场之前都需要喷雾治疗。喷雾剂的一次意外丢失让他在球场上哮喘发作，状态全失，直到后来得到系统治疗，很好地控制了病情，才最终成为驰骋球场，拯救纽卡斯尔的英雄。这不仅仅是存在于电影中的理想故事，现实中也有许多与病魔"和谐相处"的优秀运动员。多次以"圆月弯刀"般任意球救英格兰于水火的贝克汉姆，从小就饱受哮喘困扰。2009 年 11 月，在美国踢球的小贝比赛时被中途换下，他在场边拿起哮喘喷雾剂狂喷的照片，甚至上了报纸。无独有偶，小贝的队友，曼联中场大师斯科尔斯也是哮喘病患者，但他的谨慎自律使得其拥有近乎完美的职业生涯。在其他运动场上，七次女网大满贯得主海宁，2018 赛季 NBA 的 MVP 得主哈登，也都是励志典范。

也许，你身边很多优秀的人，也是哮喘病患者。

多余的结尾

魁亮进炉子那天，老李驱车一百多公里赶过去，参加他的葬礼。看到老李，魁亮的老婆忍不住又哭了一场，她说当晚与魁亮一同喝酒的那些人都没有来参加告别仪式，早些时候打电话给他们，也都不接，让人好生心凉。

老李劝慰她，说魁亮遇到你，真是运气好。

魁亮老婆不知道老李这句没头没尾的话，到底是什么意思。只有老李自己知道，当年老安去世后，那个小姑娘立刻就跟了别人。老安说是娶了她，实际上并没有办手续，但房子车子都在小姑娘名下。

老安的尸体在太平间躺了半个月，也没人理会。老李和魁亮只得拉着老安回豫东老家。老安前妻闻讯让儿子关了门，抵死不让老安进来。五黄六月的天，尸身在门口晒一下午，气味飘飘荡荡挤满了半个村子。村长和村里的老人们都看不下去了，找老安前妻磨了半天嘴皮子，总算是同意操办个简单的仪式，让老安入土为安。

葬礼是老李和魁亮凑钱办的，棺材很薄，连气味都掩藏不住。地头浅浅挖了一穴，就要把棺材顺进去。老李说这怎么行？埋这么浅，万一被野狗掏了，我这老哥不就残了。老安前妻冷冷地说，那你雇人再挖深点吧。

没办法，老李和魁亮又出了一笔钱，算是让老安平安了。

想到这儿，老李望了望不远处的烟囱，那里面正在冒出白烟，彼时无风，烟柱直直往上走，想必魁亮是走远了吧。

原载《山东文学》2021 年第 2 期

一只蚊子撑死了

简　默

这个冬夜，一只蚊子，轻而易举地让我一夜无眠。

窗外雪落无声。这样的雪夜，适宜拥被而眠，不宜胡思乱想。

关灯。室内沉入海底，黑暗像章鱼探出吸盘，附着在各个角落，我躺在床上如一头困兽，等待睡眠降服我。在露天，雪光是漫漶大地的灯光，也是天堂在尘世的反光，在黑夜和月亮、星星一起，照亮旅人回家的路。待到太阳出来，阳光照在雪地上，反射的光刺激着我的眼睛，我感到了疼痛，闭紧双眼，我关得上光线，却关不住泪水，两行泪水悄悄地流了下来。

嘤嘤嗡，先听见叫声，这是一只蚊子，在室内，只有蚊子才能叫出这样纤细娇柔的声音。嘤嘤嗡，一样的叫声，我确定是同一只蚊子。嘤嘤嗡，嘤嘤嗡……它在我头顶反复地绕飞侦察，像一架小型轰炸机，时刻准备着落到我身体的某个部位，将它当作加油站，狠狠地叮上去，找到嗜血的快感。我敢肯定室内就这一只蚊子。像蜘蛛网一样盘旋在地板下的地暖，将绵绵不绝的热量散发向四周，使这间屋子热如蒸笼。我穿着背心短裤，仿佛是在过夏天，这个温度适合它，让它错觉一眨眼的工夫，夏天去而复返了，它找回了曾经的乐园。

我惊讶于它顽强的生命力。从夏天到冬天，在这多声部的季节合唱中，它逃脱了秋风的扫荡，躲过了各种形态的化学制剂的虐杀，也穿过了巴掌、灭蚊灯和电子蚊拍交织的火力封锁，它的命足够大，运气足够好，一次次地化险为夷，死里逃生。一只蚊子，仅仅靠着一张嘴，便可以广泛传播各种陌生拗口的疾病，可以轻松撂倒一头健壮如小山的牛，也可以在地球上彻底抹掉某个种系，但要论智商或生存智慧，它却没法跟人同日而语，这只蚊子幸存至今靠的只是运气。

室外室内冰火两重天。飞出去一对小小的翅膀接不住一朵雪花，意味着死路一条，它清楚这点。它白天潜伏在某个旮旯，它太小了，趴在那儿像物体身上的一粒痣，我发现不了它。明亮的光线让它恐惧，它闭上了嘴，嘤嘤嗡嗡如鲠在喉，哼不出口。它是黑夜的孩子，披着黑斗篷，借着夜色的掩护，从旮旯飞出，巡视它疆域辽阔的王国。现在室内就我和它，我足够大，它足够小，飞着飞着，它藏不住本性了，得意扬扬了，喊出了声。我的身体是黑暗的一部分，它绕着它在飞，也在我头顶飞，这样沉寂的深夜，它的叫声听上去惊天动地。母亲说过，天冷蚊子就张不开口了。我记住了这话，因此我不担心它咬我，叫和咬是不同的动作，它可以叫叫宣示自己的存在，却不能在我裸露的皮肤上扎入细细的针管。但我忽略了暖气营造的夏天，让它重新张开了口，它忍不住咬我了，这是它的本能，也是它活着的意义，忍不住，也无须忍，嗜血是通向它无穷无尽欲望的唯一途径。凭常识我判断它是一只雌蚊子，只有此性别的蚊子才是真正的吸血者，而雄蚊子吸植物的汁液，是素食主义者。它叮在我的皮肤上，一滴一滴地采集着我的血，我看不见我的血流入它的身体，但当它针形口器刺中我那一刻，我却感到了疼痛，我的睡意猝然清醒了。

据说有一种甜皮肤，肉是香的，散发着特有的气息，召唤着蚊子：来啊来啊，来吸我的血吧！母亲说我的皮肤就是这样的。从南方到北方，我仓皇躲避着各种蚊子的追踪和袭扰，但它们防不胜防，让我屡屡中招，狼狈不已。我没想到是我亲爱的身体出卖了我，随风泄露了我的秘密，招惹来了它们。它们中有煤屑似的黑蚊子，有单薄如纸的灰蚊子，也有黑白相间的花蚊子，它们有着各自的血统和籍贯，咬起人来却一点都不含糊。在黔南沙包堡镇上的东方机床厂宿舍区，我家住在后楼20号楼，这些楼一律四层，每一层住着五六户人家。从最东头一路数过来，最西头是我家，挨着我家靠墙围起一圈炭池子，左边是公用水池，大家在池中淘米、洗菜、刷碗、洗衣服，甚至涮痰盂。孩子们在楼下蹚得两脚泥，怕挨父母骂，进家前先爬上水池，拧开水龙头，冲去脚上的泥，扬起两脚水花，踏着一路湿润回家。最里面是公用厕所，这是一间水冲通槽式厕所，推门进去，惊起一团蚊子，像飘来一朵乌云，夹杂着嗡嗡声。细看数不清的蚊子趴在刷着石灰的墙壁上，一些间或摇摇头抬抬脚，还有许多密密麻麻地贴在墙上，仿佛要努力与墙成为一体。它们被不同的巴掌拍死在那儿，浸着不知谁的血，时间永不回头地向前赶路，根本无暇顾及它们，它们也终归淡然若无。待到我踩着左右两个水泥脚印蹲下时，蚊子们已经闻到我甜蜜的味道，心想甜崽送上门了，它们扎堆地落到我的屁股上和腿上，我慌乱地扇动巴掌驱赶它们，但已经被叮了几口，奇痒袭上心头。那时候蚊子真多啊，夏日的傍晚，一群群啸聚而起，扑面而来，打也打不完。

我一直认为，那种蚊子是黔南县城荔波的特产，一方水土养一方蚊子，离开荔波后，我再也没遇见过类似的蚊子。它个头儿小，有一粒黑芝麻大，瞧上去不起眼，攻击性却强。它欺生，专挑了生人来咬，我不知道它是如何在人群中识得我这个生人的，大概是我身上发散的味道暴露了我是一个生人。不分白天和黑夜，在我站着、走着或者睡着时，它都能够准确无误地选中我，一种令我抓狂的痒提醒我被叮上了，在那儿起了一个包，包上泛开许多小水泡，好像鸡皮疙瘩，它们起初有间距，随着不断胀大，连成了一片，最终变成一个半圆形的大水泡；它透明发亮，充盈着水儿，暂时不痒不疼，一旦溃破，水儿一股脑儿地迸出，表皮贴紧肌肉，鲜红湿润，疼痛立刻就扩散开来，并会很快化脓。我被它追撵得如丧家之犬，咬得无处藏身，恨不得潜入水底或钻进土里。这听上去有些滑稽，庞然大物似的人，竟然被这种小如芝麻粒的蚊子折磨得不能安生，但事实就是如此。更尴尬的是，我被它咬后才想起打它，却寻不到它的踪影，一筹莫展，近乎绝望地怀疑它是否真的存在。剩下的只有不停地挠啊挠，哪儿痒手就伸到哪儿，它们分布在我身体的各个部位，我像一只猴子，总能千方百计地挠到它们，溃破化脓，印下一个个疤痕。

还有一种蠓虫儿，俗称小咬，别看它小，咬起人来可是毫不留情。它成群结队地在你周围飞舞，织成密不透风的火力网，被它叮后皮肤肿胀，奇痒无比。这时你不能探手去挠，越挠越痒，而且这痒仿佛会传染似的，不多时浑身上下痒作一团，让你如同毛毛虫附体，瘙痒欲狂。

一列绿皮火车载着我们一家四口，永远离开了黔南沙包堡，来到了鲁南郭城。我们谁都没有想到，居然会有几只蚊子与我们一路同行。到达招待所后，母亲掀开樟木箱子找衣服，几只蚊子乘势飞了出来，很快隐身不见了。这是沙包堡的蚊子，它们趁着母亲收拾衣物，樟木箱子就要合上的一刹那，飞入箱子，寻到旮旯儿藏了起来，就像跟我们玩着捉迷藏。箱子里漆黑闷热，它们毫不介意，它们早已习惯了黑夜。它们和我们一样，坐了三天四夜火车，来到陌生的郭城，进入这个逼仄的房间。它们的籍贯在黔南那片群山和河流之间，来到这儿有些水土不服，这儿要走很远的路才能看见山和河流，夏天气候炎热如火烧，动一动就挥汗如雨，慢慢地它们才适应了这个异乡。有人说，带一只蚊子乘火车或飞机，到异国他乡，能够加深自己的思乡之情，增强自己对于大地的认同感。我本愚钝，不能完全理解这样说的意义，一只蚊子是如何在异地加深思乡之情和对于大地的认同感的？为什么偏偏是一只蚊子，而不是其他生灵或事物呢？我猜测大概是因为蚊子有着一针见血的本事，能够叫一个人从神经上与故乡和大地保持亲密联系。

天空阴沉沉的，像是要下雨，教室内一下子暗了下来。蚊子嗅到了机会，纷纷从角落里飞了出来，叮上了我们。待我们察觉到痒时，它们已经挣身飞走了，四下里同时响起拍巴掌声，整齐而响亮，盖过了讲台上老师的讲课声。这是一种花蚊子，叮起人来不要命，原来郭城中学校园内没有这种蚊子，自从南管处仓库存了一批木材在这儿，它就在校园里肆虐繁殖了。这批木材放在了进校门向右的墙根下，它们又粗又直，被截成了一段段，圆滚滚的，将它们堆到一起确保其稳固不是一件容易事。我们这些初中生常常犯嘀咕，是谁这么大的本事，愣是将它们堆放得固若金汤，任由我们在上面又蹦又跳，它们却纹丝不动，仿佛一块钢板。据说它们是从遥远的东北拉来的，与它们一起来的还有那种花蚊子，也有人说花蚊子是从苏联越境时躲到木材里来到郭城中学的。现在我偶尔回忆起两年的郭城中学校园生活，印象最深刻的仍是那儿的花蚊子，它们肆无忌惮地藐视我们的存在，随意将针形口器插入我们的肌肤，直至吸饱才善罢甘休。

蚊子无骨，轻若没有重量。我家刚搬到郭城那几年，夏天少有的热，蚊子也出奇的多。我们防蚊子如临大敌，房子安上了纱门纱窗，床上撑起了尼龙蚊帐，临近黄昏正是蚊子活跃时，在各个房间点上蚊香，上床睡觉前，一遍遍地检查蚊帐，仍不放心，拿过一把蒲扇，朝着蚊帐口大刀阔斧地反复扇后，才放下蚊帐，像患了强迫症。蚊帐中哪怕有一只残留的蚊子，今夜睡眠就不得安生，以至于沉睡时在床上滚来滚去，踢开蚊帐一角，放进三五只蚊子，咬得浑身又痒又红，类似的事都曾发生在我和弟弟身上。隔上一段时间，父亲便戴上口罩，用喷雾器盛上大半壶稀释好的敌敌畏，在房间内外一下下哧哧地喷着。这种叫敌敌畏的杀虫剂，令所有的虫子闻而丧胆，即使经过一定比例的稀释，它也仍然飘散出浓烈的气味，呛鼻子和嗓子，慢慢地才能消散尽。这样喷上一次能够安宁几天，随后蚊子苍蝇们又肆虐了起来。

端午节已经过去了不少天，那束野艾叶仍旧倒悬在我家门楣上，它的容颜没了新鲜和翠绿，变得焦躁和干巴。我摘下它的叶子，将它们拢到铁盆里，擦根火柴点着，一缕青烟开始袅袅升腾。我想借它的气息来熏蚊子，这是来自山野的气息，没有掺杂一丝化学制剂的味道。我躺在床上，双手枕于头下，艾的清香如一阵阵山风，又似一首扎根大地的民乐，缓缓地沐浴着我，我仿佛接上了远古、山野和河流……自从搬入蹿着个儿向上生长的高楼，每天在电梯的升降之间上上下下，我感觉蚊子比过去明显少了，我胡乱猜想是大肆使用的各种化学制剂让蚊子数量锐减，而幸存者单薄的翅膀也轻易飞不上这样的高度，但总有身怀本领者飞了上来，比如眼前这只让我至今不能入眠的蚊子。

几天前的一个下午，是个阴天，天气预报有小雨。我到朋友的园子去摘石榴。园子里稠密地栽着粗壮的石榴树，我尾随着朋友，拨开调皮的树枝，寻寻觅觅，摘我想摘的石榴。昨夜刚下过雨，地上松软如发糕，踏上两只脚，拔起一双泥泞。密密麻麻的花蚊子，乍一嗅到我的味道，纷纷兴奋地落到我的手臂上、手腕间和手掌心，甚至隔着薄薄的衣服也能叮我咬我，不一会儿，痒像扑不灭的火苗在我身上迅速燎原起来。它们在这个寂静的园子里待久了，如饥似渴得简直要疯了，席卷树梢而过的风带不走它们的孤独，各种鸟从不搭理它们，它们也没有穿过它的鸣叫，在它灵巧的身上吸血的奢望。天空飘起了牛毛雨，蚊子淋着雨愈加疯了，排着队凶猛地扑上我的脸。我装模作样地摘了几个石榴，实在忍受不了熊熊燃烧的痒，手忙脚乱地到处抓挠，两只手不够用了，只得无奈地退出了园子。

朋友说，有一种人不怕蚊子咬，反而蚊子怕他。第一次被蚊子咬，他没觉得；第二次被咬后，他也没感觉；到第三次，他仍然风平浪静，倒是蚊子死了。这情形有些像蜜蜂蜇人，当蜜蜂将尾针刺入人的身体，自己的内脏也因此被拽出体外，没了毒针的蜜蜂将很快死去。蚊子也如此，咬不过三，当咬了人三次后，它就走向了生命的尽头。朋友管这种人叫木人，我理解是像木头一样的人，有七情六欲，但被蚊子咬后浑然不觉，没事人一般。蚊子就不行了，碰到这种狠角色，占不到便宜不说，还误了自家性命，只能自认倒霉。

而此刻，这只蚊子不停地在我头顶和耳边哼着嘤嘤嗡调，一次一次慷慨地给我身体的不同部位发"红包"，我也一次一次猛然摁亮吸顶灯，幻想它吸了我的血，在灯突然睁眼的一刹那，已经趴在床头或墙上，我一巴掌拍死身体沉得飞不动的它，手上沾着自己似乎还有点儿热的血，床头或墙上印下一小汪血痕。这是我的经验，在过去我也百试不爽，但现在我一次一次摁亮灯，却没在床头或墙上发现它，它早已不知躲到哪儿了，我徒劳地挥舞巴掌试图唤起它，它一眼看穿了我拙劣的阴谋，铁了心地躲在某个旮旯儿，扬扬得意地冷眼旁观着我。我没辙了，那些"红包"此起彼伏地痒着，好似一波一波的潮水，我疲于抓挠，睡意全消，像小时候一样选个"红包"，上下左右地掐个"十"字，我们那时管这叫"封印"，但这也"封"不住一拨一拨地升高的痒。我关上灯，它又现身了，一边唱着永恒的嘤嘤嗡调，一边伺机降落再给我发几个"红包"。我想起外地朋友曾发给我一首古琴曲子，说是一项非物质文化遗产，有驱蚊虫的功效。这听上去有点儿玄乎，我一般不信这些，但今夜被它逼得濒临崩溃了，摸黑打开手机找到那首曲子放了起来，手机屏幕的亮光吸引它投奔而来，仅仅一瞬间，我扬手要拍它，它又飞不见了。手机打起瞌睡，坠入黑暗的深渊，不忘一遍一遍地放着曲子，替我探出音符的手臂，煞有介事地驱赶它。听了几遍，它像习惯黑暗一样习惯了这曲子，将它当作了号令，重新哼起嘤嘤嗡调，压倒了这曲子。

我不再管它，任它趴在我的皮肤上，痛快地吸我的血，血一滴一滴地排着队，流入它的身体。我不赶它，也不打它，受虐似的不理会它。我承认我有一个想法，这想法恶毒而大胆，我也是第一次在自己身体上试验它。它习惯了被赶和被打，从没遇见过如此大方和宽容之人，我敞开身体随便它叮，它也放开肚子尽兴地吸。我瞪着眼睛，盯着天花板，静静地等待着那一刻。终于，我听见一声爆响，就像一只灌满开水的暖瓶掉到地上，格外惊心动魄。它撑死了自己，饱满的肚子一下子瘪了下去，血在我的皮肤上四下溅开，汇成一条小小的河流。

一只蚊子撑死了，它生于贪婪，又死于贪婪。

原载《绿洲》2021 年第 6 期

381

我的夏德尔，我的泽库

辛 茜

到泽库

2019 年 7 月 4 日，西宁东湖宾馆，张青松紧紧握住泽库县司法局让忠局长的大手。同时，接受了藏族小伙洛藏扎西献给他的白色哈达。从此，这位被评为"全国律师界十大新闻人物"之一的张青松，成了青海省黄南藏族自治州泽库县的一名"1+1 法律援助者"。

从西宁到泽库驾车四小时，让忠带着他们到达泽库县时，已是 7 月 5 日晚上九点多。灯光下，闪烁的泽库县城迷离宁静，张青松有点诧异，这么美丽的地方，怎么能说是到了边远贫困地区？

一夜过后，缺氧的阵阵痛楚向他袭来，他浑身无力，头晕头疼恶心。吃红景天、止疼药、不洗澡，各种办法都用过了但还是难受。他才知边地的厉害。

"泽库"藏语"夏德尔"，意为鸟冻得发抖的地方，是青海省黄南藏族自治州贫困程度最高、最艰苦的地方，境内大部分地区海拔在三千五百米以上。早年，为泽库县政府选址的一班人马来到泽库，他们极目远眺，只见漫天飞雪，白茫茫一片，只有一块地方平坦且不见积雪，便毫不犹豫地选定此处为县城所在地。建设中才反应过来，之所以无雪，是因为这里是风口，雪被大风吹走了。

张青松发现，泽库这个地方，既神秘又简单。这里一年有四季，每天也有四季；这里看不到庄稼地，处处是草原；这里的人大多是藏族，不会说汉语。站在广阔深远的天地中，看着那些善良纯朴的脸，很难想象这里的人和法律有什么关系。但实际上，这里也是世俗人间。

总算有了审听案子的机会。法官是藏族、被告是藏族、辩护律师是藏族，张青松根本听不懂，像看了一场没有字幕的影片。要想办案子必须学藏语，他暗下决心，刻苦努力。可惜一段时间后，还是只会说你好"逮猫"、再见"逮猫"，谢谢"尕真切"。随后，他有了进一步的认识，办案并不重要，重点是得留下办案的人：培养离不开故土的律师。自己是来不及学藏语的，也不一定能留下。于是，张青松请求搬到草原上住。

家　人

洛藏扎西一家对张青松的热情，远远超过了对洛藏扎西的。几天后，张青松在家里比洛藏扎西还舒服自在，每天早晨七点半起床，洗漱之后骑马到大帐篷里吃早餐。早餐一般是酥油茶、糌粑、馍馍。他吃的时候，孩子们都瞪着眼看他，一直到他吃完为止。然后他再骑马回到自己的小帐篷，驾车大约四十分钟到司法局上班。下午五点半下班后开车回到大帐篷，帮助家里照看牦牛。真实的情况是：牦牛不需要照料，每天都情绪稳定地吃草。但是他每天都要去关心下，摸摸牦牛的头，摸摸牦牛的尾，主要是担心家里人说他只吃饭不干活，主要是呆呆地看着夕阳下的草原，在绚丽的色彩下，如何变成一幅油画，再变成一幅版画、铅画。

来之前，张青松就听说过黑帐篷与白帐篷的故事。他住的是一顶白帐篷，实际上，他更愿意住传统的黑帐篷。黑帐篷用黑牦牛毛搓绳编织而成，纯手工，工艺复杂，冬暖夏凉。以前，藏地牧民大多住在这种帐篷里。后来，有些厂家用结实耐用的白帆布生产帐篷，实惠方便，大多数牧民就不再手工制作黑帐篷了。但是，黑帐篷对藏地牧民有着不同凡响的意义，所以很多牧民还是以家中拥有一顶黑帐篷而骄傲。

黑帐篷里有一个土质的炉子，燃料为牦牛粪。除了取暖，炉子还起着分界线的作用，晚上睡觉时女的睡左侧，男的睡右侧。

家里最疼张青松的是阿妈。她六十九岁，一生磕了一百万个头，现在还能直腿弯腰触摸地面。阿妈有八个孩子，加上孙辈、重孙辈共三十八人，她老人家好像也算不清楚。家中最年长的是阿姐，是阿妈的姐姐，全家人都跟着阿妈称呼。藏历六月十七是阿姐的八十大寿，全家人正在全力以赴地准备这个盛大聚会，张青松更是期待万分。阿妈说，张青松来她家就是她的第九个孩子，所以她的子孙们就都叫他大哥。张青松还有一个藏语老师名叫夏吾昂措，至今没搞清是哪一个弟兄的孩子，虽然只有九岁，但藏语特别棒。只是讲课不太认真。张青松买了好多零食给她，她还是漫不经心地多数让他自习。张青松的体育老师叫夏吾措吉，是三妹妹的孩子，专门教他跳锅庄，学费是一大包糖。夏吾措吉比夏吾昂措认真，不厌其烦地给他示范动作，而且从来不嫌他笨。家里力大无穷的是二哥彭措，没上过学，却能帮助活佛整理讲义，还出版过个人诗集。二哥不会汉语，却对张青松讲了很多话，应该是些很深奥的佛学理论。自从张青松加入到这个大家庭，大哥的地位明显受损，只能屈居第二。为了安慰他受伤的心，张青松一有机会就和表情严肃的大哥合影。大哥是宁玛派僧侣，从小出家，终身不娶，现在正潜心研究藏医。

阿姐的八十大寿

藏历六月十七日（公历七月十九日）是阿姐的八十大寿。阿姐过寿的藏服，同样靠手工缝制。承担这项工作的是四哥和夏吾才让，为此，张青松被藏族男人的细腻和勤劳感动。而藏族女人的任劳任怨、辛劳勤快更让他惊叹，简直无法形容。但针线活是男人的事，她们绝对不做。

阿姐爱美，对她的新衣服非常期待。张青松要给她拍照片，她总是挥挥手："等等吧！等穿上新藏服。"

吉祥的云朵飘在天上，黄昏沐浴着草原，阿姐八十大寿的喜庆日子终于到了，张青松激动得夜不能寐，实际上也没法入睡。

宾客们陆续到达。谁来得最早谁最有诚心，福气也最大。每个宾客除了赠送礼物，还要伴以歌舞。同时，阿姐要回赠礼物。阿姐的回礼是一碗花生。一碗又一碗。从晚上十二点到第二天凌晨，阿姐回了三百多碗花生，说明来过三百多位客人。客人有熟悉的，也有不太熟悉的。

黑帐篷是庆典的中心，盛装的阿姐像女王，雍容华贵、仪态万方地望着暗色中的吉博日神山。礼后，客人们陆续进大帐入座，喝茶、饮酒、吃肉、聊天、唱歌、跳舞……笑声不断、歌声不断，一直持续到次日凌晨。

夏吾多杰是唐德村最受欢迎的年轻人之一，他一本正经地对张青松说："如果你认为我们天天大碗喝酒、大口吃肉，你就错了。其实藏族人本来不喝酒，当年文成公主把酒和酿酒技术带到藏区，只告诉我们酒好喝，却忘了告诉我们喝多少，所以我们不按斤喝，而是按天喝，高手可以连续喝七八天。后来，我们才知那种感觉叫'醉'。'醉'很不好，所以现在多数藏族人不喝酒。当然，重大喜事另当别论。吃肉也不是你想象的那样。按传统，每月有八天绝对不吃肉，藏历四月整月不吃肉，平时尽量少吃肉，不是不爱吃，其实是舍不得吃……"

夏吾多杰的话让张青松长了见识，连连点头。难怪，平时藏族的主食主要是糌粑。糌粑的原料是炒熟的青稞面，配料是曲拉（干奶酪）、酥油、白糖。如果你是一个好人，女主人会在你的碗里放很大一块酥油，在碗里加上奶茶。黄澄澄的一层酥油飘在奶茶上，喝上一会儿后，把青稞面放进碗里，用无名指搅拌，揉捏成团做成糌粑。

对于长期吃糌粑的藏族人来说，吃完糌粑后，盛糌粑的碗要干净得如同新碗，如果碗里还有糌粑残渣，要用舌头舔干净，否则会被视为对食物的不敬。开始，张青松很不习惯。但有一天，他突然想起小时候在老家山东农村，吃过面糊糊后不是也一样添碗的吗？有什么大惊小怪的，也就表现得从容、坦然了。阿姐、阿妈看到后很是满意。

法会和赛马

有一天回家，发现少了两顶帐篷，其中包括自己住的那顶白帐篷。张青松心里一震，以为家里嫌弃他，嫌他领来了太多陌生男女，所以把帐篷藏起来了。因为前段时间，有很多朋友假借看望他，实则为了旅游来泽库，而他在激动之余，又常常忍不住带朋友们来帐篷小住，吃家里的肉、糌粑、酸奶，欣赏家里的牦牛和美景。

经过小心翼翼的求证，才知帐篷被移到法会和赛马会去了。

法会，就是大家聚到一起听活佛讲经、念经。有的活佛学问很深，一讲讲好几天，所以就要把自家帐篷迁到活佛讲经的地方住下来听。活佛用藏语讲经时，不明觉厉的声音不绝如缕，使人震颤。

泽库的马叫河曲马，乃中国三大名马之一。藏地牧人家中都养马，张青松家就有四匹，主要用于比赛，现在已经很少有人骑马放牛放羊，取而代之的是摩托。赛马分为部落赛、村赛、乡镇赛等，就像内地的足球比赛，一言不合就来一场。乡镇举办的赛马活动比较隆重，配合歌舞、拔河、摔跤等活动，一搞就是三天。

参赛的马以年满三岁最好，骑手的体重必须超过五十公斤。阿姐送给张青松的赤兔马正好三岁，张青松的体重也符合条件，但遗憾的是，比赛过程中，如果骑手从马上掉下来则不算成绩。所以思前想后的张青松只好忍痛让别的骑手骑着他的赤兔马参赛。

赛马几乎吸引了全乡镇牧民，司法局不失时机地对他们进行普法教育。完全不用担心，牧民们绝不会把普法书籍垫在屁股底下坐着看表演。藏族人对文字极其尊重，凡是有字的纸一律不会坐在屁股底下，不管认识不认识。

387

拉雅死了

中秋节，泽库下了一场雪。还不到三岁的拉雅被狼咬死了。第二天一早，草原变得黄绿相间。山脉白雪连绵，与蓝天相映，清洁、美丽。

张青松想，地毛角乎家的拉雅很可能是被美景吸引，独自走了出去，走得太远，远离了自家的草场。被发现的时候，拉雅已经死了，身体左侧的肉被吃掉，露出了肋骨。

一般来讲，牦牛群里如果有一头壮硕的头牛，这种事情就不会发生，而且狼根本斗不过它。头牛，是牛群里最牛的公牛，对外震慑狼群，对内团结伙伴。高原上的野牦牛自由奔放、身体健壮、精力充沛，很受母牦牛的崇拜，有些母牦牛会忍不住跟着野公牛私奔。头牛发现了就会和野牦牛打一架，以维护家庭的完整和自己的权威。牦牛性情温顺，一般没有攻击性，但是如果把它惹急了，追到天边都要把你顶死，求饶都没用，所以狼轻易不敢惹牦牛，但是像拉雅这种脱离集体的落单者，很容易被狼钻空子。

牧民当然希望头牛把野生母牦牛带回家，但成功率不高，因为野生牦牛不大喜欢安逸平稳的生活。公牛长大后一般就放到草场上不管了，而母牛则要每天下午按时赶回家里拴好，不是为了防止它私奔，而是为了挤奶。牦牛奶是高热量的食物，营养丰富，藏族人大多数食物里都有奶制品，所以他们身体强壮。张青松一直想学挤牦牛奶，却遭到扎西吉大姐的拒绝。理由很简单，牦牛奶只能女的挤，男的挤不出来。他对此将信将疑，想问问原因，但又怕别人说他没学问，只好闷在心里。

拴住了母牛，公牛就不会走远，因为拴牛的地方，第二天会出现很多牦牛粪。用晒干的牛粪烧火，飘出的是草香味。一个"大神"说，烧牦牛粪时冒出的烟对眼睛非常好，可以治近视。于是，张青松趴在牛粪炉子上熏了三天，双泪长流，结果仍然近视。除了做燃料，牦牛粪还有很多用途。它不仅是草地的养料，可以防止高原沙漠化，还有着杀虫护草的功效。高原土层中有专门以草根为食的害虫，对草地破坏极大，但牦牛粪恰巧能够毒杀这种害虫。高原上的蚊子很大，被咬后久久难忘，但是只要有牦牛粪的地方就绝对没有蚊子。没放过牧的人不知道，羊吃草是将草连根拔起，牦牛吃草是用牙齿将草的茎叶切断，不影响草的再生。

地毛角乎是家中老四的媳妇，和许多藏族人一样，说不准自家有多少头牦牛，但只需要看一眼牦牛群，她就能知道谁没回来，而每一头牦牛都有自己的名字。拉雅的死给家里造成的损失不是太大，但牦牛被咬死总不是一件好事。

泽库的藏族人不仅不杀生，还要放生。生老病死、婚丧嫁娶、忌日庆典，都要放生。被放生的牦牛只是在脖子上系一个标志，就表示被赦免了，既不能杀，也不能卖，还要继续在自家草场上养着，直到终老。牦牛的自然寿命二十多岁，放生牛越来越多，但是草场有限，以致能卖的牛越来越少。以张青松家为例，全家有二百多头牦牛，其中放生牛六十头左右，也就是说只有一百多头有经济价值。最狠的数老二彭措，他有十五六头牦牛，全部放生，家里还供着一个上大学和一个上中学的孩子，只能做点小生意筹集学费和凑凑合合地过。

放弃物欲，安贫乐道，是一种生活态度。哪怕只剩下一顶帐篷，藏族人也不会觉得穷。"现在我们的生活好多了，政策好、政府好……"这样的话，从藏族人的嘴里说出来是非常真诚的。

在泽库做律师

9月15日，泽库开始供暖。室外活动大大减少，终于谈到律师事务。在泽库，第一次有人叫张青松"臭嘴巴"，他羞愧地刷了三次牙，戒烟一天。但是依旧挡不住被天天叫"臭嘴巴"，这让张青松倍感苦恼，几乎要怀疑藏族同胞是否对律师职业有偏见了。之后才知，藏语"律师"，发音近似"臭嘴巴"。

在县司法局大厅上班后，张青松受到了欢迎，来咨询和寻求法律援助的人络绎不绝，有时候会出现排队等候的情况。七八两个月，张青松共接待咨询一百四十四人次、代写文三十六份、受理案件三十一件……当然，这些工作主要由张青松的另一个"1"——洛藏扎西同学具体操作，张青松在一旁指导观察。除了咨询、办案外，党委、政府、学校、公检法还纷纷请张青松给他们讲课。一段时间后，走在路上的张青松常被很多人认出来，老远就喊他"臭嘴巴"，张青松这才意识到，自己还是蛮重要的。

"1+1"是解决欠发达地区法律服务资源不足的好办法，但是很难成为解决问题的终极措施。以泽库为例，自 2015 年，先后有四位内地律师来泽库做志愿律师，张青松是第五位。四位前辈的敬业和努力取得了当地干部群众对律师的尊重和信任，但一定程度上也导致了当地法律服务对志愿律师的依赖。藏族群众更需要的是藏语律师，而不是像张青松这样带翻译的"臭嘴巴"。此外，"1+1"志愿律师只适用于法律援助业务，而法律援助范围外的当事人请律师难的问题仍然没有得到解决。

有一天，一位当地藏族大哥找到了张青松，他想把孩子送到天津一所学校上高中："听说天津只吃海鲜，没有馍馍和糌粑，吃不惯海鲜会不会挨饿？"张青松轻松地告诉他："问题不大，天津有麻花。"但是，藏族大哥还是在犹豫，是否让孩子去天津上学。

还有一天，一位当地藏族青年搭他的车去西宁。路上藏族青年心事重重，叹息如何保留藏族文化："藏族人搬到山下住，连锅庄都不会跳了，糌粑都不吃了。"他另有一件极其痛苦的事情，女友是汉族，家人不同意他们结婚，此次去西宁，就是要分手的。张青松一边开车，一边对他讲："和一个女孩分手有多种可能，如果不爱她了，就是借口；如果真爱，民族不同就不是什么事。古老的传统文化都在博物馆里。汉族的、藏族的都一样。过去吃糌粑用泥碗，现在你还用吗？过去去西宁骑马、走路，现在你不是在坐我的汽车吗？"青年连忙制止："张律师，你，你不要说了，我心里有点乱。"

又有一天，一位当地藏族兄弟要到他这里坐坐。聊着聊着，这位藏族兄弟说，女儿考上了大学，没钱缴费，希望张青松能给她女儿资助。没有经过考虑，张青松爽快地答应了，但是他要把这件事谈清楚："你为什么穷？为什么没钱给孩子上学？你养的牛呢？"

藏族兄弟说："我本来有很多头牦牛，但后来都让我给放生了，剩下的几十头全部送给了寺院。"

张青松就顺着话题和他谈。最后发现，其实藏族兄弟懂得并不多。说到不解处，他便说："喝吧，喝酒，这个问题先不谈。"于是就喝，喝到醉了，什么也不知道了。

其实，有很多学成回来的藏族"90后"很有想法，想做点事，但碍于老人的反对，什么也做不了。想多养几头牦牛，老人会说："养那么多干什么，你想杀生吗？""卖给别人？别人吃了，不是一样在杀生？"县上也有机灵的年轻人，稍微动点脑子就能赚钱。其中一位卖酸奶的，坐在张青松的屋子里，一边喝酒，一边低下声音说："政府对我们藏族人太好了，只要做生意就给钱。我一年卖酸奶赚一百万，政府给我补贴三百万，我一年能赚四百万！"张青松心头一惊，盘算着自己是否也改行卖酸奶。

刚来的时候，很多朋友问张青松，你那里到底需要花什么钱？我们来赞助。到了后才发现，没有花钱的地方，大家关注的医疗、教育、道路、水电，政府全包了，连学费都免了。但如果管得太多，他们就会有依赖，所以藏地扶贫，首先要"扶志"，否则，钱花完了就完了。

2020年9月19日，张青松就要离开草原，离开洛藏扎西一家，离开他以前从不知道，现在却刻骨铭心的大泽库了。临走，阿妈为他选了一头膘情不错的牛放了生。家里大大小小几十人，为他举行了隆重的欢送宴会。张青松身穿藏服，脚蹬皮靴，头戴镶有金边的"松沙"帽，与家人不停地合影、视频、吃肉、喝酒、唱歌、说笑，一直闹到深夜。迷迷糊糊中，他想起了有一天，阿妈专门为他留的厚厚的奶皮，那是从刚下过牛崽的牛乳里挤出的第一口奶；想起了他四处玩乐几天不着家时，想他的阿姐打发孙子、孙女给他打电话，到县上找他，让他回家和阿妈一起转玛尼筒、包饺子、念经，张青松的眼泪就不由自主地流了下来。

再见，大泽库！

请收下我的律师袍，让泽库的第一个律师穿在身上；再见卓玛，草原上盛开的蓝白花，是我硬硬的胡茬儿；再见家人，阿姐您念过的每一遍经文，都在我内心吟唱；再见牦牛，听见阿妈呼喊我的名字，你要回家偎依在她的身旁。再见，再见，我的夏德尔。再见，我的泽库，我还在高原上。

原载《散文》2021 年第 3 期

县城少年之黄金时代

赵柏田

一

我清楚地记得这个老县城那沉闷的年代，记得它缓慢的爬行，它深重的土气和异常的安宁——那是 20 世纪 80 年代最初的几个年头，这个被沪甬铁路横穿而过的小城还在满街的牛粪味中做着农业时代的残梦。我清楚地记得它沿街的点心铺里酱紫色的长凳和桌子，蒸笼揭开时腾起的白雾，就着油条喝豆浆的一张张油光光的脸孔。我还记得江边的菜市场嘈杂的市声。一长串衣着臃肿的人，排着长队从船上卸大白菜，一群孩子在江边捡菜叶子（冬天也赤着脚）。一条青石板砌成的比盲肠长不了多少的直街，旁边的街弄集聚着铁器店、理发店、包子铺、大糕店、苇席店、冥器店、渔具店、纽扣店、南货店、草帽店等数十家店铺。从民国三年就矗立在那儿的县政府的门楼，中间悬着一块"文献名邦"的匾。不远处的石拱桥上，每天清早总有县越剧团的人在吊嗓子，咿咿咿——哦哦哦——咿咿咿。那时候，全县的人都叫得出这些角儿的名字。土黄色外墙的小火车站，窄窄的候车大厅里，漆色剥蚀的长木椅上坐着些表情漠然的人。墙上一只大钟，长年累月咔嚓咔嚓地走动，像一个老人迟缓的脚步。喇叭里一个女人的声音在报车次，带着浓重本地口音的普通话在空落落的大厅里回响，谁也没有听清她在说些什么……印象中，20 世纪 80 年代就是由这些支离破碎的画面叠加拼装成的。它们静静的残缺，病态的富足，在记忆的光照下成了一座颓败的旧建筑。

二

女人们的上衣和裙子的颜色都很艳。大红、大绿、柠檬黄，也不讲究什么上下的搭配。该宽的窄了，该绷紧的地方又松松垮垮。还有"蝙蝠衫"，手垂下来时腋下挂着一大片皱褶，张开来像《动物世界》里翼龙的蹼。远看满大街都是史前动物。头发一式烫得卷卷的，圆脸长脸的都是这种发式。男士们呢，最时髦的上衣就是花衬衣或加一件藏青色的开司米背心。我十六岁那年就达到了那个时代的最高时尚水平，我有三件花衬衣，大花的、碎花的和格子的。

城不大，毗邻铁路的县一中，已经算是城西地带了，再往西就没有房子了，全是水稻田，还有纵横交错的河道，从高处看（海拔五十米的龙泉山是这个城的制高点）就像一张闪光的蛛网。20 世纪 50 年代初，县里的公审大会在县一中开，结束后就把人犯验明正身，拉到操场西南角毙掉，所以人们说此地阴气重。后来公审大会是不常开了，一年一度的春季耕牛交流会却没有间断过。到时，学校停课，满操场全是"哞哞"叫的牛和一摊摊冒着热气的牛粪。牛市过后，收拾拢来的牛粪堆得似小山高。学生们大多是从周边农村考上来的，不怕脏臭，围在操场上垒干牛粪。

每年 11 月光景，满街梧桐树落尽了叶，县政府的秋季物品交流大会也就开张了。那时物资紧缺，所以交流会对全县的民生很重要。标语早就挂出来了，红红绿绿的，赛似过节。城中的几条主要街道上搭起了一长排的简易棚子，摆着大宗的农机具、铁器、服装、皮箱、竹木器、漆器、锅、盆、碗、铲等一应日常生活用具。国营的、大集体的、社队办厂的，各个厂家都有自己的摊位，管摊位的也不吆喝，拉长着脸，只有人到了跟前才搭讲几句。这么多的物品刺激着眼球和神经，所以也没有人在乎他们的冷淡。"秋交会"（人们已经习惯了这样的简称）后，留下满街的标语和半尺高的包装纸，风吹雨打，全褪了色，像一张张戏子的脸，有着说不出的凄惶。

这就是 20 世纪 90 年代的前夜。整个城像一个集群而居的大村庄，在鸡鸣狗吠中继续着农耕社会苟延残喘的梦。布衣素食，生活至味，日常所需，自给自足。寻常日子里几乎用不着跟商品打交道——商品，只有在类似"秋交会"这样的场合才让人意识到它的存在。除了在街巷间"突突突"冒着黑烟如水牛般横冲直撞的拖拉机和县政府的几辆车屁股上挂着个大轮胎的吉普车，整个城都在慢悠悠地爬行。

在一张拍摄于 20 世纪 30 年代的旧照片上，我毫不费力地找到了我天天行走的街道、拱桥、马路和翘着飞檐的钟鼓楼，还有一家那时叫"宏济堂"后来叫"健民"的药店。在这张已然泛黄的照片上，我发现，占据画面中心的合影人（这些官员和士绅都是当时这座城里的显要人物）的表情也很熟悉，一样的知足和隐忍。有一瞬间，我惊悚地以为我面对的是一座消失了时间的城。这里的人和事永远不会消亡。他们在不断重复。太阳底下都是影子和影子的影子。这一切不断增殖、重叠，像一个镜中世界。人们不再知道是生活在现世还是在往事中，不知道迎面相逢的是一个熟人还是一个幽灵……

三

几年后，这个以农业、轻纺、塑料、来料加工业为经济支柱的县城升级成了市。尽管这个"市"的前面还要加一个带括号的"县级"，地方党政官员还是迅速地认识到了精神文明的重要，城市总要有城市的模样吧？城里人的生活总要有城里人的样子吧？于是以政府公告的形式出台了"六不""五要""四规范""三突出"（戴着红袖章的小学生在街上随便逮住个人就问什么是"六五四三"）。

漫画式的征象后面是革命的实质。这革命就是一种生活方式渗透、覆盖甚至替代了另一种生活方式。其实，革命更早的时候在其他地方就已经开始了——它像一场大雨浇湿了各家各户的屋檐。延续了数十年的日常生活的格式消失了。

撤县设市一年后，政府一声令下，城郊几个村的数万亩水稻田全都改种大棚蔬菜。我父亲，一个在城乡接合部的农田里水牛般蹚了大半辈子的稻农，不得不改变他顽固坚持了大半生的劳作方式，像一个小学生一样从头学起：开渠引水，改变田间结构……像参加扫盲班一样参加"蔬办"组织的大膜育秧、间种套种技术，去农技站购买优质或不那么优质的化肥，并像一个炼金术士一样成天窝在屋子里研究各种农药的成分配比。而我母亲，一个长年在锅盆碗筷中转悠的家庭主妇，则要去菜市场，守一个仅容转身的菜摊。问题是，父亲侍弄瓜果蔬菜远没有他种水稻那样得心应手，常常是菜价高时他的番茄、豇豆、南瓜还在地里长个儿，到可以收来上市了，却不得不贱卖。家庭战争由此爆发。一个怨一个种不好，一个怨另一个卖不动，因口角龃龉而怄气，而骂骂咧咧，空气中火药味浓烈得像随时要爆炸开来。

后来，栽种技术这一关算是过了，但忽然又传出消息，新一轮的城市规划将把城西的蔬菜地全都用作房地产开发和拆迁户安置。无地可种的父亲成天骂骂咧咧，看什么都不顺眼。我不无悲哀地看着他迅速老去。接下来的日子里，他养过鸭子、蚯蚓、兔子和猪崽，可最后都蚀本了。如果投下去三千元，收上来还是三千元，他就觉得赚了，像一个老小孩一样可以高兴好半天。后来他对母亲说：想通了，生来是摸土坷垃的命，干什么都不踏实，还是种蔬菜吧。自己没有了地，就向邻村去租，十里外的榆嘉桥村和韩村，很多男人都出外做木工、泥水工，地都抛了荒，父亲以每亩八百元的价格租了四亩。于是母亲又成了一个菜婆子。因为那块地薄，出产少，她还要每天凌晨三点钟起床到位于县城西北角的庙弄蔬菜批发市场排长队，然后回到家把批发来的蔬菜按成色的好坏分拣，在批发价和零售价之间赚取一点差价。屋子里成天都是腐烂的土豆、茄子、菜叶和咸菜缸的令人作呕的气味，这气味浮载着生活，滑向我们不知道的来日。

我家乡的诗人商略在《文山路》中准确地描写过他们：

在文山路的内部

准确一点说，是在它内部的北侧街沿上

在三年龄的青桐树下

他们蹲着，篮筐里装着

土豆、青菜、花生和茄子

偶尔也有少量水果

据说，这些农产品源自

他们的土地

源自他们伸出来的

那双枯树皮一般的手

但这些蔬菜和水果的卖相

并不是很好，如同他们陈旧的衣着

不好看，也不饱满

但我深知它们的价值总和

来自我许多年来的

口舌和肠胃的所有反馈

它们的功效依旧，可维持一段艰难的生活

在那里，他们蹲着坐着，谈价过秤

东风吹着他们，阳光照着他们

国家机器的某个机械手臂

也时常驱逐着他们

我想说的是，这些土豆、青菜、花生和茄子，确实产自他们自己的土地。即使后来他们失去了自己的土地，不得不租借别人的，他们还是把它看作自己的土地。

四

这日子，像潜入了深水，前面没有一丝的光亮，县城东厢酱园街88号那间七平方米的小屋成了我逃避的一个去处。那时，我已是县城里这所旧称"东风"的学校的一个专职体育教师。

我之所以能留在城里，是因为老校长猫在楼上，偷偷听了一堂我上的体育课，并亲眼看到我在树荫下的跑道上为孩子们打了一套张牙舞爪的南拳。

老校长是有私心的，他的私心就是他要的这个体育教师得是会打拳的，最好能够独立带起一支武术队。那时电影《少林寺》刮起的尚武风还在劲吹，每天早晚，县城的灯光球场、龙泉山到处都是站桩吐纳的人群。《少林寺》里有个叫"秃鹰"的狠角色，光头，细眼，一手鹰爪功厉害无比，出演这个角色的演员，就是从这所学校毕业进了省体工大队的。那时候办学要讲特色，老校长要把武术办成本校特色，于是我这个练过几年三脚猫功夫的应届毕业生就撞上了他的枪口。

我献给老校长的第一份礼，是在暑假参加地区青运会的少年组武术比赛（因差两个月到十八周岁，算是最大龄的选手）时拿回了一个长拳银奖和一个棍术第三名。这件事在县城很快传开了，那些练家子不知怎的打听到我住在酱园街，纷纷找我来切磋。他们中有自称精武门的，有练大小洪拳的，还有一个中医院的气功师，长得像白面书生，打起架来疯魔得不要命。

外面世界轰轰烈烈地行进，我的二十岁也在懵懵懂懂中登场了。我的工作是带孩子们出操、练拳，去龙泉山的石阶跑步。余下来的时间，要么是和隔墙一所中学的男孩子们一起打篮球，要么是站桩劈砖，拿枪使棒，赤裸着上身，对着操场边上的一棵大树捶打出啪啪的响声。我的旋风腿踢得又高又飘，可以单脚落地扎得稳稳的，再接连打十个旋子也不喘一丝儿粗气。

我下到每个班里去物色好的苗子。那些个子小巧、长得机灵又有爆发力的孩子都让我捡到了筐里。我一点也不怀疑，只要我假以时日好好调教，他们中间一定会出现省冠军，甚至全国冠军，再不济也可以做"秃鹰"那样的打星。运动队拉起来不久，老校长拨出一笔款，向省体工大队订购了一批武术器械，三十根白蜡杆和十几把单刀。学校没有车，我就一个人坐火车跑到杭州，把这一大堆东西扛回了学校。当天一个来回，第二天还接着上课。老校长看到，像老干部一样拍着我肩膀说，小伙子，身体不错呀！

终于有了第一次出门远行。不是坐飞机，也不是坐火车，而是从宁波江北岸轮船码头坐轮船，去舟山。省体工大队在那里办了一个武术教练员培训班。这是我第一次看见大海。海水那么混浊，带着泥腥味，一点也没有我想象中的碧蓝。

在县城里我练得算不错的了，但一到那里，高手如林，一下子让我自卑得不行。班上有几个女学员，都个子小小的，胸脯平坦，扎着马尾辫，出手凌厉，闪展腾挪一点也不亚于男生。可是我从来没有单独跟她们说过话。我觉得她们太漂亮了，她们的漂亮让我无地自容。班上有一个仙居来的男学员，比我们也就大五六岁的模样，一口黄话，在我们眼中简直是个老油子。他不知用什么法子，总能把女孩子们逗得咯咯笑，笑得直不起腰。他看不起我们，说我们练的是童子功。

岛上半个月的集训结束了，我又回来继续做我的体育教师。我热爱这奔跑的日子。每天的开始是在操场，结束也是在操场。我在操场上高喊、怒骂、大笑，有时也为运动成绩不佳伤心。操场就是我的血与沙之地。我的梦想就是带出几个冠军来，这也是老校长对我的期望。如果不出什么意外，我的今生几乎已经被规划好了。

做体育教师除了不用站讲台，还有一个很让别的老师眼红的福利——每年可以发一套教练服。这种腈纶面料、大色块的教练服，穿出去在 20 世纪 80 年代末的街头绝对很拉风。我穿着这样的教练服去工人文化宫参加诗歌活动，和画画的小女生搭讪。我想恋爱，可是我不知道找什么样的姑娘去恋爱。一个校办工厂的穿红衣服的小女工总在傍晚站在窗口看我在操场上练拳。终于我们有了第一次约会，牵着手走了大半夜，从城东一直走到城西的铁路边。我都没有吻过她，只是牵了几回手，老校长就找我谈话了。后来她只敢远远地看我了，而我也没有再去找过她。

……

节选自《广州文艺》2021 年第 4 期

乡村春色深

————

周　伟

一

踩着一路春色和露水，日日去走访贫困户。

去贫困户赖必培家，给他带了年画、挂历、星书、通书，还带了几本关于乡村振兴的新书。有人说他是个文化人，他更喜欢和在意这些东西。

赖必培是一个老高中生，逢人一脸笑。谁家有个红白喜事，都要请他去写字、写对联、作祭文、掌事。他一到，字一写，要喜气，喜气马上到了，要悲痛，悲痛的气氛也会立马出来。

进门，院坪里的晒谷坪竹席上有花生、红辣椒、甜玉米，赖必培笑着出来迎，喊我们在晒席上拿花生和玉米，我们也不客气，自己去拿，村妇联主任还把门边的甜甘蔗拿过来，一人一长节，要我们工作队的人尝尝，说别看是毛甘蔗，甜得要命。赖必培忙做证，是甜，但要小心，不要割着嘴巴。我们忙捂着嘴巴笑。大伙吃了花生，吃了玉米，吃了甜甘蔗，气氛更好。然后，就说正事，就说根据上面的政策，易地搬迁的这房子，平顶上还要盖上瓦，验收后按每平方米一百二十元结算。

赖必培就笑，那敢情好，政府真是好，想得细，想得全，想得周到，怕老百姓冻着，饿着，晒着，热着，怕吃水不安全，怕住房不安全，刮风漏雨，怕义务教育不到位……真是想得要多周全就有多周全！

在堂屋里，我看见有两副红对联，其中一副写着：仁义堂中无限乐，芝兰室内有余香。对联又宽又长，写得遒劲有力。赖必培站在一旁，笑着自谦地说：涂鸦，献丑！

再去看他家的厨房，冰箱、抽油烟机、饮水机等一应俱全，还有新式的厨房组柜和省柴灶。卫生间里放置着全自动洗衣机、悬挂式的洗浴池和浴镜，还有抽水马桶，四壁都贴了壁立砖，崭崭新。

快八十岁的赖必培，只有老伴陪着，他的儿子媳妇孙儿孙女都在外面打工。他和老伴在家里种田耕地，田里地里的，也不闲着。晚上的时候，他喜欢去村里的图书室借书看。

静下来的时候，爱看书的赖必培对乡村的未来，不免有些忧思。忧思归忧思，村里是没有几个人愿意听他的大道理的。碰上了，大伙都说忙，或者远远地看到他就躲开了。而且村子里的年轻人常年在外，一年到头难逮着几个人认真地听他说道。

这样，他就常常一个人在村里头自言自语：人嘛，光有吃有穿、有车有房是不够的，没有文化，还不是一具皮囊！一个地方再怎么富裕，如果不讲礼仪，不讲情义，不讲诚信，不讲信仰，不讲善心，不讲传承，没有文化，终将成为一盘散沙，终将成为一团乱象……社会主义新农村，绝对不是这样的！

每次，我听到赖必培老人自言自语，总在不远不近处停下脚步。

村子里有红白喜事时，大伙才记起赖必培。这时，不仅他的一手好字派上用场，礼仪上的事也都是他在主持，事无巨细，都安排得井井有条，妥妥当当。

可是，令他最焦心的也是白喜事。村里的年轻人大多出去了，每逢村里有人过世，村里头连抬棺材上山的劳动力都没有几个，若去外面请人，工钱开得天价一般。他急得直跺脚，遥望无边的青山，青山无语。

春节是赖必培老人最高兴也是他大显身手的时刻。一到春节，村子里家家户户的大门上都贴了他手写的春联，龙飞蛇舞，句雕风月。他写的春联，有"江山千古秀，祖国万年春"，有"新路新房新景象，新风新貌新农村"，有"党重三农铺就小康路，民勤四季敲开富裕门"，有"家和万事皆兴旺，人勤五谷全丰登"，有"耕为立命之本，读是修身之策"，等等。每一家的春联都是不重样的；同是一个福字，却有百十种写法。大伙都赞说必培老先生，一个个竖起大拇指。

他最幸福的时刻，是踱着方步，到一户一户的门前去检阅，去欣赏。他抚着山羊胡，看一眼，点一下头，再看一眼，又点一下头，整个村庄仿佛都装在了他的心中。

他看着眼前的一切和四野合围的青山，心中的喜，心中的忧郁，心中的幸福，心中的悲愁，心中的希望，心中的思索……刹那间，都在青山绿水间飞扬。

二

春天是躁动的，走在路上，我到底还是忍不住，寻问村支书的微信名为何叫"狂拾叁阁"？村支书嘿嘿地笑着，要我猜猜看。我说都猜了三个月了，硬是猜不到一星半点。他接着说：三个月，也就不远了。

哦，难道是三年？就是三年我也猜不出啊！我定定地看着村支书，一脸疑问。

村支书姓刘，是一个致富带头人，原本常年在外办厂，主要生产塑胶跑道等文体材料，生意做得活，家产上千万，有个老娘住在村里。他是个孝顺的儿子，一个月要回来看一次娘，每次待不上一两天，又火急火燎地往珠海的厂子里赶。

去年换届，村里一时半会儿找不到一个合适的村支书人选。有人向镇党委书记推荐他。一个电话叫回来后，镇党委书记问他愿不愿意带领大伙脱贫奔小康？也不知怎么回事，他一口应承下来，接着就选上了。

有人告诉我，刘书记的爹早年也当过村里的支书，也是一个能干事的人，只是没干几年就过世了，没能带着大家走出苦日子。

当选后，他在心里对自己说，狂干三年（一届三年），实干三年！于是，当晚他就给自己的微信改名为"狂拾叁阅"。

原来如此！我大呼："狂拾叁阅"，狂实三年，狂干实干好！

他说，村里这几年，村支两委班子换得勤快，搞得不像样，得好好拾掇拾掇，狂拾三年，狂实三年！他相信自己，也相信大伙。他是一个不怕难的狠角色，狂干实干是他的法宝。

他说，回到村里，自己要做的第一件事就是对贫困户进行精准识别。他说，即使不能保证百分之百的精准，起码也要有百分之九十以上。乡里乡亲的，都喜欢讲情义，讲势力，讲脸面……他就自己一个人唱黑脸，有些村干部的亲戚投票评上了，他也不通容，多次去做工作，硬是把不符合条件的人给劝退了。他较劲较真得很。

要做的第二件事是修通村组公路。没钱也要修，欠账也要修。

他说，路不能不修，欠账可以慢慢还，修路不能等。他说，路是天大的事，路是长远的事，路是致富的翅膀。有了路，各人都能走出自己的一方天地。

第三件事是管起村里的钱，开源节流，抠门得很。不该用的坚决不用，能少用的就少用，一分钱当作两分钱用。村干部和扶贫干部加班是常有的事，也从来不发加班费，就是吃个盒饭也舍不得。不过，他隔三岔五地掏自己口袋请大伙的客，却是一点儿不吝啬，大方得很。

第四件事就是大力发展村里的产业，把一家家种养殖合作社办得风生水起，红红火火。村里那些养鸡养牛的、种葡萄种猕猴桃的、栽种茶叶油茶的……个个风风火火，脸上流光。

三

还有第五件、第六件、第七件事……一下子数也数不过来。去年村里整体脱贫出列，脱贫二十七户一百零九人，事情繁杂，一件接着一件，他不能不在场。带着大家一起狂干实干，他就顾不上厂子里的事。他把厂子里的事交给了自己的侄儿，但侄儿手生，生意免不了有些下滑。

有一次，走在路上，我问他后不后悔？他说，男子汉，没有后悔的事！

他说，干一届村支书，付出多少也是值得的。再说，付出了，也是收获了。当然，为乡里乡亲付出多少，都是应该的。

我说，"狂拾叁阁"，你真的只狂干实干三年？

他有些踌躇地说，是的，原来是这样打算的。

我又问，你在乎大家对你的评价吗？

他拍了拍胸脯说，大伙的评价当然重要，不过，凭良心做事更重要！

我看着他，他也看着我，我看到他眼睛里的真诚。

然后，我们两人默默地走着。过了好一阵，他才说，我一直想找个能信任能干事能带着大伙奔前程的人来接手。

搞完乡村脱贫，还有乡村振兴呢！他像是在回答我，更像是自言自语。

我说，是呀，这个人不好找呀。不光是村支书难找，承接乡村的下一代也是各奔东西，这也是一个亟待解决的难题。

他没有回答我，陷入了沉思。他一口接一口地吸着香烟，望着大山深处，面朝初升的太阳。烟雾袅袅中，黎明的霞光从山峦中静静地浮出来，从微白、淡紫、浅蓝，瞬间幻化成橘红。

我们往梅树山上走去，四野青翠欲滴，春色愈来愈深了。

原载《文学报》2021 年 4 月 1 日

青涩小站

——

袁海胜

　　剥开光阴的壳，火车站是大平房镇的核。

　　火车站是小镇的动态，用一种固定的方式，让日子纷纷出发。起点即是终点，终点又是起点。人把自己交给火车，火车吼叫着把人送到远方。火车站成了镇子的一个符号，像岁月的一个标点。火车站里生命状态极富哲性，是生活的铺陈和浓缩。铅灰色站台上游走时光和人事——安静、躁动、焦虑、顾盼、伤感或欣喜、出发和告别——火车是人生里动感的宿命。情节像水纹一样浮现，凸起、沉淀、隐藏……因而生动。火车站像一个光阴的轮回，归去来兮、前生后世、人是人非、有始有终。火车站是小镇一个能量巨大的胃，在光阴里消化掉日夜兼程的前尘往事……

　　小镇的火车站在北山脚下，房舍墙壁刷黄粉，鲜艳，像孤零开放于大地上的向日葵，像一艘漂浮于水面的木船，像一座小型的城堡，像一只半卧的羊。黄粉是现代的颜色，接近于金子，多数人都喜欢这种富贵的颜色。金黄的小站在阳光下熠熠生辉。北山是本地人的叫法，也许是因为它在小镇的正北，北山是处二三百米高的小丘陵，辽西随处可见。它突兀而起，像睡醒者撑起半个身子。

小站日式建筑，伪满遗迹，是倭寇侵华的铁证。火车站回到人民手中后，开始服务于大众，助力交通、繁荣经济、操心民间事务。火车站里有历史章节的沉淀，具有时代标签，极富生活情趣，成为生存质量的参照和考证。

铁轨在阳光下闪亮。铁轨创造惊奇——火车在它的东与西的直线上跑来跑去，用永恒不变的姿势把旅人送往不同的远方。铁轨像哲学辩论的强者，沉静地疏通人间走向。平行的铁轨，把去路和归途铺在眼前，来与去是人自己的事。铁轨不分季节，只不过在冬天里清冷，像情感中的一个段落。

火车站周边汇集商业。小商品、土特产、小运输、餐饮、手工作坊和简陋的小旅店……在小镇，火车站永远是个热热闹闹的地方。火车由东向西，或由西向东，轰轰隆隆地从铁轨上跑过时，附近居民的窗户就跟着一起抖动轰鸣，像是一个合唱团。火车穿镇而过，带来的不仅是震颤和轰鸣，还有通达和骄傲。少年的我喜欢看火车吞云吐雾地奔跑，转瞬即逝。

浪迹学业时，闲暇时光似乎多得用不完。

某一个冬天——只有冬天才尽显小镇的底色——色调简洁，房舍构架清晰，街道走向明朗。炊烟厚重，层层叠叠铺向天边。鼻腔里泛滥着木柴和煤烟混合的气味。西伯利亚寒流瞬息逼近，北风是一把无形的利刃，裸露的，譬如脸和手，最易接触到冬天的底线。温度是季节的表征，进退间，人间的故事和光阴一格一格鲜明。

我们——"们"当然是玩伴或同学——溜进火车站逡巡。我们的目标简单明了，好玩即可。

车站的候车室与售票室同处一室，常年烟雾缭绕。刷着绿漆墙围，颜色只能凭感觉辨识，"围"则多处斑驳打卷，像掀起衣角，露出暗黄的沙土底色。墙皮已无法言明其状，像抽象派画师的底稿，像小儿的涂鸦，更像无人打扫的街道。层层叠加的斑杂中我看到用尖硬之物刻下的一行字迹："××欢，我走了，永远也不回来了！"也许触动青涩的情感，这行字酸涩尖锐地刻进了我的脑子里。

候车室两排刷过绿漆的长条木椅同样斑驳，露出木质的本色。坐在上面的旅客脚下或身边放着鼓鼓囊囊的行囊，网兜里装着水果或点心盒子，粗布棉鞋上蒙着尘土……他们一律穿戴臃肿地坐在长条木椅上，脸色纷纭，喜怒哀乐像光一样飘忽不定。阳光从窗口斜射，散成无数光束。暗黄的光里浮尘弥漫，里面不时混进一股淡蓝的烟雾。光线悄无声息地落在旅客的身头，褪色的粗布衣衫像时光过客。八十年代初期，百业待兴，这样的画面宛若时光刀锋篆刻的版画。他们大多来自外乡，在小站辗转他地，打工、探亲，或是一次普通的旅行。候车室地面上散落烟头、纸屑、撕裂的包装皮，狭窄的空间弥漫着呛人的旱烟味……瓜子皮从候车人嘴畔雪片一样纷落。候车时，嗑瓜子是一种深度的寂寞和等待。

住在镇子里的候车者习惯站在室外，晒着太阳，炫耀般大声说笑。某个时点，优越感是一匹极易激活的小兽。室外平台宽广，容易让人的心理达到一种开阔的舒适感。无论冷风如何鼓吹，谁都不愿意挪进候车室。他们风光地站成一个个骄傲的回味。

五十多岁的老皮是卖水果的商贩。他的水果摊是一辆手推车，上面铺着隔成方格的木板。每一样水果，占据一个方格。苹果、梨、大枣、核桃、山楂……干鲜水果在方格里分布精美。老皮一直守在检票口门前第一方阵里摆摊，他把这里当成自己的领地，为了固守这片领地，曾多次与人发生争执，一条刀疤像趴在脸上的蛇。疤痕是隐讳的经历。他褪色的军大衣上补丁摞补丁。一块补丁掩盖一个时光的细节，像是配合疤痕隐讳的掮客。老皮的水果摊干净利落，价格公道，生意还算不错。水果摊的外围仍是水果摊，吆喝声此起彼伏，组成热闹的核心。

老高的烤箱是用废弃的汽油桶改装而成，已被炭火熏得面目全非。烤地瓜的香味像一张无形的网，笼罩方圆。孩子是一群极易落网的人，站在烤箱边上咽口水。老高一直在笑，像是心中的喜事不断。黝黑的脸上挤满垄沟一样的皱纹，他意外地有一口雪白的牙齿，像岁月的一个谎言。老高穿旧羊皮袄，袖口破烂不堪，腰里围着密布小窟窿眼儿的乌黑围裙。烤箱口趴着一圈胖乎乎的地瓜，散发着厚墩墩的甜香。我眼巴巴地看着烤炉边上吃烤地瓜的人，他们的双手迅敏地倒腾着滚烫的地瓜，努着嘴噗噗吹，掰开的地瓜白气散尽露出焦黄的沙瓤，香味一直钻到心里。我在心里头一遍一遍地骂老高，伙伴的脸上也冲出怒色……老高很卖力气地吆喝着："地瓜喽！香喷喷、热乎乎的烤地瓜……"这种声音一直潜藏在记忆的缝隙。

离候车室再远一点，是接送旅客的运输工具——平板车、驴车、三轮车、摩托车……这些八十年代的交通工具各有各的位置，乱而有序。师傅们穿着旧大衣，脑袋上戴着各种各样的棉帽子，脖子上胡乱缠着脏围巾。他们开低俗的玩笑，追逐、打闹，嘴巴喷着白雾。拉车的毛驴嘴里也喷白雾，眉梢嘴角挂着霜花。挨到客车进站，他们停止一切娱乐，涌向出站口，有时为争抢客人而发生争执，相互推搡并动用拳头。之后在空旷的等候中交换劣质的烟卷，或是互相啜一口自备御寒的小烧，和好如初，周而复始。

小军是邻居家的孩子，他有一辆厢式三轮摩托。他在后厢上扣上塑料棚，里面搭上木板座，来回运输客人。他平时在镇子热闹的地方候客，比如十字街、市场、医院门口。一到火车（客车）要进站时，再跑到站前候客。他常和我说起载客时的趣事。一次他拉的是一位女客，去偏远的外村。走到平坦的路段时他憋不住尿了，但又不好意思说，只能尿到裤子里，零下二十几度的天，棉裤冻得梆硬……

　　站台在静下来的时间里发呆，转瞬又被熙攘的人群惊醒。站台上的脚步意念四起，轻快、迟疑、沉重、滞涩……脚上的鞋是人间的另一类表情，不分新旧粗精。每迈一步，都踩在主人的心事上。一年又一年，站台上每一天都经历人间情感河水的冲刷，时光一久，便磨去石板地面的光滑，变得凹凸不平。

　　拥抱后的心跳还在，握过的手温度还在，说过的话像风一样散尽，一种酸楚悄悄融化在匆忙的脚步里……剩下的只有期盼和等待。站台上，方寸之间已是咫尺天涯。

　　送行。分别。是时间里的不忍和无奈。望着远去的火车，心里塞满了离去的背影。火车走了，留下的人除了等待，还有什么办法呢？

　　归来。迎接。相聚。是生活的交响曲中穿插的温暖章节。眼角的泪是心里绽开的花朵。一生中有多少回归和相聚？站台也是人生苦短的另一种诠释。

　　外出打工的青年，对远方的目标充满热切的期待。离开温暖的家，他们要走一条属于自己的路。手紧紧地攥着鼓鼓囊囊的破旧蛇皮袋，里面装着工具和几件简单的换洗衣服。他们心里揣着家和亲人的分量，或许还藏着一份年轻的、散发异性清香的承诺和叮嘱。希望和力量在他们胸膛沸腾。火车会把他们的梦想输送到远方。

　　破旧的帆布袋裂口处露出工具，一伙刚从火车上下来的人，是归来的打工者。一脸的倦色，却难掩眉梢上的喜悦。贴近胸口处藏着他们的血汗钱。一脚踩在家乡的土地上，脸上的疲惫一扫而光，纷纷加快脚步，走向多次出现在梦中的面孔。

　　丽挥手向我告别，中考失利的我要乘坐火车到朝阳城求学。从地理上讲，我离住在城市的丽更近了。到小镇探亲的丽却执意为我送行，我竟然在她的目光中捕获到一丝泪光。这就是站台的哲性，把每一次分别雕刻精致，似乎与距离无关，却让内心感觉到一丝微痛。

进入二十一世纪，小站经过了一次蜕变，重新粉刷了外墙，室内的墙壁也刷上了白漆，平整光洁；候车室换上了崭新的粉红色折叠椅，窗玻璃也擦得光洁无尘；老皮的摊位换了一位中年妇女，木格子车和水果仍在；老高几年前就不再烤地瓜了，他在小站的一侧开了一家餐馆；接站的小交通全是机动车，牲畜拉的车转入光阴的幕后；候车的人依然如故，等待着自己启程的时刻；小镇上的人很富足了，他们穿衣更加考究，候车地点永远是候车室门前的平台。伴随着轰隆隆的车轮声，小镇一直在前进、前进。

我家是在二十一世纪初迁到朝阳城的，离开了生活三十多年的小镇，也离开了可爱的小站。我说小站可爱是有原因的，我生命中的一段时光里，那么多的情节和情感与小站息息相关。在我欣喜于高铁时代的到来的同时，接到了绿皮列车停运的消息。小镇的朋友说，现在的火车站清冷了许多，再也没有过去那种热闹的场面。我从朋友传过来的相片上，清晰地感觉到小站的孤寂无奈，像没放水果的搪瓷盘子。金黄色的墙体依旧，候车平台地砖的缝隙里疯长出的一簇簇高挑的野草，像是时光的休止符。又一个消息传出，说是要在小站铁轨的一侧，铺设一条高铁新线，这个消息足以让我兴奋，如果此事是真，小站和大平房镇会进入一个崭新的时代，我对小站的思念也会补充进新鲜的内容。真盼望着好梦成真啊！

时光荏苒，只有旧时小站在梦里烟尘四起，寄怀逝去的青春。

原载《鸭绿江》2021 年第 10 期

雪后的事（选二）

樵　夫

暖烘烘的火熜

我已多年没在年前的冈上庄遇到过雪，而且是这么大的雪。次日，天阴着，寒彻漫了上来。寒冷难挨，除了把自己塞进被子，有时也会去庄子北边的金福家烤火。我毕竟腿脚灵便，虽说离开这个庄子许多年，但谁都识得我，进出张三家或张四家，是件容易事。我的母亲却不行，她咬合了岁月几十年，现在被岁月咬着，在这个雪的世界，想摇晃下她的身子，都是件费力的事。那天，我从金福家返回时，母亲端坐在高高的木椅里，双手藏在又长又厚的棉袄里，双脚踩在火熜上。

我很诧异，我曾在城里的博物馆，看见一只火熜摆放在那，透过陈列室玻璃，我看见了一只上了岁月的火熜。我当时在那站了许久，默默不语。现在，在冈上庄的雪后，我再次与它相遇。我再次知道一些物件的重要性。被时光抛掷的记忆和时间本身又返身回来，我从它们身上看到过往的生命。

寒冬是让人无法躲藏地来了，在夏天让人叫好的天井，这时很让人蹙眉。我一起床就看到了大家紧缩着脖子在跺脚，冬生一跺脚，冰凌就四下飞溅，住在这幢屋子里的人都尽量远离那口天井，但在夏天就完全不是这样子，在夏天，大家搬来椅子或凳子甚至一块石墩围着天井，谈天说地，凉风一阵阵从天井口吹来，一个炎热的夏天就被吹凉爽了。现在不行了。这是件很让人琢磨的事。天井的瓦檐上挂着长长的透明的冰柱，一垄一垄的瓦上已覆盖了雪，雪不是很厚，暗色的瓦沟还是清清楚楚，寒气仿佛从那冰柱上丝丝地冒出来，偶尔看见一只或三五只麻雀在瓦垄上跳着。在天井边，感到浑身不自在，寒冷侵袭着我。

我爷爷起床了，穿上了厚厚实实的棉袄与棉裤。爷爷起床后自己弄好早饭，吃过后，就叫我拎着火熜去取点儿火。他让我去取点儿好火。我明白爷爷的意思。我早先不明白。我早先不知道什么是好火，爷爷这么说时，我多半愣在原地不动，不知道往哪里走，一个人想迈腿却没有方向是桩可怕的事，我那时就知道了。爷爷后来告诉我，好火就是硬木柴火，这种火烬在火熜里能保持一天甚至两天，稻草就不行，一会儿就会灭掉，而且灰尘大。火熜里的火一旦灭了，人就会更加地感到寒冷。爷爷说得对。我把火熜拎在手里，我开始仔细地看着手上的火熜，端详时我明白了一个事理，很多的时候我们对一些物件之所以会漠视或事不关己样，其实是我们自己缺乏与它们的交流，不了解它们。对它们了解了，就会完全是另外一副样子。火熜是用铜做的，直径大约三十厘米，高二十多厘米，外形仿佛一只小鼓，有个半月形的提环，我们就是拎着这个提环到处行走去取火的，它的盖子是镂空的。在冰天雪地时，火熜绝对是个好东西，它不仅可以取暖，还可烘尿布和一些湿衣服，落在寒冬里的一些冰冷的烦心事，有好多会被暖烘烘的火熜烘干。

　　雪，刚好覆盖地面的时候，好多人都会倚在门楣边上看，看麻雀怎么飞花了眼一头栽在雪地上，看狗在雪地上滚，看谁家门口的脚印多，然后展开议论。马克家的门口，脚印总是最多的。这是庄子里让人琢磨的一件事，是这个村庄的神秘密码。我一走出门槛，就记起我爹说的话，他说这个村庄有一辈子都要琢磨的事。全生家门口，雪地上看不到几个脚印，几个小小的歪歪扭扭的脚印怕也是全生自己去井台打水时留下来的。马克家就大不一样了，好些人家的脚印都踩向了马克家，以至于门口的雪被踏完了，地上已流淌着一汪雪水。一户人家在冰天雪地时，门口有密密麻麻的脚印，要么是这户人家生着火，要么是村庄里有权势的人，要么是这户人家有着一个或几个漂亮的女人。马克家这几点都沾上了。这时马克这家伙恐怕是一副趾高气扬的样子。

　　我拎着火熜一下子犯愁了，我走了几步又回来，站在门槛上。爷爷让我去马克家看看。我不敢去。马克家这时一定是全村子的男人们都想去的地方，去烤火去与马克的姐姐调情什么的，我不敢去。马克一定会报一箭之仇，那次去砍柴，大家羞辱了马克，我不该参与其中。还有，那次不该逞强不给他抄作业，再说，他们家火塘边那些男人也一定会羞辱我而向马克他爹献上几个马屁，或向马克他姐讨好。这个时候，这个村庄的男人会使出他们的看家本事，其实我怪不了他们，在这个冈上庄有时要学会做人，没有别的办法，谁叫你一辈子只能待在这么个巴掌大的地方。我再次迈出门槛，雪地安谧、静美，原来一些肮里肮脏的地方全被雪揞盖了，这个村庄仿佛从没有这么美丽过，洁白无瑕的雪只把一些美的东西放在你的面前。对着雪地，人心无端地清明起来，我已感觉到这点儿。我拎着火熜去生全家，他们家没生火，我又去仁宝家，仁宝他母亲说还没有开始用硬柴。我现在明白这村子里的许多事，一户人家一进入冬天如果天天用硬柴烧水做饭，那么这户人家在这个村庄多半是富足人家，不怎么富裕的人家，只有等到置办年货比如做糖片、炒花生什么的才用硬柴火。我拎着火熜转了一圈，梅子、根仔他们倚在门楣边一见我就说还没烧硬柴。

火熜的提环冰冷冰冷的，我只好硬着头皮又回到屋子里。爷爷坐在厅堂的上边，左手捂在右袖管里，右手捂在左袖管里，爷爷就这么捂着。他问，还没有取到火？我点点头，双手拎着火熜搭在前面。爷爷说，你去马克家，他爹会给你取火的。我不知道爷爷为什么会有这么肯定的口气，但我晓得一定有他的道理。我只得拎着火熜朝马克家走去，马克他姐正红着脸倚在门口，她说，你要取火呀。我不好意思地点点头。马克他姐说，你过来，我们家正在烤火，还在炒薯片。马克他姐满眼柔情，我曾跟着她和我姐去看电影，一路上她牵着我的手，有时会抚摸我的头。我一下子觉得温暖。我随她走进去，她一手拨开坐在火塘边烤火的人，那些人都嘻嘻哈哈的，显出极快活的样子，她拿起火钳一下子取了好多火炭放在火熜里，然后又拎着火熜去灶间取了点稻草灰盖住。她把火熜递给我时，马克他爹来了，他说，给你爷爷取火啊，快拿回去，你爷爷要冷的。

我后来才明白，爷爷其实是这个庄子里非常德高望重的人。一个人在这个村庄再怎么神气，也会尊重我的爷爷，因为他会获得更多的东西。起先我不懂，现在我懂了。

我站在母亲面前，看着她脚下的火熜。我懂得了许多东西……空调、取暖器把那截时光如扔一截烂绳般扔掉，我们在火熜边把它拾了回来，烘干。

乡村剃头匠

雪后，我在冈上庄又住了三天。第四天早上，暖阳从东边的冈上升起。阳光打到屋子里，半屋子都是。还是无风，鸟儿开始在树梢上或瓦楞上跳跃。雪，依然覆盖着万物，把人拢回了屋子。我妈要我理个头。在冈上庄有个习俗，年前要理发，元宵节前不准理发。我说，理发要去镇上，不方便。我妈说，今天朱家的剃头匠在冈上呢，在马克家。我有些惊诧，现在还有走村串巷的理发师？我妈说，是原先朱家老剃头匠的儿子。

腊月的阳光，慈厚地照在马克家的后屋，剃头匠的修脸刀，在布褡上左右翻转，把光亮洒进了屋子更深的地方。

我对小朱剃头匠说，你真像老朱师傅。他说，他原先做过，后来跑城里打工去了，现在又回来操起旧营生。他说他爹说得对，人终归要理发的，不管世道如何变。

记忆在复苏。我们说起朱家老剃头匠，终究又说起了我生命中的经年往事。

我放下书包跑到那棵老樟树下时，剃头匠朱师傅正在从脸盆架子上摘下磨刀布，他弯腰把布卷起来，又准备收拾那把推刀和那把剪子。他看也没看我说，你不看看日头？我知道已经没戏了，这让我非常沮丧。村庄的男人都怕朱师傅这样说，这样说时无论你再怎么央求也没什么好的结果了，男人们大多会悻悻离去。我看了一下日头，日头还搁在西边的山垭上啊，东宝晃来晃去的影子还在地里啊。我奔跑在路上时，全生告诉我剃头匠朱师傅是最后一天在我们村剃头了。我又央求一声，可他已经在地上拾起了扁担。他说他已经来了三天啊，语气带着一种特别的意味，我开始能琢磨出一些。他觉得我轻视了他，来了三天啊，在这个巴掌大的村庄，有什么会比来了剃头匠更引

417

人注目呢?

朱师傅挑起剃头工具走时,夕阳把他的身子清清楚楚地抛到了我的跟前。我无奈地看着那个影子一点儿一点儿离开我的视线。回到屋时,我妈说你没剃呀?我没吱声。我妈说那等下次吧。我没应。我妈不知道我的心事,全生还有宝娃他们都不知道,他们只知道如何跟你发疯样地闹,让你笑,他们以为这样你就开心了,他们就可抄你的作业了。比如他们会在放学回来的路上故意惹两头牛斗起来,或者把兜里剩下的几块薯糖片和薯干给你吃。我的心里有些失落,仿佛被谁掏空了。

稻田里的热气已经一团一团地卷过来了,中午时分,走在田埂上,稻田就是一口倒扣的锅,别人都这么说。我觉得人们说得真对啊,热气仿佛是谁扬起的一把点燃的柴火。过些日子,稻子就要被收割了。朱师傅肯定不是一时半会儿就又担着剃头担子来到村上,他不是个纯粹的剃头匠,他还有他手上的农活,有他的稻田,他是抽空儿才到这个村庄那个村庄剃几天。我的头发呼呼地长,让我浑身不自在。以前我不在乎啊。那天放学回家,春香说,你头发太长了,说完勾头一笑就跑回家去了。沉沉的稻穗湮没了她,仿佛一瓢水倒进了河塘里。从那个读高中的镇上回到家要路过付村、上坑和敖家,春香就在敖家。考入高中的女生只有春香和菊花。一路回家的有五个人,路过付村和上坑后就只剩我和春香了。太阳还很猛啊,田埂上几乎看不到什么人影,很长的一段路上只有我和春香在走,不说话,只是默默地相随着,她在前头,遇到窄窄的田间小道,就只听到裤管碰触到低垂在路上的稻穗的沙沙声。仿佛有什么东西爬上心头,一阵儿一阵儿地让人酥痒。刚才在田埂上走时,汗水浸透了衣服,春香的胸脯被浸泅了出来,鼓鼓的,我正看她时她也回头看我,我们的目光一撞就断了,仿佛两根青翠的苇草撞在一起,我惊恐不安起来,像小偷刚伸出手就被捉住了。田野上死寂死寂的，我们只顾走，只听见我们走路的沙沙的声响，低垂的稻穗扫着我们的腿。时间凝固了，我感觉不到它一丝一毫的走动。在那一望无边的田野上，你根本不知道时光在走，田野上无边的金黄，没有界限，日头就挂在西天边。我们就一直这么默默地走。惶恐与惊喜占据了我整个心，我在等待一种判决。春香勾头羞涩一笑，把我拯救了出来。我定定地站在原地，回想着春香的那句话，我摸摸自己有些长的头发，我笑了。在我们乡村，头发一长就要被人称为二流子。我们这个家从不出二流子，我父亲，我爷爷，我爷爷的爷爷，都是这个村上的能干而且光鲜的人。

　　突然间我就感觉到了一个乡村剃头匠的权威。朱师傅要是不给我剃头，我就是村里人眼中的二流子，但在春香眼里肯定不是，我仿佛琢磨出了这一点儿，春香那勾头一笑告诉了我。我妈说，你只能去朱师傅家剃。我噘着嘴。我妈说，在乡下，你有门手艺就能活得好好的，没人奈何得了你。别看一个剃头匠，大大小小的人谁离得开？小孩满月、大了结婚，都要请剃头匠。我只能去朱家了。朱家其实是离我们很近的一个村庄，我们两个村庄的田地都紧挨着，我们在麦子地锄草时，朱家的人也在麦子地里锄草，两个村上相识的人，边锄草边打着招呼，我们的稻田与他们的稻田也连在一起，这丘是我们的那丘便有可能是朱家的，栽早稻时，不小心一用力就把一把秧抛到了朱家人的田里，遇到这种事时，无际的水田里就飘荡着一波一波的笑声。其实，撒一泡尿，也便走到了朱家，但极少有人会上门去寻剃头匠朱师傅剃头，我一直不明白这是为什么，大家只是等待朱师傅担着剃头担子来。在我们这个村庄，大伙或许认同一个理：上门就意味着求人，求人就意味着矮人三分。我上门去，却没有人知道我的心事，我心里有一种东西在支撑着，我妈也不晓得。

　　我不能再等了。日头挂在西天还有两丈高时，我去找朱师傅，

419

他应该从田地里回来了。我找到朱师傅家时，他果真手提着把锄头回来了，另一只手提了一捆红薯藤。我说，朱师傅我剃头。他把锄头竖在门口，把红薯藤扔在一只牛的面前，说好的，我洗下手。他似乎和气了许多。夕阳撞在墙上，我仿佛听到啪啪的响声。朱师傅把那个嵌有一面镜子的三脚的脸盆支架搬出来放在门口，又提出黑色的工具箱，麻利地打开，取出磨刀布并把它挂在支架的上方。他让我坐在一把敦实的矮凳上，迅速地抖着一块布并把它围在我的脖子上，他从工具箱里取出推剪，然后咔嚓咔嚓空空地试了试，他又抹了一点儿润滑油，举起推剪对着日头看了看。他一手按住我的头，手上还夹着一把小梳子，推剪沙沙响，一边剪一边不时地用梳子梳理着我的头。日头好像没有动呢，朱师傅就用一块海绵揩着我脖上的碎发，吹了吹，收起围布，抖了抖，说，好了，洗下。

我朝镜子看了看，觉得自己精神了许多。我遇到春香时，她说你剃头了？我点点头。她说，好看。她说完，一脸绯红。

几十年后，在美容美发店遍布城市各个角落或闹市区时，我再次回到这个生养我的小村子，朱师傅已经老了。

老剃头匠朱师傅的家，我再也没去过。

下雪，是一桩奇妙的事。雪后，更是奇妙，许多的风物会被人从各个角落拽回来，连同回来的，还有它们的生命印痕，还有我们生命中很少示人的东西。生命寒彻时，我们往往靠它们，取暖。

原载《牡丹》2021年第2期

老代的护林时光

—

徐祯霞

认识老代，是在一个夏日的雨后。

一条河流自北向南急流而下，河水泛着浑黄的泥水色，两岸的杂草被雨水冲得东倒西歪，像被杀伐了一般。隔着这条河，远远地看见一个人，在核桃树下用力地挖着什么，走近了，同行的张威给我介绍说，这是老代，这里的护林员。

见到我们，老代忙直起身子，把锄头挂在手上，眼里透着一丝惊喜的光。我打量着他，他头发略长，因而显得有点儿蓬乱，身着一件蓝色的夹克，但已经洗得有些发白，裤腿高挽着，在光着半截腿的脚上，是一双黄胶鞋，腰间还挂着一个旱烟袋。

同行的张威说："老代，干啥呢？"老代说："修路嘛，这几天的雨大，将路冲豁了，我弄几块石头补了补，要不然来车了就不好走！"这是一个基层林场，道路全是泥沙的，场院也没有硬化，可谓晴天一身土，雨天两脚泥。虽然是林业工作站，但却是一个地地道道的农家小院，而且是乡村最偏远的农家小院。

见我们站着，老代说："到屋里喝水吧！"张威说："好，到屋里喝水，跑了一路，还真是渴了，你有好茶吗？"老代说："茶是有，不知道你们喝不喝得习惯。"说罢，老代就将锄头靠在那棵核桃树上，带领着我们来到了一排靠近山根的土墙黑瓦的房子，门没锁，一推就开了。

进得屋来，老代给我们拿了两个小竹椅子，我们在靠门的地方坐下，他拿了热水壶去自来水龙头接水，一会儿，便将水打了回来，水在壶里烧着，张威便跟他聊了起来。

张威说："最近还是一个人在这儿呀？"老代说："可不是吗，这个林业站，基本上就是我一个人，也习惯啦，只是我也快退休了，还是希望有一个能在这里待得住的人来接我的班。"

老代高中毕业便接了父亲的班，来到这个护林站工作，在这里一干就是三十多年，从一个年轻的小伙子变成了一个两鬓斑白的老汉，可是，他从来没有后悔，也从来没有抱怨过，而且还深深地爱上了这方圆几十里的山林，将一个陌生的山地变成了自己至爱的家。

老代在县城是有家的，而且是单元房，只是老婆过世后他便很少回去，两个儿子一个在外务工，一个在外求学，房子便长年空着，只偶尔回去看看，清扫清扫灰尘，住上一夜，便又回到他工作的林场。

老伴儿去世后这个家里便只剩下了三个男人，他又当爹来又当娘，由于林业工作特殊的性质，每到节假日都要值班，工作比平时还要忙，这时，他便用摩托车将儿子带到林业站里，给儿子做几顿好吃的补充补充营养，小儿子很争气，考到了西安工业大学。

小儿子上大学后，县城的房子便彻底空了，只是进城办事时偶尔回家里看看。老婆走后，他便将老婆的照片拿到了林业站，让老婆在那里陪着他。在这个林业站，除了老婆的照片，还有一只与他相伴朝夕的狗。

狗是村里的一户人家给他的。那户人家的狗下狗崽，说老代一个人在林业站上班孤单，让他抱一只，他就很高兴地抱了。那是一只灰黄色的小狗，他从一巴掌大养到现在，自从狗到他家，就和他相依相伴，他出，狗出，他进，狗进，他进山，狗进山，有了狗，说真话，他进山也不心怯了，胆子也壮了。以前，一个人走在林子深处，偌大的山林，空无一人，心总是怯怯的，他不怕鬼，但是却有点儿怕豺狼虎豹，虽说现在这种动物很少，但毕竟秦岭山高林密，偶尔也会有狼出没、熊出没，所以，能有一只狗与他相伴，心里总是踏实的。狗这种动物，灵性，机敏，一有点儿什么动静，它就叫，它一叫，别的动物就会被吓跑了，包括蛇，也会一下子溜得好远。因此，有狗相伴，他进山林就像是逛菜市场，再也不怕了，权当散心和游玩。

老代给狗取了一个很亲的名字，代儿，从这名字可以看出，他是把狗当作自己的娃儿一样对待，或者说比娃还亲，毕竟狗比他的两个儿子在他跟前待的时间要多。

多年来扎根山林，对林业工作有了深深的感情，山上的一草一木都让他觉得是自己的亲人。护林员的职责是制止乱砍滥伐，防盗防猎。这个猎，当然是指山上的野生动物，比如熊、果子狸、羚羊、鹿，等等，都是国家禁止猎食的，所以说，他不仅要阻止村民的乱砍滥伐，还要制止不法商人和猎人的偷盗和围猎，还兼有森林防火职责。临近山林的村庄，会有人上坟，或者小孩玩火，甚至有一些抽烟的人将未灭的烟头乱扔，都会导致火灾。而松树的线体虫病也是森林的一大自然灾害，这种虫病会传染，一棵树生病了，会导致周围一片树木都生病，防止这种病就得将整棵树砍下来焚烧尽，病多少棵树，就得砍倒多少棵树，烧多少棵树。这项工作对于老代来说，不仅繁重，而且劳累，但是多年来，他一直认真地做着，在他的悉心看护下，松树的线体虫病逐渐减少。由于他长年蹲地值守，在他的林区中很少发生乱砍滥伐和盗猎的现象。一到秋冬，他就骑个摩托车在周围的村庄转，拿个喇叭宣传防火，在各个村子里还贴上了防火宣传标语，时时提醒村民。由于他负责敬业，连续几年被县林业局评为优秀护林员。

有一天，老代去场部办事，经过一座水泥桥时，水泥桥突然断了，他猝不及防，一下子翻到了桥下，摔在了河滩上，河滩上有凹凸不平的石头，将他摔昏过去，送去县医院救治，县医院说受伤严重，让赶快送西安的医院，经过紧急抢救，总算救了过来，但是腰和肋骨都摔坏了，在西安的医院里住了两个月。老代出院后，没有在县城的家里休养，而是要求直接回林场。两个儿子只得遵从他的意愿，将他送回深山里的林业站。老代既不想麻烦儿子、耽误儿子的工作和学习，又不想耽误自己的本职工作。林场见老代身体没有恢复好，就让一个年轻的林业员协助老代的工作，于是，在这个特殊的时期，林业站有了两个护林员。

老代身体受了大损伤，没有跟组织讲条件，而是又回到林场踏踏实实地上班，林场和林业局的领导都有些过意不去，就专程来看望了老代。老代见到领导来看他，激动得热泪盈眶，握住局长的手说："让领导操心了，谢谢，谢谢，没事的！一点儿伤，在家里也是待着，在这里，一天多多少少还能干点儿事，适当活动活动，还能好得快一点儿，忙习惯了，突然不让动，身体反倒不舒服，你们放心，没事的！"

其实领导看望不看望，老代都一直在用心地守护着这片林子。换了多少任局长了，有常下乡来走走的，他认识，有的不常下乡，他便不认识，连名字都忘记了。但是，他守护的这片林子，山上有多少种类的树，都分布在什么地方，他都清清楚楚，而且就连山中的中药材他都能辨识。在这儿待了这么多年，最熟悉的便是这一带的山了，它们春天是什么样子，夏天是什么样子，秋天是什么样子，到了冬天又是什么样子，他闭着眼睛都能想得到。

有时候，他就想，如果有一天他退休了，不让他看这片林子了，他该做什么，他能做什么？估计晚上都睡不着觉。因为，这么多年来，他每天晚上都是听着风吹树梢的声音入眠的，没有了这种习以为常的声音，他该有多不习惯，有多难以适应？

老代便琢磨着，如果自己真的退休了，能不能申请仍旧在这里当个护林员，守着这片林子，协助新上岗的护林员。自己也不要求组织加工资，自己有退休金，一个人生活，这些钱完全是够用的，自己还可以种些瓜果和蔬菜，供自己和护林员吃完全没问题。如果自己退休了，还能与这个山林为伴，驻守着这片山林，也是一件很幸福和满足的事。人都说要"老有所依"，在别人理解，是一种依靠和赡养，但是对他来说，却是一种精神的依恋，一种与山林共生的陪伴和守护。

张威说："难得您有这样的想法，一般的人，年龄大了，巴不得退休在家里颐养天年，享受天伦之乐，您却想着要继续守护这片林子，真是难得，您对于大山和森林真的是有了感情呀！"老代说："我这一生都生活在山林里，从一个十八九岁的小伙子起就开始守林护林，到现在已经是一个年过五旬的老人了，可以说，我将一生都交付给了这座大山，都交付给了森林，在这世上，还有什么能比待在这山林里让我更踏实，更觉得安心的呢！儿子们都大了，终归要有自己的家，而我，也不想过多地干预孩子们的生活，在不用依赖的情况下，各人做各人力所能及的事情最好。"

这是一个其貌不扬的老人，但是却将生活看得这样的通透，因为热爱，甘愿奉献一生，因为热爱而无怨无悔，将自己最好的年华交给了寂寂无声的大山，为其守护，至死不渝。

他就像是一棵年轮斑驳的树，沧桑中依然透着坚强和坚挺，他不甘老去，也不愿老去，因为有树在，他便对生活永远有热望。

　　这时，狗跑回来了，一进门，朝我们瞅了几眼，就箭一般地蹿到他的脚下，在他的脚边卧了下来，他轻轻地抚摸着狗的头，像是抚摸着自己的孩子。狗用眼睛打量着我们，像是好奇，又像是询问，它知道，我们只是这里的一众过客，来了还会离开，而它和老代，才是这片山林的主人，他们与这片山林一起经历风雨，共度朝夕。

　　在我们要走的时候，来了一个村民，说是来找老代下棋的，并且给老代捎来了一碗饭，饭是米饭，上面是青椒炒腊肉和烧茄子，老代开心地接过，说："咋又给我端饭，我说待会儿就做呢，家里来客人了，说会儿话！"那村民又问我们吃没？让我们去他家。我们说，我们不吃了，开车一会儿就回去了，让老代赶快吃。老代说："要不，你们就留下在这儿吃吧，我给你们做手擀面，我做的手擀面可好了，又筋道又长，还有很好的浆水呢！"我和张威都说："不了，不了，谢谢，你饭来了，就赶快吃吧，不用客气，我们来去方便得很呢！"老代还是不肯吃，我们见状，便赶快提出要走，老代见我们真要走，连声说："等等，等等！"老代从办公桌的抽屉里拿出两个小铁盒子，说这是他采摘的金银花茶，让我们带回家喝，这个有明目清神泻火的功能，夏天喝着好。然后将我们送出门，一直送到河对岸的路边，见我们的车子启动，走出去好远，他才转身回去。

　　那个下午，老代是和他的棋友在棋盘上度过的，陪伴他们的还有那只狗。

原载《阳光》2021 年第 9 期

无尽烟火

————

杜怀超

马路街

对于成熟的城市来说，一条街道的生长，不是一蹴而就的，也不是几幢高楼大厦积木般搭建；就像一棵树，迎着风沐浴着阳光、月光在光阴里缓慢生长，从新生种苗到后来蓬勃葳蕤，直至参天耸立，撑起一方独立的天地之荫。

我理解的街道，除了建筑之外，她需要拥有道路、临街店铺、居委会、菜场、医院、周围定居的人群还有水席般的过客，以日常角度，靠近或抵达烟火袅绕。比如马路街，一条我租住大半年光阴的街道，在不到两公里长的宽阔街道及其周围，集聚着医院、菜场、停车场、地铁、饭店、宾馆、杂货店、小型超市、修理铺、馄饨摊、卤菜店、保洁公司、批发铺、居委会、派出所、休闲公园、快递公司等。如果忽略路两边三三两两的梧桐树、凌乱的灌木丛，还有一些被切割成若干方块、参差不齐的简易店铺，街道是如此的坦诚与直观，像根一览无余的直肠子，坦荡荡的，毫无城府、丘壑可言。

如果这种坦荡或幽深，与马路街身旁的若干巷弄勾连起来，我指的是跟它紧密相连的太平巷、绣花巷、五福巷、文思巷、复兴巷等纠缠起来，包括其中无数细碎的、散落的、无声的、暗哑的、逃逸的或正在消失的一切，是否就是一条街道从根系到枝蔓的全部图景？从空中俯视街道，你会发现，街道是鲫鱼粗壮的脊背，小巷是锋利的腹刺，空间的丰满与时间的骨感，组成或沉重或轻盈的肉身，从灵到肉，从肉到刺，扎入生活釜底，疼痛或麻木、沸腾或冷酷。曾经，我骑着城市共享单车，与这些骨、刺纠缠着，在无数个孤独的昼夜里。

我在叙述这一街道时，妻子已经康复出院，离开马路街回到苏州家中。人的一生充满着很多无法窥知的玄秘与诡异。若干年前，妻子像一只春天的燕子，停歇于这座城市，倾注她的青春和热血；谁也不承想，多年以后，重返这座古老城市时，它是以拯救的方式，给予妻子抚慰与重生，这是时间里的偶然还是一种天宇里存在的命理？这就像农人，在大地上撒下若干种子后，注定会有一颗种子，长在你必经的路上，以春华秋实的面孔回赠你当初的付出。

马路街的一端，是一家大型综合性医院，以直角的方式，成为这个街道的核心部分，就像那块叫石敢当的石头，蹲踞在高大建筑的拐角处，在阴影里镇守神秘与莫测。妻子在这里走过她生命里最黯淡也最光亮的一段历程。两百多个日子，从马路街穿过棉鞋营南巷，然后抵达棉鞋营 36 号。这个熟悉而又陌生的城市街道里，我们以租住的方式，带着疼痛介入她的内部。

进入一座城市的方式有很多，如地铁、高铁、轿车、单车，当然还可以徒步。我这么突兀地引出单车，是源于我对地铁、高铁感官上的麻木与隔阂，徒步劳累的畏惧。其实多年来我日常的出行是以地铁和高铁为主，我把它们归结为某种僵硬的、可以移动的铁皮箱子，箱内是陌生的面孔，天南海北的方言；箱外是城市、世界和烟火。我和城市之间，隔着的是一层又一层坚硬的铁皮。《装在套子里的人》里的别里科夫，追求与世隔绝或者苟且偷生，都与我无关；相反我对生活与城市、城市与世界的理解，是没有任何隔阂的，是肉身与路面的亲密接触，发出闪电般的火花，或是歇斯底里的尖叫，都是我们必须要走过的一段路。所以，单车成为我贴近城市的某种考验和选择。

单车比徒步快，又不失对城市的体悟。骑在单车上，像一只小蝌蚪游弋在人群的河流里，那么弱小，那么无助，随便一阵人流或者车流，都会把它卷走。这种以钢管为主体结构的代步工具，在双脚的驱动下，随着路面颠簸、拐弯、漂移等，带动震颤、疲惫和疼痛，深入城市的毛细血管。这种体验我多次在小资一族的城市笔记里读到，许多人正以背包、单车的方式，与城市近距离接触，或者有人以赤脚、裸体等行为艺术，抵达对某一座城市的感知与解读。

我对单车的理解，或以单车对城市的认识与理解，是在骑行一段时间后逐渐体悟到的。我对单车的选择，当初完全是出于距离上的考虑。从常府街地铁口到马路街医院，这段路说长不长，不过两公里。对于一个爱抽烟的人来说，顶多一支烟的工夫；对音乐爱好者来说，耳机里将将放完第二首歌曲；对于一个徒步健身的人士来说，这点运动量还远远不够，是不可能排到运动软件的封面的。这段路，出租车不愿带，公交车开不到。对于每周都要经过十来回的病人家属来说，不再是音乐悠闲、锻炼养生，而是体力的严重透支和心力交瘁的惶恐。如果不想徒步，骑单车是唯一的方式。

从常府街地铁口出来，迎接的，始终是一排排列队等候的共享单车，黄的、绿的还有蓝色的，清一色的左转向，向着地铁口张望，像某个恋人在暗中等待，充满着忐忑、慌乱、不安和清冷的孤独。因为我每次从这个出口出来，时间的指针都指向午夜。我要在这午夜的街头，骑上一辆单车，迅速地赶到医院去。这一路上，要经过巍峨矗立的江苏大厦，一条挤满小商小贩、店铺林立的绣花巷，然后来到马路街，医院就在马路街的一头。当然我也可以从白下路走，穿过人车拥挤、狭长精瘦的五福巷抵达医院。更多的时候，我选择走那个有着不少菜场的绣花巷进入，街头拐角处有一家水果店，几个创业的大学生开的，我总要买上一些。

我曾多次回望，那些停在地铁、医院、超市等附近或黄或绿或蓝的单车，好像拥有着上帝的视角，带着害羞和体贴，码在你出行的街角、路口和门外，像某种约定，那一刻，我对城市的温存感一下子上升起来。

午夜的南京，路上人影稀少，安宁、静寂。陪伴夜归人的，是站直身子的路灯，在黑暗中睁大昏黄的眼睛，橘黄色的光，弥漫着温暖。我很享受从常府街地铁口到医院的这段路，曲曲折折，幽幽暗暗。我跨上单车，双脚奋力蹬动，在车轮飞速的转动中，两旁的高楼大厦，偶尔冒出的出租车，还有一些暗中模糊的黑影，通通抛在脑后，前方只有我这辆疾驰的单车。飞一样的速度里，沉重的肉身似乎获得片刻的轻盈与上升。

很长的一段时间里，我对单车是迷恋的、依赖的。妻子进入化疗阶段后，输液，成为她时间里的主宰。一天多至七八瓶、少则四五瓶的药水，从清晨开始，到午夜结束。大量的药水，加快了她头发的逃逸、零落。主治医生曾忠告我，妻子的病目前没有什么大碍，药水也只是一种辅助性治疗，最大的免疫力量，来自亲人的关心与陪伴。他的话，开启了我从苏州到南京接近一年的长途奔波。我一天天一次次地丈量着两城的距离，时间一长，我对距离就有了感悟，如高铁、地铁上的这段路程，人是充满着强烈的疲惫感、无力感甚至还有绝望感，再要紧的事，你也只能顺着高铁沉重的喘息与奔驰，地铁的停顿与穿行，一步一个脚印地向前赶，不会慢一分，也不会快一分，不急不躁。高铁、地铁不会因为你内心的十万火急，你的刀绞心痛，而加快体恤与悲悯的速度。你能做的，只有无奈地静坐在座位上，保持一种顺其自然或听天由命的绝望。我庆幸，从常府街到马路街还有这样一段距离，像一个跳出生活轨道的顽皮孩子，流浪在外。没有地铁、公交和轨道车辆，只有单车。

不曾料到，一个小时的高铁，却赶不上这地铁口到医院两公里的漫长。这段距离里，身体像台古老的机械钟，时针、分针还有秒针，三把细长锋利的尖刀，在心脏深处挖搅、切割和撕碎，尤其是秒针，以马不停蹄的速度奔跑，声音铿锵，推土机般一点一点地吞噬你的空间。扇形面积在逐渐缩小、缩小，压迫感、无力感还有虚脱感潮涌，随时有窒息的危险。那个时候恨不得自己能一步登天，一分一秒都不想耽搁。即使把车轮蹬得快如闪电，人和单车合成一支离弦的箭镞，我还是能感觉到时间的飞奔而去。

431

快点，快点，再快点！有个声音在耳边呼啸，我朝着医院的方向弓着腰蹬动轮盘。

推开病房的门。妻子说，你今晚比昨晚正好迟到了三滴。我不在她身边，她就一个人数着水滴。我不到，她不睡。

三分钟的单车路程。有时候慢两秒，有时候快三秒。这是我反复掐准的时间，也是双脚与单车之间的约定和坚守。妻子不相信，胡扯？我夸张地对她说，那还能有假？导航指路，反复骑行也不是一天两天呢。妻子凝视着我，不用那么急，慢点骑，这里有医生护士在呢。

我把脸转过去揉了揉眼睛，然后又转过身对妻子说，你记着，出了地铁，我三分钟就能赶到你身边。

我兴奋地对她说家里的新闻，你知道吗，你不在家的日子里，我们家小区门口也设有共享单车点了，从小区北门到星塘街地铁口，再也不用步行啦。

妻子住院，儿子高三，这迫使我不得不在两座城市之间来回奔波，他们都是我生命的支点。这样一来，我常常要在一大清早坐上最早一班高铁赶回苏州家中，接送儿子上学、放学、吃饭，然后再于夜里乘坐高铁赶回南京。清早回，夜里来。这样的生活节奏，以至于我常把高铁想象成是上苍伸向人间的长臂，摆渡众生。一离开医院，微信便成为我和妻子之间联系的唯一方式。只要有一点空闲时间，我就会给她发微信，在高铁、地铁里发，在我骑单车的时候发，随时告知她我的即时动态：上高铁了，到南站了，乘上地铁了，到医院门口了……

共享单车真好，有了它，这一截路我们就好走了。我坐在病床前，妻子握着我的手说，等她好了，我们一起骑单车上下班。我使劲点头，然后拉上窗帘，掖好妻子的被子，熄灭灯盏。旋即轻微的呼噜声响起。

羊皮巷

羊皮巷，准确地说叫羊皮巷菜场，马路街之外另一个熟悉的地方，距离医院三公里不到，距离新街口只有咫尺的距离。作为地标性的街口，她的名字，意味着繁华、时代、前沿和哲理，是南京的网红打卡地。而现在，低到尘埃的菜场，与高到云端的街口，站在一起，是否有着某种隐秘的表达？羊皮巷菜场也不是很大，三四百平方米而已，摊点众多，种类齐全，肉制品、时蔬、干货、水产等应有尽有。

两百多天的马路街生活，让我对南京大街小巷的菜场有了清晰的了解，方圆三公里的区域，几十家的菜场，像一张密密麻麻的蜘蛛网，暗结于我的内心。我对羊皮巷菜场至今念念不忘，她的名字打动了我。我没有深究过名字的由来。是过去杀羊晒皮的巷子，还是像羊皮一样的菜场，充满着呼喊、疼痛以及弱小的悲哀与绝望？

按照妻子的吩咐，我只买土菜。就是乡野里长的，接受大自然光照的，没有化肥、农药和激素的蔬菜。生病后，她的胆子越来越小，对什么都充满着敬畏与恐惧。在她的认识中，万物都是强大的，唯有人类自己是孱弱的。任何一个不堪，都会让肉身遭到伤害与打击。如果不是为了补充必要的动物蛋白质，她是轻易不去吃动物的肉与内脏。她转而迷上了吃土菜，理由是，乡下的土菜长得泼皮，吃了长，长了吃，吃完了来年又是蓬蓬勃勃。人吃了它，没有多少负罪感。

土菜，有人也叫农家菜。土或者农家，这些字词的内部，隐秘着某种朴素的哲学。有人以为，土是落后、朴实、真相和自然的混合，是没有虚假、激素、膨胀、农药、化肥和算计的面孔。城市化进程里，还有我们印象中的乡村吗？随着商品的大量涌入，乡村的内部早已发生了裂变，没有哪一种庄稼、蔬菜不带着城市化的印记，比如农药、化肥、膨大剂、苏丹红等。在高度发达的城市高楼和商业圈的背后，农家乐、民俗、乡土菜馆还有乡村度假区等以土或农为招牌，从城乡接合部密匝匝地冒出来，一方池塘，几亩菜地，还有羊圈鸡圈里饲养的动物，一切都是以农家的面目呈现。这种从田地、羊圈到餐桌的距离，使得众多食客以为在餐桌上吃到的时蔬，还有鸡鸭鹅都是当时看到的它们，吃的是野草、虫子，喝的是澄澈的自然水，呼吸的是自然的气息。庞大臃肿的都市像个怪兽，在不断地蚕食着越来越瘦小的乡村。

不管城市如何发达或者繁华，在层层叠叠的小区楼宇之下，即使有大型的超市，菜场也是注定要有的，如新街口菜场、白下区菜

433

场、夫子庙菜场，还有一些便民的、散乱的菜场，地摊一般龟缩在城市的某个街角，随着卷帘门的合上和拉下，完成便民菜场的定义。菜场就像切入生活的一枚铁钉，操着各地的口音，讲着生硬的普通话，冰冷而又温情地走进楼宇、小区和餐桌。

妻子住院的一年里，我屡屡光顾羊皮巷菜场，就像阅览一本厚重的羊皮书，一次次地打开与合上。确实如此，我将羊皮巷当作是生命的课本，封面是羊的皮，内容呢，不只是一些菜蔬、豆制品和肉类、鱼类等，还有一些莫名的喊叫和忧郁的面孔。每次我从低垂的卷帘门下，弯着腰钻入光线有些暗淡的羊皮巷菜场，那份感觉仿佛是一种割裂和撕裂。在掀起的卷帘门背后，我以为是一张在风中晾干的羊皮，凝固的皮质上依然有着无声的嘶叫，叫声震颤人心，就像我路过的几家肉铺，锋利的刀下，一块块白白红红的猪肉发出撕裂的响声，从我的头皮和肉身上划过，传递着莫名的痛感。躲避、逃避、溃败或者狼狈，都是我那一瞬间的内心图景。我只好迅速地逃离，疾步走向蔬菜摊点，远离那种声音以及猩红的血汁。

我时常对着蔬菜摊，一遍又一遍地徘徊着、思索着。面对摊主热情或者冷漠的询问，我时常不知所措。太热情，你总觉得这里面隐藏着一种陷阱，是价格、斤两还是质量问题？比如蔬菜是反季节的，不是农家土菜；普通的山药当作铁棍山药卖；再如鲫鱼分明是家养的，却要说是野生的；再如有的猪肉抹上羊油，说成是羊肉等。如果是太冷漠，一副吊儿郎当、爱买不买的态度，自然让你望而却步。买菜久了，自然就患上买菜综合征，看着一菜场的菜，刘姥姥进大观园似的，不知如何下手。

妻子知道我的窘境，背着岳母告诉了我一个秘诀，跟着一帮老太太身后买菜。妻子虚弱的声音，让我心生惭愧。三十多年来，我还没学会买菜做菜。再踏进羊皮巷、夫子庙等菜场，我就开始巡睃菜场的顾客，寻找那些资深老太太的声音，跟在她们的菜篮子后面，等待着摊主的回应。果真如此，每次买回来的菜，都能得到岳母和妻子的赞许。

在羊皮巷或者其他菜场，我始终觉得顾客不是上帝，尤其是像我这样的菜鸟，跟班的角色，就像个弱势个体，或者是肉案上的那块猪肉，任人宰割。医生告诉我，病人身体虚，目前能吃点鱼虾极好。我们崇拜地看着医生，希望他能在医术之外，给予生活饮食上的更多指点。买河虾成为那个五月里我艰巨而神圣的使命。我就像一只河虾般，骑着共享单车，穿行在白下区的周围，猎犬或鹰隼般的目光，要把每一处建筑看透，把每一个路人看透。繁华的街道、汹涌的人流、川流的车辆，还有喧闹的商铺，一切都是静寂的，耳边除了呼呼的风声，其他都是河虾的影子，灰色而略透明的影子，就像莫言笔下的那个透明的萝卜。

435

跑了七八个菜场后，在孩子舅妈的指点下，抵达羊皮巷。孩子舅妈在南京一家医院上班。在我外出的日子里，她曾买到过一份难得的河虾。我按照她的路线图，在巷子外面的一家水产铺前停下，果真，在灰暗泛红的水盆里，发现了一网河虾。店主歪着头，斜叼着一支香烟，看一眼东边升起的朝阳，不断地把鱼虾向外摆开。我憋着吁吁的喘气，压低嗓子，揣着那帮老太太的江湖经验，用早上五六点的声音问店主，什么价格？一百一十元一斤。那是我买河虾历史上最贵的一次，成为妻子和岳母每次笑话我的谈资。

看着粉红晶亮的河虾，一只只抿入妻子的口中，化作蛋白质，化作红细胞，化作强大的免疫力，流入经脉，流向身体的各处，羊皮巷的名字瞬间从心底闪亮起来。

原载《草原》2021 年第 8 期